古典詩歌研究彙刊

第十二輯

龔鵬程 主編

第 20 冊

明代吳門詞派研究（上）

徐 德 智 著

國家圖書館出版品預行編目資料

明代吳門詞派研究（上）／徐德智 著—初版—新北市：花
木蘭文化出版社，2012〔民101〕
序 6+ 目 4+252 面；17×24 公分
（古典詩歌研究彙刊 第十二輯；第 20 冊）
ISBN 978-986-254-916-2（精裝）
1. 明代詞 2. 詞論
820.91 101014518

ISBN-978-986-254-916-2

9 789862 549162

古典詩歌研究彙刊
第十二輯 第二十冊　　　　　ISBN：978-986-254-916-2

明代吳門詞派研究（上）

作　　者	徐德智
主　　編	龔鵬程
總 編 輯	杜潔祥
出　　版	花木蘭文化出版社
發 行 所	花木蘭文化出版社
發 行 人	高小娟
聯絡地址	新北市永和區中正路五九五號七樓
	電話：02-2923-1455／傳眞：02-2923-1452
網　　址	http://www.huamulan.tw 信箱 sut81518@gmail.com
印　　刷	普羅文化出版廣告事業
初　　版	2012 年 9 月
定　　價	第十二輯 24 冊（精裝）新台幣 33,600 元

明代吳門詞派研究（上）

徐德智 著

作者簡介

徐德智，東吳大學中文系、中興大學中文系碩士班畢業，現為彰化師範大學國文系博士班博士候選人，兼任東吳大學中文系講師，講授詞選暨習作等課程。《明代吳門詞派研究》為其碩士論文，另著有學術論文數篇，并現代詩、古典詞集《並蒂詩風》（與徐世澤、邱師燮友、張健合著）。

提　　要

　　本文旨在探究吳門詞派之相關概況。內容一共分為八章，并附錄吳門詞派作品之校箋，依序而言之：第一章「緒論」，說明本論文之研究動機、研究範圍、相關研究成果、研究目的，以及研究方法。第二章至第四章為外緣研究。第二章「明代初中期詞學觀」，整理明代約嘉靖以前之詞論，分為「詞源論：上溯六朝」、「詞風論：婉約為正」、「詞體論：詞曲不分」三方面來探討，以了解當時普遍流行之詞學觀點。第三章「吳門詞派之詞學傳統——以元末文人畫四家與明初吳中詩派四傑為討論中心」，則從詞作方面上溯其傳統，觀察黃公望、吳鎮、王蒙、高啟、楊基等人詞作，以「隱居逸世之詞」、「文人題畫之詞」、「情致蘊藉之詞」三方面見出吳門詞人之風格源流。第四章「吳門詞派之文化態度與文學精神」，以吳門詞人文化態度著手，欲一窺其文學核心價值。吳門詞人「博學尚趣」，雖然博學，卻不以科舉為惟一人生目的，而又與科舉若即若離；不論其得意或不得意，尤其不得意之時，反以博學為解脫之機。吳門詞人論文學又以「本於情質」為主，徐禎卿《談藝錄》書中之「因情立格」，可謂其理論典型。第五章至第七章為內涵研究。第五章「吳門詞派之詞人與詞作（上）」，介紹祝顥、徐有貞、沈恆、沈周等人詞作。第六章「吳門詞派之詞人與詞作（下）」，介紹祝允明、唐寅、文徵明等人詞作。介紹詞人以探究詞心為要，並結合詞人生平、相關文獻，期能得實。第七章「吳門詞派之倡和」，介紹吳門詞派〈江南春〉倡和、〈滿江紅〉倡和兩次重要倡和。倡和為詞派重要活動，故本章以此兩次倡和為關注點，以見彼此交遊關係之一斑，並試圖耙疏〈江南春〉倡和之緣起、詞集之流傳、詞調之辨正、〈滿江紅〉倡和之緣起、追和之對象，以及詞人作品之評析等相關衍生問題。第八章「餘論：吳門詞派之評價」，以筆者極其粗淺的觀察，對吳門詞派作出在詞派史、詞史、詞論史方面的初步評價。附錄「吳門詞派作品校箋」，收錄祝顥、徐有貞、沈恆、沈周、史鑑、吳寬、王鏊、楊循吉、祝允明、唐寅、文徵明、蔡羽、徐禎卿、陳淳、王守、王寵、陸治、文彭、王穀祥、文嘉、文伯仁、彭年、錢穀、陸師道、皇甫涍、顧峙、袁裳、袁表、袁袠、袁褧、袁裴、文肇祉等詞人作品之校箋。

序

邱燮友

一、

明代（1368～1644）由朱元璋建國，到崇禎失國，共276年。在中國文學中，除了公安派的古文比較稱著外，其他便是明代的小說，較少人提到明代的詩、詞、曲的成就。

我在東吳大學中文系兼任，教的是詩學或詩選的課程，在教員休息室中，卻有緣認識了德智，原來他也是中文系的兼任，而所講授的課程，是詞選及習作。這幾年來，我邀約了一些詩學的朋友，一起出版《花開並蒂》一系列的詩集，要求一個詩人，要兼備古典詩詞和現代詩或新詩的創作，才合乎「並蒂」的條件，沒想到德智也具有這項才能，因此邀他參加《並蒂詩風》的出版。在平日的交談中，了解他對古典詩詞的研究與熱愛，並大量創作詞的作品，具有詩人的特質和熱情。

有一次，我問起他的學習過程，了解他是東吳大學中文系畢業，畢業後還不斷進修，他的碩士論文是在國立中興大學中文系完成，論題為《明代吳門詞派研究》，進而還在國立彰化師範大學國文系進修博士學位，研究的領域，仍然是詞學這部份，他的執著和勤奮上進，令人敬佩。在一次談話中，他希望我為他即將出版的碩士論文作序，我也很快的答允，因為我和他都是詩詞的愛好者，又是詩詞和現代詩的推廣者，無形中，便成為志同道合的朋友。

二、

我發現明代的詞學，比起前朝宋代，或後朝清代，在詞學的創作或理論，都較爲薄弱。但他竟能從明代找到吳門詞派這個領域，開拓明詞的天地。因爲明代吳門詞派主要的詞家，便是明代著名的書畫文學家沈周、祝允明、唐寅、文徵明等人。我一向對明代四大家心儀和崇敬，尤其偏愛唐寅，最偏愛他的〈落花詩〉三十首，例如他的第一首：

> 刹那斷送十分春，富貴園林一洗貧。
> 借問牧童應設酒，試嘗梅子又生仁。
> 若爲軟舞欺花旦，難保餘香笑樹神。
> 料得青鞋攜手伴，日高都做晏眠人。

〈落花詩〉本是由沈周首唱，和者有文徵明、徐禎卿、呂常、唐寅等人，詩的內容反映明代士大夫感物傷懷的淒美情緒。同時唐寅將他的三十首〈落花詩〉，用行書書寫，書法嚴謹，是唐寅的詩和書法代表作品之一，尤爲珍貴，今收藏在蘇州市博物館中，任人鑑賞。

三、

同樣地，我讀德智的《明代吳門詞派研究》，尤其對這些人物感到興趣。今舉唐寅的〈一剪梅〉爲例：

> ※雨打梨花深閉門。孤負青春。虛負青春。賞心樂事共誰論。花下銷魂。月下銷魂。　　愁聚眉峰盡日顰。千點啼痕。萬點啼痕。曉看天色暮看雲。行也思君。坐也思君。

明人的作品，別有一番情趣和韻味；進而讀他們的倡和作品，如〈江南春〉或〈滿江紅〉等倡和是明代詞家在吳門詞派這一系統上，建立了明代詞派的一大特色。一般學者和文人，往往以爲明代是最弱的一環，但細讀明代吳門詞派的作品，也會發現明詞的清新神往的特色，爲其他時代的詞作所缺乏。因此德智的《明代吳門詞派研究》，無形中，發揚了明詞在詞作上的成就和貢獻，也彰顯了明詞在詞壇上的開拓和特色。

四、

　　中國文學因時空的變遷，一代有一代之所勝，我們讀中國文學，其精深博大之處，每一時代的作品，都有引人入勝的所在，如入山陰道上，使人應接不暇，並且個人可選自己所喜愛的，沉醉其中。晉陸機〈文賦〉有云：「或清虛以婉約，每除煩而去濫。闕大羹之遺味，同朱絃之清氾，雖一唱而三歎，固既雅而不豔。」明代吳門詞派，清虛婉約，雅而不豔，是他們詞風的共同特色。

　　　　　　　　　　　　　2012 年 1 月 10 日於台北東吳大學

自 序

1

謹以此論文，獻給我的爸爸、媽媽。

感謝我的父母親。他們賦予我這形體，更教給我人生的智慧。

感謝所有愛我的人，以及我愛的人；如果沒有你們，就沒有這一本論文，和精采的日子。

2

飛星一髮望西南。欲引思無端。蛩聲暗恨，燕子幽歡。　　廣寒宮殿佳人守，擬泛海天船。長憂又見，寂寞山川。

調寄〈眼兒媚〉。日前偶得流星，為記。八月二日。

3

想來慚愧，經歷了碩士班這麼長一段時間的寫作，如今交出的這本論文，仍是許多部分應具備而終未完成的粗糙草稿。諸般遺憾，歸咎於自身的因循偷惰，也只能有待來日，一一補償。

再次感謝我的指導教授徐照華老師，和兩位口試委員王偉勇老師、黃文吉老師。囿於個人學殖，腹笥不豐，論文疏漏之處，所在多有；有賴徐老師悉心無私的指導，論文方能順利完成。論文若有一二所得，亦當溯其功於吾師。王老師是我的大學老師，其風采學行，素

所景仰，而指正論文諸多錯謬，尤為感激。黃老師學風紮實，久仰大名，而在初審、口試時，均指引出可堪思考之大方向，當不忘其諄諄教導。

最終要感謝陳欽忠老師、王振邦學長、陳富容學姐、李傳樑學長，在論文寫作過程中，所提供的實質幫助。

腳印終究要留給泥土，白雲終究要留給天空；來到中興後認識的人、發生的事、去過的地方，我將以一輩子的時間，牢牢記住。

徐德智謹筆於台中

2006 年 8 月 13 日

出版附記：

完成碩士論文後，隨即入伍服役，轉徙於桃園、台中、宜蘭、高雄之間。役畢之隔日，重回校園，赴彰化師範大學修讀博士學位。修課、兼任、結婚、生子，惝恍倥傯，於今又是四年有餘。

目前正在進行博士論文之撰寫工程。其間甘苦，不足為人道。每思及碩士論文寫作之得失，不禁為之怵慄。得知欲出版之消息，曾試圖修訂舊作內容，然茲事體大，無法一蹴而就。大部分內容，仍保持原貌，以見當時之思路脈絡如何。少部分明顯錯誤，只能就手邊可得資料，加以刪改。

承蒙黃師文吉厚愛推薦，本文得以出版。又承蒙邱師變友為之作序。在此謹向兩位老師致上無以言表之謝忱。

2011 年 12 月 31 日於板橋

目

次

第一章 緒 論

第一節　研究動機

　　本文之研究動機，試自剖析，約有遠近二端：

　　明詞之中衰，聞之久矣；聞之既久，蓋亦漸成套語。劉毓盤《詞史》第九章「論明人詞之不振」，以爲明詞由於詞曲不分，故其小詞工者僅似南曲，間爲北曲，已不足觀，至於引近慢詞，則率意而作，自度其腔。〔註1〕胡雲翼《中國詞史略》以爲明詞與明詩不足觀，徒然抄襲古人而已。〔註2〕王易《詞曲史》更將明代詞曲列爲「入病」，認爲明詞受曲化之影響，故輕率好盡而失蘊藉，又疏訛格律，並缺乏眞切之感情與高尙之氣格。〔註3〕龍楡生《中國韻文史》將元明詞併論於一章，以爲明詞更下於元詞，幾爲歇絕，僅以寥寥數語帶過。〔註4〕吳梅《詞學通論》直接點出明詞中衰四因：一者，寄言香閨，託體不尊；二者，重視科舉，不外酬應；三者，著意復古，拾人唾沫；

〔註1〕參劉子庚：《詞史》（台北：盤庚出版社，不著出版年月），頁135～136。

〔註2〕參胡雲翼：《中國詞史略》，收入《胡雲翼說詞》（上海：華東師範大學出版社，2004年9月第1版第1刷），頁368。

〔註3〕參王易：《詞曲史》（北京：東方出版社，1996年3月第1版北京第1刷），頁345～349。

〔註4〕參龍楡生：《中國韻文史》（上海：上海古籍出版社，2002年3月第1版第1刷），頁124～126。

四者，好行小慧，無當雅言。〔註5〕鄭騫〈論詞衰於明曲衰於清〉，認為明詞繼元詞而衰，乃受文壇詩文復古、曲學活躍兩股勢力夾攻之故。〔註6〕後人讀明詞，往往以《蘭皋明詞彙選》、《歷代詩餘》、《明詞綜》等清代明詞選本入手，遂覺以上所言不虛。既讀況周頤《蕙風詞話》，雖謂：「明詞專家少，粗淺、蕪率之失多，誠不足當宋元之續」，〔註7〕然於明詞用力甚深，極詣精妙，不下他朝。況氏以細讀之法，深入詞心，有所創獲。筆者乃益信以此基本功研究之，明詞尚且大有可為之處。

近年來始留意於書畫藝術，雖無創作之才，而有欣賞之趣。每從容於坊間書肆之間，見古人遺跡之複印本，無不徘徊駐足。進而購閱涉獵相關典籍，故於書畫藝術史亦粗知一二，而明代沈周、祝允明、唐寅、文徵明等人之鼎鼎大名，早諳熟於耳而雅慕於心。其中以文徵明最為全能名家，不論詩史、書史、畫史，屢見身影，即使在新近出版詞史著作之中，亦常寓青眼。有頃，又閱張仲謀《明詞史》。其中將沈周、祝允明、唐寅、文徵明四人詞，獨立一節討論，對於明代吳門詞壇，做了更進一步的研究。〔註8〕然而，限於張氏欲作有明一代詞史之通盤觀照，故僅止十一頁的敘述，意猶未竟，且深度有限。是故筆者不自薄量，電力矻矻，欲繼前人足履。

第二節　研究範圍

欲描述本文之研究範圍，首先關涉到所謂「詞派」之定義。劉

〔註5〕參吳梅：《詞學通論》（台北：台灣商務印書館，民國77年4月台7版），頁142～143。

〔註6〕參鄭騫：〈論詞衰於明曲衰於清〉，收入《景午叢編》（台北：台灣中華書局，民國61年1月初版），上集，頁162～169。

〔註7〕況周頤：《蕙風詞話》，《詞話叢編》本（台北：新文豐出版公司，民國77年2月台1版），冊5，卷5，頁4510。

〔註8〕參張仲謀：《明詞史》（北京：人民文學出版社，2002年2月北京第1版第1刷），頁162～172。

揚忠《唐宋詞流派史》整理出唐宋詞派所應具備三項基本條件和因素：

一、必須有一位創作成就卓特、足爲他人典範且個人具有較大凝聚力與號召力的領袖人物作爲宗主。

二、在這位領袖人物周圍或在他身後曾經凝聚過一個由若干創作實踐十分活躍並各自有一定社會影響的追隨者組成的作家群。

三、這個作家群的成員們，盡管各有自己的創作個性和藝術風采，但從群體型態上看卻有著較爲一致的審美傾向和相近的藝術風格。〔註9〕

再者，嚴迪昌《清詞史》根據其對清詞研究的了解，認爲詞派的形成應當具有以下特點：

> 文學流派的繁榮紛爭，每每是一代文學或某一種文體興隆旺盛的鮮明標誌。因爲，只有當某一文體自身發展到相當成熟階段，有著足資借鑑的藝術積累可供作家們據以各自主客觀條件而加以選擇、汲取、承繼、創變、更新的前提下，方始可能湧現實體性的流派。而一個流派的形成，必須首先得擁有一面旗幟，即領袖式的足以凝聚團結起同輩和後進的有權威性的大作家，在他周圍形成一個可觀的有影響的作家群體。他們在藝術情趣、審美傾向以至理論主張上應有大致相同或近似的追求，這種追求和實踐又總是集中反映在他們編纂的總集和選本之中。在詞的發展史上還不曾有過如清代詞所表現出來的如此鮮明、如此成熟以及有著很強自覺意識的眾多流派與群體。眾多的各自堅持著藝術審美追求的流派和群體的存在，其本身就表明這是個詞的風格繁富的振興時代。值得提起注意的是，清代詞派和群體非常突出地具有地域性和家族血緣關係的特點。這種帶有強烈的歷史文化和地理文化色彩的特性，愈益讓人們看到了社會發展造成的大文化背景與文學事業的密切

〔註 9〕劉揚忠：《唐宋詞流派史》（福州：福建人民出版社，1999 年 9 月第 1 版第 1 刷），頁 32。

契合的內在聯繫。〔註10〕

劉揚忠與嚴迪昌對詞派定義的看法，大致相同；所謂「詞派」，除了以詞作作為一切研究的基礎討論範圍之外，尚應該具備的條件是領袖、群體、審美情趣。兩者敘述不同之處，正比較出明末清初以後詞派架構的趨於嚴整。明詞介於唐宋詞與清詞之間，亦不宜以兩種不同時代觀點的其中之一，來對明代詞派加以定義。由唐宋詞與清詞詞派定義的觀點，同時反觀，適足看出明代詞派在詞學發展史上的過渡意義。所謂的「審美情趣」，一般表現為詞作風格上接近，而唐宋詞人於詞論不甚著意，儘管有之，亦是斷簡殘編，至於清代詞人更加發展為詞論的系統敘述。清代詞派往往各自編纂詞選，乃是借鑑前代刊刻詞選以廣流傳的經驗，不僅可以作為詞論之張本，亦可收取宣傳之效。清代詞派又具有地域性與家族血緣的特點，這在唐宋詞派中，如花間、南唐等詞人，已有相當類似的情形。

首先提出「吳門詞派」者，是張仲謀的《明詞史》：

> 到了明代中期，蘇州文人終於走出開國時的心理陰影，重新恢復了文學藝術的繁盛局面。比較引人注目的是，這一時期湧現出一批著名的書畫家。在繪畫方面，「明四家」之中，沈周、文徵明為長洲人，唐寅為吳縣人，實際皆為蘇州人。仇英為太倉人，其地亦與蘇州相鄰。另外，以書法著稱的祝允明也是長洲人。這些人除仇英外，大都兼擅詞作。就中沈周年輩稍長，而文徵明的詞作成就尤高。他們具有共同的地域文化傳統，都以文學藝術為安身立命之生業，又都崇尚自由放曠的生活態度與生活方式，對政治表現出一種疏離超脫的心理祈向。因為這許多共同點，他們就不僅是一個以書畫為專長的藝術流派，反映在詞中也可以說是吳門詞派。〔註11〕

〔註10〕嚴迪昌：《清詞史》（南京：江蘇古籍出版社，1999 年 8 月第 2 版第 2 刷），頁 4～5。

〔註11〕張仲謀：《明詞史》，頁 162～163。案：所謂「對政治表現出一種疏離超脫的心理祈向」，不盡正確：驗以詞人生平與詞作表現，政治科舉

若以上述詞派定義驗之，張氏僅以四人爲伍的「吳門詞派」，實不足成爲一詞派：不但四人之群體範圍過小，且四人之間無領袖主從之分，雖然審美情趣相近，表現方式卻大不相同。然張氏援引畫史「吳門畫派」的說法，提出「吳門詞派」的觀點，已具開創之功，只是需要更爲縝密深入的研究，加以修正並充實「吳門詞派」的定義。

可就劉氏所論詞派的基本條件領袖、群體、審美情趣三項，定義「吳門詞派」。審美情趣可參本文第四章所述。至於要確定詞派之領袖，必先確定群體之範圍；要確定群體之範圍，必先考察群體之交遊。考察交遊，可從雅集、倡和、彼此關係入手。

祝顥曾經賦詞贈沈周之父沈恆，〔清〕錢謙益《列朝詩集小傳》載其「歸田之後，一時耆俊勝集，若徐天全、劉完庵、杜東原輩，日相過從。」〔註 12〕其中徐有貞，「在當地無論是詩文界或書畫壇均是極有影響的人物」，〔註 13〕晚年歸隱後，與沈周交遊亦甚密切。〔明〕張昶《吳中人物志》云：沈周「有隱操，與吳文定寬、史徵士鑑、李太僕應禎、劉僉憲珏爲莫逆交。」〔註 14〕沈周與史鑑並爲兒女親家。《明史》載文徵明事云：

> 學文於吳寬，學畫於沈周，皆父友也。又與祝允明、唐寅、徐禎卿被相切劘，名日益著。其爲人和而介。……吳中自吳寬、王鏊以文章領袖館閣，一時名士沈周、祝允明輩與並馳騁，文風極盛。徵明及蔡羽、黃省曾、袁袠、皇甫沖兄弟稍後出。而徵明主風雅數十年，與之遊者王寵、陸師道、陳道復、王穀祥、彭年、周天球、錢穀之屬，亦皆以詞翰名於世。〔註 15〕

的影響甚大，且非絕對疏離超脫，而摻雜了許多人生出處的矛盾。

〔註 12〕〔清〕錢謙益：《列朝詩集小傳》，《明代傳記叢刊》本（台北：明文書局，民國 80 年初版），冊 11，頁 247。

〔註 13〕阮榮春：《沈周》（長春：吉林美術出版社，1996 年 5 月第 1 版，1997 年 9 月第 2 刷），頁 23。

〔註 14〕〔明〕張昶：《吳中人物志》（台北：台灣學生書局，民國 58 年，影印明隆慶刊本），卷 13，頁 566。

〔註 15〕楊家駱主編：《新校本明史并附編六種》（台北：鼎文書局，民國 64

沈周爲祝允明、唐寅、文徵明之師。史鑑、吳寬亦爲文徵明之師。文徵明下傳陳淳、陸治、王穀祥、彭年、錢穀、陸師道。蔡羽則爲王守、王寵兄弟之師。上引交遊情形,加上文徵明之子文彭、文嘉、姪子文伯仁,屏去現無存詞之人,大致能夠描述出吳門詞派的概況。參照其間倡和,可再進一步地確定群體範圍。吳門詞人曾有一次歷時長久的大型倡和,追和元代倪瓚的〈江南春〉,後來結集爲《江南春詞集》。今據《明詞彙刊》本,〔註16〕整理出明代倡和者:沈周、祝允明、楊循吉、徐禎卿、文徵明、唐寅、蔡羽、王守、王寵、王穀祥、錢藉、皇甫涍、文嘉、彭年、袁表、袁褧、袁裵、陸師道、袁袞、沈荊石、文伯仁、袁袠、金世龍、陳沂、顧璘、沈大謨、張之象、王逢元、陳時億、景爵、顧峤、顧聞、黃壽邱、嚴賓、景霶、文彭、顧源、路永昌、顧起元、朱之蕃。所謂吳門,乃蘇州之俗稱。根據〔明〕王鏊主編,實爲吳門祝允明、文徵明、蔡羽諸名士編纂而成的《姑蘇志》,蘇州府領州一:太倉;縣七:吳、長洲、崑山、常熟、吳江、嘉定、崇明。〔註17〕則上述〈江南春〉倡和者中錢藉、金世龍、陳沂、顧璘、張之象、王逢元、顧聞、黃壽邱、嚴賓、景霶、顧源、顧起元、朱之蕃,皆非吳門人,陳時億、景爵、路永昌三人則不明籍貫。其餘可謂吳門詞派之成員。值得注意的是,吳門詞派之組成,與清代詞派相似,亦具有地域性與家族血緣的特點。今據可知生卒年之詞人編成「吳門詞派生卒年代對照圖」,再依具有親屬或師承關係之詞人編成「吳門詞派親屬及師承關係圖」。以實際交遊情形爲據,並參以生存年代、師承與親屬關係,大致而言,可以確定吳門詞派之領袖,前爲沈周,後爲文徵明。

年6月初版),頁7361〜7363。

〔註16〕 〔元〕倪瓚等:《江南春詞集》,《明詞彙刊》本(上海:上海古籍出版社,1992年7月第1版第1刷)。

〔註17〕 〔明〕王鏊等:《姑蘇志》,《中國史學叢書》本(台北:台灣學生書局,民國75年3月再版),卷7,頁4上。

吳門詞派生卒年代對照圖

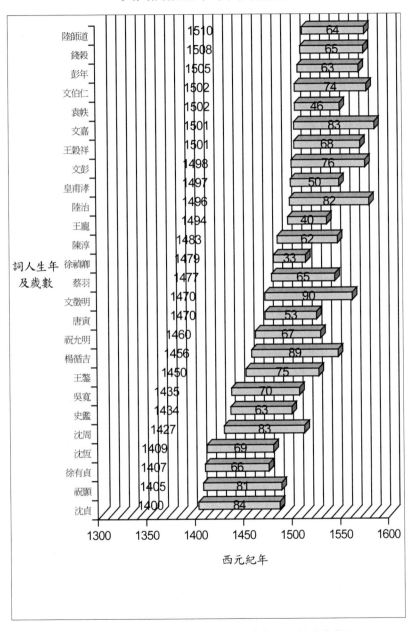

（此圖據可知生卒年之詞人編成。圖中詞人歲數爲虛歲）

吳門詞派親屬及師承關係圖

```
祝顥 ─────────────── 祝允明
徐有貞 ──────────┐
                  ↑                      ┌──→ 陳淳
沈貞              │                      ├── 文彭─文肇祉
                  │                      │
沈恆 ── 沈周 ──→ 唐寅              ├──→ 文嘉
                  │        ↓              │
                  │                      ├── 文伯仁
                  │                      ├──→ 陸治
      史鑑 ──→ 文徵明 ───────────┼── 王穀祥
                  ↑                      ├── 彭年
      吳寬 ───────┘                      ├── 錢穀
                                         └── 陸師道

                              ┌──→ 王守
          蔡羽 ────────────┤        │
                              └──→ 王寵

                                   皇甫涔
          徐禎卿                   顧崌
                                   袁表
                                    │
                                   袁褧
                                    │
                                   袁袠
                                    │
                                   袁裘
                                    │
                                   袁褒
```

(「→」表示師承；「─」表示親屬)

第三節　相關研究成果

　　綜觀台灣以明代詞學作爲學位論文者，就筆者所見，凡二十本，大部分完成於近十餘年。其中朴永珠《明代詞論研究》〔註18〕是最早

〔註18〕朴永珠：《明代詞論研究》(文化大學中國文學研究所碩士論文，1982

的一本，然而內容過於簡要疏略。同樣以有明一代為研究範圍的陶子珍《明代詞選研究》，〔註19〕耙疏材料，將明代各種詞選之編選版本、體例、原因、標準、影響，敘述得有條不紊；謝旻琪《明代評點詞集研究》〔註20〕，則是承接陶氏的研究，結合時下甫流行的評點文學研究風潮，進而寫出的產物。至若以詞人為主之研究，依其研究對象之年代，大約可分為三：研究明初者四本，有潘麗琳《劉基寫情集研究》、〔註21〕雷怡珮《楊基眉菴詞研究》、〔註22〕李雅雲《高啓扣舷詞研究》、〔註23〕謝仁中《瞿佑詞研究》；〔註24〕研究明中葉者四本，有陳清茂《楊慎的詞學》、〔註25〕黃慧禎《王世貞詞學研究》、〔註26〕江俊亮《楊慎及其詞研究》、〔註27〕杜靜鶴《陳霆詞學研究》、〔註28〕林惠美《楊慎及其詞學研究》；〔註29〕研究晚明者六本，有陳美《明末忠義詞人

年 6 月）。

〔註19〕陶子珍：《明代詞選研究》（東吳大學中國文學研究所博士論文，2001年 6 月）。

〔註20〕謝旻琪：《明代評點詞集研究》（東吳大學中國文學研究所碩士論文，2004 年 6 月）。

〔註21〕潘麗琳：《劉基寫情集研究》（東吳大學中國文學研究所碩士論文，2000 年 6 月）。

〔註22〕雷怡珮：《楊基眉菴詞研究》（東吳大學中國文學研究所碩士論文，2000 年 6 月）。

〔註23〕李雅雲：《高啓扣舷詞研究》（東吳大學中國文學研究所碩士論文，2000 年 6 月）。

〔註24〕謝仁中：《瞿佑詞研究》（東吳大學中國文學研究所碩士論文，2002 年 1 月）。

〔註25〕陳清茂：《楊慎的詞學》（台灣師範大學國文研究所碩士論文，1994 年 5 月）。

〔註26〕黃慧禎：《王世貞詞學研究》（東吳大學中國文學研究所碩士論文，1997 年 5 月）。

〔註27〕江俊亮：《楊慎及其詞研究》（東海大學中國文學研究所碩士論文，1998 年 7 月）。

〔註28〕杜靜鶴：《陳霆詞學研究》（東吳大學中國文學研究所博士論文，2000 年 5 月）。

〔註29〕林惠美：《楊慎及其詞學研究》（高雄師範大學國文研究所博士論文，2003 年 7 月）。

研究》、〔註30〕涂茂齡《陳大樽詞的研究》、〔註31〕、蘇菁媛《陳子龍
詞學理論及其詞研究》、〔註32〕白芝蓮《夏完淳詩詞研究》、〔註33〕
鄒秀容《雲間詞派研究》、〔註34〕沈伊玲《柳如是及其詩詞研究》。
〔註35〕以上所研究者，皆明詞史上僂指可數之名家，然不免重複之
憾，尤其中明詞人之研究，以楊慎爲題者，就有三本，而晚明詞人之
研究，選題竟然幾乎不出雲間，惟陳美《明末忠義詞人研究》範圍較
廣，涉及屈大均、王夫之等不屬雲間詞派之詞人。除此之外，王秋文
《明代女詞人群體關係研究》，〔註36〕以有明一代女詞人爲題，簡要
拈出其間關係與唱酬；而研究晚明詞學者，另有二本：李娟娟《草堂
四集及古今詞統之研究》〔註37〕研究沈際飛《草堂詩餘四集》與卓人
月、徐士俊《古今詞統》，亦涉及評點詞學；郭娟玉《沈謙詞學及其
沈氏詞韻研究》〔註38〕涉及詞韻，研究進路與眾不同。

　　祝允明、文徵明、王寵，書法史稱「明三大家」；以沈周、唐寅、
文徵明、仇英爲首，繪畫史稱「吳門畫派」；由於明代吳門地區在藝
術方面頗負盛名，現代之學術研究，多集中於此一方面。文學方面，

〔註30〕陳美：《明末忠義詞人研究》（東吳大學中國文學研究所碩士論文，
　　　　1986 年 4 月）。

〔註31〕涂茂齡：《陳大樽詞的研究》（高雄師範大學國文研究所碩士論文，
　　　　1992 年 5 月）。

〔註32〕蘇菁媛：《陳子龍詞學理論及其詞研究》（彰化師範大學國文研究所
　　　　碩士論文，2004 年 6 月）。

〔註33〕白芝蓮：《夏完淳詩詞研究》（東海大學中國文學研究所碩士論文，
　　　　1995 年 4 月）。

〔註34〕鄒秀容：《雲間詞派研究》（中興大學中國文學研究所碩士論文，1998
　　　　年 6 月）。

〔註35〕沈伊玲：《柳如是及其詩詞研究》（國立台南大學教育經營與管理研
　　　　究所碩士論文，2004 年）。

〔註36〕王秋文：《明代女詞人群體關係研究》（東吳大學中國文學研究所碩
　　　　士論文，2004 年）。

〔註37〕李娟娟：《草堂四集及古今詞統之研究》（高雄師範大學國文研究所
　　　　碩士論文，1996 年 6 月）。

〔註38〕郭娟玉：《沈謙詞學及其沈氏詞韻研究》（東吳大學中國文學研究所
　　　　碩士論文，1998 年 1 月）。

簡錦松《明代文學批評研究》第三章「蘇州文苑」，〔註39〕首先以地域文學觀點，考察吳門文壇；後來范宜如《明代中期吳中文壇研究──一個地域文學的考察》，〔註40〕可說是前者的擴寫。若以體裁而分，詩與曲較早受到關注，詞之研究起步最晚、成果最少。劉毓盤《詞史》僅云：「憲孝之世，天下無故，在位者相率爲詞。吳寬匏庵詞，……以詞爲衣鉢，世豔稱之。餘則楊循吉南峰詞，……皆其最著者，異夫弘治七子，……禮失而求諸野，史鑑西村慈，論者以方馬洪爲二布衣詞，朱錫鬯詆洪詞爲俗，鑑亦未能免俗耳！」〔註41〕王易《詞曲史》更爲忽視，只提及吳寬、楊循吉、史鑑、唐寅、文徵明，各以數語，簡述生平，並舉一詞爲例。〔註42〕阮榮春《沈周》，雖未設專節討論沈周詞，然於「縱情花鳥　開創時代新風」一節，附帶提及其牡丹圖題畫詞；賞析所題之牡丹圖，細膩精采，是爲專家，至於其詞，則草草略過。〔註43〕劉綱紀《文徵明》在分析其畫作意境類型時，曾涉及文徵明七十八歲時所作的「江南春圖軸」，並對〈江南春〉倡和略加說明；又在論及「石湖清勝圖卷」、「石湖卷」時，隨筆附帶〈滿庭芳・遊石湖追和徐天全〉一詞。論詞部分，乃作爲繪畫之旁驗而已。〔註44〕蕭平《陳淳》合詩詞爲一節，僅討論曾寓目之二闋題畫詞，不及其他；且對詞作欣賞，流於簡略。蕭氏以爲其詩詞受文徵明影響甚大，頗存可議之處。〔註45〕謝建華《唐寅》中，曾提及祝允明

〔註39〕參簡錦松：《明代文學批評研究》（台北：台灣學生書局，民國78年2月初版），頁85～183。此書原爲其博士學位論文《明代中期文壇研究》（台灣大學中國文學研究所博士論文，1985年5月）。

〔註40〕范宜如：《明代中期吳中文壇研究──一個地域文學的考察》（台灣師範大學國文研究所博士論文，2001年5月）。

〔註41〕劉子庚：《詞史》，頁144。

〔註42〕參王易：《詞曲史》，頁354～358。

〔註43〕參阮榮春：《沈周》（長春：吉林美術出版社，1996年5月第1版，1997年9月第2刷），頁159～161。

〔註44〕參劉綱紀：《文徵明》（長春：吉林美術出版社，1996年5月第1版第1刷），頁115～118。

〔註45〕參蕭平：《陳淳》（長春：吉林美術出版社，1996年5月第1版，1997

與唐寅詩詞。論祝允明詩詞，「以狂放豪邁的無拘無束氣勢取勝」，論唐寅詩詞，「以寫實、自由地表達自己願望爲主」；以詞論之，言多差矣。又分析其〈踏莎行・閨情〉四闋、〈一剪梅〉二闋、〈江南春・次倪元鎭韻〉、〈謁金門・吳縣期帳詞〉、〈秦樓月・謝醫〉，均無深意。謝氏所見唐寅詞僅十三闋，視野稍窄。〔註46〕周嘉惠《詞林漫步》提及吳寬、唐寅、文徵明，以爲中有佳作，並進一步介紹唐寅，舉其〈一剪梅〉（雨打梨花深閉門）爲例，說明其詞「細膩委婉，含蓄情深，尤善寫男女相思。注意心理刻畫和周圍景色的搭配，以畫家的手筆寫詞，就格外富有詩情畫意。」〔註47〕僅得實情之一部。趙義山、李修生等《中國分體文學史詩歌卷》，一筆帶過吳寬〈采桑子〉爲「寫景佳作」，而論文徵明〈滿江紅・題宋思陵與岳武穆手敕墨本〉（拂拭殘碑），以爲「更可貴的是，在香軟之風瀰漫詞壇之時，仍有一些氣勢雄渾、論理透闢的傑作傳世」，殊不知此乃文徵明詞中異數，非其一般作風。〔註48〕黃拔荊《中國詞史》提及史鑑、文徵明二人，篇幅較前爲多。論史鑑，以爲其詞多婉麗，風格接近柳永，「小令的藝術成就比較突出」，「慢詞則變豔麗爲疏淡，少纏綿而多清曠」。論文徵明，以爲「寫景明秀多姿，寫情深婉纏綿，運筆輕放流轉，善於變化，詞語清麗，風神別具」，並依詞調〈滿江紅〉、〈漁父詞〉、〈風入松〉，分別舉例介紹；亦論及文徵明最負盛名之〈滿江紅・題宋思陵與岳武穆手敕墨本〉（拂拭殘碑），步趨前人而已。所述史鑑、文徵明詞，大致得實，然而止就表象賞析，終隔一層。〔註49〕張仲謀《明詞史》開始

年9月第2刷），頁76～81。

〔註46〕參謝建華：《唐寅》（長春：吉林美術出版社，1996年12月第1版第1刷），頁57、89～91。

〔註47〕參周嘉惠：《詞林漫步》（北京：中國文聯出版社，1999年8月第1版第1刷），頁427～428。

〔註48〕參趙義山、李修生等：《中國分體文學史詩歌卷》（上海：上海古籍出版社，2001年7月第1版，2002年6月第3刷），頁303～304。

〔註49〕參黃拔荊：《中國詞史》（福州：福建人民出版社，2003年5月第1版第1刷），下卷，頁43～49。

以相當篇幅介紹吳門詞派成員。除了專立「吳門詞派」一節，討論沈周、祝允明、唐寅、文徵明詞作之外，在第三章第一節「詞中臺閣體」中，提及王鏊；在第五節「其他詞人」中，提及吳寬、史鑑。論王鏊，以爲其詞爲酬應之具，實不足觀；論吳寬，以爲「內容多酬贈倡和，語體風格多用白話口語，這兩者決定了其詞平易自然的基本風格」；論史鑑，直指其爲一個不求仕進的「隱士」、「玩家」；論沈周，以爲「詞風近散曲，多用白話口語，求諧趣。然而其中似亦有藉此表現對各種規範與體統一概打破之自賞心態」；論祝允明，以爲其詞特點是「意淺、語俗、曲子化」，「自有一種自由灑脫之感與諧趣」；論唐寅，以爲「於詞不甚措意，亦不足名家」；論文徵明，以爲其特點有二：詩情畫意、雅潔未曲化。張氏所述，雖有可取，但流於片面，不夠深入，且某些觀點，實有待商榷。〔註50〕

第四節　研究目的

　　關於明代蘇州詞壇之研究，明初的高啓、楊基、明中葉的王世貞，挾其文學史盛名，較早得以開展；至於吳門詞派諸成員，雖已受到上述多位前輩學者的關注，限於研究方法的侷限，目前仍停滯在開創的階段，尚有許多材料需要後來研究者去發掘、閱讀、運用。本文之研究目的，不止在於填補當下明代詞學研究之空闕，更自期能夠描述出吳門詞派之活動概況，深入每一闋詞作，不枉詞人之詞心。

第五節　研究方法

　　藝術理念決定表現方式；終點決定路徑；目的決定方法。本文之研究方法，略分爲三方面：

　　第一，原始文獻之蒐集。

　　古典文學之研究，首重文獻之掌握；若文獻掌握不全，研究往往

〔註50〕參張仲謀：《明詞史》，頁87、106、111～112、115～117、162～172。

有所偏頗。既以詞派爲題目，則詞派成員詞作之蒐集，最爲必要。趙
尊嶽《明詞彙刊》，〔註51〕初步纂輯有明一代詞爲一編，爲明詞研究
者所必備。後來饒宗頤、張璋《全明詞》〔註52〕所收錄，更爲完備，
提供了不少方便，然而存在不少問題，收詞亦有闕誤，〔註53〕就吳門
詞派而言，尚有不足之處。饒宗頤、張璋《全明詞》輯校之法，多從
眾人總集、個人別集、明詞選入手，劃地而自限，故對明代以後多才
多藝文人之詞的蒐集，頗多遺漏。周道振輯校之《文徵明集》、〔註54〕
周道振、張月尊輯校之《唐伯虎全集》，〔註55〕不止從別集刊本入手，
更從書畫筆記、墨跡，整理出豐富成果，缺憾在於忽視總集。筆者以
前人爲師，多方參考有關於詞派成員之眾人總集、個人別集，以及明
清以來各種明詞選、書畫筆記、叢談、墨跡，就其所見，編成《吳門
詞校箋》，以爲本文附錄。知人論世，是傳統研究方法，也是最爲基
礎的研究方法。通過知人論世，往往可以窺見作品深處之用心。故詞
人別集、友朋交遊、他人評論等等文獻之掌握，甚爲緊要。有必要之
時，不妨引用詩文創作，發揮以詩證史、以史證詞之功效。

〔註51〕趙尊嶽：《明詞彙刊》（上海：上海古籍出版社，1992年7月第1版
第1刷）。

〔註52〕饒宗頤、張璋：《全明詞》（北京：中華書局，2004年1月第1版北
京第1刷）。

〔註53〕參潘承玉、吳豔玲：〈雕琢未周、瑕疵明顯的大工程——《全明詞》、
《全清詞‧順康卷》疏誤綜檢〉，《求索》，2004年7月，頁181～
184；張仲謀：〈《全明詞》補輯〉，《徐州師範大學學報（哲學社會科
學版）》，第30卷第6期，2004年11月，頁47～52；王兆鵬、吳麗
娜：〈《全明詞》的缺失訂補〉，《中國文化研究》，2005年春之卷，頁
123～130；王兆鵬、胡曉燕：〈《全明詞》漏收1000首補目〉，《上海
大學學報（社會科學版）》，2005年1月第12卷第1期，頁5～11；
張仲謀：〈《全明詞》采錄作品考源〉，《南京師大學報（社會科學
版）》，2005年5月第3期，頁115～119。

〔註54〕〔明〕文徵明著；周道振輯校：《文徵明集》（上海：上海古籍出版
社，1987年10月第1版第1刷）。

〔註55〕周道振、張月尊：《唐伯虎全集》（杭州：中國美術學院出版社，2002
年3月第1版第1刷）。

　　第二，詞學背景之瞭解。

　　一地有一地之文學傳統，詞學也不例外。由於吳門詞派以書畫藝術家爲組成特色，當地的前輩藝術家詞人自然影響甚深，最著名者，當爲元代文人畫四大家：黃公望、吳鎮、倪瓚、王蒙；又由於政治因素，當地的前輩名士詞人，身處風雲詭譎之中，舉其要者，當爲明初吳中四傑：高啓、楊基、徐賁、張雨。再者，當代的詞學思潮，影響詞人對詞體的觀感，決定了詞與詩、文、曲相異或共通之處，表達的情感也跟著有所變化。復次，文學本爲表現個人生活與情感之產物，而詞人詞作之表現，亦與其生活方式與文學精神之呈現，互爲一致。

　　第三，詞人詞作之分析。

　　研究詞學，當以讀詞爲主，其他爲輔。清代如周濟、陳廷焯、況周頤等傳統詞論家，論詞皆流於印象化，且對詞人之風格特色，皆以宏觀、整體的方式出之，而非微觀、具體地對每一首詞進行評論。再者，晚清以來，如俞平伯之《唐宋詞選釋》、龍榆生之《唐宋名家詞選》等，以至於近代新出版的詞選，其體例不外作者小傳、詞作箋注，雖然有助於讀者，仍有不足之處。要解決上述二點缺憾，則非從「組織結構」角度切入不可。從「組織結構」觀點著眼，唐圭璋認爲有兩項優點可供考察：其一，就「讀詞作詞」而言，唐圭璋〈論詞之作法〉云：「作詞必先讀詞，……不讀詞，不能解詞，不能解詞，何能作詞？就一詞論：一詞之結構如何？一詞之命意如何？一詞之襯副如何？以及如何承接轉折、開合呼應之法如何？俱非熟讀深思，不能剖析精微，體察分明。就一家論：一家之面目如何？一家之眞價如何？一家之弊病如何？以及淵源如何？影響如何？亦非熟讀深思，不能眞知灼見，融會貫通。」〔註56〕經過對詞作仔細分析，見其層次與描繪，有益於作詞，更是詞學研究的基礎。其二，就「知詞論詞」而言，讀

〔註56〕唐圭璋：《詞學論叢》（台北：宏業書局，民國 77 年 9 月再版），頁
　　838～839。

詞是體察融會的手段，〈論詞之作法〉又云：「使不熟讀深思，但取古人詞集，翻閱一過，必不能知古人之甘苦。古人之纖巧淺俗處，或且以為上品；而古人慘淡經意、精力彌滿處，反不能見及。」〔註57〕不僅可以增進對前人論詞之正確理解，亦能砥礪自己的見識，不人云亦云，自出精采。

〔註57〕唐圭璋：《詞學論叢》，頁839。

第二章　明代初中期詞學觀

　　人稱明代爲詞學之中衰，然而現存之明代詞學文獻，除《詞話叢編》、《唐宋詞集序跋匯編》、〔註1〕《詞籍序跋萃編》、〔註2〕《中國歷代詞學論著選》、〔註3〕《歷代詞話》〔註4〕所輯，可供便索之外，張仲謀亦稱：「已輯出明人所作詞集序跋一百六十餘篇，散見于明人文集、詩話中的詞話六百餘條。其中，以人而論，論詞文字較多，可以以詞話名書獨立成卷的，如單宇《菊坡詞話》、黃溥《石崖詞話》、陸深《儼山詞話》、郎瑛《草橋詞話》、俞弁《山橋暇語》、郭子章《豫章詞話》、胡應麟《少室山房詞話》、曹學佺《石倉詞話》等，至少不下十餘家。如果把這些散見的論詞文字匯成一編，當成數十萬字的巨帙。」〔註5〕則明代詞學實爲一有待梳理之園地，值得學者繼續投入研究開發。本節所關注者，主要在於明中葉文壇上普遍認同之詞學觀點，偶涉明初，則以其有一貫性之故。

〔註1〕金啓華等：《唐宋詞集序跋匯編》（蘇州：江蘇教育出版社，1990年5月第1版第1刷）。

〔註2〕施蟄存：《詞籍序跋萃編》（北京：中國社會科學出版社，1994年12月第1版第1刷）。

〔註3〕陳良運：《中國歷代詞學論著選》（南昌：百花洲文藝出版社，1998年8月第1版第1刷）。

〔註4〕張璋等：《歷代詞話》（鄭州：大象出版社，2002年3月第1版第1刷）。

〔註5〕張仲謀：《明詞史》，頁343。

第一節　詞源論：上溯六朝

　　元中葉以後，詞與音樂分離漸遠，北曲正式取代詞之地位，成爲最盛行之文學體裁。詞漸漸轉變爲古典之一，以純文字的方式被寫作、被閱讀。明人對於詞的認識，由於時空的距離，也開始變得陌生。另外，對於詞這樣曾經盛行一代的文學體裁，明人也開始嘗試著探索它的本質謂何。詞之起源，便是明人詞學的重點之一。

　　詞乃是爲配合唐代燕樂而產生的音樂文學，是二十世紀以後方才定論的研究成果，追溯其研究的始末，至早也是清人凌廷堪的《燕樂考原》首發其難。俞彥《爰園詞話》云：「詩詞，末技也，而名樂府。古人凡歌，必比之鐘鼓管絃，詩詞所以歌，故曰樂府。不獨古人然，今人但解絲竹，率能譯一切聲爲譜，甚至隨聲應和，如素習然。故盈天地間，無非聲，無非音，則無非樂。」〔註6〕對於十五、十六世紀的明人來說，他們既缺乏對於燕樂的正確認識，又只能根據宋元以來的有限文獻，自然會陷入形式主義的泥淖之中。明中葉人對於詞體的基本概念，可以從幾則文獻中探得。吳訥（1368～1454）《文章辨體序說・凡例》云：「詞曲爲古樂府之變。」〔註7〕又，何良俊〈草堂詩餘序〉云：「夫詩餘者，古樂府之流別，而後世歌曲之濫觴也。……詩亡而後有樂府，樂府闕而後有詩餘，詩餘廢而後有歌曲。」〔註8〕又，王世貞《藝苑卮言》云：「詞者，樂府之變也。」〔註9〕都一致認爲詞是樂府的一種變體。以上說法，實出於宋人的普遍看法。如北宋胡寅〈題酒邊詞〉云：「詞曲者，古樂府之末造也。古樂府者，詩之旁流也。」〔註10〕又如南宋王灼《碧雞漫志》云：「古歌變爲古樂府，

〔註6〕〔明〕俞彥：《爰園詞話》，《詞話叢編》本，冊1，頁399。
〔註7〕〔明〕吳訥撰；于北山校點：《文章辨體序說》（北京：人民文學出版社，1962年8月北京第1版，1998年5月北京第1刷），頁10。
〔註8〕〔明〕何良俊：〈草堂詩餘序〉，張璋等：《歷代詞話》，冊上，頁346～347。
〔註9〕〔明〕王世貞：《藝苑卮言》，《詞話叢編》本，冊1，頁385。
〔註10〕〔宋〕胡寅：〈題酒邊詞〉，陳良運：《中國歷代詞學論著選》，頁78。

古樂府變為今曲子，其本一也。」〔註11〕王炎〈雙溪詩餘自序〉云：
「古詩自風雅以降，漢魏間乃有樂府，而曲居其一。今之長短句，蓋
樂府之苗裔也。」〔註12〕胡季直〈唐宋諸賢絕妙詞選序〉：「古樂府不
作，而後長短句出焉。」〔註13〕後來的徐師曾《文體明辨序說‧詩餘》
又發揮何良俊的說法：

> 按詩餘者，古樂府之流別，而後世歌曲之濫觴也。蓋自樂
> 府敗亡，聲律乖闕，李白……《花間集》……周邦彥……
> 然觀秦少游之詞，傳播人間，雖遠方女子，亦知膾炙，至
> 有好而至死者，則其感人，因可想見，殆不可謂俗體而廢之
> 也。第作者既多，中間不無昧於音節，如蘇長公者，人猶
> 以「鐵綽板唱〈大江東去〉」譏之，他復何言哉？由是詩餘
> 復不行，而金元人始為套數。曲有南北二體，九宮三調，其
> 去樂府，抑又遠矣。近時何良俊以謂詩亡而後有樂府，樂
> 府闕而後有詩餘，詩餘廢而後有歌曲，真知言哉！〔註14〕

從中大略可以看出當時人概念中已有「文體有代變」與「詞為音樂文
學」二點認識。當時人不只是有文體代變的觀念，更為普遍的是「一
代有一代之文學」之觀點。此種觀點，如今已知亦非王國維所創，清
人焦循《易餘龠錄》已有「一代有一代之所勝」之語，而明人更有此
種普遍的觀念。〔註15〕就詞而言，陸深《中和堂隨筆》曾云：「陸務
觀有言：『詩至晚唐、五季，氣格卑陋，千人一律。而長短句獨精巧
富麗，後世莫及。』蓋指溫庭筠而下云然。……大抵事之始者，後必

〔註11〕〔宋〕王灼著；岳珍校正：《碧雞漫志校正》（成都：巴蜀書社，2000
　　　年7月第1版第1刷），卷1，頁3。

〔註12〕陳良運：《中國歷代詞學論著選》，頁128。

〔註13〕〔宋〕黃昇輯；王雪玲、周曉薇校點：《花庵詞選》（瀋陽：遼寧教
　　　育出版社，1997年3月第1版第1刷），頁1。

〔註14〕〔明〕徐師曾撰；羅根澤校點：《文體明辨序說》（北京：人民文學
　　　出版社，1962年8月北京第1版，1998年5月北京第1刷），頁164
　　　～165。

〔註15〕如何景明云：「經亡而騷作，騷亡而賦作，賦亡而詩作。秦無經，漢
　　　無騷，唐無賦，宋無詩。」

難過，豈氣運然耶？……宋人之小詞，元人已不及；元人之曲調，百餘年來，亦未有能及之者。但不知今世之所作，後來亦有不能及者，果何事耶？」〔註16〕楊慎《詞品》亦云：「宋之填詞爲一代獨藝，亦猶晉之字、唐之詩，不必名家而皆奇也。然奇而不傳者何限，而傳者未必皆奇。……蓋亦有幸不幸乎。」〔註17〕又，王世貞《藝苑卮言》云：「詞興而樂府亡矣，曲興而詞亡矣，非樂府與詞之亡，其調亡也。」〔註18〕徐師曾和王世貞都點出了「詞爲音樂文學」一關鍵，〔註19〕而在文體的代變過程中，音樂扮演了重要的角色；由於流行音樂的消失與新生，文學體裁也跟著衰亡與興盛。更由於音樂的亡逸，當時人縱然知道詞爲音樂之文學，但無法從音樂的角度切入，探討詞的起源，只好另外從文學的角度嘗試突破，卻掉進了形式主義的陷阱之中。

　　明中葉人探尋詞之源頭的努力，簡單瀏覽之下，大致可以分爲三方面。首先是考證詞調名稱來源。都穆《南濠詩話》首先以考證文字出處的方式來追溯詞調名之淵源：他認爲詞調多因詩句而命名，〈蝶戀花〉出於蕭綱詩、〈滿庭芳〉出於柳宗元詩、〈玉樓春〉出於白居易詩、〈丁香結〉出於古詩、〈雙葉飛〉出於杜甫詩、〈清都宴〉出於沈隱侯詩；另外有其他出處者，〈風流子〉出於《文選》、〈荔枝香〉出於《唐書・禮樂志》、〈解語花〉出於《開元天寶遺事》、〈解連環〉出於《莊子》、〈華胥引〉出於《列子》、〈塞垣春〉出於《後漢書・鮮卑傳》、〈玉燭新〉出於《爾雅》。〔註20〕都穆之後，楊慎《詞品》亦

〔註16〕〔明〕陸深：《中和堂隨筆》，《百部叢書集成》本（台北：藝文印書館，民國56年）。

〔註17〕〔明〕楊慎：《詞品》，《詞話叢編》本，冊1，卷2，頁462。

〔註18〕〔明〕王世貞：《藝苑卮言》，《詞話叢編》本，冊1，頁385。

〔註19〕楊慎《詞品》卷一云：「唐人絕句多作樂府歌，而七言絕句隨名變腔。如〈水調歌頭〉、〈春鶯囀〉、〈胡渭州〉、〈小秦王〉、〈三臺〉、〈清平調〉、〈陽關〉、〈雨淋鈴〉，皆是七言絕句而異其名，其腔調不可考矣。」可旁證明中葉人所謂樂府，乃指音樂文學而言。

〔註20〕〔明〕都穆：《南濠詩話》，《歷代詩話續編》本，冊下，頁 1343～

曾用考證文字出處的方式來嘗試追溯：他也認爲詞調名多取於詩句，〈蝶戀花〉出於蕭繹詩、〈滿庭芳〉出於吳融詩、〈點絳脣〉出於江淹詩、〈鷓鴣天〉出於鄭嵎詩、〈惜餘春〉李白賦、〈浣溪沙〉出於杜甫詩、〈青玉案〉出於張衡詩、〈西江月〉出於衛萬詩、〈瀟湘逢故人〉出於柳渾詩、〈粉蝶兒〉出於毛澤民詞、〈踏莎行〉出於韓翃詩；另外，〈菩薩蠻〉爲西域婦髻、〈蘇幕遮〉爲西域婦帽、〈尉遲盃〉因尉遲敬德事、〈蘭陵王〉因蘭陵王事、〈生查子〉因張騫事、〈阿濫堆〉出於《中朝故事》、〈烏鹽角〉出於江鄰幾《雜志》，至於〈臨江仙〉、〈女冠子〉、〈河瀆神〉、〈巫山一段雲〉、〈醉公子〉、〈如夢令〉、〈搗練子〉、〈人月圓〉、〈乾荷葉〉等，皆爲「緣題所賦」，〔註 21〕內容與詞調名相一致，也就是楊愼所說的「唐詞本體」、〔註 22〕「唐人之意」、〔註 23〕「唐詞之意」〔註 24〕了。〔註 25〕王世貞則從中注意到詞調來源的多元化：

　　〈昔昔鹽〉、〈阿鵲鹽〉、〈阿濫堆〉、〈突厥鹽〉、〈舒勒鹽〉、〈阿那瑊〉之類，調名之所由起也。其名不類中國者，歌曲變態，起自羌胡故耳。然自〈昔昔鹽〉排律外，餘多七言絕，有其名而無其調。隋煬、李白調始生矣。然〈望江南〉、〈憶秦娥〉則以辭起調者也，〈菩薩蠻〉則以詞按調者也。〔註 26〕

詞調有源自本國者，有源自異國者，有「以辭起調」者，有「以詞按調」者。所謂「鹽」，即「曲之別名」。〔註 27〕用文字出處的方式來溯源，顯得穿鑿附會，缺乏有力依據，並且存在因解人之隨意性而產生

　　　　1344。
〔註 21〕〔明〕楊愼：《詞品》，《詞話叢編》本，冊 1，卷 1，頁 432。
〔註 22〕〔明〕楊愼：《詞品》，《詞話叢編》本，冊 1，卷 1，頁 433。
〔註 23〕〔明〕楊愼：《詞品》，《詞話叢編》本，冊 1，卷 1，頁 433。
〔註 24〕〔明〕楊愼：《詞品》，《詞話叢編》本，冊 1，卷 1，頁 434。
〔註 25〕〔明〕楊愼：《詞品》，《詞話叢編》本，冊 1，卷 1，頁 428～434。
〔註 26〕〔明〕王世貞：《藝苑卮言》，《詞話叢編》本，冊 1，頁 386。
〔註 27〕〔明〕楊愼：《詞品》，《詞話叢編》本，冊 1，卷 1，頁 429。

的矛盾。如〈滿庭芳〉，都穆認爲出於柳宗元詩，楊愼則認爲出於吳融詩，不知何是。〔註28〕然而，如此的考證方式，清代亦有人承繼發揚，即毛先舒《填詞名解》。

其次是從詞體句式的長短句型態來追溯淵源。楊愼《詞品·序》云：

> 詩詞同工而異曲，共源而分派。在六朝，若陶弘景之〈寒夜怨〉，梁武帝之〈江南弄〉，陸瓊之〈飲酒樂〉，隋煬帝之〈望江南〉，填詞之體已具矣。若唐人之七言律，即填詞之〈瑞鷓鴣〉也。七言律之仄韻，即填詞之〈玉樓春〉也。若韋應物之〈三臺曲〉、〈調笑令〉，劉禹錫之〈竹枝詞〉、〈浪淘沙〉，新聲迭出。孟蜀之《花間》，南唐之《蘭畹》，則其體大備矣。豈非共源同工乎。然詩聖如杜子美，而填詞若太白之〈憶秦娥〉、〈菩薩蠻〉者，集中絕無。宋人如秦少游、辛稼軒，詞極工矣，而詩殊不強人意。疑若獨藝然者，豈非異曲分派之說乎。〔註29〕

陳霆《渚山堂詞話·序》云：

> 始余著詞話，謂南詞起於唐，蓋本諸玉林之說。至其以李白〈菩薩蠻〉爲百代詞曲祖，以今考之，殆非也。隋煬帝築西苑，鑿五湖，上環十六院。帝嘗泛舟湖中，作〈望江南〉等闋，令宮人倚聲爲棹歌。〈望江南〉列今樂府。以是又疑南詞起於隋。然亦非也。北齊蘭陵王長恭及周戰而勝，於軍中作〈蘭陵王曲〉歌之。今樂府〈蘭陵王〉是也。然則南詞始於南北朝，轉入隋而著，至唐宋昉製耳。〔註30〕

王世貞《藝苑巵言》云：

> 詞者，樂府之變也。昔人爲李太白〈菩薩蠻〉、〈憶秦娥〉，楊用修又傳其〈清平樂〉二首，以爲詞祖。不知隋煬帝已有〈望江南〉詞。蓋六朝諸君臣，頌酒賡色，務裁豔語，

〔註28〕另外，〈蝶戀花〉之命名，都穆以爲出於蕭綱詩，楊愼以爲出於蕭繹詩，而兩人所引詩句相同。所引「翻階蛺蝶戀花情」實爲蕭綱詩。

〔註29〕〔明〕楊愼：《詞品》，《詞話叢編》本，冊1，頁408。

〔註30〕〔明〕陳霆：《渚山堂詞話》，《詞話叢編》本，冊1，頁347。

　　默啟詞端，實爲濫觴之始。〔註31〕

三人所說，意見大致相同。黃昇《唐宋諸賢絕妙詞選》選李白〈菩薩
蠻〉、〈憶秦娥〉二詞，以爲百代詞曲之祖。其〈中興以來絕妙詞選序〉
云：「長短句始於唐，盛於宋。」〔註32〕原來以爲詞起源於唐人李白
的說法，即出此處。然而，按當時人尙古好奇而以博學爲高的習性，
並不滿足於此。他們上溯歷代，發現隋煬帝〈望江南〉體式爲長短句，
於是將詞的起源推至隋代；又發現了六朝的〈蘭陵王〉跟〈江南弄〉
等，於是又將詞的起源推至六朝。楊愼等人認爲詞濫觴於六朝的說
法，其實出於五代兩宋人一般看法。如歐陽炯〈花間集序〉：詞「自
南朝之宮體」；〔註33〕胡仔《苕溪漁隱叢話》前集卷五十九引宋人《雪
浪齋日記》論晏幾道詞「不愧六朝宮披體」；陸游〈跋花間集〉：《花
間集》「適與六朝跌蕩意氣差近」；〔註34〕朱弁《曲洧舊聞》：「詞起於
唐人，而六代已濫觴矣。梁武帝有〈江南弄〉，陳後主有〈玉樹後庭
花〉，隋煬帝有〈夜飲朝眠曲〉，豈獨五代之主，蜀之王衍、孟昶，南
唐之李璟、李煜，吳越之錢俶，以工小詞爲能文哉。」〔註35〕明人矜
恃博學，詞源之說皆有所承。爲了推廣此說，楊愼《詞品》中相關論
述最多。

　　茲引述二條，以見其端：
　　　陶弘景〈寒夜怨〉云：「夜雲生。夜鴻驚。悽切嘹唳傷夜情。」
　　後世塡詞，〈梅花引〉格韻似之，後換頭微異。〔註36〕

　　　梁武帝〈江南弄〉云：「眾花雜色滿上林。舒芳耀彩垂輕陰。
　　連手躞躞舞春心。舞春心。臨歲腴。中人望，獨踟躕。」
　　此詞絕妙。塡詞起於唐人，而六朝已濫觴矣。其餘若美人

〔註31〕〔明〕王世貞：《藝苑巵言》，《詞話叢編》本，冊1，頁385。
〔註32〕〔宋〕黃昇輯；王雪玲、周曉薇校點：《花庵詞選》，頁151。
〔註33〕陳良運：《中國歷代詞學論著選》，頁20。
〔註34〕陳良運：《中國歷代詞學論著選》，頁108。
〔註35〕〔清〕馮金伯：《詞苑粹編》，《詞話叢編》本，冊2，頁1756～1757。
　　　　今本《曲洧舊聞》無此條文字。
〔註36〕〔明〕楊愼：《詞品》，《詞話叢編》本，冊1，卷1，頁421。

聯錦、江南稚女諸篇皆是。樂府具載，不盡錄也。〔註37〕

由於音樂的失傳，他們便輕易相信文獻記載，替朱弁之說廣爲宣傳，不惜臚列詩句以爲事證，卻沒想到六朝樂府與詞所用的音樂不同，一切苦心皆爲白費。六朝樂府所用音樂爲清商樂，詞所用者爲燕樂，而且詞乃是一種經過律化的音樂文學，不管是用字、用韻，或是結構，在在有其用意之處。

復次，明中葉人將詞的源頭推至六朝，不只是由於長短句形式，還注意到詞與六朝詩在寫作風格上的類似。楊愼《詞品》評隋煬帝〈夜飲朝眠曲〉二首云：「二詞風致婉麗。」〔註38〕評梁僧法雲〈三洲歌〉云：「江左詞人多風致，而僧亦如此，不獨惠休之碧雲也。」〔註39〕皆強調其風致。所謂的風致，即「風華情致」。楊愼《詞品》云：

> 大率六朝人詩，風華情致，若作長短句，即是詞也。宋人長短句雖盛，而其下者，有曲詩、曲論之弊，終非詞之本色。予論填詞必泝六朝，亦昔人窮探黃河源之意也。〔註40〕

從這裡更可看出當時人從形式上的長短句來判斷詞之源頭。所謂「風華情致」之長短句，便是其心目中本色當行的詞。王世貞亦有類似的說法，前引《藝苑卮言》云：「六朝諸君臣，頌酒賡色，務裁豔語，默啓詞端，實爲濫觴之始。」〔註41〕六朝詩之靡麗，人所共知。既然對於詞在理論上的認識如此，在實際創作上，也有相同的影響。王世貞《藝苑卮言》曾評楊愼詞云：「楊狀元用修，好入六朝麗事，似近而遠。」〔註42〕所謂的「似近而遠」，就是說他在創作上擅爲抒情小詞，造語穠麗，恰似六朝人；深論其創作淵源，正如詞之源頭，可遠

〔註37〕〔明〕楊愼：《詞品》，《詞話叢編》本，冊1，卷1，頁421。
〔註38〕〔明〕楊愼：《詞品》，《詞話叢編》本，冊1，卷1，頁422。
〔註39〕〔明〕楊愼：《詞品》，《詞話叢編》本，冊1，卷1，頁422。
〔註40〕〔明〕楊愼：《詞品》，《詞話叢編》本，冊1，卷1，頁425。
〔註41〕〔明〕王世貞：《藝苑卮言》，《詞話叢編》本，冊1，頁385。
〔註42〕〔明〕王世貞：《藝苑卮言》，《詞話叢編》本，冊1，頁393。

溯至六朝。另外，楊愼也極重視使用六朝語的問題，在《詞品》中往往言之。〔註43〕

第二節　詞風論：婉約爲正

　　以上諸家將詞溯源至六朝的說法，乃是承接宋人說法而來。至於以婉約爲正的觀點，亦復如此，乃承繼宋人陳師道「本色」、〔註44〕李清照「別是一家」〔註45〕理論。前引楊愼《詞品》已言，他認爲詞之本色即是「風華情致」。稍在楊愼之前，張綖在其《詩餘圖譜·凡例》云：「按詞體大略有二：一體婉約，一體豪放。婉約者欲其詞情蘊藉，豪放者欲其氣象恢弘。蓋亦存乎其人。如秦少游之作，多是婉約；蘇子瞻之作，多是豪放。大抵詞體以婉約爲正，固蘇軾稱少游今之詞手；後山評東坡詞雖極天下之工，要非本色。」〔註46〕首先將詞體風格分爲二大類：婉約跟豪放。如此看法，對後來詞學影響甚深，數百年間皆不出此彀。「以婉約爲正」「本色」亦是當時普遍意見。所

〔註43〕楊愼《詞品》卷一云：「歐陽公『草薰風暖搖征轡』，乃用江淹〈別賦〉『閨中風暖，陌上草薰』之語也。蘇公詞『照野瀰瀰淺浪，橫空曖曖微宵』，乃用陶淵明『山滌餘靄，宇曖微宵』之語也。填詞雖於文爲末，而非自選詩樂府來，亦不能入妙。李易安詞『清露晨流，新桐初引』，乃全用《世說》語。女流有此，在男子亦秦、周之流也。」又，同卷云：「『天氣殊未佳，汝定成行否。寒食近，且住爲佳爾。』此晉無名氏帖中語也。辛稼軒融化作〈霜天曉角〉詞云：『吳頭楚尾。一棹人千里。休說舊愁新恨，長亭樹，今如此。　宦遊吾倦矣，玉人留我醉。明日落花寒食，得且住，爲佳爾。』晉人語本入妙，而詞又融化之如此，可謂珠璧相照矣。」

〔註44〕〔宋〕陳師道：《後山詩話》，《歷代詩話》本（北京：中華書局，1981年4月第1版，1997年3月北京第1刷），冊上，頁309。陳師道《後山詩話》云：「退之以文爲詩，子瞻以詩爲詞，如教坊雷大使之舞，雖極天下之工，要非本色。當今詞手，爲秦七、黃九爾，唐諸人不迨也。」

〔註45〕〔宋〕李清照撰：徐培均箋注：《李清照集箋注》（上海：上海古籍出版社，2002年4月第1版第1刷），頁267。

〔註46〕〔明〕張綖：《詩餘圖譜·凡例》，張璋等：《歷代詞話》，冊上，頁228。

謂「蓋亦存乎其人」，則是指詞作之風格主要依個人性情不同而有所變化。後來的徐師曾，立場較之更為偏移，其徐師曾《文體明辨序說・詩餘》云：「至論其詞，則有婉約者，有豪放者。婉約者欲其辭情蘊藉，豪放者欲其氣象恢弘，蓋雖各因其質，而詞貴感人，要當以婉約為正。否則雖極精工，終乖本色，非有識之所取也。學者詳之。」〔註47〕觀點雖就張綖處來，但是特別指出「非有識之所取」一句話，則較張綖更為強硬一些。時代更後一點的王世貞，立場更為堅定，將婉約、豪放分出正變之次序。其《藝苑卮言》云：

> 蓋六朝諸君臣，頌酒賡色，務裁豔語，默啓詞端，實為濫觴之始。故詞須宛轉緜麗，淺至儇俏，挾春月煙花於閨幨內奏之，一語之豔，令人魂絕，一字之工，令人色飛，乃為貴耳。至於慷慨磊落，縱橫豪爽，抑亦其次。不作可耳。作則寧為大雅罪人，勿儒冠而胡服也。〔註48〕

陸機〈文賦〉云：「詩緣情而綺靡。」〔註49〕由於詞源於六朝，所以認定詞的本色為婉約，為詞之正，必須「一語之豔，令人魂絕，一字之工，令人色飛」。落實到具體作品上，則「李氏、晏氏父子、耆卿、子野、美成、少游、易安至矣，詞之正宗也。」〔註50〕至於「慷慨磊落，縱橫豪爽」的作品，則屬於第二流，為詞之變。落實到具體作品上，則「溫韋豔而促，黃九精而險，長公麗而壯，幼安辨而奇，又其次也，詞之變體也。」〔註51〕所謂「溫飛卿所作詞曰《金荃集》，唐

〔註47〕〔明〕徐師曾撰：羅根澤校點：《文體明辨序說》（北京：人民文學出版社，1962 年 8 月北京第 1 版，1998 年 5 月北京第 1 刷），頁 165。

〔註48〕〔明〕王世貞：《藝苑卮言》，《詞話叢編》本，冊 1，頁 385。

〔註49〕〔梁〕蕭統編：〔唐〕李善注：《文選》（台北：華正書局，民國 84 年 10 月版），卷 17，頁 241。

〔註50〕〔明〕王世貞：《藝苑卮言》，《詞話叢編》本，冊 1，頁 385。

〔註51〕〔明〕王世貞：《藝苑卮言》，《詞話叢編》本，冊 1，頁 385。又，王世貞《藝苑卮言》云：「詞至辛稼軒而變，其源實自蘇長公，至劉改之諸公極矣。南宋如曾覿、張掄輩應別之作，志在鋪張，故多雄麗。稼軒軰撫時之作，意存感慨，故饒明爽。然而穠情致語，幾於

人詞有集曰《蘭畹》，蓋皆取其香而弱也。然則雄壯者，固次之矣。」
〔註52〕《蘭畹》即宋人孔夷所輯之《蘭畹曲會》。〔註53〕「香而弱」
正是「宛轉縣麗，淺至儇俏」的省語。「勿儒冠而胡服」，非婉約不可
的觀點雖然有其偏頗之處，但卻是當時一致的看法。

　　這種崇尚婉約的詞學觀，也體現在當時人所愛尚和編纂的選本之
中。譬如《花間集》和《草堂詩餘》。五代趙崇祚編《花間集》，收晚
唐五代十八位詞人五百首詞作，歐陽炯序之云：「有綺筵公子、繡幌
佳人，遞葉葉之花箋，文抽麗錦；舉纖纖之玉指，拍按香檀。不無清
絕之詞，用助嬌嬈之態。自南朝之宮體，扇北里之倡風。何止言之不
文，所謂秀而不實。」〔註54〕正中陳霆、楊慎、王世貞諸人之下懷，
亦可見詞源六朝的觀點與〈花間集序〉之間的內在關聯。《花間集》
對宋代詞人創作影響甚深，如北宋李之儀〈跋吳思道小詞〉敘述吳思
道作詞「覃思精詣，專以《花間》所集為準」，〔註55〕又如南宋陳善
《捫蝨新話》亦言：「唐末詩格卑陋，而小詞最為奇絕。今世人盡力
追之，不能及者，予故嘗以唐《花間集》當為長短句之宗。」〔註56〕
而在明代以後，與《草堂詩餘》並行之勢，日盛一日。清人王昶《明
詞綜‧序》即云：「及永樂以後，南宋諸名家詞皆不顯於世，惟《花
間》、《草堂》諸集盛行。」〔註57〕今存刻本中，最早的是南宋紹興十
八年（1148）晁謙之建康刻本，其次是淳熙年間（1174～1189）鄂州

　　盡矣。」
〔註52〕〔明〕王世貞：《藝苑卮言》，《詞話叢編》本，冊1，頁386。
〔註53〕參看饒宗頤：《詞集考（唐五代宋金元編）》（北京：中華書局，1992
　　　　年10月第1版北京第1刷），頁345～346。
〔註54〕〔後蜀〕趙崇祚輯；陳紅彥校點：《花間集》（瀋陽：遼寧教育出版
　　　　社，1998年12月第1版第1刷），頁1。
〔註55〕〔宋〕李之儀：〈跋吳思道小詞〉，陳良運：《中國歷代詞學論著選》，
　　　　頁63。
〔註56〕施蟄存、陳如江：《宋元詞話》（上海：上海書店出版社，1999年2
　　　　月第1版第1刷），頁307。
〔註57〕〔清〕王昶輯；王兆鵬校點：《明詞綜》（瀋陽：遼寧教育出版社，
　　　　1997年3月第1版第1刷），頁1。

刻本。明清傳刻，多依據此兩種版本。就明中葉而言，即有吳訥《唐宋名賢百家詞》本、紫芝漫鈔《宋元名家詞》本，正德十六年（1521）陸元大刻本，影刊晁謙之本，改正部分錯誤。〔註58〕

　　王世貞《藝苑卮言》曾云：「《花間》以小語致巧，《世說》靡也。《草堂》以麗字取妍，六朝隃也。即詞號稱詩餘，然而詩人不爲也。何者，其婉變而近情也，足以移情而奪嗜。其柔靡而近俗也，詩嘽緩而就之，而不知其下也。之詩而詞，非詞也。之詞而詩，非詩也。」〔註59〕點出了當時「主情近俗」的主流詞學觀。以《花間集》爲唐詞之典範，以《草堂詩餘》爲宋詞之典範。明季陳耀文編《花草粹編》，自序云：「自昔選次者眾矣，唐則有《花間集》，宋則《草堂詩餘》。」〔註60〕即以花代表唐詞，以草代表宋詞。可見有明一代皆維持如此的觀念。既然以詞爲宋代獨到的文學藝術，繼宋元之後的明代，需要一本足以代表宋詞的選本，與《花間集》歌本性質相類的《草堂詩餘》之所以一齊被當作詞學圭臬，也就可以理解的了。何良俊〈草堂詩餘序〉云：

> 樂府以鴥徑揚厲爲工，詩餘以婉麗流暢爲美。如周清眞、張子野、秦少游、晏叔原諸人之作，柔情曼聲，摹寫殆盡，正詞家所謂當行，所謂本色者也。後人即其舊詞稍加櫽括，便成名曲，至今歌之，猶聳心以動聽。嗚呼！是可不謂工哉。余家有宋人詩餘六十餘種，求其精絕者，要亦不出此編矣。他日有心者，上探元聲，下采眾說，是編或大有裨焉。勿謂其文句之工，足以備歌曲之用，爲賓燕之娛耳也。〔註61〕

從中可以看見當時人對《草堂詩餘》的主要看法。楊愼在《詞品》中

〔註58〕可參見王兆鵬：《詞學史料學》（北京：中華書局，2004 年 5 月第 1 版北京第 1 刷），頁 304～307。

〔註59〕〔明〕王世貞：《藝苑卮言》，《詞話叢編》本，冊 1，頁 385。

〔註60〕〔明〕陳耀文：《花草粹編・自序》，張璋等：《歷代詞話》，冊上，頁 364。

〔註61〕〔明〕何良俊：〈草堂詩餘序〉，張璋等：《歷代詞話》，冊上，頁 347。

多評述《草堂詩餘》之處，其序甚至特意爲《草堂詩餘》解釋名義所在：「昔宋人選塡詞曰《草堂詩餘》。其曰草堂者，太白詩名《草堂集》，見鄭樵書目。太白本蜀人，而草堂在蜀，懷故國之意也。曰詩餘者，〈憶秦娥〉、〈菩薩鬘〉二首爲詩之餘，而百代詞曲之祖也。今士林多傳其書，而昧其名。故於余所著《詞品》首著之云。」〔註62〕儘管楊愼的論述不無認知上的錯誤，而《草堂詩餘》在其心目中的重要地位，亦由此可見。從《草堂詩餘》的入選作者看，如周邦彥、柳永等人，幾乎均爲婉約詞人。即使是被選入的蘇軾、辛棄疾，所選作品也偏向婉約一類。從內容來看，也是不出寫景抒情的傳統範疇。從風格及技巧看，好用雙調句式，多擇聲情舒緩之詞調，「柔情曼聲」。〔註63〕基於「詩餘以婉麗流暢爲美」的觀點，對於《草堂詩餘》所選之作，正是詞之當行本色。

　　當時的《草堂詩餘》，不同於《花間集》已有相當數量版本的刻印流傳，且作爲新的標準，需要大量的刊刻加以流傳。隨著明中葉以後各方面的發展，在圖書出版方面，也跟著繁盛起來。李詡《戒庵老人漫筆》云：「余少時學舉子業，並無刊本窗稿。……今滿目皆坊刻矣，亦世風華實之一驗也。」〔註64〕李詡所謂「學舉子業」，大概是指嘉靖（1522～1566）之初，而所謂今日，則是指隆慶（1567～1572）、萬曆（1572～1620）之間，說明了「明代出版業的勃興、出版物的驟然激增，是在嘉靖中葉之後。」〔註65〕若就《草堂詩餘》的出版來說，也可考見相同的情形。今日可知的《草堂詩餘》版本一共有三十九種，朱明之初僅有一種，明中葉有十四種，明季則有二十四

〔註62〕〔明〕楊愼：《詞品》，《詞話叢編》本，冊1，頁408。

〔註63〕參楊萬里：〈論《草堂詩餘》成書的原因〉，《文學遺產》，2001年第5期，頁51～59。

〔註64〕〔明〕李詡：《戒庵老人漫筆》（北京：中華書局，1982年2月第1版，1997年12月湖北第2刷），卷8，頁334。

〔註65〕繆咏禾：《明代出版史稿》（南京：江蘇人民出版社，2000年10月第1版第1刷），頁15。

種之多。〔註66〕從中可見《草堂詩餘》之盛行，正是從明中葉以後大放其端、暢其枝葉的。僅錄明中葉十四種，以見其端：

1. 成化十六年（1480），《增修箋注妙選群英草堂詩餘》前集二卷後集二卷，劉氏日新書堂刊本。〔註67〕

2. 明李東陽輯南詞本。

3. 明祝允明小楷書本。〔註68〕

4. 明葉盛《篆竹堂書目》著錄《草堂詩餘》一冊。

5. 嘉靖年間，《篆詩餘》，高唐王岱翁刊篆文本。

6. 嘉靖十六年（1537），《新刊古今名賢草堂詩餘》六卷，李謹輯，劉時濟刻本。

7. 嘉靖十七年（1538），《草堂詩餘別錄》一卷，張綖選評，〔註69〕明黎儀抄本。

8. 嘉靖十七年（1538），《精選名賢詞話草堂詩餘》二卷，陳鍾秀校刊本。

9. 嘉靖十九年（1540），高儒《百川書志》著錄《草堂詩餘》四卷。

10. 嘉靖二十八年（1549），《標注續錄》著錄李謹刊本《草堂詩餘》。

〔註66〕孫克強：《清代詞學》（北京：中國社會科學出版社，2004 年 7 月第 1 版第 1 刷），頁 91～93。

〔註67〕陶子珍：《明代詞選研究》（東吳大學中國文學系博士論文，民國 90 年 6 月），頁 38。

〔註68〕見〔清〕卞永譽：《式古堂書畫彙考》，《四庫全書藝術叢書》本，冊 11，卷 25，頁 104。〔明〕張丑：《清河書畫舫》云：「錫山華氏寶藏希哲小楷《草堂詩餘》全部師鍾元常、履吉正書《尚書》、《毛詩》全本師王逸少，足稱雙璧，而希哲尤沉著痛快。」

〔註69〕駱兆平：〈天一閣明抄本聞見錄〉著錄《草堂詩餘別錄》一卷：「明張綖撰。抄本。見薛目。散出後由劉氏嘉業堂收藏，周子美編《嘉業堂抄校本目錄》載『明張綖選評，明抄本一冊，天一閣藏。』」見於駱兆平：《新編天一閣書目》（北京：中華書局，1996 年 7 月第 1 版北京第 1 刷），頁 334。

11. 嘉靖二十九年（1550），《類編草堂詩餘》四卷，武陵逸史編次，開雲山農校正，顧汝所刻本。

12. 嘉靖三十三年（1554），《草堂詩餘》前集二卷後集二卷，楊金刻本。

13. 嘉靖末，《增修箋注妙選群英草堂詩餘》前集二卷後集二卷，春山居士校刊本，安蕭荊聚刻本。

14. 約嘉靖末，《草堂詩餘》五卷，楊慎評點，閔瑛璧校訂，閔瑛璧刻朱墨套印本。

　　以上有關編纂者中，不乏詞人，如祝允明、張綖、楊慎等人，各以不同的方式來表達對《草堂詩餘》的喜愛。祝允明爲有明一代大書家，遂以小楷書《草堂詩餘》全本。張綖、楊慎爲著名詞論家，皆爲之評點。另外，同時之人陳鐸，著有《草堂餘意》，幾乎遍和《草堂詩餘》。張綖《草堂詩餘別錄》不僅是評點，也是一本詞選。趙尊嶽〈詞籍提要〉附錄張綖〈草堂詩餘別錄跋〉云：「歌詠以養性情，故歌聲之詞，有不得而廢者。……吳文節公於《文章辨體》，亦有取焉。……當時集本亦多，惟《草堂詩話》（案：當爲《草堂詩餘》）流行於世，其間復猥雜不粹。今觀老先生硃筆點取，皆和平高麗之調，誠可則而可歌。復命愚生再校，輒敢盡其愚見。因於各詞下，漫注數語，略見去取之意，別爲一錄呈上。」〔註70〕吳訥曾編《文章辨體》一總集，按照文體，彙編歷代作品。《草堂詩餘別錄》即因其中「近代詞曲」一部而來，體現了吳訥和張綖的詞學觀點。

　　張綖又有《詩餘圖譜》，嘗試探討詞之格律，爲詞學史上第一部詞譜。亦可看作一詞之選本。其《詩餘圖譜・凡例》云：「今所錄爲式者，必是婉約，庶得詞體，又有惟取音節中調、不暇擇其詞之工者，覽者詳之。」〔註71〕於平仄譜旁選錄詞作，均以婉約爲準，兼取

〔註70〕趙尊嶽：〈詞籍提要〉，《詞學季刊》，第 3 卷第 1 號，頁 52。

〔註71〕〔明〕張綖：《詩餘圖譜・凡例》，陳良運：《中國歷代詞學論著選》，頁 275。

音節中調者。至於楊慎，則曾經編選過多種詞選。可知者有《詞林萬選》、《百琲明珠》、《草堂詩餘補遺》、《填詞選格》、《古今詞英》、《填詞玉屑》、《詞選增奇》等，〔註72〕然今日可見者僅《詞林萬選》、《百琲明珠》兩種。《詞林萬選》編於楊慎遠謫雲南之際，任良幹序之云：

> 升庵太史公家藏有唐宋五百家詞，頗爲全備，暇日取其尤綺練者四卷，名曰《詞林萬選》，皆《草堂詩餘》之所未收者也。間出以示走。走驟而閱之，依綠水泛芙蓉，不足其爲麗也；如九畹之靈芝，咽三危之瑞露，不足其爲甘也；分織女之機絲，秉鮫人之綃杼，不足其爲巧也。〔註73〕

《詞林萬選》編選範圍自唐溫庭筠至明高啟，凡 229 首，其特色爲「綺練」、「麗」、「甘」、「巧」。《百琲明珠》則刊刻於萬曆末，而成書則不晚於嘉靖末。編次混亂，以六朝梁武帝〈江南弄〉、〈三洲歌〉爲首，迄於明李東陽〈雨中花〉。杜祝進〈刻楊升庵百琲明珠引〉云：「本于性情，要於起叶，而可以般衍瀾漫，終於不老者，惟詞有焉。」〔註74〕編選觀點與《詞品》主旨相同。楊慎編選《詞林萬選》、《百琲明珠》的目的，在於推廣《詞品》之詞論、續補《草堂詩餘》之不足，以婉約作品爲主，亦選入辛棄疾〈水龍吟〉（楚天千里清秋）、〈永遇樂〉（千古江山）、張孝祥〈六州歌頭〉（長淮望斷）……等豪放之作。〔註75〕然而，《詞林萬選》、《百琲明珠》亦有可能爲後來人所僞

〔註72〕〔明〕焦竑：《玉堂叢語》（北京：中華書局，1981 年 7 月第 1 版，1997 年 12 月湖北第 2 刷），卷 1，頁 29。

〔註73〕〔明〕任良幹：〈詞林萬選序〉，張璋等：《歷代詞話》，冊上，頁 340。

〔註74〕〔明〕杜祝進：〈刻楊升庵百琲明珠引〉，〔明〕楊慎：《百琲明珠》，《明詞彙刊》本（上海：上海古籍出版社，1992 年 7 月第 1 版第 1 刷），冊上，頁 787。

〔註75〕陶子珍《明代詞選研究》引楊慎〈答重慶太守劉嵩陽書〉云：「竊有狂談異于俗論，謂詩歌至杜陵而揚，然詩之衰颯，實自杜始；經學至朱子明，然經之拘晦，實自朱始，是非杜、朱之罪也。玩瓶中之牡丹，看擔上之桃李，效之者之罪也。夫鸞輅生于椎輪，龍舟起于落葉，山則原于覆簣，江則源于濫觴。今也譬則乞丐，沾其賸馥餘

託。《四庫全書總目提要》列舉《詞林萬選》訛誤處，並云：「毛晉跋稱嘗慕此集，不得一見，後乃得於金沙于季鸞。疑愼原本已佚，此特後來所依託耳。」〔註76〕不知何人所僞託。張仲謀《明詞史》也從目錄學上今本的忽見、篇幅與命名的不合、入選作品不佳、點評與《詞品》重複等四方面，來分析《百琲明珠》的可疑之處，從而懷疑其爲晚明人或杜祝進所僞託。〔註77〕

第三節　詞體論：詞曲不分

　　詞曲不分的現象，由來已久。明詞的曲化，亦有導因。金、元人以詞曲同稱爲樂府，雖從明初葉的朱有燉《誠齋樂府》開始用散曲、套數來指稱今人所謂的小令和套曲，中葉以後才又以散曲來相對於劇曲，兼指小令和套曲，然而，明人概念中的樂府，還是包括了詞和曲兩種文體。如吳訥《文章辨體序說・近代詞曲》云：

> 竊嘗因而思之：凡文辭之有韻者，皆可歌也。第時有升降，故言有雅俗，調有古今爾。昔在童稚時，獲侍先生長者，見其酒酣興發，多依腔填詞以歌之。歌畢，顧謂幼稚者曰：『此宋代慢詞也。』當時大儒，皆所不廢。今間見《草堂詩餘》。自元世套數諸曲盛行，斯音日微矣。迨余既長，奔播南北，鄉邑前輩，零落殆盡，所謂填詞慢調者，今無復聞矣。庸特輯唐宋以下辭意近於古雅者，付諸《外集》之

膏；猶之瞽史，誦其墜言衍說。何惑乎道之日蕪，而文之日下也。」（《升庵集》卷六）並據上文評論《詞林萬選》、《百琲明珠》云：「試從跳脫《草堂》著手，冀能掃除模擬歪風，一新詞壇耳目。」（頁94）此言差矣。楊愼之言，乃就當時泥古情形而發，非針對《草堂詩餘》。試觀楊愼《詞品》，屢屢言及《草堂詩餘》，又加之以評點，雖有指瑕之處，正可見其重視《草堂詩餘》。又楊愼《詞林萬選》、《百琲明珠》之編選觀點，與《草堂詩餘》一脈相承，皆主婉約，多選《草堂詩餘》所未收者，則有爲之廣而大之之意。

〔註76〕〔清〕永瑢、紀昀等：《四庫全書總目提要・詞林萬選四卷》（北京：中國社會科學出版社，1994年12月第1版第1刷），頁709。

〔註77〕參看張仲謀：《明詞史》，頁125～127。

後，〈竹枝〉〈柳枝〉，亦不棄焉。好古之士，於此亦可以觀
世變之不一云。〔註78〕

其《文章辨體序說‧凡例》亦云：

> 詞曲為古樂府之變。……復輯四六對偶及律詩、歌曲共五
> 卷，名曰《外集》。〔註79〕

其中論及宋詞、《草堂詩餘》等，論述重點在於詞體無疑，然而稱詞
曲為歌曲，同為樂府，而為古樂府之變，可見其詞曲一道，不加嚴分。
吳訥另編有《唐宋明賢百家詞》一書，收錄唐宋金元名詞集一百種，
為現存最早的大型詞集叢刻。其中收詞，亦多詞曲相混，如倪瓚詞，
中有十首，唐圭璋於《全金元詞》按云：「〈憑闌人〉一首、〈殿前歡〉
一首、〈水仙子〉二首、〈折桂令〉二首、〈天仙子〉一首、〈小桃紅〉
三首，以其均為曲調，故不錄。」〔註80〕吳訥之編曲入詞，詞曲相混，
可窺知一斑。〔註81〕徐師曾《文體明辨序說‧詩餘》云：

> 然詩餘謂之填詞，則調有定格，字有定數，韻有定聲。至
> 於句之長短，雖可損益，然亦不當率意而為之。譬諸醫家
> 加減古方，不過因其方而稍更之，一或太過，則本方之意
> 失矣。此《太和正音》及今《圖譜》之所為也。然《正音》
> 定擬四聲，失之拘泥；《圖譜》圈別黑白，又易謬誤。故今
> 採諸調，直以平仄作譜，列之於前，而錄詞其後。若句有

〔註78〕 〔明〕吳訥著；于北山校點：《文章辨體序說》（北京：人民文學出
版社，1962年8月北京第1版，1998年5月北京第1刷），頁59。

〔註79〕 〔明〕吳訥著；于北山校點：《文章辨體序說》，頁10。

〔註80〕 唐圭璋：《全金元詞》，頁1075。

〔註81〕 對於吳訥《文章辨體》之詞曲不分，《四庫全書總目‧文章辨體提要》
亦有相關論述：「外集收及詞曲，已為氾濫；而以王維〈渭城曲〉、
劉禹錫〈竹枝詞〉、白居易〈楊柳枝詞〉，綴於簡末，謂之附錄。夫
〈渭城曲〉本題為〈送元二使安西〉，當時伶人采以入樂耳，遽別之
於絕句之外，已為憒憒；且唐歌曲乃宋元詞曲之先聲，反附錄於宋
元人後，直本末倒置矣。其餘去取，亦漫無別裁，不過取盈卷帙耳，
不足尚也。」見〔清〕永瑢等：《四庫全書總目》（北京：中華書局，
1965年6月第1版，2003年8月北京第7刷），冊下，卷191，頁
1740上。

長短，復以各體別之，其可平、可仄、亦通三句。但所錄
僅三百二十餘調，似為未盡；然以備考，則庶幾矣。〔註82〕
其中所謂《圖譜》，當指張綖《詩餘圖譜》而言。然而，論詩餘竟以
作曲之用的《太和正音譜》來與《詩餘圖譜》相提並論，則為詞曲不
分之一證也。楊慎多詞曲不分，其《百琲明珠》選唐以來詞，卻雜入
北曲；其《詞品》詞曲不分之處亦多，曾以〈乾荷葉〉曲調為詞調，
又云：「沈約之韻，未必悉合聲律，而今詩人守之，如金科玉條。此
無他，今之詩學李杜，李杜學六朝，往往用沈韻，故相襲不能革也。
若作填詞，自可通變。……元人周德清著《中原音韻》，一以中原之
音為正，偉矣。然予觀宋人填詞，亦已有開先者。蓋真見在人心目，
有不約而同者。俗見之謬固，豈能眯豪傑之目哉。」〔註83〕亦以用於
曲之《中原音韻》來討論詞體，又為一證。何良俊《四友齋叢說・詞
曲》、王世貞《藝苑卮言》等論著，論詞論曲，互相間雜，並有論詞
之處實為論曲，以詞代曲的情形出現。謝元淮《填詞雜論》所謂的詞
也是指曲而言。陳霆〈渚山堂詞話序〉中所謂的南詞指的是詞，徐渭
《南詞敍錄》則又是指曲。

　　吳門文人追和倪瓚〈江南春〉詞，曾經對於倪瓚詞之分片與數
量產生疑惑，或稱三首，或稱二首。一首倪瓚詞，沈周、文徵明、袁
表稱之為兩首，文嘉、錢穀手迹亦稱一闋和詞為兩首，雖然祝允明
已辨明為一首兩章，而這種混淆的產生，明顯與散曲一片稱一首的
概念有關，也可反映出當時人詞曲不分的大概。〔註84〕明代在曲方面
有詞化的問題，在詞方面則有曲化的問題。詞的曲化與曲的詞化，實
乃一體之兩面。這不僅證明了同一時代中不同文體間的互相交涉，更
說明了當時人在觀念上詞曲不分的嚴重混淆，而這種現象造成詞體

〔註82〕〔明〕徐師曾撰；羅根澤校點：《文體明辨序說》（北京：人民文學
　　　　出版社，1962年8月北京第1版，1998年5月北京第1刷），頁164
　　　　～165。
〔註83〕〔明〕楊慎：《詞品》，《詞話叢編》本，冊1，卷1，頁436。
〔註84〕參本文第七章第一節「〈江南春〉之倡和」。

與曲體上的認知偏差，並分別在詞史與曲史的發展上，產生了重大的影響。

當時人詞曲不分，看待詞的態度，往往與看待曲的態度不相上下。如何良俊、王世貞皆以爲曲乃詞之變，〔註85〕何良俊論曲云：「大抵情辭易工，蓋人生於情，所謂愚夫愚婦可以與知者。觀十五國風，大半皆發於情可以知矣。是以作者既易工，聞者亦易動聽，即《西廂記》與今所唱時曲，大率皆情詞也。」〔註86〕王世貞論曲分南北，則云：「大抵北主勁切雄麗，南主清峭柔遠，雖本才情，務協俚俗。」〔註87〕「凡曲，……北則辭情多而聲情少，南則辭情少而聲情多。」〔註88〕他們都從情的觀點來關注曲這種文學體裁。當時詞壇在以婉約爲正的氛圍之下，講究個人情性也是主要觀點之一。主情論是晚明詞論之大蠹，而其說法濫觴於中葉。陳霆《渚山堂詞話·序》云：

> 嗟乎，詞曲於道末矣。纖言麗語，大雅是病。然以東坡、六一之賢，累篇有作。晦菴朱子，世大儒也，江水浸雲，晚朝飛畫等調，曾不諱言。用是而觀，大賢君子，類亦不淺矣。亦古有言，渥五色之靈芝，香生九竅，嚥三危之薇露，美動七情。世有同嗜必至，必知誦此。不然，則闒絃

〔註85〕何良俊《四友齋叢說》云：「詩變而爲詞，詞變而爲歌曲，則歌曲乃詩之流別。」見〔明〕何良俊：《四友齋叢說》（北京：中華書局，1959 年 4 月第 1 版，1997 年 11 月湖北第 3 刷），卷 37，頁 337。王世貞《曲藻》云：「曲者，詞之變。」又云：「《三百篇》亡而後有騷、賦，騷、賦難入樂而後有古樂府，古樂府不入俗而後以唐絕句爲樂府，絕句少宛轉而後有詞，詞不快北耳而後有北曲，北曲不協南耳而後有南曲。」俱見〔明〕王世貞：《曲藻》，程炳達、王衛民：《中國歷代曲論釋評》（北京：民族出版社，2000 年 11 月第 1 版北京第 1 刷），頁 121。

〔註86〕〔明〕何良俊：《四友齋叢說》，卷 37，頁 338。

〔註87〕〔明〕王世貞：《曲藻》，程炳達、王衛民：《中國歷代曲論釋評》，頁 121。

〔註88〕〔明〕王世貞：《曲藻》，程炳達、王衛民：《中國歷代曲論釋評》，頁 121。

罷奏，齊聲妙歎，寄意於山水者故在也。於商琴者非病
云。〔註89〕

主情論與婉約爲正的本質相一致，詞之所以綺靡纖麗，而不爲歐陽
修、蘇軾、朱熹等人所鄙視，正因爲詞所表現出來的眞實內涵，本於
人與生俱來的情感需求。楊愼《詞品》云：「大抵人自情中生，焉能
無情，但不過甚而已。」〔註90〕王世貞《藝苑卮言》亦云：「淡語、
恆語、淺語，極不易工。」〔註91〕之所以極不易工，在其能於淡、恆、
淺之中，更能有情、有致。〔註92〕周遜〈刻詞品序〉則又有更大的發
揮：

> 大較詞人之體，多屬揣摩不置，思致神遇。然率于人情之
> 所必不免者以敷言，又有妙才巧思以將之，然後足以盡屬
> 辭之蘊。故夫詞成而讀之，使人恍若身遇其事，怳然興感
> 者，神品也。意思流通無所乖逆者，妙品也。能品不與焉。
> 宛麗成章，非辭也。是故山林之詞清以激，感遇之詞淒以
> 哀，閨閣之詞悅以解，登覽之詞悲以壯，諷諭之詞宛以切。
> 之數者，人之情也。屬辭者，皆當有以體之。夫然後足以
> 得人之性情，而起人之詠歎。不然則補織牽合，以求倫其
> 辭，成其數，風斯乎下矣。然何以知之。詩之有風，猶今

〔註89〕〔明〕陳霆：《渚山堂詞話》，《詞話叢編》本，冊1，頁347。

〔註90〕〔明〕楊愼：《詞品》，《詞話叢編》本，冊1，卷3，頁467。

〔註91〕〔明〕王世貞：《藝苑卮言》，《詞話叢編》本，冊1，頁389。

〔註92〕王世貞《藝苑卮言》云：「『油壁車輕金犢肥，流蘇帳暖春難報』，非
歌行麗對乎。『細語夢回難塞遠，小樓吹徹玉笙寒』，『青鳥不傳雲外
信，丁香空結雨中愁』，『無可奈何花落去，似曾相識燕歸來』，非律
詩俊語乎。然是天成一段詞也，著詩不得。『斜陽只送平波遠』，又
『春來依舊生芳草』，淡語之有致者也。『角聲吹落梅花月』，又『滿
院落花春寂寂』，又『一鉤淡月天如水』，又『鞦韆外、綠水橋平』，
又『地卑山近，衣潤費爐煙』，淡語之有景者也。景在費字。『平蕪
盡處是春山，行人更在春山外』，又『郴江幸自繞郴山，爲誰流下瀟
湘去』，此淡語之有情者也。『拚則而今已拚了，忘則怎生便忘得』，
又『斷送一生憔悴，能消幾箇黃昏』，此恆語之有情者也。詠雨『點
點不離楊柳外，聲聲只在芭蕉裏』，此淺語之有情者也。淡語、恆語、
淺語，極不易工，因爲拈出。」

之有詞也。語曰，動物謂之風。由是以知不動物非風也，不感人非詞也。翁為當代詞宗，平日遊藝之作，若長短句，若《填詞選格》，若《詞林萬選》，若《百琲明珠》，與今《詞品》，可謂妙絕古今矣。愚雖未能悉讀諸集，山林之詞，大率清以激也，不然則舒以適也。閨閣之詞，大率悅以解也，不然則和以節也。他可類見矣。〔註93〕

主情論在詩學上先形成，乃是由於對宋詩主理的不滿。李夢陽〈缶音序〉云：「宋人主理作理語，於是薄風雲月露，一切剗去不為。」〔註94〕「故詞壇作詞、論詞偏嗜于情，乃是明人特定的『期待視野』作用下的必然選擇。」〔註95〕劉勰《文心雕龍・樂府》云：「樂府者，聲依永，律合聲也。」〔註96〕「六朝人所謂樂府，已不是指的音樂機關，而是指的一種音樂文學，一種和過樂的詩。」〔註97〕當時人的詞學觀點，多透過宋元而上溯至六朝，既然認為詞是從樂府演變而來的產物，即音樂文學。文徵明之孫文肇祉，其詞即編入樂府之中。〔註98〕樂府「感於哀樂，緣事而發」〔註99〕的特點，相同適用於詞身上。詞學上的主情論，只是順勢的推論。晚明毛晉〈姑溪詞跋〉評李之儀〈卜算子〉（君住長江頭）云：「直是古樂府俊語。」用情淳質直的民歌特色來稱揚，正是明人主情詞論的一貫體現。《詩經》有十五

〔註93〕〔明〕楊慎：《詞品》，《詞話叢編》本，冊 1，頁 407。

〔註94〕葉慶炳、邵紅：《明代文學批評資料彙編》（台北：成文出版社，民國 68 年 9 月初版），頁 289～290。

〔註95〕段學儉：〈明代詞論的主情論與音律論〉，《學術月刊》，1998 年第 6 期，頁 97。

〔註96〕〔梁〕劉勰著；王更生注譯：《文心雕龍讀本》（台北：文史哲出版社，民國 84 年 6 月初版 5 刷），上篇，頁 106。

〔註97〕蕭滌非：《蕭滌非說樂府》（上海：上海古籍出版社，2002 年 6 月第 1 版第 1 刷），頁 134。

〔註98〕參〔明〕文洪等：《文氏五家集》，《四庫全書珍本初集》本（台北：台灣商務印書館），卷 10，頁 11 上～12 上。

〔註99〕《漢書・藝文志》云：「自孝武立樂府而采歌謠，於是有代趙之謳、秦楚之風，皆感於哀樂，緣事而發，亦可以觀風俗，知厚薄云。」見〔漢〕班固撰；〔唐〕顏師古注：《漢書》，卷，頁。

國風，皆道當時實際事物，因其出於眞切人情，故絕不忸怩做作。詞體亦然，「眞字是詞骨」，〔註100〕一方面要有眞情實感，一方面也要有妙才巧思，才能成就一篇好詞。不論就品第而言，神品、妙品、能品，或就內容而言，山林、感遇、閨閣、登覽、諷諭，都必須深入領解，才能夠鮮明地勾勒出情感之面目來。故明詞不僅僅重情一端，比之前朝，較多結合社會現象以及現實生活的描述，具有文獻上的價值。

蔣兆蘭《詞說》批評明代詞學云：

> 《說文》云：「詞者意內而言外也。」當叔重著書之時，詞學未興，原不專指令慢而言。然令慢之詞，要以意內言外爲正軌，安知詞名之肇始，不取義於叔重之文乎。至如樂府之名，本諸管弦。長短句之名，因其句法，並無關得失。獨至詩餘一名，以《草堂詩餘》爲最著，而誤人爲最深。所以然者，詩家既已成名，而於是殘鱗剩爪，餘之於詞。浮煙漲墨，餘之於詞。詼嘲褻譚，餘之於詞。忿戾慢罵，餘之於詞。即無聊酬應、排悶解醒，莫不餘之於詞。亦既以詞爲穢墟，寄其餘興，宜其去風雅日遠，愈久而彌左也。此有明一代詞學之蔽，成此者升庵、鳳洲諸公，而致此者實詩餘二字有以誤之也。〔註101〕

此以常州派詞論詆訾明代詞學之弊，而從詩餘名義發端。楊愼、王世貞等人由「詞爲詩餘」體現出來的詞學觀，正爲當時普遍思潮，慣以才情爲詞，婉約方爲詞之本色。「寄其餘興」正點出明人詞作特色。金應珪〈詞選後序〉曾指出清代中期詞壇的三項積弊：淫詞、鄙詞、游詞。〔註102〕這三種弊端，在人稱詞學中衰的明代，已有相當程度

〔註100〕況周頤：《蕙風詞話》，《詞話叢編》本，冊5，卷1，頁4408。

〔註101〕蔣兆蘭：《詞說》，《詞話叢編》本，冊5，頁4631。

〔註102〕金應珪〈詞選後序〉云：「近世爲詞，厥有三弊：義非宋玉，而獨賦蓬髮，諫謝淳于，而唯陳履舄，揣摩床第，污穢中冓，是謂淫詞，其弊一也。猛起奮末，分言析字，詼嘲則俳優之末流，叫嘯則市儈之盛氣，此猶巴人振喉以和陽春，黽蟈怒嗌以調疏越，是謂鄙詞，其弊二也。規模物類，依托歌舞，哀樂不衷其性，慮嘆無與乎情，

的表現。其〈倪文僖公集序〉：「彼才之弗迨者，作者雖多而文體益微矣。」〔註103〕造成如此現象的產生，則是明人好使「才子氣」〔註104〕以寄其餘興的結果。然而，明中葉詞壇強調主情的同時，亦有對於主情的反思。陳霆《渚山堂詞話》云：

> 予嘗妄謂我朝文士，鮮工南詞。間有作者，病其賦情遣思，殊乏圓妙。甚則音律失諧，又甚則語句塵俗。求所謂清楚流麗，綺靡醞藉，不多見也。〔註105〕

楊愼《詞品》亦云：

> 近日作詞者，唯說周美成、姜堯章，而以東坡爲詞詩，稼軒爲詞論。此說固當，蓋曲者曲也，固當以委曲爲體。然徒狃于風情婉變，則亦易厭。回視稼軒所作，豈非萬古一清風哉。或云周、姜曉音律，自能撰詞調，故人尤服之。〔註106〕

一味主情，陷溺於情思之中，昧於創作乃是一種藝術、別出心裁的安排，小則拘泥偏狹，使人易厭，大則隨人腳踵，終致邯鄲學步，無以自立。陳霆所謂「清楚流麗，綺靡醞藉」，意思近於楊愼所謂的「曲者曲也，固當以委曲爲體」，其說法從南宋胡寅來。胡寅〈題酒邊詞〉云：「名之曰曲，以其曲盡人情耳。」〔註107〕也就是朱彝尊〈陳

連章累篇，義不出乎花鳥，感物指事，理不外乎酬應，雖既雅而不艶，斯有句而無章，是謂游詞，其弊三也。」見施蟄存：《詞籍序跋萃編》，頁799～800。

〔註103〕〔明〕李東陽：《懷麓堂文集‧後稿》，卷4，頁17。

〔註104〕陳廷焯《白雨齋詞話》云：「無論作詩作詞，不可有腐儒氣，不可有俗人氣，不可有才子氣。人第知腐儒氣、俗人氣之不可有，而不知才子氣亦不可有也。尖巧新穎，病在輕薄。發揚暴露，病在淺盡。腐儒氣、俗人氣，人猶望而厭之。若才子氣，則無不望而悅之矣，故得病最深。」見陳廷焯：《白雨齋詞話》，《詞話叢編》本，冊4，卷5，頁3900～3901。

〔註105〕〔明〕陳霆：《渚山堂詞話》，《詞話叢編》本，冊1，卷3，頁378～379。

〔註106〕〔明〕楊愼：《詞品》，《詞話叢編》本，冊1，卷4，頁503。

〔註107〕〔宋〕胡寅：〈題酒邊詞〉，陳良運：《中國歷代詞學論著選》，頁78。

緯雲紅鹽詞序〉所謂的「委屈倚之於聲」。〔註108〕人情爲其本質，藝術該如何被「曲盡人情」、完善地表達，則是面對創作時應該敬持的態度。

　　當時詞曲不分的情形，上文大致已述。詞曲不分，再加上好使才子氣這樣的時代背景，詞之曲化油然而生，並不足爲怪。「以傳奇手爲之」的明代詞學現象，也成爲意料中的必然。清人吳衡照《蓮子居詞話》云：

> 蓋明詞無專門名家，一二才人如楊用修、王元美、湯義仍輩，皆以傳奇手爲之，宜乎詞之不振也。其患在好盡，而字面往往混入曲子。〔註109〕

王世貞《藝苑巵言》云：「我明以詞名家者，劉誠意伯溫，濃纖有致，去宋尚隔一塵。楊狀元用修，好入六朝麗事，似近而遠。夏文愍公謹最號雄爽，比之辛稼軒，覺少精思。」〔註110〕言下之意，對於己作頗爲自負。〔註111〕楊慎作詞亦「以學問爲巧便」，〔註112〕周遜稱之爲「當代詞宗」，清人胡薇元亦云：「明人詞，以楊用修升庵爲第一。」〔註113〕然而，歷代詞評家皆詆訾之，不外因其曲化的嚴重滲透。錢鍾書《談藝錄》曾援引外國文學理論，以力斥「詩文相亂」乃皮相之談，並云：「文章之革故鼎新，道無他，曰以不文爲文，以文爲詩而已。」〔註114〕嚴迪昌《元明清詞》亦云：「詞曲混淆，固是明詞一弊，

〔註108〕〔清〕朱彝尊：〈陳緯雲紅鹽詞序〉，陳良運：《中國歷代詞學論著選》，頁 426。

〔註109〕〔清〕吳衡照：《蓮子居詞話》，《詞話叢編》本，冊 3，卷 3，頁 2641。

〔註110〕〔明〕王世貞：《藝苑巵言》，《詞話叢編》本，冊 1，頁 393。

〔註111〕張仲謀《明詞史》：「如此嗤點前賢，便似有後來居上，顧盼自雄之意。」見張仲謀：《明詞史》，頁 200。

〔註112〕〔明〕陳子龍：〈幽蘭草詞序〉，陳良運：《中國歷代詞學論著選》，頁 342。

〔註113〕〔清〕胡薇元：《歲寒居詞話》，《詞話叢編》本，冊 5，頁 4037。

〔註114〕錢鍾書：《談藝錄》（台北：書林出版有限公司，民國 77 年 11 月），頁 29～30。

然而以散曲某種清新、眞率大膽的情韻入詞，實在是別具生趣，不得
視以爲病的。文體相淆，無疑會有消解特定文體，容或不倫不類；從
情韻上以新濟舊，應是可喜的出新手段之一種。利弊每共生，會轉化，
全看高手的能耐，平庸者不能掌握火候，就難望其項背。讀明人詞，
似須認識這一特點，始能發見其佳處。」〔註 115〕詞之曲化，正如蘇
軾之以詩爲詞、辛棄疾之以論爲詞，並不因此自我設限，反而能夠擦
出一道接著一道的光芒。沈謙《塡詞雜說》云：「承詩啓曲者，詞也，
上不可似詩，下不可似曲。然詩曲又俱可入詞，貴人自運。」〔註 116〕
不擅運用者，不論以任何技巧供其驅遣，詞作仍是不佳。可以善加應
用者，不論是詩、論、曲各種體裁特色，皆可以融入詞體之中，爲之
增添風味。從曲化現象此一端而言，世人對於明詞之評價需要做整體
的重新審視。

〔註115〕嚴迪昌：《元明清詞》（北京：天地出版社，1997 年第 1 版第 1 刷），
　　　　頁 92。
〔註116〕〔清〕沈謙：《塡詞雜說》，《詞話叢編》本，冊 1，頁 629。

第三章　吳門詞派之詞學傳統——
以元末文人畫四家與明初
吳中詩派四傑為討論中心

　　自中唐以後，中國的經濟重心已轉移到江南地區。韓愈〈送陸歙州詩序〉云：「當今賦出於天下，江南居十九。」〔註1〕杜牧〈崔公行狀〉亦云：「三吳，國用半在焉。」唐代時期，國家之賦稅主要依賴此地區支應，可見其繁榮。宋元以來，這樣的格局並沒有大的改變，甚至更加固化。如柳永〈望海潮〉所云：「東南形勝，江吳都會，錢塘自古繁華。煙柳畫橋，風簾翠幕，參差十萬人家。雲樹繞堤沙。怒濤卷霜雪，天塹無涯。市列珠璣，戶盈羅綺，競豪奢。　　重湖疊巘清嘉。有三秋桂子，十里荷花。羌管弄晴，菱歌泛夜，嬉嬉釣叟蓮娃。千騎擁高牙。乘醉聽簫鼓，吟賞煙霞。異日圖將好景，歸去鳳池誇。」〔註2〕所詠雖指杭州而言，仍可見唐以來江南的民生繁華與風土柔情，難怪乎羅大經《鶴林玉露》中載金主亮，聞柳永之歌詞，「遂起

〔註1〕〔唐〕韓愈撰；馬其昶校注；馬茂元整理：《韓昌黎文集校注》（上海：上海古籍出版社，1987年6月第1版，1998年8月第2刷），卷4，頁231。
〔註2〕〔宋〕柳永撰；薛瑞生校註：《樂章集校註》（北京：中華書局，1984年12月第1版，2002年10月北京第3刷），頁169。

投鞭渡江之志」，〔註3〕欲以一窺眞實了。范成大《吳郡志》亦云：「上有天堂，下有蘇杭。」南宋時江南的繁華更勝從前。〔註4〕據《元史·地理志》記載，總人口的五分之四集中在江南的江浙、江西、湖廣等地區。而在元末兵燹之後，「明前期的生產力和社會經濟已經達到並在許多方面超過前代最高水平。經過七十多年的休養生息、擴大生產，勞動力數量，耕地面積，水利設施，糧食單位面積產量，手工業規模與技術，商業，城市，交通等都迅速得到恢復與發展，呈現一派復興之勢。」〔註5〕戰爭的最大受害者，不會是失去江山與權力的原來既得利益者，而總是只想安居樂業的黔黎生民。朝代交替之際，往往是社會最混亂的時刻。政治上的傾軋爭奪，造成了社會的動蕩與不安。然而，也有不少富戶在明初崛起，如沈周之曾祖父沈良琛，即是其中之一。〔註6〕

所謂的「元末文人畫四大家」，指的是黃公望、吳鎮、王蒙、倪瓚四位以著稱的隱逸畫家。此一名稱的確立，是董其昌在其《畫旨》所提：「文人之畫自王右丞始，……直至元四大家，黃子久、王叔明、倪元鎮、吳仲圭，皆其正傳。吾朝文、沈則又遠接衣鉢。」〔註7〕此

〔註3〕〔宋〕羅大經：《鶴林玉露》（北京：中華書局，1983 年 8 月第 1 版，1997 年 12 月湖北第 2 刷），丙編，卷 1，頁 241。

〔註4〕可參看許伯明等：《吳文化概觀》（南京：南京師範大學出版社，1997 年 10 月第 2 版第 2 刷），頁 12、26。以及陳高華、史衛民：《中國經濟通史·元代經濟卷》（北京：經濟日報出版社，2000 年 2 月第 1 版第 1 刷），頁 27～30。

〔註5〕王毓銓等：《中國經濟通史·明代經濟卷》（北京：經濟日報出版社，2000 年 2 月第 1 版第 1 刷），頁 1。

〔註6〕可參看阮榮春：《沈周》（長春：吉林美術出版社，1996 年 5 月第 1 版，1997 年 9 月第 2 刷），頁 4～5。以及傅衣凌：〈明代江南富戶經濟的分析〉，《明代江南市民經濟試探》（台北：谷風出版社，1986 年 9 月），頁 28～67。〈沈良琛墓誌銘〉云：「資質丰偉，志趣異常，立身端謹，檢而中節，親友以和，不媚於人，規模正大，善於理家，遠近咸器重之，由是名譽隆然於鄉閭間。」就其而言，雖看不出沈良琛以何種方式起家，但可大膽推測其爲明初崛起富戶之一。

〔註7〕〔明〕董其昌：《畫旨》，見潘運告：《明代畫論》（長沙：湖南美術

後，世人論畫者遂承其說，沿用至今。吳門畫派繼承文人畫的統緒而來，受到元末四大家的影響，自屬不刊之論。以吳門畫派之領袖沈周、文徵明而言，服膺四大家尤多。沈周「早期熱衷於王蒙，中期尤好黃公望，晚期醉心於吳鎮，而倪瓚貫穿於全過程。」〔註8〕其中王蒙與沈周淵源最深。王蒙與沈周曾祖父沈良琛相交甚深，故對沈周早期畫風有著極巨大的影響。文徵明則透過其師沈周，深炙四大家，對於沈周前期「細沈」畫風有所繼承而加以推展。

　　為求知人論世之效，茲先整理出諸公生平，兼論其存詞。

　　據唐圭璋《全金元詞》〔註9〕所載，吳鎮存詞凡三十一闋（包含補詞二闋），王蒙存詞凡一闋，倪瓚存詞凡十七闋，黃公望無存詞。至於饒宗頤、張璋《全明詞》〔註10〕所錄，王蒙存詞凡一闋，倪瓚存詞凡三十一闋，吳鎮、黃公望均無。

　　吳鎮（1280～1354），字仲圭，號梅花庵主、梅花道人，嘉興人。性高介，善畫山水竹石，每題詩其上，時人號為三絕。富室求之不得，惟貧士則贈之，使取直焉。少與兄元璋師事毗陵柳天驥，得其性命之學，尤邃先天易，言機祥多中，垂簾賣卜，隱於武塘。

　　吳鎮之存詞，筆者據楊寶霖《詞林紀事補正》引李日華《六硯齋三筆》所錄，另得〈漁父〉十三闋（李日華共錄十五闋，而除去僅有少數異文的兩闋），故吳鎮現存詞有四十四闋。

　　王蒙（1301～1385），字叔明，湖州人。王國器之子，趙孟頫之外孫。「畫山水師巨然，得外氏法，然不求妍於時。為文章不尚矩度，頃刻數千言可就。隱於黃鶴山，自號黃鶴山樵，人以此稱之。元末，官理問。洪武初，為泰安州知州。陶九成〈弔王黃鶴詩序〉云：『洪

　　　　出版社，2002 年 11 月第 1 版第 1 刷），頁 174。
〔註 8〕阮榮春：《沈周》，頁 103。
〔註 9〕唐圭璋：《全金元詞》（北京：中華書局，1979 年 10 月第 1 版，2000
　　　　年 10 月北京第 4 刷）。
〔註10〕饒宗頤、張璋：《全明詞》（北京：中華書局，2004 年 1 月第 1 版北
　　　　京第 1 刷）。

武乙丑九月初十日，卒於秋官獄。』考《清教錄》，僧知聰招云：『十二年正月，往胡丞相府，見王叔明、郭傅、華克勤，在彼吃茶看畫。』云云。則知叔明坐罪，亦以胡黨也。」〔註11〕所謂胡丞相，胡惟庸是也。

　　王蒙之存詞，兩書載錄者出處不同，《全金元詞》引自《適園叢書》本《珊瑚木難》，《全明詞》引自《吳興叢書》本《湖州詞徵》，然而文字相同；另外，筆者據《明詞紀事會評》〔註12〕引徐伯齡《蟫精雋》，又得王蒙逸詞一闋〈卜算子〉（舞袖怯西風）。故王蒙現存詞應為二闋。

　　倪瓚（1306～1379），〔註13〕初名珽，字元鎮、玄瑛，號雲林、風月主人、朱陽帷主、荊蠻民、奚元朗淨明居士、幻霞子、滄浪漫士、倪高士、倪迂、懶瓚，無錫人。「生而俊爽，稍長，強學好修性，雅潔敦行，孝弟而克恭於兄，相與樹立。率子弟以田廬生產，悉有程度，有餘財，未嘗資以為俚俗紛華事。……見義而為，不以兒婦人語解尊官顯，人樂與之交，於宗族故舊，煦煦有恩，尤善周人之急。……所居有閣，名清閟，幽迥絕塵，中有書數千卷，悉手所校定。經史諸子釋老歧黃記勝之書，盡日成誦。古鼎彝名琴陳列左右，松桂蘭竹香菊之屬敷紆繚繞，而其外則喬木修篁，蔚然深秀，故自號雲林。每雨止風收，杖履自隨，逍遙容與，詠歌以娛，望之者識其為世外人。客至，輒笑語留連，竟夕乃已。平生無他好玩，惟嗜蓄古法書名畫，持以售者，歸其直，累百金無所靳。雅趣吟興，每發揮於縑素間，蒼勁妍潤，尤得清致，奉幣贄求之者無虛日。晚益務恬退，棄散無所積，屏慮釋

〔註11〕〔清〕錢謙益：《列朝詩集小傳》（上海：上海古籍出版社，1983 年 10 月新 1 版第 1 刷），甲前集，頁 28。

〔註12〕尤振中、尤以丁：《明詞紀事會評》（合肥：黃山書社，1995 年 12 月第 1 版第 1 刷）。

〔註13〕倪瓚之生卒年，參看談福興：〈倪瓚生年之再認定——袁華題〈倪瓚與易恒書〉考論〉，《東南文化》，1996 年第 4 期（總第 114 期），頁 104～108。以及王頲、李曉娟〈倪瓚生卒時間及晚年行蹤考辨〉，《東南文化》，2003 年第 9 期（總第 173 期），頁 72～77。

累，黃冠野服，浮游湖山間以遂肥遯，丰采愈高。不爲諂曲以事上官，足跡不涉貴人之門，與世浮沉，恥於衒暴，清而不污，將依隱焉。世氛頗淨，復往來城市，混迹編氓，沉晦免禍，介石之操，皭然不逾。年既老而耳益聰，目益明，飲啖步履，不異壯時，氣貌充然，其所養可知矣。」〔註14〕「其家常州無錫富家，至正初，兵未動，鬻其家田產，不事富家事事作詩，人竊笑其爲憨。兵動，諸富家剽剝廢田產，人始賞其有見。」〔註15〕晚年流寓江南。〔註16〕「所作詩畫，自成一家，瀟灑穎脫，若非出於人爲者。」〔註17〕

　　至於倪瓚之存詞，《全金元詞》、《全明詞》均從《珊瑚網》輯出之〈定風波〉（欹帽垂鞭送客回）一闋重複，以及《全明詞》還從《江南春詞集》、《古今詞統》輯出四闋。其他存詞，兩書所錄俱依吳訥《百家詞》本《雲林樂府》輯出，中有十闋爲詞爲曲與否，認定相異，故兩書著錄數量不同。《全金元詞》於〈蝶戀花〉（夜永愁人偏起早）後，唐圭璋按云：「此下原有〈憑闌人〉一首、〈殿前歡〉一首、〈水仙子〉二首、〈折桂令〉二首、〈天仙子〉一首、〈小桃紅〉三首，以其均爲曲調，故不錄。」〔註18〕所言爲是，《全明詞》編纂有誤。故倪瓚之

〔註14〕　〔元〕周南老：〈元處士雲林先生墓誌銘〉，《清閟閣全集》（倪瓚，台北：國立中央圖書館，民國59年3月初版），卷11，頁490～492。

〔註15〕　〔元〕王賓：〈元處士雲林倪先生旅葬墓誌銘〉，《清閟閣全集》，卷11，頁488。

〔註16〕　倪瓚晚年之行跡，參看王頲、李曉娟：〈倪瓚生卒時間及晚年行踪考辨〉，《東南文化》，2003年第9期（總第173期），頁72～77。

〔註17〕　〔元〕張端：〈雲林倪先生墓表〉，《清閟閣全集》，卷11，頁494。

〔註18〕　唐圭璋：《全金元詞》，頁1075。且考吳訥《百家詞·雲林樂府》，〈蝶戀花〉（夜永愁人偏起早）後，有倪瓚語云：「壬子九月二十五日，訪照庵高子，留飲。因書近詞，以求是正之益。」可見〈蝶戀花〉以前者均爲詞。至於之後者，即〈憑闌人〉等，均曲牌名，爲曲調無疑。王國春〈倪瓚〈憑闌人〉「水雲中環佩搖」句辨正〉（《內蒙古電大學刊》，2002年第2期（總第48期），頁105）一文，亦曾以曲學角度討論倪瓚〈憑闌人〉「水雲中環佩搖」一句，應爲「雲中環佩搖」之誤。吳訥之編曲入詞，詞曲相混，明人觀念之詞曲不分亦可窺知一端。

存詞，當爲二十一闋之譜。

　　所謂的「明初吳中詩四傑」，即指文學史上習稱之吳中詩派，代表人物爲高啓、楊基、徐賁、張羽。此四人以詩文聞名，能詞且有以存者，僅高啓、楊基二人。

　　楊基（1326～1378），字孟載，號眉庵，「其先蜀人。大父宦遊江左，而基生吳中，遂家焉。穎敏絕人，九歲能背誦六經，著書十萬餘言，名曰《論鑒》。試儀曹不利。會天下亂，歸隱於吳之赤山。張士誠時辟爲丞相府記室，未幾辭去。又客饒介所。王師下江南，籍錄諸陪臣。基以饒氏客安置臨濠，旋徙河南。洪武二年，放歸。尋起爲滎陽知縣，謫居鍾離。久之，被薦爲江西行省幕官，以省臣得罪落職。六年，又起，奉使湖廣。召還，授兵部員外郎，出爲山西按察副使，進按察使。後被讒奪職供役，卒於京。」〔註19〕

　　高啓（1336～1374），字季迪，號青邱子、槎軒、吹台，吳縣人。〔註20〕「性警敏，書一目即成誦，久而不忘。尤粹羣史，嗜爲詩，出語無塵俗氣，清新俊逸，若天授之然者。年十六，淮南行省參知政事臨川饒介之，分守吳中，雖位隆望尊，然禮賢下士。聞先生名使使召之再，先生畏避，久之強而後往。座上皆鉅儒碩卿。以倪雲林《竹木圖》命題，實試之也。且用次原詩木綠曲韻。時先生一愿穉耳，眾易之。……饒大驚異以其含蓄深遠，非穉作可及。延之上座，特爲書於圖。諸老爲之掣肘。自是名重搢紳間，縱前輩靡弗畏之。……元季俶擾，張士誠據浙右，時彥皆從之，先生獨弗與處。挈家依外氏，以詠歌自適，故有《青邱子歌》，並《江館》一集寓志焉。先生尤好權略，論事稱人中，言不繁而切中肯綮。人莫不聳動交聽，而厭服其心。……所與王彝、楊基、張憲、張羽、周砥、王行、杜寅、徐賁、宋克、余

〔註19〕〔明〕王鏊等：《姑蘇志》，《中國史學叢書》本（台北：台灣學生書局，民國75年3月再版），卷52，頁752～753。

〔註20〕高啓之號「吹台」，與其非長洲人而爲吳縣人，參看劉君若：〈高啓生平事跡補正〉，《華南理工大學學報（社會科學版）》，2002年6月第4卷第2期，頁58。

堯臣、釋道衍輩，皆豪宕不羈，談辯精確，憫然以爲天下事可就，一時武勇多下之。明興二年正月，蒙召入京，與同里謝徽修元史。……八月書成上進，有白金文綺之賜，已而命教諸功臣子弟。次年二月官翰林編修，至七月特擢戶部侍郎，以年少未諳理財之任，懇辭致政。實洪武庚戌也。仍賜白金，與徽同歸。……歲壬子國子祭酒江夏魏觀，來知府事。與先生嘗會于京，敦舊好，爲徙居城中夏侯橋，以便朝夕親與。蓋觀、爲勝國遺才，頗自矜詡，剗解青鳥經術，到任第欲更張。……尋有張度御史來微行，廉其跡。以先生嘗爲撰上梁文，王彝因浚河得佳硯爲作頌，並目爲黨，俱檻赴京。……歿於甲寅之九月也，年甫三十九。」〔註21〕竟遭腰斬，不得好死。並曾於元末兩度出遊吳越，〔註22〕作有不少紀實之篇。

　　據《全明詞》所載，從《明詞彙刊》、《古今詞統》分別輯出楊基所存詞凡七十四闋，從《扣舷集》、《古今詞統》、《歷代詩餘》分別輯出高啓所存詞凡三十五闋。在現存詞數量方面，較無爭議。

　　由於元末四家與明初四傑的生活時代差別不遠，故筆者於此節擬將之匯合，一體討論其詞之共同特色，以及其對吳門詞派的可能影響，由於八人中能窺其詞者僅得五人，故討論範圍僅侷限於此五人身上。

第一節　隱居逸世之詞

　　若對以上吳鎮、倪瓚、王蒙、楊基、高啓等五人的簡要事蹟，加以比較，不難發現一個相當大的共同點：在元末明初動盪不安的政治與社會環境之下，他們都選擇了避開險惡的官場，退居到草野之間，

〔註21〕呂勉：〈槎軒集本傳〉，《明初高季迪先生啓年譜》（不著撰人，台北：台灣商務印書館，民國70年12月初版），頁3～6。

〔註22〕高啓於元末兩次游吳越之時間，參看劉君若：〈高啓生平事跡補正〉，《華南理工大學學報（社會科學版）》，2002年6月第4卷第2期，頁59～61。

以求一己一家之安。除了吳鎮與倪瓚得以全身之外，王蒙、高啓與楊基都在明初洪武的嚴密文網之下，不得已出仕，最後又不得善終。根據趙維江的研究整理，金元詞的一個重要里程碑，是以隱逸之志取代了豔冶之情而成爲基本主題。由於戰亂頻仍，傳統文人的歷史價值觀和社會理想受到空前的隳壞；相對而言，個體的存在與價值被赤裸地凸顯出來，表現爲對生命意識的覺醒和自由天性的追求。金元詞普遍地反映出隱逸的傾向，對於歷史的反思則轉化成興亡的幻滅與人生的虛無，精神上呈現一種逃避的超脫，而過著半出世半入世的生活，偶或也會滲進宗教與民族色彩，展現另一種表達方式。〔註 23〕元末明初，政治社會環境更形嚴峻，對隱逸之詞的發展愈添助力，精神上是全然地超脫，生活上卻表現爲更多的無可奈何、爲環境所逼迫。在吳鎮等人的詞作之中，也可以多少觀察出這種隱居逸世的傾向，如吳鎮〈漁父〉，便是最好的例子：

> 紅葉村西夕照餘。黃蘆灘畔月痕初。輕撥棹，且歸歟。掛
> 起漁竿不釣魚。〔註 24〕

《歷代詞話》引《名畫記》云：「吳仲圭工於畫，亦能小詞，嘗題鬐溪沈彥實處士畫冊云：『紅葉村西日影餘。黃蘆灘畔月痕初。輕撥棹，且歸歟。掛起漁竿不釣魚。』蓋〈漁父詞〉也。其品之高妙何減張志和。」〔註 25〕《名畫記》所引詞與《全金元詞》據《珊瑚網名畫題跋》所輯，有二字異文，並指出吳鎮此詞亦爲題畫詞之作。雖然沈彥實之畫冊，今日不復得見，但從吳鎮此詞中，可以感受到超逸塵世的氣氛。漁父的形象，最早出現於《楚辭》。其中漁父「滄浪之水清兮，可以濯吾纓；滄浪之水濁兮，可以濯吾足」〔註 26〕的脫嗒，與屈原「舉世

〔註 23〕趙維江：《金元詞論稿》（北京：中國社會科學出版社，2000 年 1 月第 1 版，2000 年 2 月第 1 刷），頁 38～45。

〔註 24〕唐圭璋：《全金元詞》，頁 937。

〔註 25〕〔清〕王奕清等：《歷代詞話》，《詞話叢編》本（台北：新文豐出版公司，民國 77 年 2 月台 1 版），冊 2，頁 1290。

〔註 26〕〔清〕王夫之：《楚辭通釋》，《清人楚辭注三種》本（台北：長安出

皆濁我獨清，眾人皆醉我獨醒」﹝註27﹞的慷慨，兩種截然不同的人生
態度，形成明顯的對比。王夫之《楚辭通釋》云：「古多高蹈之士，
隱於耕釣，若接輿、莊周之流，皆以全身遠害為道。漁父蓋其類也。」
﹝註28﹞另外，也受到《國語‧吳語》及《吳越春秋》所載范蠡成全越
國霸業之後，浮扁舟於五湖故事，以及《後漢書》嚴光不受東漢光武
帝徵辟故事之影響，從此爾後，漁父便成為隱居高士的最佳代言人。
最為膾炙人口且堪稱此調濫觴的，莫過於唐代張志和的〈漁父〉，其
詞云：「西塞山前白鷺飛。桃花流水鱖魚肥。青篛笠，綠簑衣。斜風
細雨不須歸。」﹝註29﹞吳鎮此詞的作法結構與之十分相似，在意境的
營造上，也「高妙」不減。他先用極為工整的對句來為詞之意境定調，
指出了空間上的江邊、時間上的薄暮，而且引領讀者在腦海裡繪出一
幅設色圖畫：紅葉、黃蘆、紺色夕照、銀色月痕，交織出大自然的造
化天工，完全忘卻了人為機心。然後再縮小讀者的注意力，集中到一
葉漁舟之上。「輕撥棹」是漁父的動作。吳鎮用這種輕易而細微的動
作來暗示對塵世的毫不留戀。「且歸歟」是漁父的獨白。讓人聯想到
陶淵明的〈歸去來辭〉：「已矣乎！寓形宇內復幾時，曷不委心任去留？
胡為惶惶兮欲何之？富貴非吾願，帝鄉不可期。……聊乘化以歸盡，
樂夫天命復奚疑！」﹝註30﹞「且歸歟」三字帶有看穿塵世而自適其適
的意味。此詞所寫的雖然是晚景中漁父鼓枻而歸，經過背景、動作、
話語的營造，卻勾勒出漁父心境的靜謐自足。而結尾「掛起漁竿不釣
魚」一句，更畫龍點睛地說明此一漁父境界的超昇，更勝其他高士。
吳鎮另有〈漁父‧臨荊浩漁父圖〉十六首，其一所描寫者，與本詞意

版社，民國 67 年 9 月再版），卷 7，頁 120。

﹝註27﹞〔清〕王夫之：《楚辭通釋》，《清人楚辭注三種》本，卷 7，頁 119。

﹝註28﹞〔清〕王夫之：《楚辭通釋》，《清人楚辭注三種》本，卷 7，頁 119。

﹝註29﹞曾昭岷等：《全唐五代詞》（北京：中華書局，1999 年 12 月第 1 版北
京第 1 刷），頁 25。

﹝註30﹞袁行霈：《陶淵明集箋注》（北京：中華書局，2003 年 4 月第 1 版北
京第 1 刷），頁 461。

境十分相近，可互相參看。其詞云：「洞庭湖上晚風生。風觸湖心一葉橫。蘭棹穩，草衣輕。只釣鱸魚不釣名。」〔註31〕鱸魚引用的是《世說新語‧識鑑》張翰故事。然而，「只釣鱸魚不釣名」只說到不慕名利、安於隱逸一層，「掛起漁竿不釣魚」則更翻進一層，不只是不釣名利了，連鱸魚也有所不釣，顯示出與大自然的相安無過取，完全融入大自然，彷彿合而爲一。

　　沈雄《古今詞話》引《柳塘詞話》云：「倪字元鎮，慕吳仲圭之爲人，而從事於畫法。仲圭〈漁父詞〉『紅葉村西日影餘。黃蘆灘畔月痕初。』爲譽溪沈處士作也。元鎮繪之爲圖，詞亦淡潔。」〔註32〕《柳塘詞話》之作者亦爲沈雄，所引之語，實爲夫子自道。倪瓚欽慕吳鎮，並爲此詞作詞意圖，可見對吳鎮人格與詞中意境之嚮往。倪瓚作詩作文，皆不屑於苦吟，然而其詞「脫然畦封，方雅超逸」，〔註33〕「恬澹無塵垢氣」，〔註34〕不下吳鎮。如〈如夢令〉：「削跡松陵華寓。藏密白雲深處。造物已安排，萬事何須先慮。歸去。歸去。海鷗山猿同住。」〔註35〕屛除一切俗務塵心，隱跡藏身於山林之間，是倪瓚一貫的理想，然而其晚年浪跡於江南，漂泊異鄉，身世之感、懷鄉之情便溢於言表。如〈蝶戀花〉：「行路難行愁遠道。說著客行，眞箇令人惱。久客還家貧亦好。無家漫自傷懷抱。」〔註36〕說出了客居寓食的苦痛，然而有家可歸，雖貧亦好，更何況是無家可歸，只能自傷自惱。〈江城子〉：「滿城風雨近重陽。濕秋光。暗橫塘。蕭瑟汀浦，岸

〔註31〕唐圭璋：《全金元詞》，頁 938。

〔註32〕〔清〕沈雄：《古今詞話》，《詞話叢編》本，冊 1，詞評下卷，頁 1021。

〔註33〕況周頤：《蕙風詞話》，《詞話叢編》本，冊 5，頁 4484。此乃況周頤評倪瓚〈太常引‧壽彝齋〉（柳陰濯足水浸磯）語，引而申之，亦無不可。

〔註34〕張子良：《金元詞述評》（台北：華正書局，民國 68 年 7 月），頁 252～255。

〔註35〕唐圭璋：《全金元詞》，頁 1074～1075。

〔註36〕唐圭璋：《全金元詞》，頁 1075。

柳送淒涼。親舊登高前日夢，松菊徑，也應荒。　　堪將何物比愁長。綠泱泱。遶秋江。流到天涯，盤屈九回腸。煙外青蘋飛白鳥，歸路阻，思微茫。」〔註37〕詞中用王維〈九月九日憶山東兄弟〉：「獨在異鄉爲異客，每逢佳節倍思親。遙知兄弟登高處，遍插茱萸少一人。」〔註38〕、陶淵明〈歸去來辭〉：「三徑就荒，松菊猶存。」〔註39〕其懷鄉情切，隱然可見，不言可知。其鄉愁之深，似李煜筆下〈虞美人〉「問君都有幾多愁。恰似一江春水向東流。」〔註40〕多而且長，九轉回腸，曲繞天涯。既如此思鄉戀舊，何不遽然歸去呢？正如他另一首詞〈鷓鴣天〉所言：「笠澤沿回十五年。親知情義日堪憐。……乃知造物深相與，急使江湖棹去船。」〔註41〕他深深知道親舊之好，也知道造物待他不薄，早備好山林等他退隱。有如此山林，佳則佳矣，而在詞作文字背後未言的潛臺詞：「歸路阻，思微茫」，卻才是他內心深處不得爲人道的眞實感受。這六個字，在倪瓚身上固然深刻，而放到王蒙、高啓、楊基的生命中檢視：因受政治迫害而羈縻瘐死、腰斬棄市，隱逸山林更是他們遙不可及的夢想。

　　元明之際人在有著隱逸之想的同時，親臨歷史的劇烈變動，也表現出對古今興亡的反思。吳鎭〈沁園春・題畫骷髏〉（漏洩元陽）一詞的內涵，亦有作如此的映照。〔註42〕倪瓚〈鵲橋仙〉云：「富豪休恃。英雄休使。一旦繁華如洗。鵲巢何事借鳩居，看數載、主三易矣。　　東家煙起。西家煙起。無復碧翬朱棨。我來重宿半間雲，算舊製、唯餘此耳。」〔註43〕細味內容，此詞似乎作於倪瓚晚年散財流寓、元衰而群雄並起之後。一方面慶幸自己的遠離殺戮，得以搦管吟

〔註37〕唐圭璋：《全金元詞》，頁 1075。

〔註38〕中華書局：《全唐詩》（北京：中華書局，1960 年 4 月第 1 版，1996 年 1 月第 6 刷），冊 4，卷 128，頁 1306。

〔註39〕袁行霈：《陶淵明集箋注》，頁 460。

〔註40〕曾昭岷等：《全唐五代詞》，頁 741。

〔註41〕唐圭璋：《全金元詞》，頁 1074。

〔註42〕此詞的詳細分析，參看本節第二小節「文人題畫之詞」。

〔註43〕唐圭璋：《全金元詞》，頁 1074。

嘯；一方面對於權力的爭奪傾軋，下了極為辛辣的評語。所謂的一方
之豪雄，也只不過是過眼雲煙而已。元末明初的江南，在蒙古人的勢
力退散之後，張士誠據地為王，雖維持了數年的安定，而旋即遭到朱
元璋的攻滅。所謂「看數載、主三易矣」，即指此事而言。《詩·召南·
鵲巢》云：「維鵲有巢，維鳩居之。」〔註44〕鳩是一種不自己做巢的
鳥，專門以搶奪為手段，將鵲之巢據為己有。在倪瓚看來，政治上的
鬥爭像可笑的鬧劇，爾虞我詐都是一場人間遊戲。這種鬧劇遊戲，卻
具有殺傷力，民生受到無比的創害，難以恢復。如同他在〈清平樂〉
中所表現出的矛盾心態。其詞云：「汀煙溪樹。總是傷心處。望斷溪
流東北注。夢逐孤雲歸去。　　　山花野鳥初春。漁郎樵叟南津。誰識
摧頹老子，醉人推罵從嗔。」〔註45〕此詞融合了蘇軾〈答李端淑書〉
〔註46〕和辛棄疾〈菩薩蠻·書江西造口壁〉的文字與內涵，〔註47〕
一方面感嘆身世家國，為生民而悲吟；一方面又嚮往漁父高士的全身
忘世，聽鳥看花。種種不得已，僅得付諸手筆耳！其名作〈人月圓〉
兩首，是〈清平樂〉詞意的加以推衍。其一云：

> 傷心莫問前朝事，重上越王臺。鷓鴣啼處，東風草綠，殘
> 照花開。　　　悵然孤嘯，青山故國，喬木蒼苔。當時明月，
> 依依素影，何處飛來。〔註48〕

〔註44〕十三經注疏整理委員會：《毛詩正義》（北京：北京大學出版社，2000
年12月第1版第1刷），卷1，頁75上。

〔註45〕唐圭璋：《全金元詞》，頁1073。

〔註46〕蘇軾〈答李端淑書〉：「得罪以來，深自閉塞，扁舟草履，放浪山水
間，與樵漁雜處，往往為醉人所推罵。輒自喜漸不為人識，平生親
友無一字見及，有書與之亦不答，自幸庶幾免矣。」見孔凡禮：《蘇
軾文集》，北京：中華書局，1986年3月第1版，1996年2月北京
第1刷，冊4，頁1432。

〔註47〕辛棄疾〈菩薩蠻·書江西造口壁〉：「鬱孤臺下清江水，中間多少行
人淚。西北望長安，可憐無數山。　　　青山遮不住，畢竟東流去。
江晚正愁余，山深聞鷓鴣。」見鄧廣銘：《稼軒詞編年箋注》（上海：
上海古籍出版社，1993年10月第1版，1998年12月第3刷），頁
41～42。

〔註48〕唐圭璋：《全金元詞》，頁1073。

許昂霄《詞綜偶評》云：「前段全用竇鞏〈南游感興〉詩語。後段則用劉禹錫〈石頭城〉詩語意。鷓鴣啼處三句：太白〈越中覽古〉絕句：『只今唯有鷓鴣啼。』」〔註49〕此詞縮合竇鞏、李白與劉禹錫詩句，與吳激〈人月圓·宴北人張侍御家有感〉縮合杜牧、劉禹錫禹與白居易詩句，〔註50〕同一機杼；其感激身世，悲慨家國，亦復相似。「傷心莫問前朝事」一句，翻越竇鞏「傷心欲問前朝事」詩意，另開生面，甫起首便以無限傷心籠罩全闋，以下寫景種種，皆為此句鋪陳。吳越爭霸，勝負互見，終亦相繼傾覆，歸於塵土。越王臺上曾經種種，今只剩得東風與殘照，耳邊不斷傳來鷓鴣「行不得也哥哥」的哀啼聲，為古蹟古事平添了許多遐思與悵惘。況周頤《蕙風詞話》云：「雲林詞〈人月圓〉云：『悵然孤歗，青山故國，喬木蒼苔。當時明月，依依素影，何處飛來。』李重光〈浪淘沙〉云：『晚涼天淨月華開。想得玉樓瑤殿影，空照秦淮。』同一不堪回首。」〔註51〕拿倪瓚與李煜

〔註49〕〔清〕許昂霄：《詞綜偶評》，《詞話叢編》本，冊2，頁1570。竇鞏〈南游感興〉：「傷心欲問前朝事，惟見江流去不迴。日暮東風春草綠，鷓鴣飛上越王臺。」見中華書局：《全唐詩》，冊8，卷271，頁3053。李白〈越中覽古〉：「越王句踐破吳歸，義士還鄉盡錦衣。宮女如花滿春殿，只今惟有鷓鴣飛。」見中華書局：《全唐詩》，冊6，卷181，頁1846。劉禹錫〈石頭城〉：「山圍故國周遭在，潮打空城寂寞回。淮水東邊舊時月，夜深還過女牆來。」見中華書局：《全唐詩》，冊11，卷365，頁4117。

〔註50〕吳激〈人月圓·宴北人張侍御家有感〉：「南朝千古傷心事，猶唱後庭花。舊時王謝，堂前燕子，飛向誰家。　　恍然一夢，仙肌勝雪，宮髻堆鴉。江州司馬，青衫淚濕，同是天涯。」（唐圭璋編：《全金元詞》，頁4）分別用杜牧〈泊秦淮〉、劉禹錫〈烏衣巷〉、白居易〈琵琶行〉等詩。杜牧〈泊秦淮〉：「煙籠寒水月籠沙，夜泊秦淮近酒家。商女不知亡國恨，隔江猶唱後庭花。」見中華書局：《全唐詩》，冊16，卷523，頁5980。劉禹錫〈烏衣巷〉：「朱雀橋邊野草花，烏衣巷口夕陽斜。舊時王謝堂前燕，飛入尋常百姓家。」見中華書局：《全唐詩》，冊11，卷365，頁4117。白居易〈琵琶行〉：「……同是天涯淪落人，相逢何必曾相識？……座中泣下誰最多？江州司馬青衫濕。」見中華書局：《全唐詩》，冊13，卷435，頁4821～4822。

〔註51〕況周頤：《蕙風詞話》，《詞話叢編》本，冊5，頁4549。

相較，雖然同一不堪回首，而其之所以然，卻有著明顯的差異。李煜乃亡國之君，他的不堪回首是由故國往事的追憶與悔恨所交織而成，更多感性的成分；倪瓚雖亡國之民，其不堪回首是對歷史興衰的反思以及對山林隱逸的嚮往二者所調混而成，更多理性的成分。陳廷焯《白雨齋詞話》評之云：「風流悲壯，南宋諸鉅手爲之亦無以過。詞豈以時代限耶。」〔註52〕張子良《金元詞述評》亦云：「金初吳彥高以賦此調享盛名，然平心論之，吳詞風骨實稍遜於元鎭此作也。」〔註53〕陳廷焯與張子良分別用沉鬱與風骨來論斷此詞之高下，自有其道理。他們都沒有注意到：在悲壯懷古的背後，是一位高蹈其身、脫略出塵的隱士，用最嚴肅的思考來省視人世的興盛與敗亡。

倪瓚〈人月圓〉其二云：

> 驚回一枕當年夢，漁唱起南津。畫屏雲嶂，池塘春草，無限消魂。　　舊家應在，梧桐覆井，楊柳藏門。閒身空老，孤篷聽雨，燈火江村。〔註54〕

此詞與上闋的著重點略不相同。上闋詞較多歷史的反思，此處則較多隱逸生活的描寫。王奕清等《歷代詞話》引《詞苑》，評此詞爲「詞意高潔」，〔註55〕其所以高潔，正在於此詞完整地表達出倪瓚的理想所在與晚年心境。文學受到宗教的浸漬，早在六朝已可見出。在極盛的宋詞時代，佛道二教思想對於詞作便有相當大的影響。所謂的漁隱詞，受到道教思想的影響尤深。〔註56〕參照後代詞史發展，漁隱詞似乎變成了一種傳統題材。金元以來，以三教合一爲特點的全眞教普遍流行於民間，道釋詞成爲詞作大宗之一。「金元詞中的隱逸思想，在不同程度上包含了儒家和佛家的隱逸觀，但究其實質，它似更接近于

〔註52〕〔清〕陳廷焯：《白雨齋詞話》，《詞話叢編》本，冊4，頁3823。

〔註53〕張子良：《金元詞述評》，頁252～255。

〔註54〕唐圭璋：《全金元詞》，頁1073。

〔註55〕〔清〕王奕清等編：《歷代詞話》，《詞話叢編》本，冊2，頁1290。

〔註56〕參史雙元：《宋詞與佛道思想》，高雄縣：佛光山文教基金會，2002年3月初版第1刷，頁80～86。

道家以全身避禍和享樂人生爲歸旨的遁世精神。」〔註57〕吳鎮、倪瓚
等人詞中對於朝代更迭與人生虛無的認識，很難說不是由於這種觀念
所生發。張子良分析此詞云：「此作蒼涼之至，落寞之至，亦高潔之
至。首句突然而來，道盡惡夢初醒，心神未定之狀。接以『南津漁唱』
暫時收住，按排精妙，此所以極寫其驚恐恍惚，亦所以承上啓下，引
起對畫屏幽境感發悽傷之懷。下片不禁身世之感：想舊家『草徑苔
階』，『門藏井枯』，對今夕『孤篷夜雨』，『燈火江村』，雖不言愁，亦
知此時必已忍氣吞聲，淒哽在喉矣！」〔註58〕起首「驚回一枕當年夢」
二句，與陳與義〈臨江仙・夜登小閣，憶洛中舊遊〉下片所云：「二
十餘年如一夢，此身雖在堪驚。閒登小閣看新晴。古今多少事，漁唱
起三更。」憶舊心情若有相符之處，而倪瓚盡散財富，流寓於江南，
則其感慨較之更深。「驚回」二字，可知其惶恐不安。然而，昔時豪
富安逸，今日異鄉飄蕩，「漁唱」雖屬閑適之音，遊人聽焉，則未免
感慨不勝。加之以覺來，忽見畫屏之中雲靄依依繞連嶂，池塘黯黯生
春草，雖然美好，卻遙不可及，倍增思鄉之意，令人「無限消魂」。
換頭進一步設想舊家現況。所謂「梧桐覆井，楊柳藏門」，皆是想像
中景。其句法，乃變化晏殊〈踏莎行〉「翠葉藏鶯」、蘇軾〈浣溪沙〉
「連村綠暗晚藏烏」、周邦彥〈渡江雲〉「千萬絲、陌頭楊柳，漸漸可
藏鴉」〔註59〕而來。〔註60〕以梧桐、楊柳之繁茂，暗示時間之流逝已
久，而倪瓚卻於焉戛然打住，因其不忍再思矣。歇拍「閒身空老」三
句，轉回殘酷現實，以寫景作結，不復言語，有「江楓漁火對愁眠」
之慨，呼應「驚回」二字，猶彈無弦之琴，而餘音嫋嫋。

　　王蒙、楊基、高啓同樣也有隱逸之想和歷史反思，但比吳鎮、倪

〔註57〕趙維江：《金元詞論稿》，頁41。
〔註58〕張子良：《金元詞述評》，頁252～255。張子良所引詞，字句略不同。
〔註59〕孫虹校注；薛瑞生訂補：《清眞集校注》（北京：中華書局，2002年
　　　　12月第1版北京第1刷），頁119。
〔註60〕倪瓚學習晏殊〈踏莎行〉、周邦彥〈渡江雲〉句法，從另一首〈太常
　　　　引・傷逝〉「門前楊柳密藏鴉」一句看，更爲顯著。

瓚還多了一種身不由己的生命擠壓。這種擠壓，乃基於政治迫害的因素而產生。

張仲謀《明詞史》曾將楊基詞概分爲兩大類：一類是他的主要風格，清新雅令，俊逸風流，雖見才氣，卻少感慨；另一類是融入人生感慨者。〔註61〕並云：「如果說他前一類作品只爲逞才自娛，這後一類作品才是眞正的寫心之作。因爲有鬱憤牢騷，故風流中亦見塊壘，因爲痛苦而聊作曠達，反而更見深刻。他們不像前一類作品那麼嫵媚可人，卻更見風骨，也更有力度。」〔註62〕若〈清平樂·江寧春館寫懷〉四首、〈賀新郎·句曲閒居春暮〉、〈青玉案·江上閒居寫懷〉七首、〈念奴嬌·壬子重陽感舊〉、〈念奴嬌·夜泊大姑廟下，風雨無眠，賦以感懷〉、〈惜餘春慢〉等皆是。如他在〈賀新郎·句曲閒居春暮〉、〈惜餘春慢〉（隴頭水澀）等詞序中所提及的：「寓居無聊，未免感時撫事，爰塡古詞，用撥新悶云。」〔註63〕（〈賀新郎〉）「緬思故鄉，正當賞桂問月之期，杳莫可得。然諸友亦多散沒，惟止仲在焉。用塡詞一闋寄之，則鄉情旅況，覽示何如。」〔註64〕（〈惜餘春慢〉）多少鬱悶無奈，只能用文字加以排遣。其〈長相思·憶故園〉：「山悠悠。水悠悠。水遠山長無盡頭。俺怎不生愁。　　憶歸休。合歸休。春到江波漾白鷗。好弄一扁舟。」〔註65〕表達出來的這種退隱之飛想，在他的許多詞作中也不時出現。

高啓亦然。其〈念奴嬌·自述〉云：「策勳萬里，笑書生骨相，有誰曾許。壯志平生還自負，羞比紛紛兒女。酒發雄談，劍增奇氣，詩吐驚人語。風雲無便，未容黃鵠輕舉。　　何事匹馬塵埃，東西南北，十載猶羈旅。只恐陳登容易笑，負卻故園雞黍。笛裏關山，樽

〔註61〕張仲謀：《明詞史》（北京：人民文學出版社，2002 年 2 月北京第 1
　　　　版北京第 1 刷），頁 40～46。
〔註62〕張仲謀：《明詞史》，頁 42。
〔註63〕饒宗頤、張璋：《全明詞》，冊 1，頁 117。
〔註64〕饒宗頤、張璋：《全明詞》，冊 1，頁 124。
〔註65〕饒宗頤、張璋：《全明詞》，冊 1，頁 124。

前明月，回首空凝佇。吾今未老，不須清淚如雨。」〔註66〕以及〈沁
園春・寄內兄周思誼〉云：「憶昔初逢，意氣相期，一何壯哉。擬獻
三千牘，叫開漢關，躡一雙屬，走上燕臺。我勸君酬，君歌我舞，
天地疏狂兩秀才。驚回首，漫十年風月，四海塵埃。　　摩挲舊劍
在苔。歎同掩、衡門盡草萊。視黃金百鎰，已隨手去，素絲幾縷，欲
上頭來。莫厭栖栖，但存耿耿，得失區區何足哀。心惟願，長對尊
中酒滿，樹上花開。」〔註67〕兩詞內容極相似，張仲謀以為此二詞：
「均為自述言志之作，它們和《青丘子歌》一樣，都是自命不凡，顧
盼自雄，行氣如風，豪氣如虹，這是一個才子文人本然應有的良好
感覺，他還未體認到社會的複雜與人生的艱辛，因此有理由對未來
充滿希望和自信。」〔註68〕其中固然有不可一世，少年風發欲請纓之
概，但如其〈摸魚兒・自適〉云：「近年稍諳時事，傍人休笑頭縮。
賭棋幾局輸贏注，正似世情翻覆。」〔註69〕也有諳於世道，返回故園
以全身遠禍之思。其〈木蘭花慢・過城東廢第〉，感於張士誠佔據江
南，短短數年間，灰飛煙滅於無跡。藉城東大宅之侵奪與冷落，「算
只為當年，多些歡樂，少箇思量」，〔註70〕抒發興亡之慨，與劉禹錫
〈烏衣巷〉異曲同工。〔註71〕其〈沁園春・雁〉，藉詠物的手法，表
達在元明之際極度不穩定的社會環境之下，文人不知何處措其手足的
驚恐不安。「莫戀遺糧猶在田。須高舉，教弋人空慕，雲海茫然。」

〔註66〕饒宗頤、張璋：《全明詞》，冊1，頁159。
〔註67〕饒宗頤、張璋：《全明詞》，冊1，頁162。「摩挲舊劍在苔」，疑為「摩
　　　挲舊劍生苔」。
〔註68〕張仲謀：《明詞史》，頁48。
〔註69〕饒宗頤、張璋：《全明詞》，冊1，頁165。
〔註70〕饒宗頤、張璋：《全明詞》，冊1，頁162。
〔註71〕陳霆云：「張士誠據姑蘇，凡高門大宅，悉為其權倖所占，計其一時
　　　歌鐘甲第之富，與馬姬妾之盛，自謂安享樂成，永永無慮。孰知不
　　　五六年，煙滅雲散，如高季迪之〈木蘭花慢〉所慨是也。……蓋盛
　　　衰不常，物理反覆，雖貴侯世戚，且不能保其盈滿，況於一時草竊
　　　者哉。此足為陸梁者之戒。」(《渚山堂詞話》，《詞話叢編》本，冊1，
　　　卷2，頁368)

〔註72〕隱逸之思，躍然欲出。然而，現實時空卻不允許。陳廷焯《雲韶集》評此詞云：「此作句句精秀，雖非宋人風格，故自成明代傑作。『橫波』七字，精湛而雄秀，眞才人之筆。先生能言之，而終自不免，何耶。」〔註73〕又在《白雨齋詞話》亦云：「託意高遠。先生能言之，而終自不免，何耶。」〔註74〕此詞歷來評價頗高，然而其內容卻與作者本人的生平遭際，有著極大的反差，彷彿是造物者有意的惡作劇，讓讀之者頓足惋惜。值得注意到一首楊基的詞作，是其〈摸魚兒・感秋〉：

> 問黃花、爲誰開晚，青青猶繞西圃。秋光賴有芙蓉好，那更薄霜輕霧。江遠處。但只見、寒煙衰草山無數。憑欄不語。恨一點飛鴻，數聲柔櫓，都不帶愁去。　　當時夢，空憶邯鄲故步。山陽笛裏曾賦。黃金散盡英雄老，莫倚善題鸚鵡。君看取。且信提攜，如意樽前舞。浮名浪許。要插柳當門，種桃臨水，歸老舊游路。〔註75〕

此首爲洪武七年（1374）高啓被殺後，感而有所作。〔註76〕嵇康爲司馬昭所殺，向秀經過山陽聞笛而有〈思舊賦〉。禰衡才高，曾有〈鸚鵡賦〉，然自恃好直言，橫死黃祖刀下。愁中之人，眼見皆愁。黃花霜霧、寒煙衰草、飛鴻柔櫓，一切蕭條之景象皆爲生愁之具。令人不禁慨歎的是，「歸老舊游路」並不可得，楊基、高啓都無法完成他們的隱逸夢想：「但只願，盡今生都是，稱心時節。」〔註77〕「心惟願，長對尊中酒滿，樹上花開。」〔註78〕在高啓死後四年，楊基亦被

〔註72〕饒宗頤、張璋：《全明詞》，冊1，頁162。

〔註73〕〔清〕陳廷焯：《雲韶集》，卷12。

〔註74〕〔清〕陳廷焯：《白雨齋詞話》，《詞話叢編》本，冊4，卷3，頁3824。

〔註75〕饒宗頤、張璋：《全明詞》，冊1，頁120。

〔註76〕此詞乃楊基感高啓事所作，參看張仲謀：《明詞史》，頁45～46。

〔註77〕楊基〈喜遷鶯・旅中感舊〉（饒宗頤、張璋：《全明詞》，冊1，頁120）。

〔註78〕高啓〈沁園春・寄內兄周思誼〉（饒宗頤、張璋：《全明詞》，冊1，頁162）。

發配勞役，死於工所。從另一角度而言，楊基的〈摸魚兒‧感秋〉不必絕對是為高啟事所作，亦可看成彼一恐怖時代之下，文人的共同悲歌。

　　隨著時間的沉澱，明中葉的社會活力漸漸恢復，政治壓迫不見了，隱逸之詞卻出現了新的質變，加入了文人趣味。隱逸之想與歷史反思還是存在的，但並不是像吳鎮、倪瓚的純粹遁世，也不是高啟、楊基筆下的悲涼哀吟，值得讓人注意並且歡欣的是，吳門詞派在詞中有著更多的生命情趣之展現。

第二節　文人題畫之詞

　　文人畫從宋代開始發展以來，元明兩朝最為極盛。高木森曾經指出文人畫的五項特點，對於文人畫之義界有簡單而扼要的說明，茲不憚煩地抄錄如下：「第一、美學上，文人畫家重視樸素無華之最高境界，他們的主題長包含一些傳統的山水、墨竹、簡單花鳥、枯樹、野石等等。作品以水墨為上，淺絳其次，重彩設色其末。筆墨要鬆秀輕淡。……第二、哲學上，文人畫是綜合儒、釋、道，畫家作畫要表揚儒家的道德觀、道家的超自然觀、以及禪家的三昧（寧靜）。因此象徵主義也是文人畫的主要特色之一。……第三、技法上，文人畫是綜合詩書畫的一種藝術，詩書在此被吸收到畫裡，不只是畫面有題詩，而且布局、取材都要有詩意，筆墨要有書法趣味，筆墨是繪畫作品的生命。……題材以荒山野水、枯木竹時、梅蘭竹菊（四君子）為大宗，人物畫很少。第四、意境上，文人畫追求超俗，所以總是要有幾分抽象，降低對景物細節的描寫，留取空間讓觀者的想像力去馳騁，也藉以寄託文人的清愁。因此提升詩情性和浪漫性的抽象境界對文人畫的品質特別重要。為達此效果，除筆墨必須空靈之外，布局的空間也要加以平化、玄化，詩性的節奏的有無與強若是意境高低的尺度。……第五、實用上，文人畫雖是一種消閒活動，故稱為『戲墨』，但基本上是為人生而藝術，不是為藝術而藝術，也不是為功利而藝術。因此

創作活動是自我陶養，也是很自由的感性活動，不是嚴肅的理性或功利活動。它重視業餘性，認為職業化會使作品喪失天真。文人畫家雖也重視『成教化駐人倫』古訓，但他所依恃的是詩性的啓發，不是教條式的說教。文人畫的特性之一是他能啓人出塵之思，由此進而達到淨化人心和人性的目的。當然也能使人生活得更快樂，活得更長壽。」〔註79〕詩為有聲之畫，畫為無聲之詩，各臻其效，相輔相成。詩書畫合一一直是文人畫的特色之一，也形塑了某一種文學傳統，造就了某一種文人趣味，變成文學的主要表現方式之一。題畫詩有時也以題畫詞的型態出現。朱彝尊〈詞綜發凡〉云：「詞至南宋，始極其工，至宋季而始極其變。」〔註80〕根據馬興榮的說法，最早的題畫詞是北宋俞紫芝的〈臨江仙·題清溪圖〉（弄水亭前十方景）。〔註81〕元明以後題畫詞大量出現，範圍從文人畫到非文人畫，甚或一般版畫，皆有此體之跡，蔚為大宗。題畫詞的出現，不僅顯示出詞體觀念的轉變、詞向詩化的靠攏、商業化的影響，也是從蘇軾以來文人畫趣味的進一步發展。詠物詞與題畫詞在寫作方法上最大的相同點，在於均依憑某一事物為基礎，加以描繪，進一步者則有所昇華寄託。詠物詞在宋末元初得到極大的發展，題畫詞在之後的元明接踵而起，並非偶然。也值得研究者持續關注。

吳鎮善畫，張子良《金元詞述評》云：「有《梅花道人詞》，見《彊村叢書》。澹雅俊逸，要為題畫作也。」〔註82〕現存四十四闋詞幾乎

〔註79〕高木森：《元氣淋漓》（台北：東大圖書公司，民國87年10月），頁7～9。

〔註80〕〔清〕朱彝尊：〈詞綜發凡〉，《歷代詞話》本（鄭州：大象出版社，2002年3月第1版第1刷），冊下，頁919。

〔註81〕參馬興榮：〈論題畫詞〉，《撫州師專學報》，1997年12月總第55期，頁7～13。周絢隆以為最早的題畫詞是秦觀的〈蝶戀花·題二喬觀書圖〉與晁補之的〈滿庭芳·用東坡韻題自畫蓮社圖〉，誤矣。見周絢隆：〈實用性原則的遵循與背叛——陳維崧題畫詞的文本解讀〉，《首都師範大學學報》，2000年6月總137期，頁79～86。

〔註82〕張子良：《金元詞述評》（台北：華正書局，民國68年7月），頁255。

全爲題畫之作。〔註 83〕其中〈漁父〉詞尤多，有三十五首。《全金元詞》中載吳鎮〈漁父·臨荆浩漁父圖〉十六首，作於至正五年（1345），題於其畫作《漁父圖》之上，圖現藏上海博物館。〔註 84〕李日華《六硯齋三筆》云：「梅道人倣荆浩寫漁舫十五，中段樹石一叢，前後山嶼，遠近出沒四五疊。余兩見臨本，至今壬申三月始見眞者，氣象煥如也。……又，畫上方題〈漁家傲〉詞，瀟灑超逸，逼眞元眞子口吻，亦道人所製。書作藏針，筆法古雅有餘。」〔註 85〕其言有誤，所謂〈漁家傲〉，實即〈漁父〉。李日華見本所載之詞，與上海博物館所藏本題詞，字句大不相同，爲兩本無異議。吳鎮不厭其煩，愛吟此調，又爲之作圖，可見「漁父」形象在其心中的重要意義。其愛畫漁父，不僅由於隱逸形象的崇拜，也有繪畫形式上的因素。「吳鎮作畫每在畫面上置一小舟，舟上有一漁翁，翁與舟皆以細筆勾出，線條緊密絲絲入扣，這正與濕筆大點大染的山石樹木構成鮮明的線、面對比。可以想像，如果沒有這漁父漁舟的線條勾勒，畫面的濕重滿溢之氣將會更濃而使人悶塞。」〔註 86〕他藉〈漁父〉來表達其隱逸理想，上文已作討論。此處擬討論他另一首題畫詞，〈沁園春·題畫骷髏〉云：

> 漏洩元陽，爹娘搬販，至今未休。百種鄉音，千般狃扮，一生人我，幾許機謀。有限光陰，無窮活計，急急忙忙作馬牛。何時了，覺來枕上，試聽更籌。　古今多少風流。想蠅利蝸名幾到頭。看昨日他非，今朝我是，三回拜相，

〔註 83〕唐圭璋據葛氏《嘯園叢書》本梅道人遺墨輯出〈漁父〉三首（「紅葉村西夕照餘」、「點點青山照水光」、「醉倚漁舟獨釣鼇」），其中「紅葉村西夕照餘」一首，《名畫記》已指出爲題廆溪沈彥實處士畫冊；其中「點點青山照水光」一首，爲題蘆花寒雁圖；另外一首，則無從確定其爲題畫詞與否。

〔註 84〕據《中國古代書畫圖目》，冊2，傅熹年云：「雙胞案，此件書畫均弱，無款印，疑是摹本。」徐邦達云：「非摹爲眞迹，筆墨模糊，字不可能假。」

〔註 85〕〔明〕李日華：《六硯齋三筆》，卷1，頁。

〔註 86〕陳振濂：〈尋找線條載體——爲什麼吳鎮畫中有那麼多的漁父題材？〉，轉引自《元四大家》，頁96。

　　兩度封侯。采菊籬邊，種瓜圃內，都只到邙山土一丘。惺
　　惺漢，皮囊扯破，便是骷髏。〔註87〕

此詞及畫，四庫館臣曾以為非吳鎮所作，《四庫全書總目・梅花道人
遺墨提要》云：「無論歷代畫家無從畫及骷髏之事，即詞中『漏洩元
陽，爹娘搬販，至今未休』諸句，鄙俚荒謬，亦決非鎮之所為。」
〔註88〕然而從全真教王嚞以來，便有以骷髏為圖為詩來警世勸世的思
想傳統。〔註89〕其文句的鄙俚，除了受到曲化的大環境影響之外，思
想內容的通俗要求與警勸目的，自然讓作者選擇了這種表達方式。全
詞充滿了唾棄名利、人世猶如黃梁一夢的道教思想。上片說的是：自
古來一般凡人都不懂得保守人體陽氣的根本，受到情欲的羈絆，輪迴
不休。人生在塵世，雖然生在不同的時空環境，有著不同的鄉音與身
分地位，但是都存著一顆名利計較心；有限的生命，卻是無窮的汲汲
營營。過片暗用呂洞賓悟道故事，提示名利的無意義，並預示下片所
說的真理。下片開始對於人世紛擾作出清楚的開示。他從歷史的角度
切入。歷史上引領一代風騷的人物，不可勝數。細看無數權力鬥爭下
的勝利者，以及名利雙收的得意者，再看「采菊籬邊」的陶潛，還有
「種瓜圃內」的邵平，兩相比較之下，追求名利，斤斤計較，似乎是
聰明之事。然而，一旦生命結束，一切又回到原點，盡屬枉然。不如
把握生命，及早拋棄機巧，全心修道，才是真實的道理。所謂「惺惺
漢，皮囊扯破，便是骷髏」，即作者以「骷髏」為圖的用意所在。透
過繪畫的視覺震撼，詞意更加具體；經過詞作的說明，繪畫更值得玩
味。吳鎮這首題骷髏〈沁園春〉所敘述的道教思想，與其他的隱逸之
詞所表現出來的超世態度是一致的，而也可以當成〈漁父〉詞的一個

〔註87〕唐圭璋：《全金元詞》（北京：中華書局，1979 年 10 月第 1 版，2000
　　　　年 10 月北京第 4 刷），頁 936。

〔註88〕〔清〕永瑢等：《四庫全書總目》（北京：中華書局，1965 年 6 月第
　　　　1 版，2003 年 8 月北京第 7 刷），冊下，卷 168，頁 1451 中。

〔註89〕參丁若木：〈「惺惺漢，皮囊扯破，便是骷髏」──從吳鎮畫骷髏說
　　　　起〉，《宗教學研究》，1996 年第 1 期，頁 41～47、62。

側面來了解。

　　至於倪瓚之題畫詞，如今可見者有〈踏莎行〉（春渚芹浦）、〈定風波・題畫梅〉，凡二首。其〈踏莎行〉云：

> 春渚芹浦，秋郊梨棗。西風沃野收紅稻。簷前炙背媚晴陽，天涯轉瞬萋芳草。　　魯望漁村，陶朱煙島。高風峻節如今掃。黃雞啄黍濁醪香，開門迎笑東鄰老。〔註90〕

據劉體仁《七頌堂釋小錄》云：「倪高士迂作《匡廬清曉圖》，峰巒麗密，林木森秀，極爲工到，荊、關古法然也。自題小詞其上曰：『春渚芹浦……』字畫挾八分，最有逸趣。」〔註91〕可知〈踏莎行〉爲題《匡廬清曉圖》之詞，即卞永譽《式古堂書畫彙考》著錄之《題踏莎行詞山水軸》，亦名《晴陽芳草圖》。此詞大有杜甫〈客至〉詩意，亦與吳鎮〈漁父〉（紅葉村西夕照餘）設色技巧同妙，可以想見其圖畫。況周頤《蕙風詞話續編》以之與己作比較，以爲下片有所託旨，並引王鵬運評語云：「愈含蓄，愈雋永。」〔註92〕況周頤論詞，以「重、拙、大」爲準的，對倪瓚此詞評價頗高。以爲其中有所託旨，固然是有得之見，但從文人畫的角度而言，不必如此沉重，卻看出更多的隱逸平淡與閑適精神。又，其〈定風波・題畫梅〉云：

> 欹帽垂鞭送客回。小橋流水一枝梅。醉後紅綃都不記，□膡，幽香卻解逐人來。　　松畔扶閒頻置酒。攜手。與君看到十分開。少壯相從今雪鬢。因甚。流年清興兩相催。
>
> 〔註93〕

倪瓚跋曰：「庚寅臘月，同天台陶九成訪雲樓子於玉山草堂，是日微雪著紅梅上。雲樓子見示管夫人雪梅，與今日情景適合，因題一調定風波云。」〔註94〕詠梅是南宋詞以後大盛的題材，倚聲題梅，則自楊無咎始。從梅妻鶴子的林逋〈山園小梅〉：「疏影橫斜水清淺，暗香浮

〔註90〕唐圭璋：《全金元詞》，頁1075。

〔註91〕〔清〕劉體仁：《七頌堂釋小錄》，卷，頁。

〔註92〕況周頤：《蕙風詞話續編》，《詞話叢編》本，冊5，卷1，頁4549。

〔註93〕唐圭璋：《全金元詞》，頁1075～1076。

〔註94〕唐圭璋：《全金元詞》，頁1076。

動月黃昏。」〔註95〕名句一出,梅所代表的隱士形象便確立文學作品
之中。倪瓚同陶宗儀拜訪顧阿瑛,同覽管道昇雪梅,遂爲之賦詞題
畫。從這個角度看,這首詞不只是對高人隱士形象的吟詠,還有文人
雅集的趣味在。

王蒙存詞雖僅二首,亦可見得題畫之詞,即其〈憶秦娥〉(花如
雪)。《全明詞》據《湖州詞徵》輯得留存詞序,知其亦爲題畫之詞。
其詞云:

> 花如雪。東風夜掃蘇堤月。蘇堤月。香消南國,幾回圓
> 缺。　　錢塘江上潮聲歇。江邊楊柳誰攀折。誰攀折。西
> 陵渡口,古今離別。〔註96〕

《湖州詞徵》所存詞序云:

> 余觀《邵氏聞見錄》,宋南渡後,汴京故老呼妓於廢圃中飲,
> 歌太白《秦樓月》一闋,坐中皆悲感,莫能仰視。良由此
> 詞乃北方懷古,故遺老易垂泣也。蓋自太白創此曲之後,
> 繼踵者甚眾,不過花閒月下,男女悲歡之情,就中能道者
> 惟有「花溪側。秦樓夜訪金釵客。金釵客。江梅風韻,海
> 棠顏色。　　尊前醉倒君休惜。不成去後空相憶。空相憶。
> 山長水遠,幾時來得。」完顏茊中土,其歌曲皆淫哇躁躁
> 之音。能歌〈憶秦娥〉者甚少,有能歌者求余作畫,並填
> 此詞,以道南方懷古之意。〔註97〕

王蒙爲歌者畫,今已不可得見,徒存其詞。序中特引邵博《邵氏聞
見錄》宋南渡故老唱「於君臣之際,難以顯言,因託興以抒幽思」
〔註98〕之詞,感而對泣故事,並花月男女豔情詞一首,雖作者無由察
考,其句云「空相憶。山長水遠,幾時來得。」且云李白詞爲北方懷
古,己作爲南方懷古,則王蒙於改朝換代之際,自有所用心,其情意

〔註95〕 北京大學古文獻研究所:《全宋詩》(北京:北京大學出版社,1998
　　　　年 12 月第 1 版第 1 刷),卷 106,頁 1218。
〔註96〕 饒宗頤、張璋:《全明詞》,冊 1,頁 142。
〔註97〕 饒宗頤、張璋:《全明詞》,冊 1,頁 142。
〔註98〕 〔清〕黃蘇:《蓼園詞評》,《詞話叢編》本,冊 4,頁 3033。

厚重亦可知矣。李白〈憶秦娥〉（簫聲咽）以北方風光懷古，王蒙此
詞則以南方景色懷古。蘇堤、錢塘江、西陵，皆爲南國地方，與李白
詞中的灞陵、樂遊原、咸陽、漢陵等北國地方，儼然相對。此詞之寫
春，風格婉轉，也與李白詞之寫秋，氣魄雄偉，截然不同。上片說月，
下片說柳，皆道古今人事之聚散。由此詞之內容亦可想見其爲歌者畫
風景之旖旎、視覺感之豐富。高木森云：「王蒙畫的豐富感並不是由
於對景物的實質細部的描寫，而是來自無處不有的空間幻象——由大
局到細密，處處無止境，且是令人難以捉摸的面與線的扭曲、交疊與
穿梭。」〔註99〕在此首題畫詞的意境營造中，也可得到相應的想像。
至於畫圖中難以表達的落花紛飛、東風掃捲之動感、胭脂香消之嗅
覺、錢塘潮歇之聽覺、作者對於世事之感慨，則從題畫詞的文字裡得
到充分的填補。

　　楊基亦有題畫詞，就今所見，有〈浣溪沙・四春圖四景美人各賦〉
四首、〈醉花陰・題隔屏仕女〉，凡五首，皆題美人之詞，情調綽約，
與唐寅之亦多行此道，詞趣略同。陶宗儀《書史會要》云：「楊基正
書師鍾元常，行草師二王。」〔註100〕夏文彥《圖繪寶鑑》云：「畫山
水竹石。」〔註101〕姜紹書《無聲詩史》云：「孟載才長逸蕩，興多雋
永，篇題之外，兼及繪事。都太僕《玄敬集》云：『世稱高楊張徐，
以方唐之王楊盧駱，四先生惟高太史不善畫，楊憲使、徐方伯、張太
常畫筆，余嘗見之。』觀此，則知孟載乃善畫者矣。」〔註102〕徐沁
《明畫錄》云：「張徐長于山水，基雅善墨竹，得湖州、彭城之法。」
〔註103〕據以上記載，楊基不僅長於詩文，亦善於書畫，尤長於墨竹。

〔註99〕高木森：〈王蒙的空間幻象〉，轉引自《元四大家》，頁126～127。
〔註100〕〔元〕陶宗儀：《書史會要》，卷，頁。
〔註101〕〔元〕夏文彥：《圖繪寶鑑》，《畫史叢書》本（于安瀾編，上海：
　　　　上海人民美術出版社，1963年10月第1版，1982年10月第2刷），
　　　　冊2，卷5，頁138。
〔註102〕〔明〕姜紹書：《無聲詩史》，《畫史叢書》本，冊3，卷1，頁7。
〔註103〕〔明〕徐沁：《明畫錄》，《畫史叢書》本，冊3，卷7，頁92。

四傑中的高啓雖不善畫，並不代表他不善於賞鑑。他的〈水龍吟·畫紅竹〉，即以其文學天才，抓住朱竹的風神氣度。

文徵明曾繪有兩幅朱竹圖，一幅題署嘉靖十三年（1534），時年六十五歲，另一幅題署嘉靖三十四年（1555），時年八十六歲。兩幅均稱「戲寫朱竹」，並錄高啓〈水龍吟·畫紅竹〉一闋：

> 淇園丹鳳飛來，幾時留得參差翼。簫聲吹斷，彩雲忽墮，碧雲猶隔。想是湘靈，淚彈多處，血痕都積。看蕭疏瘦影，隔簾欲動，應似落花狼藉。　莫道清高也俗。再相逢、子猷還惜。此君未老，歲寒猶有，少年顏色。誰把珊瑚，和煙換去，琅玕千尺。細看來，不是天工，卻是那春風筆。〔註104〕

竹爲四君子之一。文徵明畫朱竹，先後引用同一闋詞來題署相同素材的兩幅畫作，一方面因爲高啓詞本亦爲題朱竹之作；另一方面，文徵明兩度援用高啓此詞，亦可看出他對此詞的喜愛程度。據徐燉《筆精》云：「朱竹古無所本，起於國初。宋仲溫有一卷，不知何人筆？高季迪題〈水龍吟〉……此卷舊爲王太史家物，伯兄惟和收得之，珍若重寶，自題其後……伯兄卒，卷售他人。」〔註105〕又，王奕清等《歷代詞話》引《書畫記》云：「畫家朱竹始於東坡，前此未有所本。宋仲溫在試院於卷尾掃得一枝，筆態甚奇，故張伯雨有『偶見一枝紅石竹』之句。管夫人亦寫懸崖朱竹一枝。楊廉夫題云：『網得珊瑚枝，擲向賁簹谷。明年錦褓兒，春風生面目。』高季迪《扣舷集》中，亦有題朱竹畫卷〈水龍吟〉。」〔註106〕談遷《棗林雜俎》亦載此條，其文字與《書畫記》相同。陸時化《吳越所見書畫錄》亦著錄宋克《硃竹軸》一件。上述記載指出了朱竹始於蘇軾，而後來作者亦多，

〔註104〕饒宗頤初纂；張璋總纂：《全明詞》，冊1，頁160。

〔註105〕〔明〕徐燉：《筆精》（福州：福建人民出版社，1997年5月第1版第1刷），卷6，頁208～209。

〔註106〕〔清〕王奕清等：《歷代詞話》，《詞話叢編》本，冊2，卷10，頁1302。

如管道昇、宋克皆是。陳廷焯曾親見宋克朱竹眞跡，其《湘管齋寓賞編》云：

> 「克與季迪過文中芸閣，見几間有朱筆佳紙，因憶永道方
> 先生較藝南省，曾用寫此，君遂援筆仿佛之，時村叟適
> 至，復索紙，令寫此。戊申十月十九日，宋克識。」右用
> 朱筆作章草，跋於竹之左下方。戊申爲明太祖洪武元年。
> 「淇園丹鳳……」又〈水龍吟〉，高啓賦。右行書在竹之右
> 上方。

宋克爲明初大書家。陳廷焯對宋克題識與高啓題詞，以及字體、位置，皆清楚著錄，可供考見宋克畫朱竹之緣起與體製。高啓此詞則引用多種竹之典故，結合想像，創作出一篇題竹佳作。上片從負面典故發想，寫其歎惋；下片則從正面典故落墨，寫其安慰。「淇園丹鳳飛來」等五句，用的是蕭史乘鳳故事，《列仙傳》云：「蕭史者，秦穆公時人，善吹簫。穆公女弄玉好之。公妻焉。乃爲弄玉作鳳臺，一旦夫婦隨鳳飛去。」簫爲竹製，淇園爲產竹之所，〔註107〕高啓用詞皆切合竹而言。高啓反用蕭史乘鳳故事，「簫聲吹斷」，不言蕭史，「留得參差翼」，卻言鳳去臺空。以竹譬若丹鳳之留跡與彩雲之忽墮，想像神奇而新穎，又言「碧雲猶隔」，說明了一般青竹雖好，但丹竹與之相較，卻有所斑斕不同。承繼一片追憶的氣氛，「想是湘靈」三句又用湘夫人之典故。徐堅《初學記》引張華《博物志》云：「舜死，二妃淚下，染竹即斑。妃死爲湘水神，故曰湘妃竹。」〔註108〕娥皇、女英悲舜之死，泣淚染竹，遂有斑竹。竹上斑斑，皆爲湘妃血淚，則追憶更進一層，轉而爲悲慟。「看蕭疏瘦影」過片三句，從形象上描寫，將朱竹廉上瘦影比作落花，有「夜來風雨聲，花落知多少」〔註109〕無限可惜之意。換頭二句，承上之意，欲有所安慰憐惜。子猷，爲王徽之

〔註107〕《史記‧河渠書》云：「是時東郡燒草，以故薪柴少，而下淇園之竹以爲楗。」裴駰《集解》引晉灼云：「淇園，衛之苑也，多竹篠。」
〔註108〕〔唐〕徐堅：《初學記》，卷28。
〔註109〕〔唐〕孟浩然：〈春曉〉，《唐宋詩舉要》，頁758。

之字。王徽之風雅之士，極為愛竹，劉義慶《世說新語・簡傲》曾載其有看竹之癖：「晉王徽之愛竹，曾過吳中，見一士大夫家有好竹，肩輿徑造門下，諷嘯良久，遂欲出門。主人令左右閉門不令出，乃留坐，盡歡而去。」「此君」亦為竹之習稱。典出《晉書・王徽之傳》：「（徽之）嘗寄居空宅中，便令種竹。或問其故，徽之但嘯詠指竹曰：『何可一日無此君邪！』」竹與松、梅同為歲寒三友，愈冷愈傲愈不凋，常保顏色，而紅色較青色更近人面之豐渥，故云「少年顏色」。以上說的都是竹所具有的堅貞品質。「少年顏色」亦有讚揚宋克神來之筆的意思，但從「誰把珊瑚」句以至結尾，才正式轉入題旨，表達他的讚揚。「珊瑚」之喻，即上引楊維楨題管道昇朱竹詩云：「網得珊瑚枝，擲向賞簹谷。明年錦衣＋朋兒，春風生面目。」恍惚迷離中，朱竹型態之美與珊瑚可比擬，然而仔細一看，此朱竹卻非出於天工，而是出自宋克「春風筆」下，讚譽之意無以復加。在高啟題畫詞中，既對宋克朱竹形象的描寫，有生動獨造之處，而對其朱竹畫，也有所評價，是詞與畫的結合範例。

第三節　情致蘊藉之詞

在元末四家與明初四傑詞中，除了上文所述及的隱居逸世、文人題畫之詞以外，應予注意的是詞人內心婉轉、情感鬱結之作。感情是人生重要的一部分，需要被善待；各個詞人以其敏慧詞心，將其因緣遭遇，真實地紀錄下來。倪瓚的〈太常引・傷逝〉（門前楊柳密藏鴉），悼憶所愛，以平淡之筆寫生活週遭景物，而悠悠相思愁念即隱藏於平淡之後，不致流於氾濫。春到苔生，煮茶聽蛙，平淡之中，自存深鬱，實鍾情者所善感也。其〈柳梢青・贈妓小瓊英〉云：

> 樓上玉笙吹徹。白露冷、飛瓊珮玦。黛淺含顰，香殘棲夢，子規啼月。　　揚州往事荒涼，有多少、愁縈思結。燕語空梁，鷗盟寒渚，畫闌飄雪。〔註110〕

〔註110〕唐圭璋：《全金元詞》，頁 1074。

葉申薌《本事詞》載此詞本事云：「小瓊英者，楊鐵崖侍妾也。倪雲林嘗贈以〈柳梢青〉。」〔註111〕則此詞乃倪瓚作贈楊維楨之姬妾小瓊英。上片從女子方面說。女子樓上獨處，吹徹玉笙，是其不忍再吹，重添愁思，故轉頭欲眠，然而卻輾轉難眠。「冷」之一字道出了相思之深。玉笙、白露、瓊玦，從質感上更加深了「冷」的想像。「黛淺含顰」，憂思難忘也；「香殘棲夢」，謾向華胥國去追尋也；「子規啼月」，子規啼聲「不如歸去」如喚遊人，實則驚破閨中美夢，醒來苦對現實，愁思更深矣。下片從男子方面說。「揚州往事荒涼」一句，用杜牧揚州留情故事。杜牧〈贈別〉云：「春風十里揚州路，捲上珠簾總不如。」其〈遣懷〉又云：「十年一覺揚州夢，贏得青樓薄倖名。」男子對佳人之憶念，空問「有多少愁縈思結」，而其實愁思不可盡數，相思無窮無限。「燕語空梁」，燕子不見，獨對空梁，憶念燕語也；「鷗盟寒渚」，群鷗不見，獨對寒渚，憶念鷗盟也；「畫闌飄雪」，佳人不見，獨處畫闌，獨對飄雪，憶念佳人也。王奕清等《歷代詞話》引《詞苑叢談》評此詞云：「何其婉轉多風如是。」〔註112〕張子良《金元詞述評》評此詞，則云：「雲林贈以此作，眷戀若是，豈情有獨鍾耶！兩片結拍三句，極騷雅俊潔、縈迴深厚之致。《詞苑叢談》評以『宛轉多風』四字，似不足盡此詞之妙。」〔註113〕上下兩片結拍數句，安排畫面，輕靈飄逸，最爲妙處。雖不知倪瓚與小瓊英之詳細情事，則倪瓚之用情，深厚可感，吟味深長。又如〈江城子・感舊〉云：

> 窗前翠影濕芭蕉。雨瀟瀟。思無聊。夢入故園，山水碧迢迢。依舊當年行樂地，香徑杳，綠苔饒。　　沉香火底坐吹簫。憶妖嬈。想風標。同步芙蓉，花畔赤闌橋。漁唱一聲驚夢覺，無覓處，不堪招。〔註114〕

〔註111〕〔清〕葉申薌：《本事詞》，《詞話叢編》本，冊3，頁2377。
〔註112〕〔清〕王奕清等：《歷代詞話》，《詞話叢編》本，冊2，頁1290。
〔註113〕張子良：《金元詞述評》（台北：華正書局，民國68年7月），頁252～255。
〔註114〕唐圭璋：《全金元詞》，頁1074。

此詞結構不以上下片分，而採鏡框式。數句先寫夢外，續寫大段夢中，再以夢外作結。此詞與〈人月圓〉（驚回一枕當年夢）內容相似，但除了對故國的追憶之外，更多的是對佳人之懷念。芭蕉夜雨是引人愁思最深的詞境之一。芭蕉爲南國之物，如李清照〈添字醜奴兒・芭蕉〉所云：「愁損北人不慣起來聽。」〔註115〕則芭蕉又帶有懷念故鄉之用意。「窗前翠影濕芭蕉」三句，寫霖雨之夜，詞人坐對窗前，見雨打芭蕉，而翠葉淋漓，轉顯出環境的昏暗與思緒的鬱悶。芭蕉葉大，加之雨滴不斷，則雨聲在寂靜之夜，更變得紛然，使鬱悶的情緒因之增強。正因爲愈有所思，思緒愈無可聊賴，而在萬般無所聊賴之中，詞人昏然入夢。有所思，則有所夢。詞人在夢中擺脫了現實中四處流寓的軀體，回到了故國家園，那曾經煎茶飲酒的行樂之地。戴叔倫〈遊少林寺〉云：「石龕苔蘚積，香徑白雲深。」以及晏殊〈浣溪沙〉云：「無可奈何花落去，似曾相識燕歸來。小園香徑獨徘徊。」無人的香徑，積苔橫生，讓詞人徘徊低回，久久不忍離去。這裡是他熟悉的地方，有熟悉的香味，有熟悉的景色，當然也有他熟悉的人。在上片的夢中，說的是故國家園；在下片的夢中，開始說朱顏佳人。「沉香火底坐吹簫」詞意，如同周邦彥〈少年遊〉所云：「錦幄初溫，獸香不斷，相對坐吹笙。」〔註116〕蘭房中薰蒸著沉木，香煙瀰漫，「小紅低唱我吹簫」，〔註117〕樂音裊裊，情意纏綿。容顏之妖嬈、姿態之風標，都是詞人在夢外多少懷念，而在夢中才得以再見的。在夢中，詞人得以和佳人同遊芳園，同賞蓮花，「花畔赤闌橋」一句，以最美好的畫面爲美夢作結，詞人對佳人的懷念也於焉凝結

〔註115〕〔宋〕李清照撰；徐培均箋注：《李清照集箋注》（上海：上海古籍出版社，2002 年 4 月第 1 版第 1 刷），頁 97。

〔註116〕〔宋〕周邦彥撰；孫虹校注；薛瑞生訂補：《清眞集校注》，頁 176～177。

〔註117〕姜夔〈過垂虹〉：「自作新詞韵最嬌，小紅低唱我吹簫。曲終過盡松陵路，回首煙波十四橋。」見北京大學古文獻研究所：《全宋詩》（北京：北京大學出版社，1991 年 7 月第 1 版第 1 刷），冊 51，頁 32044。

在最高點。突然間，詞人被擲回現實。張子良《金元詞述評》評此詞云：「此寫舊情疊疊，文筆流俐悽婉。所謂舊園香徑，赤闌橋畔，往事如不勝情者；所謂香底吹簫，風標嬌嬈，伊人直是呼之欲出。奈以漁歌驚夢，風雨瀟瀟，眼前景物倍覺悽迷。往日眞人眞事，今夕但以夢境出之；實者虛之，虛者實之，至今誦之，猶令人迴想哀慕。」〔註118〕「漁唱一聲驚夢覺」，驚破美夢，雨亦止息，夜境重歸無聲之寂靜，愁思重返其身。美夢雖欲覓而竟「無覓處」矣，雖欲招而竟「不堪招」矣。故園不可知，佳人不可尋，美夢不可得，感舊於此，結之以悲傷，痛不勝言。正如李煜〈浪淘沙〉所云：「夢裡不知身是客，一晌貪歡。」由悲入樂，固樂不自勝，而自極樂入極悲，則悲不可持矣。

　　如此細膩的情感表達，也經常用詠物的方式寫出。《明詞紀事會評》引徐伯齡《蟫精雋》云：「又有一詞，詠芭蕉，名〈卜算子〉，亦圓滑溜亮，國初詞人王叔明之所作也。」〔註119〕其〈卜算子〉云：

> 舞袖怯西風，翠扇羞荒草。滿貯相思向此中，斜剪雲箋小。　　心裏又藏心，心事何時了。今夜應知一葉秋，添得愁多少。〔註120〕

王蒙之父爲王國器，《古今詞話》條引《古今詞統》云：「王德璉，趙待制子昂之壻。其學識頗饜眾望，尤長於今樂府。延祐中，曾製〈踏莎行〉八闋，誌香奩韻事，以貽楊廉夫。廉夫使侍兒歌之，又梓行之。以見王孫門中，雖閱喪亂而風雅猶存也。」〔註121〕王國器香奩詞俱載於《全金元詞》中，極旖旎綢繆。王蒙此詞詠芭蕉有所承，而較之

〔註118〕　張子良：《金元詞述評》（台北：華正書局，民國 68 年 7 月），頁 252 ～255。

〔註119〕　〔明〕徐伯齡：《蟫精雋》，卷 3，轉引自尤振中、尤以丁：《明詞紀事會評》，頁 27。

〔註120〕　尤振中、尤以丁：《明詞紀事會評》，頁 27。

〔註121〕　〔清〕沈雄：《古今詞話》，《詞話叢編》本，冊 1，詞評下卷，頁 1019。案：趙孟頫字子昂，而趙待制乃趙孟頫之子趙雍。疑文句有誤。

清淡不少。此首全從芭蕉形象著手，似從李清照「葉葉心心舒卷有餘情」（〈添字醜奴兒・芭蕉〉）〔註122〕一句延展開來。將芭蕉擬人化，比喻清新可愛。正如詞中引《淮南子・說山訓》典故云：「見一葉落而知歲之將暮，睹瓶中之冰而知天下之寒：以近論遠。」〔註123〕王蒙此詞以葉心寫情事，可謂善體萬物，擅用小筆，果然「圓滑溜亮」。類似的風格，在楊基詞中亦可見。楊基之主要詞風，婉媚而纏綿。其詞七十四首中，約有三分之一均為詠物，細膩眞摯。李東陽《麓堂詩話》稱其詩似詞，〔註124〕劉子庚《詞史》云：「張徐二氏不以詞名，楊氏詩次於高氏，而詞差勝，小詩似詞，不免秦七之病爾。」〔註125〕一如秦觀，詞心相似。陳霆《渚山堂詞話》云：「所賦類清便綺麗，頗近唐宋風致。」〔註126〕又評其〈踏莎行・暮春見花〉（白晝沾苔）云：「楊眉庵落花詞云：『當時開拆賴東風，飄零還是東風妒。』意甚悽婉。又云：『綠陰深樹覓啼鶯，鶯聲更在深深處。』語意蘊藉，殆不減宋人也。」〔註127〕比肩唐宋人，可謂推崇備至。沈雄《古今詞話》引《樂府紀聞》云：「眉庵詞，饒有新致。」〔註128〕龍榆生《中國韻文史》云：「楊基小令，新俊可喜，不失姜張矩矱。」〔註129〕不同的作品，有不同的欣賞方式。馮金伯《詞話萃編》引胡殿臣語：「莊雅固詩人首推，輕俊實詞家至寶。蓋詩不莊雅必無風格，詞不輕俊必

〔註122〕〔宋〕李清照撰：徐培均箋注：《李清照集箋注》，頁97。

〔註123〕何青：《淮南子集釋》（北京：中華書局，1998年10月第1版北京第1刷），卷16，頁1158。

〔註124〕〔明〕李東陽：《麓堂詩話》，《歷代詩話續編》本（丁福保輯，北京：中華書局，1983年8月第1版，2001年8月北京第4刷），冊下，頁1365。

〔註125〕劉子庚：《詞史》（台北：盤庚出版社，出版年份、版次不詳），頁138。

〔註126〕〔明〕陳霆：《渚山堂詞話》，《詞話叢編》本，冊1，卷3，頁372。

〔註127〕〔明〕陳霆：《渚山堂詞話》，《詞話叢編》本，冊1，卷1，頁357。

〔註128〕〔清〕沈雄：《古今詞話》，《詞話叢編》本，冊1，詞評下卷，頁1024。

〔註129〕龍榆生：《中國韻文史》（上海：上海古籍出版社，2002年3月第1版第1刷），頁126。

無神韻。」〔註130〕輕俊實爲楊基詞的最大特色，朱彝尊稱其「具（姜）
夔之一體」，〔註131〕也要從此入手才能欣賞楊基的詞作。其名作〈清
平樂・折柳〉云：

> 欺煙困雨。拂拂愁千縷。曾把腰肢羞舞女。贏得輕盈如
> 許。　　猶寒未暖時光。將昏漸曉池塘。記取春來楊柳，
> 風流全在輕黃。〔註132〕

陳霆《渚山堂詞話》曾評此詞云：「楊孟載新柳〈清平樂〉云：『猶寒
未煖時光。將昏漸曉池塘。記取春來楊柳，風流全在輕黃。』狀新柳
妙處，數句盡之，古今人未曾道著。歌此闋者，想見芳春媚景，暝色
入簾，殘月戒曙，身在芳塘之上，徘徊容與也。唐人所謂『最是一年
春好處，絕勝煙柳滿皇都』，『詩家清景在新春，綠柳纔黃半未勻』，
雖諧此致，然特概言耳。」〔註133〕詞題作折柳，雖內容並無顯著言
明贈別之事，但上片言惹愁，下片言記取，則與離別若合。陳霆稱詞
題爲新柳，僅就下片較爲適洽。推想楊基原意，就柳發揮，不必局於
一端。其「欺煙困雨」句，乃倒換史達祖〈綺羅香・詠春雨〉「做冷
欺花，將煙困柳」而來。上片言柳條體態之輕盈。飄揚拂動，柔弱的
姿態猶如煙來欺、雨來困，惹起千萬的愁緒。與白居易詩云：「楊柳
小蠻腰。」〔註134〕、李益〈上洛橋〉詩云：「金谷園中柳，春來似舞

〔註130〕〔清〕馮金伯：《詞苑萃編》，《詞話叢編》本，冊2，卷7，頁1918。

〔註131〕〔清〕朱彝尊〈黑蝶齋詞序〉云：「詞莫善于姜夔，宗之者張輯、
　　　　盧祖皋、史達祖、吳文英、蔣捷、王沂孫、張炎、周密、陳允平、
　　　　張翥、楊基，皆具夔之一體。」見《中國歷代詞學論著選》，頁
　　　　423。

〔註132〕饒宗頤、張璋：《全明詞》，冊1，頁114。

〔註133〕〔明〕陳霆：《渚山堂詞話》，《詞話叢編》本，冊1，卷1，頁356
　　　　～357。

〔註134〕〔唐〕孟棨《本事詩》云：「白尚書姬人樊素，善歌；妓人小蠻，
　　　　善舞。嘗爲詩曰：『櫻桃樊素口，楊柳小蠻腰。』」見丁福保：《歷
　　　　代詩話續編》本，冊上，頁13。關於此二詩句，後代屢有考證，現
　　　　鈔錄於下，以備考見。楊寶霖《詞林紀事補正》卷一云：「《本事詩》
　　　　謂白居易嘗爲『櫻桃樊素口，楊柳小蠻腰』之句，前人已證其誤。
　　　　宋陳振孫《白文公年譜》於開成五年庚申（840）譜云：『如《本事

腰。」〔註135〕等相同，均以楊柳比人，此處楊基極道柳之輕盈，遂
以善舞之女子並比，竟能使之羞退，則柳絲拂拂之間，人之愁思更深
更濃矣。此詞精采處更在下片。下片言新柳顏色之輕黃。換頭二句，
極言欣賞新柳的最佳時刻，對句工整，意思準確。第一就大的節序氣
候而言，是「猶寒未暖時光」，即爲冬春之際。第二步則再縮小時間
地點，那是「將昏漸曉池塘」，即黃昏或遲明的池塘邊。所謂「記取
春來楊柳，風流全在輕黃。」輕黃新柳是楊柳的風流之至，正如同人
的黃金歲月、青春年華，希望人們善加把握，也提醒人們要好好記
住。論姿態之腰肢輕盈，論顏色之風流輕黃，語帶雙關佳人，賀鑄〈石
州引〉云：「長亭柳色才黃，遠客一枝先折。」〔註136〕則此詞內容爲

詩》之說，則樊素、小蠻爲二人。以集考之，不見此二句，詩亦無
所謂「小蠻」者。而柳枝，即樊素也。』陳氏謂白香山集中無『櫻桃樊
素口，楊柳小蠻腰』兩句，固是。《白香山詩集‧後集》卷十四〈晚
春酒醒尋夢得〉詩云：『攜將小蠻去，招得老劉來。』自注云：『小
蠻，酒榼也。』『小蠻』非妓名。」〔清〕趙翼《甌北詩話》卷四
亦云：「《雲溪友議》引《本事集》謂香山有妓樊素善歌，小蠻善舞，
嘗爲詩云：『櫻桃樊素口，楊柳小蠻腰。』是樊素、小蠻，本二人
也。然香山集無此詩，其驪駱馬，遣楊柳枝見於〈不能忘情吟〉者
曰：『駱反廄，素反閨，素分素分，爲我歌楊柳枝，我與爾歸醉鄉
去來。』則但有樊素而無所謂小蠻者。按香山詩云：『菱角執笙簧，
穀兒抹琵琶，紅綃信手舞，紫銷隨意歌。』自注：『菱、穀、紅、
紫，皆小蠻名。』又，《春晚尋夢得》詩云：『還攜小蠻去，試覓老
劉看。』自注：『小蠻，酒榼名。』則所謂小蠻者乃宴具之通稱，
非一人之專名也。然〈別柳枝〉詩云：『兩枝楊柳小樓中。』又詩
云：『去歲樓中別柳枝。』自注：『樊、素也。』二妓皆以柳枝目之。
又〈天寒晚起〉詩云：『十年貧賤是樊素。』則又實有樊素、小蠻
二人。意當時善歌〈柳枝〉者，素之外又有一人，舊以通稱『小蠻』
呼之，而無專名。香山有〈代羅樊二妓招舒著作〉詩，劉夢得答香
山亦云：『今朝停五馬，不是爲羅敷。』則能唱〈柳枝〉之小蠻，
當即羅姓也。」又，〔日〕進藤元粹《白樂天詩集》卷五按云：「樂
天會昌五年春〈題池西小樓〉詩云：『陳樊漂泊逐萍流。』自注云：
『陳、樊二妓，皆樓中歌酒伴。』然則〈別柳枝〉詩所謂兩妓一姓
陳，一姓樊，可推知也。甌北所引羅姓者，蓋別一妓也耳。」
〔註135〕中華書局：《全唐詩》，冊9，卷283，頁3223。
〔註136〕唐圭璋：《全宋詞》，冊1，頁695。

贈別更無疑義。此詞言離愁卻不直言離愁，言相記卻不直言相記，俱以柳爲寄寓之資，詞意溫厚，耐人尋味，確實爲佳作！馮金伯《詞話萃編》引《蘭皋明詞匯選》顧璟芳評楊基〈念奴嬌・岳陽春暮〉（楚江天暖）語云：「孟載作，通首雖極愁怨，而結處必不作聊寂語。是其用意處。」〔註137〕楊基爲詞雖極哀怨，卻不一味沉陷；能放而能收，爲寫情中難事，值得激賞。

高啓亦有賦情細膩之妙語。沈雄《古今詞話》引己作《柳塘詞話》云：「青邱樂府，大致以疎曠見長，而〈石州慢〉又纏綿之極，綠楊芳草，年少拋人，晏元獻何必不作婦人語。」〔註138〕晏殊不作婦人語，語出魏慶之《魏慶之詞話》引《詩眼》云：「晏叔原見蒲傳正，言先公生日小詞雖多，未嘗作婦人語也。」〔註139〕拿晏殊來和高啓比較，是有趣的一組對照。晏殊詞有豔情與閑情兩大類，其名作〈蝶戀花〉（檻菊愁煙蘭泣露）、〈玉樓春〉（綠陽芳草長亭路）等作婦人語者，與其閑情詞如〈清平樂〉（金風細細）等，均以淳雅之筆寫之。至於高啓，亦有豔情與閑情之作，則均帶疏曠遺味。其豔情婦人之語，如〈石州慢・春思〉云：

> 落了辛夷，風雨頓催，庭院瀟灑。春來長恁，樂章懶按，酒籌慵把。辭鶯謝燕，十年夢斷青樓，情隨柳絮猶縈惹。難覓舊知音，把琴心重寫。　　妖冶。憶曾攜手，鬥草闌邊，買花簾下。看鹿盧低轉，秋千高打。如今何處，總有團扇輕衫，與誰更走章臺馬。回首暮山青，又離愁來也。

〔註140〕

開首三句，以落花起興。風雨過後，庭院清冷，尤易引起思婦清愁。清愁之狀如何？「春來長恁，樂章懶按，酒籌慵把。」恁，思念也；

〔註137〕〔清〕馮金伯：《詞苑萃編》，《詞話叢編》本，冊2，卷7，頁1918。

〔註138〕〔清〕沈雄：《古今詞話》，《詞話叢編》本，冊1，詞評下卷，頁1024。

〔註139〕〔宋〕魏慶之：《魏慶之詞話》，《詞話叢編》本，冊1，頁207。

〔註140〕饒宗頤、張璋：《全明詞》，冊1，頁159～160。

韶音繞梁，充耳不聞；美酒戲籌當前，無意遊玩，杜牧〈遣懷〉云：
「十年一覺揚州夢，贏得青樓薄倖名。」〔註141〕一切清愁皆因伊人
已然遠走，而思念則如飄飛之柳絮，到處縈惹。過片兩句，用《列子・
湯問》伯牙善鼓琴，鍾子期善聽琴故事，以及司馬相如琴挑卓文君故
事，總結其相思。妖冶，佚蕩也。換頭從「舊」字用筆，追憶同遊往
事，甜蜜小舉措，最使人長抱懷想。鹿盧，井上汲水之滑車或絞盤，
吳均〈行路難〉五首之四：「唯聞啞啞城上烏，城上金井牽轆轤。」
高啓己作〈題美人對鏡圖〉云：「曉院鹿盧鳴露井，玉人夢斷梨雲冷。」
鬬草闌邊、買花簾下，皆是當時歡笑遊樂之情景，而鹿盧低轉、秋千
高打，則是當此低回追憶之時，眼中所見用以暗指人已不復在之悽清
事物。復又轉而設想今日伊人擁抱新歡，有傷己之意。歇拍以眺望作
結，愁恨相思，纏綿往復，悠悠不絕。楊慎《詞品》評之為：「可為
用韻之式，不獨綺語之工而已。」〔註142〕至於高啓閑情之作，如其
〈清平樂・春晚〉云：

> 看花過了。剩得春多少。新綠滿園庭院悄。鳥啄櫻桃紅
> 小。　　夢隨蝴蝶東家。覺來空掩琵琶。不見侍兒纖手，
> 自籠紗帽煎茶。〔註143〕

一樣是花謝，此詞與〈石州慢・春思〉的鬱結不同，從另一角度看待
殘春。〈石州慢・春思〉只見到春去多少，此詞則見出春剩多少，正
如悲觀主義者和樂觀主義者看待世界的兩種方式。「新綠滿園庭院
悄。鳥啄櫻桃紅小。」顏色上，以紅綠對比，予人十分鮮明的意象感
受；新綠和紅櫻，提味出春天的生意。又，動靜交織：靜謐的院落，
反襯出鳥聲的清亮；幽閑的庭園，小鳥輕靈的跳盪與啄食，更顯可
愛。換頭兩句，用《莊子》夢蝶與〈琵琶行〉演曲故事，悵惘不掩，
然而卻不流於低沉，「自籠紗帽煎茶」，佳人自賞，與另一首〈水調歌

〔註141〕中華書局：《全唐詩》，冊16，卷524，頁5998。

〔註142〕〔明〕楊慎：《詞品》，《詞話叢編》本，冊1，卷1，頁437。

〔註143〕饒宗頤、張璋：《全明詞》，冊1，頁164。

頭・謝惠酒〉「此味正不淺，看我玉山頹」〔註144〕句子，同樣充滿著
自得的閑適逸趣。如此的閑致情調，在吳門詞派詞作中，尤其是沈周、
文徵明之作，有著更多的展現。另外附帶提到，高啓用以表現其「疏
曠」的方式之一，就是「曲化」。如其〈天仙子・懷舊〉（憶共當年遊
冶伴）、〈一剪梅・閒居〉（竹門茆屋槿籬笆）、〈摸魚兒・自適〉（近年
稍諳世事）等表達自適、玩世的詞作，和後來的祝允明、唐寅，有極
其相似的傾向。

〔註144〕饒宗頤、張璋：《全明詞》，冊1，頁165。

第四章　吳門詞派之文化態度與文學精神

　　明中期自成化、弘治年間，隨著社會生產力的提高，商業經濟開始發達起來。至嘉靖、隆慶、萬曆年間即十六世紀有了近一步的發展。〔註1〕明中葉以後，吳門商業之發達，從當時人的敍述中可見一斑：由王鏊主編、祝允明、文徵明等人參與編寫的《姑蘇志》云：「今天下財富多仰於東南，而蘇爲甲。然禹貢揚州厥田下下，唐天寶而後，東南財賦始增，至宋元彌盛，然考之舊誌，宋元歲數在蘇者，宋三十餘萬石，元八十餘萬石。國朝幾至三百萬。自古東南財賦，又未有若今日之盛者也。夫聚於上者多，則存於下者無幾乎？此爲治者所當念也。」〔註2〕如唐寅〈謁金門・吳縣旗帳詞〉即云：「賦稅今推吳下盛。」而祝允明曾爲之作序的王錡《寓圃雜記》，其中的記載則更爲翔實：

　　　　吳中素號繁華，……正統、天順間，余嘗入城，咸謂稍復
　　　　其舊，然猶未盛也。迨成化間，余恒三、四年一入，則見

〔註1〕參王毓銓等：《中國經濟通史・明代經濟卷》（北京：經濟日報出版社，2000年2月第1版第1刷），頁23。

〔註2〕〔明〕王鏊等：《姑蘇志》，《中國史學叢書》本（台北：台灣學生書局，民國75年3月再版），卷15，總頁212。

其迥若異境，以至于今，愈益繁盛，闤闠輻輳，萬瓦鱗鱗，
城隅濠股，亭館布列，略無隙地。輿馬從蓋，壺觴罍盒，
交馳於通衢。水巷中，光彩耀目，游山之舫，載妓之舟，
魚貫於綠波朱閣之間，絲竹謳舞與市聲相雜。凡上供錦綺、
文具、花果、珍羞奇異之物，歲有所增，若刻絲累漆之屬，
自淛宋以來，其藝久廢，今皆精妙，人性益巧而物產益
多。……人生見此，亦可幸哉。〔註3〕

明初由於張士誠偏據江東，吳門得以避免大部分兵燹，一息尚存，但
也憫憫然殆亡；但經過數十年的休養生息，又恢復原來的生氣勃勃，
經濟蓬發，民生奢華。在這樣的物質環境之下，再加上元代以來的隱
逸傳統，自然蘊發出一種「隱於市」的文學風氣。章培恒、駱玉明等
《中國文學史》云：「吳中作爲一個具有悠久文化傳統、自明中期始
城市經濟又特別發達的地區，它所孕育的文學自有一種地域和時代的
特徵。一般說來，吳中諸子對國家政治秩序的關懷不像李（夢陽）、
何（景明）那樣熱切，而對於個人在社會中遭到壓抑的感受卻特別敏
銳；他們同商業社會、市民階級的聯繫也更爲密切，因而更敢於肯定
物質享樂的要求。」〔註4〕故可在吳門文人身上，充滿著個性自我的
獨立展現，還有對於性靈自由的強烈追求。

　　吳門文壇在當時自有與北方文壇抗衡之態勢，他們的創作取徑較
寬，雖然態度較前七子爲合理，然而由於他們仕途蹭蹬、文學主張不
夠鮮明等因素，一時爲前七子聲名所掩，〔註5〕卻參與了前七子從復
古轉變到重情的時代風潮。明中葉吳門地區，不同於臺閣體與前後七
子，〔註6〕錢謙益編《列朝詩集小傳》，即將吳門文人匯聚一處，隱然

〔註3〕〔明〕王錡著；張德信點校：《寓圃雜記》（北京：中華書局，1984
　　　年6月第1版，1997年11月湖北第2刷），卷5，頁42。
〔註4〕章培恒、駱玉明等：《中國文學史》（上海：復旦大學出版社，1997
　　　年4月第1版，2001年5月第5刷），下卷，頁243。
〔註5〕章培恒、駱玉明等：《中國文學史》，下卷，頁242～243。
〔註6〕前七子中的徐禎卿，文學主張實代表吳門文人，參本文第二章第三
　　　節第二小節。

自有一文學師承傳統。〔註7〕吳門前輩高啓〈獨庵集序〉云：「詩之要：
有曰格、曰意、曰趣而已。格以辯其體，意以達其情，趣以臻其妙也。
體不辯，則入於邪陋，而師古之義乖；情不達，則墮於浮虛，而感人
之實淺；妙不臻，則流於凡近，而超俗之風微。三者既得而後典雅、
沖淡、豪峻、穠縟、幽婉、奇險之辭，變化不一，隨所宜而賦焉。」
〔註8〕雖然高啓爲元末明初人，其論亦僅就詩而言，但若廣而大之，
從格調、情意、趣味三方面來觀察有明一代文學，不失爲一個耐人咀
嚼的命題。其語移於明中葉的吳門文壇來考察，不僅適用，甚至在具
體實踐上更見發揮。

第一節　文化態度：博學尙趣

一、博學之風氣

　　吳門人之博學，爲一地域性之特色，與一般個人的博學有所區
別。可由幾點文化現象來觀察。首先，當時人們普遍地標榜博學，如
沈周〈跋趙構敕岳飛札〉稱沈津：「蘇城沈潤卿好古博學。」〔註9〕
沈周〈題周寅之詩稿〉則稱其世父周原錫：「通《春秋左傳》，爲詩上
溯漢魏，博學篤行。」王鏊〈石田先生墓志銘〉稱沈周，則云：

> 書過目即能默識，凡經傳子史百家、山經地志、醫方卜筮、
> 稗官傳奇，下至浮屠老子，亦皆涉其要，挹其英華。發爲
> 詩，雄深雅博，開闔變化，神怪疊出，讀者傾耳駭目，其
> 體裁初規白傅，忽變眉山，或兼放翁，而先生所得要自有
> 不凡近者。〔註10〕

〔註 7〕參〔清〕錢謙益：《列朝詩集小傳》丙集。
〔註 8〕蔡景康：《明代文論選》（北京：人民文學出版社，1993 年 9 月北京
　　　　第 1 版，1999 年 1 月北京第 1 刷），頁 50。
〔註 9〕〔明〕沈周、吳寬：〈行書跋趙構敕岳飛札拓本〉，中國古代書畫鑑
　　　　定組編：《中國古代書畫圖目　二》（北京：文物出版社，1987 年 9
　　　　月 1 版 1 刷），滬 1－0360。
〔註10〕〔明〕王鏊：《震澤集》，卷 29，頁 17。

吳寬〈隱士史明古墓表〉稱史鑑，則云：

> 其學於書無所不精，而尤熟於史，論千載事，歷歷如見，
> 而剖斷必公，蓋有宋劉道原之精，至於時事錢穀水利之類，
> 皆知其故。〔註11〕

王寵〈明故承直郎應天府通判祝公行狀〉稱祝允明，則云：

> 公生有殊質絕倫，五歲作徑尺大字，讀書過目不忘，九歲
> 病瘍，寢處有古詩一編，因徧和之，名已隱起。稍長，益
> 閎肆博洽，其于書自六經子史外、玄詮釋典、稗官小說之
> 類，無所不通。〔註12〕

徐禎卿《新倩籍》曾稱唐寅：「喜翫古書，多所博通。」〔註13〕祝允
明〈唐子畏墓志銘〉則云：

> 其學務窮研造化，玄蘊象數，尋究律歷，求揚馬玄虛、邵
> 氏聲音之理而贊訂之，傍及風鳥五遁太乙，出入天人之
> 間，將爲一家學，未及成章而歿。爲文或麗或澹，或精或
> 泛，無常態，不肯爲鍛鍊功。奇思常多而不盡用，其詩初
> 喜穠麗，既又傚白氏，務達情性，而語終璀璨，佳者多與
> 古合。

黃佐〈將仕佐郎翰林院待詔衡山文公墓志〉稱文徵明：

> 公尋以歲貢至，會予寓舍，與之上下議論，古今經籍，無
> 一不知者，且折衷具有卓識。……時楊修撰慎，薛吏部蕙
> 皆有文名。楊則自負博洽，菲薄宋賢。薛則頗精內典，泡
> 影經籍。聞予談公學行，皆未以爲然。已而晤公，二公乃
> 大詘服，遂爲莫逆交。〔註14〕

文徵明於嘉靖二年（1523）以歲貢赴京，黃佐和「自負博洽」的楊慎、
「泡影經籍」的薛蕙，都對他十分敬重。文嘉〈先君行略〉云：

〔註11〕〔明〕吳寬：《匏翁家藏集》，卷74，頁4。

〔註12〕〔明〕王寵：《雅宜山人集》（台北：國立中央圖書館，民國57年7
月初版），卷10，頁1。

〔註13〕〔明〕唐寅著；周道振、張月尊輯校：《唐伯虎全集》，附錄二，頁
541。

〔註14〕〔明〕文徵明：《文徵明集》，附錄，頁1631。

公讀書甚精博，家藏亦富，爲陰陽、方技等書，一不經覽。
溫州公善數學，嘗欲授公，公謝不能。乃曰：「汝既不能學，
吾死可焚之。」及公奔喪至溫，悉取焚去。〔註15〕

公平生雅慕元趙文敏公，每事多師之。論者以公博學，
詩、詞、文章、書、畫，雖與趙同，而出處純正，若或過
之。〔註16〕

關於標榜博學之文獻，粗略臚列如上。其中甚者如楊循吉，「於書無
所不窺，博覽冥搜，飲食都廢。」〔註17〕簡錦松《明代文學批評研
究》：「大抵吳地博學之習慣，當包含兩大系列，一爲經史子集漢唐宋
諸集，一爲小說釋老之類，而二類者，皆資於詩文之用，亦爲人才識
見之用也。」〔註18〕通覽以上文獻，可以發現吳門所謂的博學，似乎
不止於此兩類，實在無所不包。除了文徵明素非陰陽、方伎之外，其
餘諸家均遍讀經史子集、稗官野史、道藏佛經。祝允明有〈燒書論〉
一文，遍論天下可燒之書，可見其腹笥之富，〔註19〕甚至還曉知樂

〔註15〕〔明〕文徵明：《文徵明集》，附錄，頁1622。
〔註16〕〔明〕文徵明：《文徵明集》，附錄，頁1623。
〔註17〕〔明〕錢府：〈合刻楊南峰先生全集序〉，《明文海》，卷252。
〔註18〕簡錦松《明代文學批評研究》，頁143。
〔註19〕祝允明〈燒書論〉：「客入祝子書室，譽曰：『富哉！先師之淑萬世者
　　　　其具夫！』既而曰：『痛夫！嬴政之賊聖典也，不然，尚博厚矣夫！』
　　　　祝子曰：『聖訓在淑身不淑口，吾見淑口也眾而身之鮮，吾不能一乎
　　　　感，寔懼倍焉。雖然，安得政更生以終惠我？』客驚曰：『怪哉！曷
　　　　爲宥其賊而又惠諸？』祝子曰：『政不善燔，玉石俱炎然，而嬴氏博
　　　　士之司不與也。幸蒙賴漢家君臣，灰復燃，簡復添，今士身厥一辭
　　　　不遷，必去小人，徒于君子者，若克浸廣以臻，厥全可賢可聖，而
　　　　奚其少獨敗？吾淑者林林爾，吾力綿，弗能祛，思得呂氏之子之手
　　　　而假之。』曰：『將燒者何？』祝子指數十簏，曰：『可燒也。客試
　　　　闚之：所謂相地風水術者；所謂陰陽消擇蕪鄙者；所謂花木水石、
　　　　園榭禽蟲、器皿飲食諸譜錄題詠，不急之物者；所謂寓言志傳人物，
　　　　以文爲戲之劭尤尫瑣者；所謂古今人之詩話者；所謂杜甫詩評注過
　　　　譽者；所謂細人鄙夫銘誌別號之文、富子室廬名扁記詠爲冊者；所
　　　　謂詩法文法，評詩論文，識見卑下僻繆，黨同自是者；所謂坊市妄
　　　　人纂集古今文字，識猥目暗，略無權度可笑者；所謂濫惡詩文，妄
　　　　肆編刻者；所謂浙東戲文，亂道不堪污視者；所謂假托神仙，脩養

理，曾欲有所著作。〔註20〕唐寅晚年亦潛心於陰陽、方伎之學。不僅學問方面要求如此，在藝術方面，各家通達文學之外，大部分尚精於書畫。沈周、唐寅、文徵名都享有詩書畫三絕之盛名。

其次，吳門文人亦嗜書、藏書。博通各種學問，精於書畫，是個人才份的展現；樂於藏書，則是與博學相表裏的雅好。楊循吉為當時著名藏書家，其藏書樓名為臥讀齋。其「性最嗜書，家本素封，以購書故，晚歲赤貧，所收藏十餘萬卷。」〔註21〕藏書之名冠於天下。另外，吳門亦以祕本相矜尚為風氣。楊循吉與其他藏書家如吳寬、朱存理、都穆等，均以手鈔祕本為樂事。〔註22〕祝允明曾編纂《書譜》，唐寅曾編纂《畫譜》，文徵明與其子文彭、文嘉，則曾合力蒐羅編纂歷代名跡為《停雲館帖》，刊刻行世，乃書法史上的重要法帖之一。

諸門，下劣行怪者：所謂談經訂史之膚碎，所証不過唐宋之人，所由不過舉業之書者；所謂山經地志之荒誕，塵游官歷之夸張者；所謂相形祿命課卜諸伎之荒亂者；所謂前人小說，資力已微，更為剽竊潤飾，苟成一編，以獵一時俘聲者；所謂纂言之凡瑣者；所謂類書之複陋者；所謂僧語道術之茫昧者；所謂揚人善而過實，專市己私，毀人短而非眞，公拂人性者。』問祝子曰：『斯何惡而去之？』祝子不應。又問：『子亦以科第之錄、場屋之業若贅疣然，何不及之？』曰：『試錄者，國家用才之階、彰勸之具，是王章也，非書也。科舉之作，士籍以應求，今工之斧斤也，抑亦非文矣，不足去。』又問：『所將去若是，將不有甚於茲者乎？胡弗之覯？』曰：『下此者，吾弗有之矣。丹竈之方盜鄰也，房中之猥者淫誨也，妖讖之文吾耳目無接也，吾安得有之而安得去之？』客出，語人曰：『祝子悍哉！乃將是嬴政而欲用之，抑猶惡其聲，徒口以侜我，將不復思假吾手以為政秉炬也乎！』」見〔明〕祝允明：《祝氏集略》，《祝氏詩文集》，明代藝術家集彙刊續集本，卷10，頁907～910。

〔註20〕祝允明〈重刻中原音韻序〉：「余也好樂，故嘗自負知音，為四十年接賓友，無一人至此者，頗有言樂之書，茲未遑似，諸人每浩歎。」見〔明〕祝允明：《祝氏集略》，《祝氏詩文集》，明代藝術家集彙刊續集本，卷26，頁1545。

〔註21〕〔明〕祈承㸁：〈澹生堂藏書訓〉。

〔註22〕參范鳳書：《中國私家藏書史》（鄭州：大象出版社，2001年7月第1版第1刷），頁195～196。

　　再次，在著述方面也極爲豐富。個人才份進一步的具體表現，便是可以藏諸名山、傳諸天下後世的文章事業了。吳門文人中，著作較夥者如沈周，即著有《石田稿》、《石田詩鈔》、《石田文鈔》、《石田詠史》、《備忘錄》、〔註23〕《沈氏交遊錄》、《客座新聞》、《石田雜誌》、《東原先生年譜》、《續千金方》等。如楊循吉，即著有《松籌堂集》、《南峰樂府》、《都下贈僧言》、《菊花百詠》、《齋中拙吟》、《燈窗末藝》、《攢眉集》等十餘種。此外，還曾彙總多種類書爲一書，名曰《奚囊手鏡》，內容多爲世人所未經見。

　　如祝允明，其子祝繁〈祝氏集略跋〉云：「自少讀書績文，至老不倦，中更五十餘年，未嘗一日輟筆硯，以是著述爲多。」〔註24〕其著述即有《祝氏文集》、《祝氏集略》（即《懷星堂全集》）、〔註25〕《祝氏小集七種（金縷、醉紅、窺簾、暢哉、擲果、拂絃、玉期）》。

　　據近人黃裳《來燕榭書跋》「祝氏小集」條云：「此枝山先生《柔情小集》四種，絕罕見。吳下估人携來，即前售陳大聲樂府者。此即皆伎流投贈之什，允明集所未收，間存詞曲數種。〈窺簾集序〉題弘治壬子，此即刊刻當在萬曆天啓之際，題下往往記時日，似是少年麗情小集。余前得《煙花小史》，亦此類也。甲午九月二十一日，來燕榭書。　　此冊得於吳下。《千頃堂目》二十一，弘治壬子科，祝允名著書有小集七卷，爲《金縷》、《醉紅》、《窺簾》、《暢哉》、《擲果》、《拂絃》、《玉期》，共七種，今只存其四。此扉葉估人別立《柔情小

〔註23〕《明代藝術家彙刊》本〈石田先生集敘錄〉稱沈周有《石田詠史備　　　　忘錄》一種，然文徵明〈沈先生行狀〉載其雜著有《石田詠史》、《補　　　　忘錄》二種，〈石田先生集敘錄〉當爲誤錄。

〔註24〕〔明〕祝允明：《祝氏集略》，《祝氏詩文集》，明代藝術家集彙刊續　　　　集本，附於卷30之末。

〔註25〕劉兆祐〈祝氏詩文集敘錄〉云：「今檢《祝氏集略》、《懷星堂全集》　　　　二本相核，知《懷星堂全集》實即《祝氏集略》之板，惟改題書名　　　　及剜改序文數字而已，此明人刻書剜改舊版據爲己版之惡習。」見　　　　〔明〕祝允明：《祝氏集略》，《祝氏詩文集》，明代藝術家集彙刊續　　　　集本，書前附錄。

集》名目，更刻『四全』字樣，取舊楮一葉，刻成印附卷首，冒為全書，以索重值。余笑而取之，頗賞其弄此狡獪。此集罕傳，雖不全何害乎。黃裳。　《祝氏小集》四種。明刻本。八行，二十字。白口，單欄。《窺簾集》，前有序目，題異香仙掾，弘治壬子序；《醉紅集》，題都花散吏；《擲果集》，題擲果郎君，前有題詞目錄；《拂絃集》，題鬥玉冶郎，前有序目。」〔註26〕李葵生評〈鳳棲梧〉云：「京兆風流絕代，放浪狹斜間，情會所之，淋漓咳唾。今觀《擲果》、《窺簾》、《醉紅》、《金縷》諸集，大抵皆有所托而逃焉者也。世有以導淫呵之者，其亦不知京兆之深哉。」〔註27〕又有《擬詩外傳》〔清〕顧文彬《過雲樓書畫記》云：「此《擬書外傳》二十一則，匪惟文筆出入周秦諸子，得孫況、呂不韋說《詩》之道，其書亦與寶晉齋代興矣。後記『正德十一年，歲在丙子，五月二日，偶在縣署之念茲齋，畏暑獨坐，檢得舊作《擬詩外傳》數篇，遂書之素卷，不特謂古人作字忘暑、亦可徵縣治之可羅雀也』。」〔註28〕〔明〕王錡《寓圃雜記》云：「自著有《蠶衣》、《浮物》、《心影》、《吳材小纂》、《南游錄》等書，共佰餘卷。」〔註29〕則又有《成化間蘇材小纂》、〔註30〕《祝子通》、《祝子微》、《祝子雜》、《蠶衣》、《祝子罪知錄》、《浮物》、《讀書筆記》、《書譜》、《野記》、《前聞記》、《志怪錄》、《語怪》、《語怪四編》、《金石契》、《江海殲渠記》、《興寧志》、《心影》、《吳材小纂》、《南游錄》、《太中遺事》、《武功佚事》、《太僕言行記》、《先公門人記》等多種。祝允明

〔註26〕黃裳：《來燕榭書跋》（上海：上海古籍出版社，1999年5月第1版第1刷），頁180。

〔註27〕〔清〕顧璟芳、李葵生、胡應宸編選；王兆鵬校點：《蘭皋明詞匯選附蘭皋詩餘近選》（瀋陽：遼寧教育出版社，1998年3月第1版第1刷），卷4，頁85。

〔註28〕〔清〕顧文彬：《過雲樓書畫記》，收入〔清〕顧文彬、顧麟士；顧榮木、汪葆楫點校：《過雲樓書畫記　續記》（南京：江蘇古籍出版社，1999年8月第1版第1刷），書類4，頁43～44。

〔註29〕〔明〕王錡著；張德信點校：《寓圃雜記》，卷5，頁37。

〔註30〕〔明〕袁褧《金聲玉振集》中有輯錄。

〈上巡按陳公辭召修廣省通志狀〉：「竊自童弱，歸誠古賢。游夏祖宗，歷朝工匠，黃卷日對，師友周旋。雖掛名黌籍，勉事時學，其寔醉心古典，期畢華顛。既而摧頹場屋，時文益疎，好古益篤。雪簷燭牖，汨汨筆硯，或言心紀事，或論政糾俗，妄有所述，頗就篇帙，故有《祝子通》五十五篇、《祝子微》二卷、《祝子雜》□卷、〈大游賦〉一篇、《蠶衣》五篇、《浮物》一卷、《野記》四卷、《成化間蘇材小纂》四卷、《太中遺事》一卷、《武功佚事》一卷、《太僕言行記》一卷、《先公門人記》一卷、《語怪》四編四十卷、文集六十卷、後集十卷、集拔二十卷，其他與人共輯先朝實錄輿地志記，暨及小雜詞說，又不與焉。」〔註31〕祝允明〈與連博士勸勿食牛飲水書〉：「允明少憙多學，大道固未聞，至凡諸人間眾藝事，蓋廣愛而兼求之。其間如燒金術，惡如仇；風水，大不喜，不信；相人祿命，稍信，不喜；唯醫法，當信且講索者，然亦不及加力，乃坐疎庸，非不信也。」〔註32〕著作如此之多，非有過人的才份無以當之。王錡《寓圃雜記》曾載時人評語：「余聞評之曰：『秦、漢之文，濂、洛之理。』自謂頗當。希哲方二十九歲，他日庸可量乎！」〔註33〕味其言，充滿了對於博學的推崇與欽羨。

二、對科舉之意見

　　明代成化以後，朝廷以八股文取仕，〔註34〕當時吳門即南直隸省蘇州府，在科舉方面的表現為全國翹楚，對於讀書風氣之影響，

〔註31〕〔明〕祝允明：《祝氏集略》，收入《祝氏詩文集》，《明代藝術家集彙刊續集》本（台北：國立中央圖書館，民國60年6月初版），卷13，頁11上～11下。

〔註32〕〔明〕祝允明：《祝氏集略》，收入《祝氏詩文集》，《明代藝術家集彙刊續集》本（台北：國立中央圖書館，民國60年6月初版），卷13，頁24上。

〔註33〕〔明〕王錡著：張德信點校：《寓圃雜記》，卷5，頁37～38。

〔註34〕參劉海峰、李兵：《中國科舉史》（上海：東方出版中心，2004年6月第1版第1刷），頁309。

可想而知。〔註 35〕王錡《寓圃雜記》云：「吾蘇學宮，制度宏壯，爲天下第一。人材輩出，歲奪魁首。近來尤尚古文，非他郡可及。」〔註 36〕袁宏道〈敘姜陸二公同適稿〉亦云：「蘇郡文物，甲於一時。至弘、正間，才藝代出，斌斌稱極盛，詞林當天下之五。」〔註 37〕然而，科舉之風如此之盛，卻同時也極爲反對時文，因爲他們認識到八股文以經學來篩選仕官，雖然取法純正，但是正如王鏊於正德二年（1507）上〈時事疏〉所言：

> 天下之才，自非一途之所能進。……天下固有瓖奇超卓之才，不能事科舉之學者，往往遺之。……臣愚欲於科貢之外，略仿前代制科，或博學宏詞之類，以待非常之士，或旁通五經，或博極子史，或善詩賦，兼工書札，不問有官無官，皆得投進。……數年之後，天下學者必將爭自磨洗，以通經學古爲高，脫去謏聞之陋矣。〔註 38〕

王鏊有感而發，可能與吳門地區頗多草澤遺才有關，如沈周、祝允明、唐寅、文徵明等，他們都是吳門絕頂的才人，但不是絕意官宦，就是仕途不遂。王鏊的構想在朝時無法實現，致仕後仍然言之懇切，嘗作〈擬皋言〉：

> 唐宋以來，科有明經、有進士，明經即今經義之謂也，進士則兼以詩賦。當時二科並行，而進士得人爲盛，名臣將相，皆是焉出。明經雖近正，而士之拙者則爲之，謂之學究。詩賦雖近於浮豔，而士之高明者多向之，謂之進士。詩賦雖浮豔，然必博觀泛取，出入經史百家，蓋非詩賦之得人，而博古之爲益於治也。〔註 39〕

王鏊立意是爲了朝廷求才，「博古之爲益於治」，「士習而善，則有司之所選，禮部之所舉，與夫朝廷之所登用，有不善焉者，不可得也。」

〔註 35〕參簡錦松：《明代文學批評研究》（台北：台灣學生書局，民國 78 年 2 月初版），頁 105～132。

〔註 36〕〔明〕王錡著；張德信點校：《寓圃雜記》，卷 5，頁 42。

〔註 37〕蔡景康：《明代文論選》，頁 318。

〔註 38〕〔明〕王鏊：《震澤集》，卷 19，頁 13。

〔註 39〕〔明〕王鏊：《震澤集》，卷 33，頁 10。

〔註40〕這是從朝廷的角度來看吳門地區的崇才風氣。然而，值得注意的是相對的另一個角度：對於才份的重視，並不代表吳門文人孜孜矻矻於此道乃是爲了個人功名的顯達，而是「其所恃以自見於世者，在志、在氣業、在文章行義，而非以進士也。」〔註41〕功名在他們的心中乃居第二位，志、氣業、文章行義才是第一義。因爲如此，所以有人可以不懈舉業數十年，也有人可以安於林下而一生。楊循吉〈爲人序文稿〉云：「士有未試之才，必以其文自見於世。……然苟專以此盡士之才用者，則非也。」〔註42〕正如《論語》所謂「君子不器」，〔註43〕功名可以是人生的重要選項，但不是唯一的選項。祝允明〈容菴集序〉云：

> 士之在世，要以建志爲重，而聲業次之。今國家以經術取士，或以爲尚文藝，異德行之科，不知所以取之，特假筆托以代其口陳之義，所主在經術耳，非文藝也。然其久矣也，遂視經術、文藝爲二道。夫場屋之習，則固可爲用世之業矣，而文藝之云則又何物，其果無與於茲道邪？國家又豈嘗錮手緘筆，使不得一申其遐衷散抱於性情議論之間邪？有人於此知所從事，則所謂能建者非與？〔註44〕

〔註40〕文徵明〈送提學黃公敘〉云：「其所取士，往往向時摘抉穿鑿者之所不齒；而向所稱合格之士，率廢不錄。於是士皆崇碩大而黜異說，上博綜而下訓詁。數年以來，士習爲之一變而善焉。士習而善，則有司之所選，禮部之所舉，與夫朝廷之所登用，有不善焉者，不可得也。」見〔明〕文徵明著；周道振輯：《文徵明集》，頁451。

〔註41〕文徵明〈送周君振之宰高安敘〉云：「余少隸學官，同遊之人，無慮百數十人。而與余同志者才三數人。三數人者，其氣同，其業同，其發爲文章，著於行義，與夫羣試於有司無不同者，蓋不憫然思以自見於世也。……其所恃以自見於世者，在志、在氣業、在文章行義，而非以進士也。」見〔明〕文徵明著；周道振輯校：《文徵明集》，頁463。

〔註42〕〔明〕楊循吉：《長松籌堂遺集》（台北縣：文海出版社，民國59年3月初版），頁135～136。

〔註43〕《論語・爲政》：「子曰：『君子不器。』」見謝冰瑩：《新譯四書讀本》（台北：三民書局，民國86年8月修訂七版），頁79。

〔註44〕〔明〕祝允明：《祝氏文集》，《祝氏詩文集》，明代藝術家集彙刊續

祝允明亦以爲志乃士生於世的第一要務，也指出了經術與文藝都是載道之體，經術、文藝之間並不相犯，這可以相當說明吳門文人的一般看法。沈周退隱，但與在朝的吳寬、王鏊交遊密切，不時言及國事。功名微薄的祝允明曾力勸唐寅勤舉業，唐寅雖然挫敗，後來一度投身欲反叛之辰濠幕下，顯見有心於振作。文徵明則是半生浮沉於場屋之中。故吳門文人有隱亦有仕，都仍然保持對政治的關心，同時醉心於文藝。

三、三教皆爲我註腳

「尙趣」是有明數百年以來持續被關注的文學焦點之一。沿襲明初吳中四傑文學與生活相結合而尙趣的傳統，吳門文人的尙趣更爲貼近生活，是一種人生觀的尙趣，廣泛表現在日常起居各方面，不止是文學，還包括了品茶、飮酒、讀書、園林、嬉遊、雅集、書畫、古玩等，〔註45〕其中「尤深於讀書，其以『趣』爲主的讀書法，適與蘇州博學傳統相表裏。」〔註46〕郭紹虞《中國文學批評史》曾云：「明代學風也是偏於文藝的，可是又不像元代這般頹廢和放縱。這好似由西晉名士的狂放行爲轉變而爲東晉名士的風流態度。」〔註47〕以之評論明代整體，固然恰當，但更適合用來描述吳門文人趣味化、藝術化的生活方式。〔註48〕但由於各人個性、生平遭際、師友影響等因素，吳門文人的生活態度除了沈周、文徵明等人的風雅閑賞，另外如祝允明、唐寅、陳淳等人，也呈現出近似元代頹廢的風流自放。譬如祝允明〈書相人金生卷後〉云：「予獨重其趣耳。迹已半

集本，卷6，頁 183～184。
〔註45〕參簡錦松：《明代文學批評研究》，頁 156～163。
〔註46〕簡錦松：《明代文學批評研究》，頁 160。
〔註47〕郭紹虞：《中國文學批評史》（台北：文史哲出版社，民國 77 年 4月），頁 435。
〔註48〕參邵曼珣〈明代中期蘇州文人尙趣之研究〉，中國古典文學研究會：《古典文學 第十二集》（台北：台灣學生書局，民國 81 年 10 月初版），頁 190～194。

天下，而猶飄飄然不自縈縛，何壯歟！何奇歟！」〔註49〕其對於命
相術數之學，不甚著意，但對於金生隻身汗漫遊半天下的壯舉卻相
當佩服。所謂「飄飄然不自縈縛」，即代表著一種對於自由解脫於天
地間的最終嚮往。又如唐寅在科場案後，勘破人間名利，其〈感懷〉
云：

> 不煉金丹不坐禪，饑來吃飯倦來眠；生涯畫筆兼詩筆，踪
> 跡花邊與柳邊。鏡裏形骸春共老，燈前夫婦月同圓；萬場
> 快樂千場醉，世上閒人地上僊。〔註50〕

雖然有幾分悲劇滋味，但其中表達出了「自己叛逆的個性與追求自由
生活的旨趣」。〔註51〕詩中摻合了佛、道兩教出世的思想以為解脫根
據，但又不同於道教的羽化登仙、佛教的頓悟自性。他的解脫乃是回
到人間紅塵，生老病死皆無罣礙，關心的是個體生命的不被束縛，更
接近《孟子·盡心上》「窮則獨善其身，達則兼善天下」的說法。儒、
道、佛三教合一的思想在吳門文人作品中時而出現，又依各人獨特的
個性而有著不同的偏好傾向。

　　三教合一思想的形成，有其長期的歷史淵源。自東漢佛教傳入、
道教創立以來，歷經南北朝、隋唐等朝，漸與儒家思想形成三足鼎立
之勢。三教合一思想於宋代成形，而理學事實上也是其產物之一。明
初以後，三教合一思想於社會上更為普及。〔註52〕在吳門文人作品
中，三教合一思想於詩中相當常見之外，以詞而論，亦有程度的滲入。
如沈周曾作〈蘇武慢〉自壽二闋，祝允明則有〈蘇武慢〉聯章十二闋，
三教思想迭相出入，均藉以表達了自己身處人間世的看法。祝允明於
〈跋石勒問法圖〉中云：

〔註49〕〔明〕祝允明：《祝氏集略》，《祝氏詩文集》，明代藝術家集彙刊續
　　　　集本，卷26，頁1637。
〔註50〕〔明〕唐寅著；周道振、張月尊輯校：《唐伯虎全集》，卷2，頁86。
〔註51〕劉揚忠：《詩與酒》（台北：文津出版社，民國83年1月初版），頁
　　　　223。
〔註52〕參唐大潮：《明清之際道教「三教合一」思想論》（北京：宗教文化
　　　　出版社，2000年6月第1版第1刷），頁95～122。

右石勒問法於佛圖澄圖一段，元人遺製也。……予也亦不
佞佛，亦不逃儒，因其教而陳其事云爾矣。唐子無心應世
之語，畧見大致。予也復一鼓喙，亦聊以遊戲三昧。繪筆
工能，好事博雅者珍收之，此嗣昭之美也，無勞于煩辭。
〔註53〕

祝允明所跋後趙石勒問佛法於佛圖澄畫，乃元人所製，今已不可考
見。觀其文意，此畫在祝允明作跋之前，似尚有唐寅跋語。其中祝允
明「亦不佞佛，亦不逃儒」的說法，正展現了三教合一思想在吳門文
人心中的兼容並蓄，可與唐寅的「無心應世」互爲參照。佛教中有遊
戲、遊戲三昧、遊戲神通、遊戲觀音的說法。遊者，遊行、遊化，修
行者遍歷處處聞法參禪或說法教化。戲者，自在、無礙之意。所謂遊
戲，即指禪悟見性之人，處於世間有如遊戲，「去來自由，無滯無礙」。
〔註54〕蘇軾曾經使用這樣一種充滿佛教意味的詞語來作詩、評賞書
畫，在某種層次上也表達了他的藝術理念。元人湯垕用「墨戲」一詞
來讚揚蘇軾專心於書畫，清人方薰用「遊戲三昧」一詞來說明蘇軾畫
蟹的細膩，清人吳昇用「遊戲」一詞來形容蘇軾不爲世間利害禍福所
動搖的超曠態度，宋人釋德洪用「遊戲翰墨」來欣賞蘇軾所畫佛像，
指出佛像不僅意境深遠，更寄託了個人的人生逸想。遊戲是蘇軾面對
書畫的態度，也是書畫的功用。〔註55〕吳門文人在這方面的認識，與
蘇軾十分相似。祝允明以及唐寅分別用「遊戲三昧」、「無心應世」的
態度來爲書畫作跋，固然是一種純粹趣味化的主體追求，而「好事博
雅者珍收之」，那又是另外一種純粹趣味化的旁觀欣賞了。但在吳門
某些人身上，如祝允明、唐寅等，將這種遊戲的態度，推展到翰墨文
藝以外的天地，則是眞正的遊戲人間了。

〔註53〕 〔明〕祝允明：《祝氏集略》，《祝氏詩文集》，明代藝術家集彙刊續
　　　　集本，卷26，頁6上～7下。
〔註54〕 〔唐〕慧能：《壇經》。
〔註55〕 參陳中浙：《蘇軾書畫藝術與佛教》（北京：商務印書館，2004年11
　　　　月第1版北京第1刷），頁177～187。

第二節　文學精神：本於情質

一、反理學

　　吳門「傳統不喜稱理學，吳寬、王鏊兩集中皆不彈此調，亦未予非議。」〔註56〕吳寬、王鏊等態度較為保守，對之不多置言論；至於楊循吉、祝允明等不拘禮法之士，則對之大加撻伐。楊循吉「雅不喜宋人議論，而於考亭尤多掊擊。又最惡近世學術，不然其說。」〔註57〕祝允明的《讀書筆記》、《祝子罪知錄》，其中亦多有抨擊理學之處。其〈學壞於宋論〉云：

> 凡學術盡變于宋，變輒壞之。經業自漢儒迄于唐，或師弟子授受，或朋友講習，或閉戶窮討，敷布演繹，難疑訂譌，益久益著。宋人都掩廢之，或用為己說，或稍援它人，皆當時黨類。吾不如，果無先人一義一理乎？亦可謂厚誣之甚矣。其謀深而力悍，能令學者盡棄祖宗，隨其步趨，迄數百年，不寤不疑而愈固。〔註58〕

文中對於有宋一代的程朱理學，不屑備至。理學經過程朱諸家的發揚，脫出前人而蔚為興盛。但程朱諸人之揚棄漢唐儒者古注疏而不顧，以己說為說而開黨結派，這一點尤其致引祝允明之批評。

　　他們在談及程朱理學時，亦往往結合科舉發論，甚至同時對理學或科舉兩者都表達不滿的態度。如祝允明〈答張天賦秀才書〉云：

> 其口最以所謂道學者為高，然由僕論之，最非美者，道學也。道學奚不美乎？為之非誠，其病不勝，故為不美之冠。……科舉者，豈所謂學耶？……今為士，高則詭談性理，妄標道學，以為拔類；卑則絕意古學，執夸舉業，謂之本等。就使自成語錄，富及百卷，精能程文，試奪千魁，亦竟何用？鳴呼！以是謂學，誠所不解，吾犯眾而非

〔註56〕簡錦松：《明代文學批評研究》，頁92。

〔註57〕〔明〕錢府：〈合刻楊南峰先生全集序〉，《明文海》，卷252。

〔註58〕〔明〕祝允明：《祝氏集略》，《祝氏詩文集》，明代藝術家集彙刊續集本，卷10，頁910～911。

之，……是亦招尤之術也。〔註59〕

明代科舉以程朱理學爲準的，導致普遍士人所讀不出數書，所言不離理學，以爲天下之學不過科舉、科舉之學不過程朱。祝允明在信中所言，事實上也可以代表吳門文人的看法；他們所謂學，指的是博學、師古，並非侷限於科舉程文一端。「試錄者，國家用才之階、彰勸之具，是王章也，非書也。科舉之作，士藉以應求，今工之斧斤也，抑亦非文矣。」〔註60〕學與「絕意古學，執夸舉業，謂之本等」的科舉分屬不同的層次，更何況是「詭談性理，妄標道學，以爲拔類」的理學。其中所強調的「誠」，與後來興起的「直指本心」之心學，有相同趨向。他指出當時捨本逐末之風氣，也不難看出當時科舉流弊之深，以及程朱理學於民心之向背。

關於士人溺好理學的態度與原因，祝允明和文徵明分別有著不同方面的觀察。祝允明從科舉利益來著眼，其《祝子罪知錄》云：

> 道學之名甚尊，偏學之利甚厚，莫不小禍於初，而大獲於後。官不峻而勢益張，權愈失而力轉重，時君通國莫敢嬰其鋒，是以點子從之如狂。自古以來，竊名利者，無若此途之捷也。

他認爲理學可謂是求取名利的終南捷徑。科舉以理學爲題，若欲求名利，首要熟稔理學，其流弊便是士人讀書只知有科舉，不知有古人；短視近利，全失學之爲旨。這也可以說明吳門文人不同於一般士人的狹隘視野，以及何以對於仕途蹭蹬能夠淡然處之。至於文徵明則從理學之簡易來觀察，其〈何氏語林敘〉云：

> 宋之末季，學者習於性命之說，深中厚貌，端居無爲，謂足以涵養性眞，變化氣質，而究厥所存，多可議者。是雖師授淵源，惑於所見；亦惟簡便日趨，偸薄自畫，假美言

〔註59〕 〔明〕祝允明：《祝氏集略》，卷 12，《祝氏詩文集》，明代藝術家集彙刊續集本，頁 990。
〔註60〕 〔明〕祝允明：〈燒書論〉，《祝氏集略》，《祝氏詩文集》，明代藝術家集彙刊續集本，卷 10，頁 909～910。

　　以護所不足，甘於面牆，而不自知其墮於庸劣焉爾。嗚呼！
　　翫物喪志之一言，遂爲後學深痼，君子蓋嘗惜之。〔註61〕

士人爲應舉而研習理學，往往流於表面而不深究其中是非。一方面，
宋代理學發展以來，枝開葉散，流派儼然，弟子謹守代代師說，畫地
自限；另一方面，主要還是因爲士人心態偷惰，以理學語錄簡便易習，
無遑論博極群書，甚至對於漢唐以來注疏，全不關心。文徵明用「翫
物喪志」來評述這些士人，矜痛之意不在話下。

　　吳門文人對於理學並非一味排擊。理學流弊之所以層出不窮，往
往由於後世之人的偏頗認識。文徵明〈晦庵詩話序〉則云：

　　子朱子之學，以明理爲事，詩非其所好也。而其所爲論詩，
　　則固詩人之言也。嗚呼！理固無不該，而況詩乎哉？……
　　自朱氏之學行世，學者動以根本之論，劫持士習。謂六經
　　之外，非復有益，一涉詞章，便爲道病。言之者自以爲是，
　　而聽之者不敢以爲非。雖當時名世之士，亦自疑其所學非
　　出於正，而有「悔却從前業小詩」之語。沿譌踵敝，至於
　　今，漸不可革。……說者往往歸咎朱氏，而不知朱氏未始
　　不言詩也。〔註62〕

文徵明亦指出理學對於士人的負面影響，南宋如此，明代行科舉以
來，變本加厲，情況沒有更好，只有更糟。士人侈談性理，鄙薄詞
章，甚至以情爲桎梏，但是朱熹本人卻非如此不近人情。朱熹雖說
性理，也有論詩之處。「詩人之言」，即指富有情致之言論。朱熹〈詩
集傳序〉曾云：「凡《詩》之所謂風者，多出於里巷歌謠之作，所謂
男女相與詠歌，各言其情也。」祝允明所謂的「誠」、文徵明所謂的
「詩人之言」，不外乎就是強調人本之於情；沒有了情，人也就不成
其爲人了。在都穆的《南濠詩話》中，「情」也是關注焦點之一。文
徵明曾經描述他之所以雅意於宋詩，即是就「性情之眞」〔註63〕的

──────────

〔註61〕〔明〕文徵明著；周道振輯校：《文徵明集》，卷17，頁473～474。
〔註62〕〔明〕文徵明著；周道振輯：《文徵明集》，卷17，頁469。
〔註63〕文徵明〈南濠居士詩話序〉云：「君於詩別具一識，世之談者，或元

角度來考察宋詩的。

二、因情立格

關於吳門重情論方面敘述較完整的著作，可以徐禎卿（1479～1511）《談藝錄》為代表。徐禎卿自弘治十八年（1505）二十六歲，登科到京城之後，遂名列前七子之一，是其中唯一的南方人，其理論充滿了吳門色彩，與其餘六子明顯不同。徐泰《詩談》云：「信陽何景明，上追漢魏，下薄初唐，大匠揮斧，群工歛手。惜其立論甚高，亦未能超出蹊徑。時惟姑蘇徐禎卿媲美。」據李雙華〈徐禎卿《談藝錄》寫作時間考〉考證，﹝註64﹞李夢陽〈徐迪功別稿序〉中口吻表明他在徐禎卿中舉前，已讀過《談藝錄》；徐禎卿作於未第時的《徐迪功別稿》，其中〈月下携兒子小閨，教誦新句〉詩，自云初成《談藝錄》；徐縉〈徐迪功集序〉明言《談藝錄》為其弱冠時文學思想；另如閻起山《吳郡二科志》、黃省曾《續吳中往哲記》皆云《談藝錄》乃作於吳門。事實上，徐禎卿開始與前七子交游，也不過是在卒前幾年而已，故《談藝錄》代表的是徐禎卿早期在吳門與祝允明、唐寅、文徵明等人交游時的文學主張，無可置疑。李東陽〈昌穀集序〉云：「守而未化，蹊徑尚存。」所譏評者雖為詩歌，亦可見出徐禎卿向來觀念上的根深柢固。早期既然與祝允明、唐寅、文徵明等人有過密切交流，則其中論點想必與眾人多所切磋，可藉以一窺諸家文學觀點。《談藝錄》一書，議論上下，無不依情而發端。雖以論詩為主要，但其以情為本原的文學理論，卻也能夠反映出對於其他文體的基本主張。

《談藝錄》云：

　　情者，心之精也。情無定位，觸感而興，既動於中，必形

　　人為宗，而君雅意於宋：謂必音韻清勝，而君惟性情之真。」見〔明〕
　　都穆：《南濠詩話》，《歷代詩話續編》本，冊下，頁1341。

﹝註64﹞參李雙華：〈徐禎卿《談藝錄》寫作時間考〉，《蘇州大學學報（哲學社會科學版）》，2003年7月第3期，頁67～68、71。

於聲。故喜則爲笑啞，憂則爲吁戲，怒則爲叱咤。然引而
成音，氣實爲佐；引音成詞，文實與功。蓋因情以發氣，
因氣以成聲，因聲而繪詞，因詞而定韻，此詩之源也。然
情實眇眇，必因思以窮其奧；氣有粗弱，必因力以奪其偏；
詞難妥帖，必因才以致其極；才易飄揚，必因質以禦其侈。
此詩之流也。由是而觀，則知詩者乃精神之浮英，造化之
秘思也。若夫妙騁心機，隨方合節，或約旨以植義，或宏
文以敘心，或緩發如朱絃，或急張如躍桮，或始迅而中留，
或既優而後促，或慷慨以任壯，或悲悽以引泣，或因拙以
得工，或發奇而似易。此輪匠之超悟，不可得而詳也。《易》
曰：「書不盡言，言不盡意。」若乃因言求意，其亦庶乎有
得歟！〔註65〕

徐禎卿企圖爲創作之源流進行分判。就「源」而言：他認爲人的心靈
活動觸引多端，情是諸多心靈活動中精要邃深的部分。情是動盪變
化，不可把捉的。唯一可掌握的關鍵是，當人隨著外物的刺激，情於
焉猝然興起。他的看法，承緒了傳統詩論，〈毛詩大序〉云：「情動於
中而形於言，言之不足故嗟嘆之，嗟嘆之不足故永歌之，永歌之不足，
不知手之舞之，足之蹈之也。」劉勰《文心雕龍‧明詩》亦云：「人
稟七情，應物斯感，感物吟志，莫非自然。」〔註66〕人的各種情意，
引發於內，同時也引發了氣勢，情結合氣表現於外就成爲聲音，聲音
再落實爲詞語，詞語則又跟個人所具的文采而有所不同，詞語進一步
提煉改定，便是詩文韻律。

　　就「流」而言：每個人之創作之所以不同，乃是根據幾組相對的
概念來決定的：情與思、氣與力、詞與才、才與質。因爲情感縹緲不
定，所以需要借助思理來把握，並深入意旨；氣勢有粗有弱，則要藉
由學力來改正偏頗；詞語運用困難之處，在於妥帖達意，則要有過人

〔註65〕〔明〕徐禎卿：《談藝錄》，《歷代詩話》本（北京：中華書局，1981
　　　　年4月第1版，1997年3月北京第4刷），頁765～766。
〔註66〕〔梁〕劉勰著：王更生注釋：《文心雕龍讀本》（台北：文史哲出版
　　　　社，民國84年6月初版5刷），上篇，頁83。

的才份，始可臻至完善；但才份本身也是難以駕控的，要有眞情實感
方能避免言過其實、爲文造情。《談藝錄》云：「由質開文，古詩所以
擅巧。由文求質，晉格所以爲衰。若乃文質雜興，本末並用，此魏之
失也。」〔註67〕因重情而重質，這是極爲順理成章的推論。《文心雕
龍·情采》云：「昔詩人什篇，爲情而造文；詞人賦頌，爲文而造情。……
眞宰弗存，翻其反矣。」〔註68〕徐禎卿不僅反對爲文造情，也擯斥文
質並重。他認爲重質當爲創作的第一義，故極爲推崇「凡厥含生，情
本一貫，所以同憂相瘁，同樂相傾者」〔註69〕的《詩經》、古詩。然
而，他不是一味重質而忽文。固然一味重文而忽質是「陳采以眩目，
裁虛以蕩心，抑又末矣。」〔註70〕一味重質而忽文則是「直戀之詞，
譬之無音之絃耳，何所取聞於人哉？」〔註71〕文乃是處於輔佐質的地
位，參與其功而已。因爲吳門文壇風氣如《談藝錄》之重情、重質，
所以在祝允明、唐寅等人的詞作裏，不避俗的情形時有所見。一方面
由於傳達內容之要求，一方面也顯示他們重視眞情實感的自然表達甚
於文辭的刻意修飾。

「詩者乃精神之浮英，造化之秘思」，一切的秘訣乃「輪匠之超
悟，不可得而詳」，只能意會，不能言傳。「哲匠鴻才，固由內穎；中
人承學，必自迹求。」〔註72〕才份高者，不學而能，毋庸多論，至於
才份平常之人，則是學然後能。徐禎卿指出一些如何創制佳作的門徑
與原則：「大抵詩之妙軌：情若重淵，奧不可測；詞如繁露，貫而不
雜；氣如良駟，馳而不軼。由是而求，可以冥會矣。」〔註73〕情意務
求深沉厚重，詞語運用務求條理一貫而不紊雜，氣勢務求奔放而非任

〔註67〕〔明〕徐禎卿：《談藝錄》，《歷代詩話》本（北京：中華書局，1981
　　　　年4月第1版，1997年3月北京第4刷），頁766。
〔註68〕〔梁〕劉勰著：王更生注釋：《文心雕龍讀本》，下篇，頁78。
〔註69〕〔明〕徐禎卿：《談藝錄》，《歷代詩話》本，頁766。
〔註70〕〔明〕徐禎卿：《談藝錄》，《歷代詩話》本，頁766。
〔註71〕〔明〕徐禎卿：《談藝錄》，《歷代詩話》本，頁766。
〔註72〕〔明〕徐禎卿：《談藝錄》，《歷代詩話》本，頁769。
〔註73〕〔明〕徐禎卿：《談藝錄》，《歷代詩話》本，頁769。

意竄流。創作的過程雖然是「不可得而詳」，但《談藝錄》在另一處，還是嘗試對之有所詳細描述：

> 朦朧萌坼，情之來也；汪洋漫衍，情之沛也；連翩絡屬，
> 情之一也；馳軼步驟，氣之達也；簡練揣摩，思之約也；
> 頡頏累貫，韻之齊也；混沌貞粹，質之檢也；明雋清圓，
> 詞之藻也。高才闊擬，濡筆求工，發旨立意，雖旁出多門，
> 未有不由斯戶者也。〔註 74〕

情意初發生之時，恍惚之間，有所引動勃發，譬如草木悄悄萌坼於朦朧之中。情意發生之後，隨著外物的觸激，逐漸豐沛、紛至沓來，至於汪洋蕪雜、漫衍無涯的地步。然而，在汪洋漫衍的情意之中，也有一條主線，若有似無地將各種相異而零碎的感觸連絡起來。與情意同時興發的氣勢，必須控引得度，方能導領情意到適當的境界。思理則對情意加以反覆揣摩切磋，以求情意的精奧深刻。完成的詩文韻律，要文理條貫、跌蕩生姿，其中具含的真情實感，要純粹貞淨，詞藻要明朗雋永、清新圓脆。祝允明〈朱性父詩序〉指出作詩的二種草率態度：「守分者多疲詞腐韵，无天然之態，如東隣乞一裾，北舍覓一領；錯雜裝綴，識者可指而目之曰：此東家裾也，此北戶領也，是可謂之陋。狗質者多儇唇利口，無敦厚之氣，如丹青塗花，伶人飾女，苟悅俗目，不勝研覈，是可謂之浮。」〔註 75〕其一為言詞鄙陋，其二是言詞輕浮，與徐禎卿所言直可為正反參證。

徐禎卿之論亦涉及格調說。《談藝錄》云：

> 夫情既異其形，故詞當因其勢。譬如寫物繪色，倩盼各以
> 其狀；隨規逐矩，圓方巧獲其則。此乃因情立格，持守圜
> 環之大略也。〔註 76〕

徐禎卿之「因情立格」，與同為前七子之列的李夢陽，儼然兩端。李

〔註 74〕〔明〕徐禎卿：《談藝錄》，《歷代詩話》本，頁 767。

〔註 75〕〔明〕祝允明：《祝氏文集》，卷 6，《祝氏詩文集》，明代藝術家集彙刊續集本，頁 180～181。

〔註 76〕〔明〕徐禎卿：《談藝錄》，《歷代詩話》本，頁 767。

夢陽接續李東陽理論，倡言格調，雖然也強調情之地位，畢竟次序在格調之後。李夢陽重視的是法則與規矩，其〈答周子書〉云：「文必有法式，然後中諧音度，如方圓之於規矩。古人用之，非自作之，實天生之也。今人法式古人，非法式古人也，實物之自則也。」〔註77〕想要完善地表達事物之精思內情，自有一套法式可供遵循，故必須「尺寸古法，罔襲其辭」，〔註78〕借鑑古人，副以己情，才是正途。徐禎卿亦相信體勢，但更重視情。徐禎卿「因情立格」之說，乃源自劉勰《文心雕龍》而來。《文心雕龍・定勢》云：「夫情致異區，文變殊術，莫不因情立體，即體成勢也。」〔註79〕每個人的性份不同，對於同一外物的感受也相異。法則與規矩固然有之，但其使用必須取決於人本身的情意心思。因情立格，與蘇軾〈書鄢陵王主簿所畫折枝二首之一〉：「賦詩必此詩，定知非詩人。」〔註80〕所論相通。由外在事物甚至前人格式來決定情感的表達方式，或有資以借鑑之效，但不免畫地自限之譏。祝允明〈朱性父詩序〉亦曾指出壞詩的四種弊病：「趑識凡近，蹇步苟止，望不出籓外，行不越戶限；篇句之就，如貨券公牒，顧顧焉不敢超夐常狀之一二。亦又齊量寒薄，一取便竭，言梅必著和羹，道鶴不脫九皋。至其命題發思，往往苟欲娛人，不由己主，且多爲俚題惡目之所縈繞，別號縱橫，居扁齷齪，慶生挽死，妄頌繆哀。大抵生紐性情，趄人道路。況其摹倣師法，泄爾忘遠，只知繩武雲仍，不肯想像宗祖。」〔註81〕其一爲無才份見識，其二爲無學力積累，其三爲無眞情實感，其四爲只知模仿師法，正好與徐禎卿對於才、力、

〔註77〕葉慶炳、邵紅：《明代文學批評資料彙編》，上集，頁295。

〔註78〕〔明〕李夢陽：〈駁何氏論文書〉，葉慶炳、邵紅：《明代文學批評資料彙編》，上集，頁292。

〔註79〕〔梁〕劉勰著：王更生注釋：《文心雕龍讀本》（台北：文史哲出版社，民國84年10月初版5刷），下篇，頁62。

〔註80〕〔宋〕蘇軾著：王水照選注：《蘇軾選集》（台北：萬卷樓圖書有限公司，民國82年3月初版2刷），頁188。

〔註81〕〔明〕祝允明：《祝氏文集》，卷6，《祝氏詩文集》，明代藝術家集彙刊續集本，頁181～182。

質、格的看法相對應。而祝允明、徐禎卿回歸人情爲文學之本、內容先於形式的看法，更爲符合創作的實際情形。

第五章　吳門詞派之詞人與詞作（上）

第一節　祝顥、徐有貞、沈恆

一、祝　顥

　　祝顥（1405〜1483），字惟清，〔註1〕長洲人。祝允明之祖父。祝顥之子祝瓛娶徐有貞之女，生孫祝允明。其貌廣顙修髯，稟性易直強毅。少有大志，以治《易》名郡學中，爲諸生師。不喜躁進，不欲赴鄉試，有司強之。明宣宗宣德十年（1435），領鄉薦，猶不赴省試，有司復強之。明英宗正統四年（1439），登進士第，其時有詔大璫，察進士中有聲者四人，教內書堂小監豎。初未知其故，比至閣下，將試詩以去留之，即不應而出。乃選授行在刑科給事中，務持大體，雖多彈劾，不肯訐人閨門曖昧。嘗奉密旨，查在京寺觀無賜額者。有青龍寺者，極爲弘麗。僧言某巨璫以密旨所建，詞色倨慢。祝顥不聽其言，立請毀之。又嘗奉旨，按行所立寺，稍毀除之。有監豎關說某寺，祝顥即先令撤去。正統十四年（1449）九月，土木之變，適居憂歸吳門，明景帝以都御史起復，不奉詔。守制三年，除服之後，復前職，

〔註1〕張萱：《西園聞見錄》，《明代傳記叢刊》本，冊117，頁408；冊123，頁220；冊124，頁209〜210、824作「字惟濟」，當誤。

尋遷山西布政司右參議，進右參政。〔註2〕興學校，表先賢，白冤獄，
善政不可勝數。天順八年（1464），年甫六十，致仕歸田，與徐有貞、
劉珏、杜瓊、沈貞、沈恆等一時耆俊，日相過從，為詩酒社，高風雅
韻，輝映鄉邦。祝顥年最長而最後卒，風流談論，最為人所傾慕。有
《侗軒集》。〔註3〕

　　祝顥之現存詞，《侗軒集》存三闋，《全明詞》存錄者即以之為底
本。

　　祝顥現存三闋詞中，兩闋是追和范仲淹〈漁家傲・秋思〉，一闋
則是嬉遊贈妓之作。其〈漁家傲・追和范文正公題塞垣〉二闋如下：

　　　古往今來人事異。誰能解說防胡意。邊患從來緣釁起。青
　　　史裏。玉關曾羨賢君閉。　　漫築長城遮萬里。蕭牆不守
　　　非良計。試看和親并拓地。如醉寐。李陵臺下昭君淚。

　　　夷夏從來疆域異。皇城最得安攘意。鐵嶺遙從蔥嶺起。俱
　　　腹裏。邊城到處何曾閉。　　煙火桑麻彌萬里。安生樂業
　　　成家計。燕領將軍環信地。高枕寐。嬌姿不灑崩城淚。

明朝推翻元朝政府，雖然將蒙古人趕回北方，但蒙古人仍然是明朝重
大外患之一。此二闋詞，當為祝顥仕宦山西時所作。從第一闋末句引
用李陵、王昭君悲劇典故，暗喻于謙來看，詞當作於天順元年（1457）

─────────────────────

〔註2〕陳田：《明詩紀事》，《明代傳記叢刊》本，冊13，頁271作「左參議」，
　　　當誤。饒宗頤、張璋：《全明詞》（北京：中華書局，2004年1月第
　　　1版北京第1刷），冊1，頁261作「左參政」，當誤。

〔註3〕此處祝顥生平簡述，參考以下資料而成：〔清〕錢謙益：《列朝詩集
　　　小傳》，《明代傳記叢刊》本，冊11，頁247～248；〔清〕陳田：《明
　　　詩紀事》，《明代傳記叢刊》本，冊13，頁271；〔清〕查繼佐：《罪
　　　惟錄列傳》，《明代傳記叢刊》本，冊86，頁392；〔明〕吳寬：〈山
　　　西布政使司右參政祝公顥神道碑銘〉，收入〔明〕焦竑：《國朝獻徵
　　　錄》，《明代傳記叢刊》本，冊113，頁807～808；〔明〕張萱：《西
　　　園聞見錄》，《明代傳記叢刊》本，冊117，頁408；冊123，頁220；
　　　冊124，頁209～210、824；〔明〕過庭訓：《明分省人物考》，《明
　　　代傳記叢刊》本，冊130，頁722～726；〔明〕劉鳳：《續吳先賢讚》，
　　　《明代傳記叢刊》本，冊148，頁416～420；〔明〕王世貞：《弇州
　　　山人續稿碑傳》，《明代傳記叢刊》本，冊154，頁630～632。

明英宗復辟之後、天順八年（1464）致仕之前。祝顥在地處邊疆的山西，歷任地方官十餘年，其《侗軒集》中多有邊塞之作，對於邊患問題體認深刻，也很自然地聯想到北宋時名震西北的范仲淹，及其著名的邊塞詞〈漁家傲〉。追和之心跡，彷彿可尋。

　　祝顥這兩闋邊塞詞之表達方式，均極爲開闊。先說明第一闋詞。此詞闡述之內容，是強調邊疆防患的重要。祝顥採取的角度，爲時間的縱向、歷史的深長，以前有殷鑑來說明邊防的不可忽視。所謂「誰能解說防胡意」，便是指在歷史的長流裏，短短不過百年的人生亦僅轉瞬而已，列代人物屢仆屢起，無從現身說法邊患的重要性。然而，流傳下來的青史汗簡，卻能夠以歷歷在目的事實來爲之說明。反觀歷史，邊患之起，多是因爲外夷的侵擾挑釁，而大漢盛世之際，外夷稱服，關內繁榮，其間原因值得詳究效法。換頭兩句，有提醒當朝之意。明朝承前代之制，持續修築長城。山西部份，《明史・兵志三》云：「自宣府迤西迄山西，緣邊皆峻垣深壕，烽堠相接。……其（明惠帝）敕書云：『各處烟墩，務增築高厚，上貯五月糧及柴薪藥弩，墩傍開井，井外圍牆與墩平，外望如一。』重門禦暴之意，常凜凜也。」〔註4〕「宣府非指鎮城，乃指鎮之轄境；山西非指山西鎮（太原鎮），乃指山西省境：即從宣鎮迤西，直達山西大同鎮一帶極邊。」〔註5〕山西一帶之長城，可參看附圖。再加以祝顥寫作此詞不久前，亦即正統十四年（1449）九月，發生土木之變，明英宗被瓦剌北俘而去，邊患爲甚。祝顥此詞的寫作動機不無來由。蕭，通「肅」字。蕭墻，古代宮室之內作爲屏障之矮牆、門屏，喻至近之地。《論語・季氏》孔子云：「今由與求也，相夫子，遠人不服而不能來也；邦分崩離析，而不能守也；而謀干戈於邦內。吾恐季孫之憂，不在顓臾，而

〔註4〕楊家駱：《新校本明史并附編六種》（台北：鼎文書局，民國 64 年 6 月初版），卷 91，頁 2236。

〔註5〕王國良：《中國長城沿革攷》，收入王國良、壽鵬飛：《長城研究資料兩種》（台北：明文書局，民國 71 年 10 月初版），頁 60。

在蕭墻之內也。」注云：「蕭之言肅也，墻謂屏也；君臣相見之禮，至屏而加肅敬焉，是之謂蕭墻。」《韓非子・用人》亦云：「不謹蕭牆之患，而固金城於遠境。」〔註6〕按祝顥之意，要有效防堵邊患，不只是修築萬里長城便可了事，還要善治宮廷內宦。所謂「蕭牆不守」，指的就是宦官王振專權一事。明英宗受王振蠱惑，匆促之間，御駕親征，終於落得一敗塗地，不可收拾。〔註7〕於是祝顥以沉重的態度，用歷史例證作為歇拍，提醒邊患之事不得輕率：「試看和親并拓地。如醉寐。李陵臺下昭君淚。」王昭君於漢元帝時被選入宮中。漢元帝竟寧元年（－33），匈奴呼韓邪單于入朝求和親，王昭君自請出嫁。入匈奴之後，被稱為寧胡閼氏。終生未能歸漢。〔註8〕和親政策乃是漢初基於國力未復的權宜之計，〔註9〕至漢武帝則國力大備，轉守為攻，懾服匈奴。李陵雖然戰功彪炳，但其孤軍深入，亦不得已而投降。投降之後，終老不得歸，其關內親族亦被漢武帝誅殺殆盡，下場悲慘。〔註10〕土木之變之殷鑑不久，祝顥呼籲重視邊防與內患，自有憂國之心在。可以指出一點的是：于謙在土木之敗後，力保京師於危亡之秋，然而明英宗一旦復辟，即以謀逆之罪，橫屍法場。雖然李陵、王昭君猶得存活，于謙含冤而死，略有不同，然其置個人小我於度外的精神卻極其相似。祝顥引李陵、王昭君悲劇典故，顯然有為于謙抱屈之意。

接著再看第二闋詞，其內容在歌頌當朝之英明。此處採取的角度，則為空間的橫向、地域的廣大，引領讀者的視野飛越千萬里，邊

〔註6〕邵增樺：《韓非子今註今譯》（台北：台灣商務印書館，1995 年 9 月修訂版第 3 刷），卷 9，頁 969。

〔註7〕參南炳文、湯綱：《明史》（上海：上海人民出版社，2003 年 4 月第 1 版，2004 年 4 月第 2 刷），頁 206～217。

〔註8〕參楊家駱：《新校本漢書并附編二種》（台北：鼎文書局，民國 75 年 10 月 6 版），卷 9，頁 297；卷 94 下，頁 3803、3806。

〔註9〕參吳相湘：《長城》（台北：正中書局，民國 60 年 2 月台 3 版），頁 50。

〔註10〕參楊家駱：《新校本漢書并附編二種》，卷 54，頁 2450～2459。

疆風光盡收眼底。起首二句，即點出詞意，稱揚當今朝廷能夠認清夷夏之分，安內而攘外。底下進一步申明。葱嶺是通往西域的要道，爲西北戰略要地，而國防繫於邊疆的保全。自葱嶺以東，邊城處處，計有甘肅鎮、固原鎮、寧夏鎮、延綏鎮、山西鎮、大同鎮、宣府鎮、薊鎮、遼東鎮等九重鎮。〔註11〕邊疆保全了，內地也就安定了。所以換頭說：「煙火桑麻彌萬里。安生樂業成家計。」連昔日邊疆沙場都可以種滿桑麻，百姓們也都能安頓自己的生活，樂於從事各行各業，經濟自然繁榮發展。「燕頷」典出《後漢書・班超傳》，其貌「燕頷虎頸，飛而食肉，此萬里侯相也」，〔註12〕這裡指武將之相貌威武。信地，謂軍隊駐紮之地。有了勇猛的武將在邊城鎮守著，朝廷和百姓就可以高枕無憂，而也不會發生孟姜女般慘然的悲劇了。齊莊公四年（－550），《禮記・檀弓下》云：「齊莊公襲莒于奪，杞梁死焉。其妻迎其柩於路，而哭之哀。」劉向《列女傳・齊杞梁妻》云：「杞梁之妻無子，內外皆無五屬之親。既無所歸，乃枕其夫之屍於城下而哭，內誠動人，道路過者無不爲之揮涕。十日而城爲之崩。」後演爲孟姜女哭倒長城的民間故事。「嬌姿」指守邊將士之閨中思婦；若邊疆無事，閨中思婦自然不必傷心斷腸，天下太平矣。

　　此兩闋詞均有以論爲詞的味道在，並且帶有濃厚的時代色彩。這是與范仲淹〈漁家傲・秋思〉最大的相異之處。〔註13〕在結構上也不刻意模仿，多按己意而行。祝顥追和范仲淹，不僅因爲他和范仲淹同樣仕宦西北邊疆，從第二闋詞的三四五句可看出，還有更多他對於范

〔註11〕參王國良：《中國長城沿革攷》，收入王國良、壽鵬飛：《長城研究資料兩種》，頁72～81。

〔註12〕楊家駱：《新校本後漢書并附編十三種》（台北：鼎文書局，民國76年1月5版），卷47，頁1571。

〔註13〕范仲淹〈漁家傲・秋思〉：「塞下秋來風景異。衡陽雁去無留意。四面邊聲連角起。千嶂裏。長煙落日孤城閉。　　濁酒一杯家萬里。燕然未勒歸無計。羌管悠悠霜滿地。人不寐。將軍白髮征夫淚。」見唐圭璋等：《全宋詞》（北京：中華書局，1999年1月新1版北京第1刷），冊1，頁14。

仲淹安邊功業的推崇。

　　關於另外一闋〈踏莎行・沈同齋舟中，贈小妓綵雲〉，亦將之鈔錄如下：

> 花嶼初分，蘭舟重駐。綵雲驀地來何處。當筵欲下又悠揚，
> 盈盈似怕人留住。　　艷似桃花，輕如柳絮。東風勾引還
> 飛去。陽臺回首杳無蹤，多情宋玉空留句。

此詞當在祝顥致仕之後，隱遊吳門時所作，即天順八年（1464）至成
化十九年（1483）間。王世貞（1526～1590）《弇州山人續稿碑傳》
曾贊曰：「諸生不試，難於出；內館不就，難於屈；中丞不就，難
於奪；十年不遷，難於悅。六十棄官，易於退；居約不厭，易於食；
是惟四難復二易，以此歸來獲長世，公能致命復遂志。」〔註 14〕祝
顥爲人易直強毅，爲官耿介不阿，然而歸隱方爲素志，故亦能一改
以論爲詞面貌，作此婉約小詞。同齋爲沈恆之字，即沈周之父。祝
顥七十大壽時，沈周曾賦〈祝大參七十〉詩以祝：「懶參藩政憶漁
磯，七十東還步似飛。自信楚丘吾始壯，莫言工部古來稀。山家看
竹鳩頭杖，雪國尋梅鶴羽衣。今喜高堂對春酒，烏紗白髮兩相輝。」
〔註 15〕從中可以看到祝顥以顯宦致仕而老當益壯的鮮明形象，以及
與吳門友人四處雲遊、頗得安適之心境。此詞背景即爲祝顥與沈恆同
乘一舟，嬉遊尋樂，並有小妓相伴。「綵雲」一語，暗嵌入小妓之
名，並以此爲題，詠物詠人。詞以遊舫水上漂流景況發端：蘭舟才剛
駛離一座春花葳蕤小島，又來到另外一座春意盎然的岩嶼，顯示出作
者與友人一同尋賞春光的愜意。春光引人入勝，然而更有媚人處，作
者折筆一轉，視線轉到主題身上：「綵雲」。綵雲是令人驚豔的，而又
不克把捉的。上片歇拍二句寫的正是綵雲的欲去還留，以及只可遠觀

〔註 14〕〔明〕王世貞：《弇州山人續稿碑傳》，《明代傳記叢刊》本，冊 154，
　　　　頁 632。

〔註 15〕〔明〕沈周：《石田集》，收入《石田先生集》，《明代藝術家集彙刊》
　　　　本（台北：中央圖書館，民國 57 年 7 月初版），七言律三，頁 4 下
　　　　～5 上。

而不可褻玩的幽然神秘感。換頭二句，承上片句意，試圖描述綵雲的丰姿：臉龐有如桃花般豔麗，猶如崔護詩「人面桃花相映紅」；〔註16〕體態有如柳絮般輕盈，猶如杜牧〈贈別〉詩「楚腰纖細掌中輕」。綵雲輕柔，東風一吹起，就立刻隨之飛去。歇拍二句，白居易〈花非花〉云：「去似朝雲無覓處。」宋玉〈高唐賦〉云：「妾在巫山之陽，高丘之阻。且爲朝雲，暮爲行雨。朝朝暮暮，陽臺之下。」〔註17〕寫法不同於傳統之男子作閨音，而以男子爲主體，女子僅是被感知的對象；使用二典故，男子主觀地表達他對於綵雲的眷慕，以及對綵雲離去的不捨。

祝顥現存的三闋詞正好表現了二種情調迥異的詞境。前二闋以論爲詞，意境開闊，其中所包含的時代精神，和沈周、文徵明倡和之〈滿江紅〉同調。另一闋嬉遊詞，走筆細膩多情，表現了吳門文人典型的生活方式與審美趣味。明代妓女在吳門詞人心中的伴遊形象，在此也有所展示，而在後來祝允明、唐寅等人的筆下，將會有更多的發揮。

二、徐有貞

徐有貞（1407～1472），字元武，初名珵，字元玉，號天全居士、天全翁，吳縣人。祝允明之外祖父。徐有貞長女嫁祝顥之子祝瓛，生祝允明。短小精悍，穎敏絕世。明宣宗宣德八年（1433）年進士，〔註18〕選庶吉士，授翰林編修。明英宗正統十四年（1449），土

〔註16〕〔唐〕孟棨：《本事詩》，《歷代詩話續編》本（北京：中華書局，1983年8月第1版，2001年8月北京第4刷），頁11。崔護詩不見收於《全唐詩》中。

〔註17〕〔梁〕昭明太子：《文選》（台北：華正書局，民國84年10月），卷19，頁265。

〔註18〕王兆雲《皇明人物詞林考》，《明代傳記叢刊》本，冊16，頁441～448、項篤壽《今獻備遺》，《明代傳記叢刊》本，冊31，頁443～450、汪國楠《皇明名臣言行錄新編》，《明代傳記叢刊》本，冊47，頁219～228作「宣德甲寅」進士，即宣德九年，當誤。

木之變，往鎮彰德。陞侍講，歷春坊、諭德，擢右僉都御史，治河於張秋。治水有成，遷左副都御史。天順改元（1457），以助明英宗復辟有功，即拜華蓋殿大學士、兵部尚書，掌內閣事，封武功伯。未幾，由於曹吉祥與石亨之讒，遂下獄，謫戍雲南金齒。天順四年（1460）冬，得上赦還。隱退吳門十餘年，與祝顥、劉珏等更迭倡和，遍遊諸山水。明憲宗成化元年（1465），上賜冠帶閒住。猶思復用，竟鬱鬱不得志而卒。文武兼備，凡天文、地理、河渠、兵法、禮樂、刑律、巫卜、醫藥之書，無不通曉，以其志在經濟也。嘗言：「左邊堆數十萬金，右邊殺人流血，目不轉睛者，真宰相也。」〔註19〕耿直剛強如此。然心術陰險，明英宗復辟後，曾上言議殺于謙，朝野側目。詩文取通達，不屑為雕章飾句。書法古雅雄健，名重當時。登山臨水，釃酒悲歌，筆墨淋漓，流傳紙貴。風流儒雅，世人所推。有《武功集》、《史斷》。〔註20〕

〔註19〕 此與岳飛語略似：「文臣不愛錢，武臣不惜死，天下平矣。」見《宋史‧岳飛傳》卷365。從徐有貞語可見出其氣魄雄大、自負文武兼備。

〔註20〕 此處徐有貞生平簡述，參考以下資料而成：〔清〕朱彝尊：《靜志居詩話》，《明代傳記叢刊》本，冊8，頁605～606；〔清〕錢謙益：《列朝詩集小傳》，《明代傳記叢刊》本，冊11，頁243～244；〔清〕陳田：《明詩紀事》，《明代傳記叢刊》本，冊13，頁256～257；〔明〕王兆雲：《皇明詞林人物考》，《明代傳記叢刊》本，冊16，頁441～448；〔明〕廖道南：《殿閣詞林記列傳》，《明代傳記叢刊》本，冊18，頁87～92；〔明〕李紹文：《皇明世說新語》，《明代傳記叢刊》本，冊22，頁97、117、205、275～276；〔明〕雷禮：《內閣行實》，《明代傳記叢刊》本，冊27，頁298～315；〔明〕袁褧：《皇明獻實》，《明代傳記叢刊》本，冊30，頁469～479；〔明〕項篤壽：《今獻備遺》，《明代傳記叢刊》本，冊31，頁443～450；〔明〕雷禮：《國朝列卿紀》，《明代傳記叢刊》本，冊32，頁619～635；冊37，頁684～685；冊38，頁570～576；〔明〕王世貞：《明卿續紀》，《明代傳記叢刊》本，冊42，頁98～102；〔明〕汪國楠：《皇明名臣言行錄新編》，《明代傳記叢刊》本，冊47，頁219～228；明吏部：《明功臣襲封底簿》，《明代傳記叢刊》本，冊55，頁355～356；〔明〕朱謀垔：《續書史會要》，《明代傳記叢刊》本，冊72，頁410；〔明〕何喬遠：《名山藏列傳》，《明代傳記叢刊》本，冊74，頁586～587；

　　徐有貞現存詞凡十闋。四庫全書本《武功集》所存詩文均爲其在朝時作，未見存詞。〔明〕俞弁《逸老堂詩話》云：「又見賦中秋月一闋……（詞略）天全文集中皆不載，是以知散逸詩文尤多。」〔註21〕信然。《全明詞》據〔清〕蔡澄《雞窗叢話》輯出八闋。《雞窗叢話》所存者，非蔡澄所錄，乃翁廣平鈔附於後。〔註22〕此外，從〔明〕張萱《西園聞見錄》、〔明〕俞弁《逸老堂詩話》書中，尚可得逸詞二闋。《全明詞》另錄一人徐元玉者，有〈千秋歲引〉（風攪柳綿）一詞，〔註23〕與徐有貞詞重出，殊不知徐元玉即徐有貞也。

（一）寓不平於閑雅

　　細觀徐有貞詞中內容，今存者似乎皆爲晚年致仕歸隱吳門後所作，多閑居之意。如其〈滿庭芳〉詞序所言：「明古載酒過余，飲間

冊 75，頁 721～734；〔明〕鄧球：《皇明泳化類編列傳》，《明代傳記叢刊》本，冊81，頁 54～60；〔明〕尹守衡：《明史竊列傳》，《明代傳記叢刊》本，冊 84，頁 281～288；〔清〕查繼佐：《罪惟錄列傳》，《明代傳記叢刊》本，冊 86，頁 365～367；〔清〕傅維麟：《明書列傳》，《明代傳記叢刊》本，冊 87，頁 805～809；〔清〕徐乾學等：《徐本明史列傳》，《明代傳記叢刊》本，冊 91，頁 63～71；〔清〕王鴻緒等：《明史稿列傳》，《明代傳記叢刊》本，冊 95，頁 511～513；〔清〕張廷玉等：《明史列傳》，《明代傳記叢刊》本，冊 99，頁 417～420；〔明〕李贄：《續藏書》，《明代傳記叢刊》本，冊 106，頁 286～287；〔明〕王世貞：〈武功伯徐有貞傳〉，收入〔明〕焦竑：《國朝獻徵錄》，《明代傳記叢刊》本，冊 109，頁 346～349；〔明〕焦竑：《皇明人物考》，《明代傳記叢刊》本，冊 115，頁 131～132；〔明〕張萱：《西園聞見錄》，《明代傳記叢刊》本，冊 116，頁 696；冊 117，頁 776～777；冊 118，頁 429～430；冊 122，頁 343；冊 123，頁 425～428；〔明〕過庭訓：《明分省人物考》，《明代傳記叢刊》本，冊 131，頁 259～263；〔明〕劉鳳：《續吳先賢讚》，《明代傳記叢刊》本，冊 148，頁 367～380；〔明〕王世貞：《弇州山人續稿碑傳》，《明代傳記叢刊》本，冊 151，頁 613～623；冊 154，頁 628～630；〔清〕湯斌撰；〔清〕田蘭芳評：《擬明史稿列傳》，《明代傳記叢刊》本，冊 158，頁 553～563。

〔註21〕〔明〕俞弁：《逸老堂詩話》，《續修四庫全書》，冊 1695，卷下。
〔註22〕參本節下文之討論。
〔註23〕饒宗頤、張璋：《全明詞》，冊 5，頁 2571。

偶及詞話，因書此數闋與之。」明古，史鑑之字。在友朋酬飲之間，徐有貞將填詞之事當作閑暇談資之一種，隱然可見。不止如此，填詞還與書法結合在一起，兩種藝術形式相得益彰，體現出文人風流的審美趣味。王世貞〈跋徐天全詞〉云：

> 天全翁自金齒還吳十餘年，多游吳中諸山水，醉後輒作小詞，宛然晏元獻、辛稼軒家語，風流自賞。詞成，輒復爲故人書之，書法遒勁縱逸，得素師屋漏痕法。此卷蓋以貽吳江史明古者。詞筆俱合作，後有吳文定、沈啓南二跋，亦可寶也。〔註24〕

自天順四年（1460）冬，徐有貞從雲南金齒赦還，至成化八年（1472）卒於吳門，多與友人交遊賡酬，留連山水。其書法亦爲吳門名家，草書尤奇，「如劍客醉舞，儌儌中有俠氣」，〔註25〕通脫縱逸，自負入神，外孫祝允明則爲有明一代狂草聖手。祝允明〈寫各體書，與顧司勳後系〉云：「僕學書苦無積累功，所幸獨蒙先人之教，自髫卝以來，絕不令學近時書，目所接皆晉唐帖也。」〔註26〕祝允明所謂先人，徐有貞必在其中矣。此一王世貞所題跋之徐有貞詞跡，乃徐有貞書以貽史鑑者，上有沈周、吳寬二跋，即徐有貞〈滿庭芳〉詞序所云「書此數闋與之」者。考蔡澄《雞窗叢話》云：

> 石田先生以詩文書畫重於世，而倚聲爲小詞，亦蘇辛之勁敵也。其題徐武功自書詞後曰：「……（沈周詞略）武功先生諸詞慷慨激烈，歌之風生江動，可見其胸抱如此。濟之妙草，字字飛舉，信爲後輩師法。德徵徵題，填〈滿江紅〉一闋，在寫先生之所以進退者，殊不顧於形穢矣。後學沈

〔註24〕〔明〕王世貞：《弇州山人四部稿》，《明代論著叢刊》本（台北：偉文圖書出版社有限公司，民國65年6月），卷131，頁12上。

〔註25〕〔明〕王世貞：《弇州山人四部稿》，《明代論著叢刊》本，卷131，頁12上。

〔註26〕〔明〕祝允明：《祝氏集略》，收入《祝氏詩文集》，《明代藝術家集彙刊續集》本（台北：國立中央圖書館，民國60年6月初版），卷26，頁17上。

周敬題。」又有鮑庵先生跋，亦佳，云：「長短句莫盛於宋
人，若我鄉天全翁，其庶幾者也。翁自蒙賜環後，放情山
水，有所感歎，悉於詞發之。既沒，而前輩風流文采寥寥
乎不可見矣。明古舊爲翁所知愛，得此數篇，示余於光福
舟中。酒酣相與歌一二闋，山風水月，有不勝其慨然者矣。」
吳寬題此冊徐武功書贈史明古者，余於吳城骨董肆見之，
詞既淋漓感慨，草法亦復怪偉飛動，眞可寶貴也。惜余僅
錄其沈、吳二題，未錄武功之詞。蓋此數闋，《武功集》中
所無有也，今不知爲何人所藏弄云。〔註27〕

此段文字之下，翁廣平爲之注云：〔註28〕

平憶三十年前，吾里有施姓者，藏此冊。黃溪史體仁，明
古後裔也。欲以米三石易之，而不果。後二十年，里中吳
餘莊得之，出以示余，因得盡錄之附此。卷首有四篆書，
書後有石田題詞、鮑翁跋。……（徐有貞詞略）〔註29〕

是知蔡澄《雞窗叢話》存詞八闋，非蔡澄所錄，爲翁廣平機緣遭逢，
鈔附其後者。雖然蔡澄曾見眞跡，但只鈔下沈周、吳寬二跋，均賴翁
廣平之功，徐有貞詞得以流傳。翁廣平所見者，即王世貞〈跋徐天全
詞〉所跋者。案《雞窗叢話》所存沈周題跋，沈周曾賦一闋〈滿江紅〉
於此詞跡之後。沈周〈滿江紅·題徐武功自書詞後〉云：

數闋高篇，寓多少、憂悲愉懌。怕臨窗、一番歌處，一番
沾臆。扶日擎天樞閣手，千山萬水滇池跡。信君恩、未可
恃長存，還消息。　　人去也，天南北。人雖在，天咫尺。

〔註27〕〔清〕蔡澄：《雞窗叢話》，《筆記續編》本（台北：廣文書局，民國
58年9月初版），頁28上～28下。

〔註28〕〔清〕黃丕烈〈雞窗叢話跋〉云：「……既而晤平望翁海村，云：『此
見《雞窗叢話》……』遂從海村假得錄副，以資流覽云。（黃丕烈自
注云：『卷中細註「平案」者，蓋海村名廣平，故云然。』）……
翁海村，名廣平，生平喜搜羅海外諸國書，曾有《吾妻鏡補》之
輯。……」見〔清〕蔡澄：《雞窗叢話》，《筆記續編》本，頁37上
～38上。

〔註29〕〔清〕蔡澄：《雞窗叢話》，《筆記續編》本，頁28下～29上。

總浮雲滿眼，此心難隔。雨露新環銜鳳口，風雲歸路開鵬
翼。好家山、何故又仙游，華胥國。

案沈周題跋，此詞之作，緣起於史永齡索題徐有貞詞跡。史永齡，字
德徵，史鑑之子，沈周之婿。又案「好家山、何故又仙游，華胥國」
語意，惜其溘逝，則此詞當作於徐有貞過世不久。據吳寬〈徐有貞墓
志銘〉，徐有貞死於成化八年（1472）七月十五日，則此詞當繫於此
年。沈周此詞與另一闋作於明憲宗成化十八年（1482）的〈水龍吟‧
和武功先生韻〉，均對這位吳門前輩表達了慨歎可惜之意。沈周〈水
龍吟‧和武功先生韻〉詞序亦云：「前〈水龍吟〉詞一闋，蓋天全先
生游靈岩而作。先生自謂超妙，嘗書示周一紙，此作其副本也，今歸
恥齋所。先生觀化已十年，予每登山臨水，輒歌此詞，若見先生於乘
風御氣之間。招之不得，涕淚隨之，先生亦必知周於冥冥中也。恥齋
求予文綾著色小景，補為引首連裝卷，因妄賡其韻，以寄懷賢之思。」
徐有貞詞中寓意，沈周是知之甚深的。此詞寫徐有貞「之所以進退
者」，其中數句直指徐有貞詞核心，可謂沈周之論詞詞。開頭「數闋
高篇，寓多少、憂悲愉懌」兩句，是對徐有貞詞的總評。正因為詞中
所寫悲歡交雜，故言其「一番歌處」，足以抒情暢意，亦是「一番沾
臆」，可以抉幽感懷。「扶日擎天樞閣手」句，謂其昔曾位極人臣；「千
山萬水滇池跡」句，謂其後來貶謫雲南金齒；「信君恩、未可恃長存，
還消息」二句，謂其身世大起於復辟、大落於眾讒，從其詞作中可以
探出許多君恩難恃之消息。下片言其詞作中的魏闕之思。「人去也，
天南北」，謂其歸隱吳門，與朝廷南北遠離；「人雖在，天咫尺」，「天
咫尺」用〈玉漏遲‧暮春寄感〉成句，謂其雖然有志報國，卻無緣再
復，與朝廷咫尺天涯。「總浮雲滿眼，此心難隔」，謂朝廷中小人圍繞，
而徐有貞雖然遠謫，卻始終心繫君恩，其詞中之憂讒畏譏，明白可見。
「雨露新環銜鳳口，風雲歸路開鵬翼」，上句較為費解，「環」字諧音
「還」，吳寬題跋亦云：「翁自蒙賜環後，放情山水，有所感歎，悉於
詞發之。」而整句典出〔漢〕焦贛《易林‧泰之益》：「鳳凰銜書，賜

我玄珪，封爲晉侯。」〔註30〕比喻朝廷使者持送詔書，降下聖恩如甘霖雨露，赦免遠謫雲南的徐有貞；下句語本《莊子·逍遙遊》：「鵬之背，不知其幾千里也；怒而飛，其翼若垂天之雲。是鳥也，海運將徙於南冥。南冥者，天池也。」〔註31〕比喻徐有貞在歸返故里的路上，心情有如雨過天青，沈周〈喜徐武功伯召歸〉亦云：「萬里南出遠，三年歸路通。江山無逐跡，天地有春風。」〔註32〕重振鵬翼以翱翔，充滿了興奮之情，是故下句接著說「好家山」。「鵬翼」亦有暗指徐有貞心中期待復用之意。「好家山、何故又仙游，華胥國」，「華胥國」典出《列子·黃帝》：「（黃帝）晝寢而夢，遊於華胥氏之國。」〔註33〕本指夢境，此則婉轉言其死；吳門自有好山水可供清賞，而詞人卻志非在此，在現實中追求不得，只能在死後往西方淨土追尋另一個理想國。沈周這闋論詞詞堪稱徐有貞詞之確評。此詞尚可與沈周、文徵明倡和之〈滿江紅〉相參看，可得深意。

　　徐有貞優遊宴飲之際，輒以塡詞爲樂，如其〈滿庭芳〉，便爲顯例：「水長新波，山橫爽氣，朝來宿雨初晴。動人清興，紫翠眼中明。天也教吾快活，要遊處、便與完成。最好是，一峰送過，又見一峰迎。　　有舟中絃管，車前歌吹，隨飲隨行。路旁人覷了，還笑還驚。道是神仙來也，不道是個老儒生。知誰解，浮沈綠野，裴度晚年情。」整闋詞一派欣喜暢快氣氛。然而，在接近歇拍處，詞人還是不禁透露出：在此種退居消遣的背後，內心所潛藏著的鬱悶不得意。表面上快樂似神仙，實際上卻是一個念念不忘朝廷的老儒生。裴度曾任

〔註30〕〔漢〕焦贛：《易林》，《四庫備要》本（台北：台灣中華書局，不著出版年月），卷3，頁15下。

〔註31〕〔清〕郭慶藩：《莊子集釋》（台北縣：漢京文化事業有限公司，民國72年9月28日初版），卷1上，頁2。

〔註32〕〔明〕沈周：《石田稿》，頁16。轉引自陳正宏：《沈周年譜》（上海：復旦大學出版社，1993年12月初版第1刷），頁66。

〔註33〕〔晉〕張湛注：《列子》（上海：上海書店，1986年7月第1版，1992年6月自第2刷），卷2，頁13。

唐朝宰相，立朝三十年，但因宦官擅權，被迫退隱於洛陽，遂築綠野堂，自放於山水之間。徐有貞引裴度以爲自喻，良有其故。再看其〈桂枝香〉云：

> 登高勝事。此會比常年，倍多佳趣。舉子初回，且喜見兒和婿。況是清秋好天氣。十分情、十分景致。奇峰千疊，淡雲一抹，恰似素綃籠翠。　黃花也、自知時序。故向霜前，半開半閉。開閉之間，又是一番新意。曩來豪傑今存幾。休管他、陶醒孟醉。不如與箇，風流謝傅，東山遊戲。

其詞序云：「辛卯重陽，天平登高作，示兒子世良及婿蘊章。」案此辛卯重陽，當指晚年之成化七年（1471）九月九日，徐有貞六十五歲。天平山，爲吳門名山、文人遊所。世良，即其獨子（1446〜1502），初名鑄，後改名世良，字嗣勳。〔註34〕蘊章，疑即其三婿朱琇之字，〔註35〕非長婿祝瓛之字。〔註36〕祝允明〈徐氏三外弟字訓〉云：「外大父武功府君既歸閒，樂天觀生，無不自得。游放歌咏，融融泄泄。」〔註37〕詞人於重陽登天平山，歡快之餘，遂有此作。起首「登高勝事」一句便直接點出題目。但是重陽節年年登高，本年卻比

〔註34〕參祝允明〈昭武將軍上輕車都尉錦衣衛指揮使徐公碑〉。見〔明〕祝允明：《祝氏集略》，收入《祝氏詩文集》，《明代藝術家集彙刊續集》本（台北：國立中央圖書館，民國 60 年 6 月初版），卷 15，頁 4 上〜5 下。

〔註35〕吳寬〈天全先生徐公行狀〉云：「女六人，長適祝瓛，……」見〔明〕吳寬：《匏翁家藏集》，卷 58，頁。祝允明〈顯妣武功伯夫人蔡氏祔葬誌〉云：「女五，長嫁祝某，次樂亭縣知縣蔣廷櫃，次朱琇，次王瓚，次濼州知州潘齡，皆顯宦。」見〔明〕祝允明：《祝氏集略》，收入《祝氏詩文集》，《明代藝術家集彙刊續集》本，卷 15，頁 6 上〜6 下。

〔註36〕《故宮周刊》第 327 至 329 期連載〈祝枝山手書狀〉：「先考諱瓛，字信夫，號仁齋。」

〔註37〕〔明〕祝允明：《祝氏文集》，收入《祝氏詩文集》，《明代藝術家集彙刊續集》本（台北：國立中央圖書館，民國 60 年 6 月初版），卷 7，頁 4 下。

往年擁有更多佳趣，這是因爲三點：所謂「舉子初回」，指的便是作者自己。本年登高，距其赦歸之日已有十一年，自言初回，雖可解爲作者誇飾其心情，但應不至於過份不符合事實。此詞或非成化七年所作。「辛卯」疑爲「辛巳」之誤。辛巳爲天順五年（1461）。證之以詞，則所謂「舉子初回」，言其得赦甫歸也；「黃花也、自知時序」，言其在石亨、曹吉祥敗後，歸隱吳門，正得其時也；皆顯示此詞當作於返吳不久之後。石亨詔獄，曹吉祥策反，相繼敗後，徐有貞得赦歸來，遂自號天全，足見自幸。其次，今年又有兒子與女婿相伴，頗具天倫之樂。人事之可喜者如此。再者，眼前金秋山水亦極清明，堪供清賞。所謂「十分情、十分景致」，頗具辛棄疾〈賀新郎〉「我見青山多嫵媚，料青山、見我應如是。情與貌，略相似」〔註38〕意味，心懷亦相仿。上片歇拍「奇峰千疊，淡雲一抹，恰似素綃籠翠」三句，純作寫景，乃爲補足上語而有者，白描平淺。換頭言菊花，有自比之意。菊花象徵隱逸。菊花能知時序而開放，則作者亦能通世變而歸隱也。菊花在秋霜之下，半開半放，寫的是作者眼中實景；而看在作者眼底，則又有另一分感想。所生何想？古今豪傑家國興敗之事也。以其胸存經濟大志，一度位極人臣，後來又幾死他鄉，終於歸返故里的不凡人生，「巋來豪傑今存幾」這句話說得無限沉重。這一切恍如隔世，姑且暢飲開懷。「陶醒孟醉」，用陶淵明、孟浩然兩位隱逸詩人的典故。陶淵明〈飲酒〉其五云：「結廬在人境，而無車馬喧。問君何能爾？心遠地自偏。採菊東籬下，悠然見南山。山氣日夕佳，飛鳥相與還。此中有真意，欲辨已忘言。」〔註39〕李白詩〈贈孟浩然〉云：「吾愛孟夫子，風流天下聞。紅顏棄軒冕，白首臥松雲。醉月頻中聖，迷花不事君。高山安可仰，徒此挹清芬。」〔註40〕就和陶淵明、孟浩然一

〔註38〕唐圭璋等：《全宋詞》（北京：中華書局，1999 年 1 月新 1 版北京第 1 刷），冊 3，頁 2470。

〔註39〕〔晉〕陶淵明著；袁行霈箋注：《陶淵明集箋注》（北京：中華書局，2003 年 4 月第 1 版北京第 1 刷），頁 247。

〔註40〕中華書局：《全唐詩》（北京：中華書局，1960 年 4 月第 1 版，1996

般，飲酒賞菊。豪傑立功之事不可恃，且放懷暢飲，休管醒醉，但詞人猶嫌不足，還要像謝安般休憩東山，風流遊戲，也有在歇拍處呼應題旨重陽登高之作用。作者似乎看開塵囂，其實又不然。據《晉書·謝安傳》：謝安早年辭官隱居於故鄉會稽之東山，朝廷屢徵，方再出仕，爲朝廷棟樑；雖有歸隱之心，最後還是齎志以沒。〔註41〕詞人以之爲鑑，盡情玩賞風光，似乎說得灑脫。然而「不如」二字，則又注入了許多悲慨。

王世貞〈跋徐天全詞〉以爲徐有貞詞可比晏殊、辛棄疾。若與晏殊相比，二者略爲不同。晏殊一生安適，惟晚年遭受輕微挫折而已，不似徐有貞之大起大落，屢問生死關頭，故其詞亦表現爲一種寓不平於閑逸之氣象。錢謙益《列朝詩集小傳》云：「晚遭屏廢，放情絃管泉石之間，好作長短句，以抒寫其抑塞激昂感慨，有辛稼軒、劉改之之風。」〔註42〕此語較爲近實。與劉過比，身世迥庭，與辛棄疾比，則可以相彷彿。辛棄疾早年身負大志，曾率二千兵馬加入耿京起義軍。耿京被害後，又直取金營，生擒張安國而南渡。南渡後，卻報國無路，曾閒居上饒、鉛山二十年。晚年雖任地方官，才幹亦不得施展，鬱鬱而終。和辛棄疾晚年復仕一樣，徐有貞赦歸吳門數年後，明憲宗曾賜冠帶閒住，激起了他原有的豪情。同樣說盡歸隱山水之情趣，卻念念難忘於魏闕之上。詞人曾寫梅花以象徵。其〈如夢令·歲寒意〉云：「桃李溪空如掃。何處去尋芳草。蕙也化爲茅，誰與歲寒相保。休惱。休惱。尚有梅花伴老。」寫的便是一片歲寒山水，使人感發出心中眞實。表面上似是留連山水，尋歡作樂，但其所尋另有意指：天氣凜冽，桃李蕙蘭都謝盡了，芳草無尋，但還有不凋的梅花可以相依；梅之堅忍，同時也象徵作者的壯志不改。另一闋〈如夢令〉

年 1 月第 6 刷），冊 5，卷 168，頁 1731。

〔註41〕參楊家駱：《新校本晉書並附編六種》（台北：鼎文書局，民國 65 年10 月初版），卷 79，頁 2072～2077。

〔註42〕〔清〕錢謙益：《列朝詩集小傳》，《明代傳記叢刊》本，冊 11，頁244。

又云：「春意欲透未透。悶把野梅頻嗅。正自不禁寒，更那堪、風僝雨僽。將就。將就。還有晴明時候。」詞人嗅著在野的梅花，就是愛惜著自己深藏待放的清香。只要忍過了嚴寒風雨的冬末，便是所謂的「還有晴明時候」，也就是那即將來到的春天。從這二闋詞中，我們可以看到詞人心中對於君恩的莫大期待。

　　詞人寫梅花之堅忍，以及對於春意的期待，但隨著歲月流轉，詞人所等待的春天並沒有再次來臨，而君恩也沒有再次寵降。〔明〕張萱《西園聞見錄》記載徐有貞晚年一故事云：

> 徐武功有貞自金齒赦歸，復冀召用，夜觀天象，見將星在吳地，謂己可以當之。每早起，輒舞鐵鞭數十回，以當運甓。及聞韓襄毅鎮兩廣，乃投鞭太息曰：「孺子亦能將乎？吾已矣！」居常鞅鞅，酒醉則遶屋馳走，連聲呼曰：「人不知我！」〔註43〕

詞人通天文卜算，以為有復用之日，遂每日早起，舞鐵鞭以效陶侃搬磚瓦，強身以備。及知天象所應竟在韓雍，詞人侘傺失落之際，發出「人不知我」一語，感嘆深矣。其題為「暮春寄感」的兩闋詞：

> 東君將去也，有誰知得，一些消息。挽不回來，恨殺柳條無力。紅紫紛飛，但連天芳草，斷人行跡。堪歎哄。歸燕迷巢，遺雛未翼。　　想是花萼樓空，比南內、更加愁寂。春鎖重門，不管落花狼籍。高樹半遮西日，雲破處、遠山微碧。天咫尺。多少相思相憶。（〈玉漏遲·暮春寄感〉）

> 風攪柳綿，雨揉花纈。早過了、清明時節。新來燕子語何多，老去鶯兒飛未歇。鞦韆院，蹴踘場，人蹤絕。　　踏青拾翠都休說。是誰走馬章臺雪。是誰簫弄秦樓月。從前已自無情緒，可奈而今更離別。一回頭，人千里，腸百結。（〈千秋歲引·詞意同前〉）

詞人在這兩闋詞中所傳達的春意，已經從對於未來的期待，轉變為對

於時光的易逝以及過去的追懷；暮春，其作用和菊花、梅花一樣，皆
是詞人之自喻。所謂「東君將去也，有誰知得，一些消息」（〈玉漏
遲〉）、「早過了、清明時節」（〈千秋歲引〉），春天正是在無聲無息中
消失了一大半的；人居其間，是「挽不回來，恨殺柳條無力」（〈玉漏
遲〉），是徹底地無能爲力了。「但連天芳草，斷人行跡」（〈玉漏遲〉）
兩句，縮合柳永〈鳳棲梧〉「望極春愁，黯黯生天際」以及秦觀〈滿
庭芳〉「天黏衰草」意思，表示遙遙無盡的盼望；其內涵與「鞦韆
院，蹴踘場，人蹤絕」（〈千秋歲引〉）三句之睹物思人，可以相比
擬。〈玉漏遲〉上片第九句「哄」字，疑爲「噴」字之誤刻，惋惜之
聲也。「堪嘆噴」可謂這兩闋詞之關鍵。暮春所以寄感，因之「堪嘆
噴」也。試比較晏殊與徐有貞詞：晏殊〈浣溪沙〉云：「無可奈何花
落去，似曾相識燕歸來。」〔註44〕是客觀審視人生的思致。徐有貞
〈千秋歲引〉云：「新來燕子語何多，老去鶯兒飛未歇。」則是主觀
移情作用；沈際飛《草堂詩餘新集》評云：「佳對不羨花落燕歸之
工。」〔註45〕對於新燕嘈雜的煩厭，以及老鶯仍然振翅交飛的描
述，正是表示雖然後生輩出，但詞人自信寶刀未老，不服年邁，猶期
見用。其〈玉漏遲〉又云：「歸燕迷巢，遺雛未翼。」雙燕迷失了歸
巢的路，無法翼護巢中的雛鳥，雛鳥無法自養，其夭折則又意料中
事矣。歸燕譬如返鄉隱逸的詞人，生活和樂則和樂矣，然非其宿
願，是以有所迷；宿願在於見用，然而時不人予，詞人用「未」字，
可見雛鳥雖有高翔之志，亦無振翅之日了。其〈臨江仙・對景寫懷〉
云：「歲歲看花看不厭，與花似有因緣。一尊相對且留連。花有重
開日，人無再少年。　　關情最是花間月，陰晴圓缺堪憐。時光有
限意無邊。安得人長老，花長好、月長圓。」所表達者，與此二詞
上片所言，十分相似。沈際飛《草堂詩餘新集》曾評〈臨江仙〉云：

〔註44〕唐圭璋等：《全宋詞》，冊1，頁112。

〔註45〕〔明〕沈際飛：《草堂詩餘新集》，收入《古香岑草堂詩餘四集》（明
　　　　崇禎間太末翁少麓刊本），卷3。

「感慨矣，不待終篇。」〔註46〕此語可移於〈玉漏遲〉、〈千秋歲引〉二詞。

　　在兩詞之下片，詞人對於朝廷君恩之思念，更全盤托出。先看〈玉漏遲〉一闋。承上片歇拍之「歸燕迷巢，遺雛未翼」，詞人報君之志意無法完成，故換頭言「想是花萼樓空，比南內、更加愁寂。」花萼樓，指唐玄宗曾於興慶宮西南所建之「花萼相輝之樓」，簡稱花萼樓。南內，指唐玄宗之興慶宮，〔註47〕亦指明英宗所居皇城中的小南城。〔註48〕花萼樓和南內都是皇宮中地名，詞人不遙想其他而遙想皇城，其用意較然能辨，乃有所寓。花萼樓為遊玩之所，南內為憩息之所。同樣之靜默，在原應熱鬧之遊玩之所，比本即安靜之憩息之所，感覺自然更加愁寂。「春鎖重門，不管落花狼籍」兩句，意同〔宋〕李重元〈憶王孫〉之「雨打梨花深閉門」。其所以重鎖深閉，表面句意是不忍見花凋零滿地，深一層意義是，花萼樓借指在野之徐有貞，南內借指朝廷之君主；君上朝門遠隔，不惜詞人在野之赤誠，任其凋零老去，故下文說「高樹半遮西日」。日喻君主，譬如李白〈登金陵鳳凰臺〉即云：「總為浮雲能蔽日，長安不見使人愁。」〔註49〕高樹遮日，一似浮雲蔽日，詞人怨君上為小人所讒，以致屏廢。歇拍幾句，視野漸轉漸遙。「遠山微碧」，則是比喻詞人之歸隱生活。至於山之外的天空，看來似乎只有咫尺之高，事實上卻是天涯之遠。並呼應首句「東君將去」。東君既去，一切足以為計者，惟有相思相憶；君恩亦然。再看〈千秋歲引〉。換頭之踏青拾翠之應節遊

〔註46〕〔明〕沈際飛：《草堂詩餘新集》，收入《古香岑草堂詩餘四集》，卷3。

〔註47〕《新唐書·地理志》：「興慶宮在皇城東南。開元初置，十四年又增廣，謂之南內。」

〔註48〕〔清〕吳長元《宸垣識略》云：「緞疋庫庫神廟在內東華門外小南城，名裏新庫，即明英宗所居之南內，永樂中所謂東苑也。」見〔清〕吳長元：《宸垣識略》（北京：北京古籍出版社，1983年12月第1版，2001年2月第2刷），卷3，頁44。

〔註49〕中華書局：《全唐詩》，冊6，卷180，頁1836。

戲，呼應上片之清明節，並承上片歇拍人蹤滅絕之悽涼處境。「是誰
走馬章臺雪。是誰簫弄秦樓月」兩句，衍伸換頭句意，亦是就上片歇
拍「鞦韆院，蹴踘場，人蹤絕」脈絡而來；「從前已自無情緒」以至
歇拍，皆直陳心緒。秦樓，即秦穆公所造之鳳臺。《列仙傳》云：「簫
史者，秦穆公時人，善吹簫，能致孔雀、白鶴於庭。穆公有女字弄
玉，好之，公遂以女妻焉。爲作鳳臺，止其上不下數年。一旦，皆隨
鳳凰飛去。」〔註50〕章臺、秦樓均指詞人過去宦海得意之日子。青春
一去，連遊戲山水都沒什麼心情了，更何況追憶過去許多的意氣風
發？而想到仔細點檢青春去跡多少之時，青春已經遠隔在千里之
外，徒增詞人心中惆悵，百結其愁腸。如今人在林下，遠離魏闕，已
無復用之日，一切只惹得胸中怨惱鬱結。其〈臨江仙〉云：「心緒悠
悠隨碧浪，良宵空鎖長亭。丁香暗結意中情。月斜門半掩，才聽斷鐘
聲。　　耳畔盟言非草草，十年一夢堪驚。馬蹄何事到神京。小橋松
徑密，山遠路難憑。」同樣感嘆君恩之難得，又可爲此二詞下片之註
腳。再試讀辛棄疾的〈念奴嬌‧書東流村壁〉云：「野棠花落，又匆
匆過了，清明時節。劃地東風欺客夢，一枕雲屏寒怯。曲岸持觴，垂
楊繫馬，此地曾經別。樓空人去，舊遊飛燕能說。　　聞道綺陌東
頭，行人長見，簾底纖纖月。舊恨春江流不斷，新恨雲山千疊。料得
明朝，尊前重見，鏡裏花難折。也應驚問，多少華髮。」〔註51〕比較
之下，徐有貞這兩闋詞的寫法和意旨，與之頗爲相似。同樣以舊物故
地爲樞紐，慨嘆暮春，以及感懷身世；忠悃纏綿，言之拳拳。從以上
數闋詞作的討論，大抵可以整理出徐有貞晚年自赦歸以後在心態上
的改變：從象徵隱逸、安於山水的菊花，到象徵堅忍、猶期復用的梅
花，再到象徵失望失落的暮春。而辛棄疾詞「尊前重見」是日日醉遊
山水，「鏡裏花難折」是惜春不忍凋零，「也應驚問，多少華髮」，是

〔註50〕〔漢〕劉向：《列仙傳》，《百部叢書集成》本（台北：藝文印書館，
　　　　民國54年，影印琳琅密室叢書本），卷上，頁15上。
〔註51〕唐圭璋等：《全宋詞》，冊3，頁2420。

對於自己年華老去的無奈慨歎。辛棄疾詞歇拍這幾句，恰是徐有貞晚年的最佳寫照。

（二）不盡按格

在徐有貞詞中，除了寓有不平之意，尚可注意的一點，是其中在文字形式上所帶有的消遣遊戲趣味。王世貞〈跋靈巖勝游卷〉曾評徐有貞詞云：「其詞不盡按格」〔註52〕不知王世貞所說何據？詞史上第一本詞譜是張綖（1484～1540）的《詩餘圖譜》，編成亦當在徐有貞之後，其時並無任何詞譜可供參考。〔明〕俞彥《爰園詞話》云：

> 詞全以調為主，調全以字之音為主。音有平仄，多必不可移者，間有可移者。仄有平上入，多可移者，間有必不可移者。儻必不可移者，任意出入，則歌時有棘喉澀舌之病。故宋時一調，作者多至數十人，如出一吻。今人既不解歌，而詞家染指，不過小令中調，尚多以律詩手為之，不知孰為音，孰為調，何怪乎詞之亡已。〔註53〕

由於詞樂逸失，不僅詞變成了案頭文學，就連對於詞中字音之平仄不可移者，亦難以分辨。在詞譜被學者研究整理出來，並且廣為運用之前，詞人填詞僅能依照前人平仄、句式、押韻，並雜以對於詩律的理解。若以後來人〔清〕戈載《詞林正韻》、〔註54〕〔清〕陳廷敬、王奕清等《御製詞譜》〔註55〕為準，來檢查徐有貞詞的格律，可以得到如下表格的結果：

〔註52〕〔明〕王世貞：《弇州山人四部稿》，《明代論著叢刊》本，卷131，頁11下。

〔註53〕〔明〕俞彥：《爰園詞話》，《詞話叢編》本，冊1，頁400。

〔註54〕〔清〕戈載：《詞林正韻》（台北：文史哲出版社，民國67年1月3版）。

〔註55〕〔清〕陳廷敬、王奕清等：《康熙詞譜》（長沙：岳麓書社，2000年10月第1版第1刷）。

徐有貞詞不合格律表

不合格律之詞	不合格律之處	說　　　　明
〈桂枝香〉 （登高勝事） 案：用張輯體	「況是清秋好天氣」	「況是清秋好」等字當作「平平仄仄平」。
	「十分情、十分景致」	「景」字當作平。
	「奇峰千疊」	「奇」字當作仄。
	「恰似素綃籠翠」	多二字，當為「仄平平仄」之四字句。
	「黃花也、自知時序」	「黃」字當作仄，「自」字當作平，「時」字當作仄。
	「故向霜前」	少一字，當為「仄仄平平仄」之五字句。
	「半開半閉」	第二個「半」字當作平。
	「開閉之間」	「開」字當作仄。
	「又是一番新意」	「又」字當作平。
	「毊來豪傑今存幾」	「毊」字當作平。
	「休管他、陶醒孟醉」	「休」字當作仄，「管」字當作平，「陶」字當作仄，「孟」字當作平。
	「東山遊戲」	「東」字當作仄。
	押韻	此詞押第三部韻，然「趣」、「序」兩字為第四部，出韻。
〈玉漏遲〉 （東君將去也） 案：上片用吳文英體，下片用滕賓體	「東君將去也」	「東」字當作仄。
	「有誰知得」	「有」字當作平，「知」字當作仄。
	「紅紫紛飛，但連天芳草，斷人行跡」	當作「仄仄平平仄仄，仄平仄、平平平仄」之六字、七字兩句。
	「堪歡哄」	「哄」字應押韻，疑為「嘖」字之誤刻。
	「歸燕迷巢」	俱誤，當作「仄平仄仄」。
	「比南內、更加愁寂」	當為「仄平仄、平平仄」之六字句。
	「春鎖重門」	「春」字當作仄。
	「不管落花狼籍」	「不」字當作平。

	「高樹半遮西日」	「高」字當作仄，「半」字當作平，「西」字當作仄，「日」字不應押韻。
	「雲破處、遠山微碧」	「雲」字當作仄，「遠」字當作平。
	「多少相思相憶」	第一個「相」字當作仄。
	押韻	此詞押第十七部韻，「哄」字疑誤，出韻。「日」字不應押韻而押韻。
〈千秋歲引〉 （風攪柳綿） 案：用王安石體	「雨揉花纈」	「雨」字當作平，「花」字當作仄。
	「早過了、清明時節」	「了」字當作平，「明」字當作仄，此句當作上四下三句法。
	「新來燕子語何多」	「多」字當作仄。
	「老去鶯兒飛未歇」	「去」字當作平，「鶯」字當作仄，「兒」字當作仄，「未」字當作平。
	「踏青拾翠都休說」	「青」字當作仄，「翠」字當作平，「休」字當作仄。
	「是誰走馬章臺雪」	「誰」字當作仄，「馬」字當作平。
	「可奈而今更離別」	「可奈而今更」等字俱誤，當作「平平仄仄平」。
	「腸百結」	「百」字當作平。
〈臨江仙〉 （歲歲看花看不厭） 案：用賀鑄體	「與花似有因緣」	「與」字當作平。
	「花有重開日」	「花」字當作仄，「有」字當作平，「開」字當作仄。
	「人無再少年」	「無」字當作仄，「少」字當作平。
	「安得人長老」	「得」字當作平，「長」字當作仄。
	「花長好、月長圓」	當作「仄平仄仄平平」之五字句。
〈如夢令〉 （春意欲透未透） 案：用李存勗體	「春意欲透未透」	第一個「透」字當作平。
	「更那堪、風僝雨僽」	當作「平仄仄平平仄仄」之六字句。
〈中秋月〉 （中秋月） 案：用李白體	「月到中秋偏皎潔」	「到」字當作平，「秋」字當作仄，「皎」字當作平。
	「偏皎潔」	「皎」字當作平。
	「且喜人間好時節」	「喜」字當作平，「間」字當作仄，「好」字當作平。

	「好時節」	「好」字當作平。
	「顧得年年」	「得」字當作平，第二個「年」字當作仄。
	「常見中秋月」	當作「仄平平仄 平仄」之四字句。
〈滿庭芳〉 （水長新波） 案：上片用晏幾道體，下片用程垓體	「最好是」	「好」字當作平。
	「有舟中絃管」	「有」字當作平，「絃」字當作仄。
	「車前歌吹」	「歌」字當作仄。
	「路旁人覷了」	「旁」字當作仄，「覷」字當作平。
	「道是神仙來也」	「來」字當作仄。
	「不道是個老儒生」	「不」字當作平，此句當作上三下四句法。
〈臨江仙〉 （心緒悠悠隨碧浪） 案：用賀鑄體	「十年一夢堪驚」	「一」字當作平。
〈水龍吟慢〉 （佳麗地、是吾鄉）	全闋	乃徐有貞創調，無前例可循。沈周曾和一詞。此詞格律似為參照〈水龍吟〉眾體，加填一疊而成。以其字數較多，故稱「慢」。

　　根據以上表格，可以整理出徐有貞詞「不按格」之分類凡五：第一，平仄出律。此情形屢見不鮮，其現存詞十闋之中，就有八闋如此。然而，若以詩律的角度來看其平仄出律的狀況，大部分都能夠得到解釋。唯有「況是清秋好天氣」、「十分情、十分景致」、「半開半閉」、「踏青拾翠都休說」、「是誰走馬章臺雪」、「可奈而今更離別」、「與花似有因緣」、「春意欲透未透」、「且喜人間好時節」、「好時節」、「不道是個老儒生」、「十年一夢堪驚」等句，確實亦不合詩律。第二，句式舛異。「恰似素綃籠翠」多二字，當為四字句。「故向霜前」少一字，當為五字句。「紅紫紛飛，但連天芳草，斷人行跡」當作六字、七字兩句。「早過了、清明時節」當作上四下三句法。「花長好、月長圓」當作五字句。「更那堪、風僝雨僽」當作六字句。「常見中秋月」當作四字句。「不道是個老儒生」當作上三下四句法。第三，韻腳出韻。其

〈桂枝香〉（登高勝事），押第三部韻，然「趣」、「序」兩字爲第四部，出韻。其〈玉漏遲〉（東君將去也），押第十七部韻，「哄」字疑誤，〔註56〕出韻，或爲「嘖」之誤刻，「日」字不應押韻而押韻。第四，同一闋中上下片用前人不同體式。陳廷敬、王奕清等《康熙詞譜》整理前人多種體式，而徐有貞某些詞在排除句式問題之後，仍有不盡符合之處。細究之，其故在於同一詞之上下片，分別使用前人不同體式。其〈玉漏遲〉（東君將去也），上片用吳文英體，下片用滕賓體。其〈滿庭芳〉（水長新波），上片用晏幾道體，下片用程垓體。第五，自創新調。其〈水龍吟慢〉（佳麗地、是吾鄉），乃徐有貞創調，並無前例可循。沈周後來曾和一詞，體式大致相同。試比較他詞，此詞格律似爲參照〈水龍吟〉眾體，加塡一疊而成。以其字數較多，故在原詞牌〈水龍吟〉之後加上一個「慢」字。

　　徐有貞塡詞，意在發抒，興之所到，往往縱逸，故不拘格律，也不限形式。這種趨向，還表現爲形同文字遊戲的雜體詞。上溯雜體詩的歷史，由來已久。宋朝以詞體爲一代之文學，也發展出雜體詞，譬如蘇軾即以好作檃括、集句聞名。徐有貞所塡之雜體詞，通稱連環格，即首尾相接，彼此頂眞，有如連環。其連環格有二闋，分別屬於二種。第一種是使用字詞以頂眞。其〈中秋月〉云：

　　　　中秋月。月到中秋偏皎潔。偏皎潔。知有多少，陰晴圓
　　　　缺。　　陰晴圓缺都休説。且喜人間好時節。好時節。願
　　　　得年年，常見中秋月。

其詞序云：「八月望夕賞月之作。調寓唐人〈憶秦娥〉，譜爲連環格，因首尾句，易名〈中秋月〉云。」此詞所賦主題爲中秋月，而開頭和結尾也都是「中秋月」三字，所以將原來的詞牌〈憶秦娥〉，改爲〈中秋月〉。隨興如此。此詞之頂眞，並非每句皆有。上片第一句以「月」字作結，第二句則以「月」字起首。上片第二句以「偏皎潔」作結，第三句則接以「偏皎潔」。上片以「陰晴圓缺」作爲歇拍，下片則以

〔註56〕饒宗頤、張璋《全明詞》案：「『哄』疑誤，此處應韻。」見頁262。

－129－

「陰晴圓缺」作爲換頭。下片第二句以「好時節」作結，第三句則接以「好時節」。下片以「中秋月」作爲歇拍，又相接上片開頭之「中秋月」。

第二種是離析字形以頂眞。其〈臨江仙〉云：

心緒悠悠隨碧浪，良宵空鎖長亭。丁香暗結意中情。月斜門半掩，才聽斷鐘聲。　　耳畔盟言非草草，十年一夢堪驚。馬蹄何事到神京。小橋松徑密，山遠路難憑。

〔明〕俞弁《逸老堂詩話》云：「近見天全翁徐武功墨跡一卷于友人家，筆劃遒勁可愛，其詞……（詞略）其詞句句首尾字相連續，故名之曰『玉連環』。想此體格自天全翁始。」〔註57〕上片第一句以「浪」字作結，第二句以「良」字起首，「良」字乃從「浪」字離析部件而來。上片第二句以「亭」字作結，第三句以「丁」字起首，「丁」字乃從「亭」字離析部件而來。上片第三句以「情」字作結，第四句以「月」字起首，「月」字乃從「情」字離析部件而來。上片第四句以「掩」字作結，歇拍以「才」字起首，「才」字乃從「掩」字離析部件而來。上片歇拍以「聲」字作結，下片換頭以「耳」字起首，「耳」字乃從「聲」字離析部件而來。下片換頭以「草」字作結，第二句以「十」字起首，「十」字乃從「草」字離析部件而來。下片第二句以「驚」字作結，第三句以「馬」字起首，「馬」字乃從「驚」字離析部件而來。下片第三句以「京」字作結，第四句以「小」字起首，「小」字乃從「京」字離析部件而來。下片第四句以「密」字作結，歇拍以「山」字起首，「山」字乃從「密」字離析部件而來。下片歇拍以「憑」字作結，上片開頭以「心」字起首，「心」字乃從「憑」字離析部件而來，又回頭相接。雜體詩之連環格，早在先秦之時已有。〔註58〕至於詞中離析字形以頂眞的連環格，俞弁謂創於徐有貞，仍有待查考。

〔註57〕〔明〕俞弁：《逸老堂詩話》，卷下。

〔註58〕參鄢化志：《中國古代雜體詩通論》（北京：北京大學出版社，2001年6月第1版第1刷），頁156。

　　徐有貞詞以抒懷表意爲主，敘山水之樂、心中之情，所展現者可以看出吳門詞派另外的文人審美趣味趨向。詞體與書法的結合，代表文人的風流自賞將詞體在藝術形式上有所提升。文人意趣不只是文學與書法的結合，其後沈周等吳門畫派健將，並且成熟地向文學、書法、繪畫的三體合一發展；以多重的藝術形式，在平面的紙張上表達繁複的美感。此外，徐有貞將文字遊戲帶入詞體，使之趣味世俗化、具消遣作用，亦是稟承前代風流，由此可窺見明詞進一步詩化、轉而曲化的風潮。徐有貞有二闋詞，吳門後輩曾與倡和。一闋是沈周與之倡和的〈水龍吟慢〉，以及另一闋是文徵明與之倡和的〈滿庭芳〉。

三、沈　恆

　　沈貞（1400～1482？），字貞吉，號南齋、陶庵、陶然道人，長洲人，世居相城里。其弟沈恆（1409～1477），字恆吉，號同齋，即沈周之父。父沈澄，字孟淵，號絸庵，好客，故兩人多長者之游。兄弟均以字行，皆工唐律，并善丹青，風格明秀，壎篪相映，時謂趙孟頫之流。繪事妙處，逼於宋人，然自重不苟作。每賦一詩、營一障，必經旬累歲方出，不可以錢帛購取，故尤以少爲珍。所居窗几明潔，器物古雅，奇石佳樹，儼如圖畫。家庭之間，自相唱酬，下至僕隸，悉諳文墨。風日晴美，被古冠服，登樓眺望，或扁舟入城，歷止浮屠，焚香瀹茗，流連清賞。其視市朝榮利事，眞有漠然浮雲之意。有隱士風，故能成其藝。沈貞畫師董源，年八十三，猶作書畫。享壽不可確考，以龜年鶴齡而終。沈恆畫山水師杜瓊，勁骨老思溢出，絕類黃公望一派。〔註59〕

〔註59〕此處沈貞、沈恆生平簡述，參考以下資料而成：〔明〕朱彝尊：《靜志居詩話》，《明代傳記叢刊》本（台北：明文書局，民國 80 年初版），冊 8，頁 603；〔清〕錢謙益：《列朝詩集小傳》，《明代傳記叢刊》本，冊 11，頁 258；〔清〕陳田：《明詩紀事》，《明代傳記叢刊》本，冊 13，頁 121～122；〔清〕徐泌：《明畫錄》，《明代傳記叢刊》本，冊 72，頁 56；〔清〕姜紹書：《無聲詩史》，《明代傳記叢刊》本，冊 72，頁 174；〔明〕王稺登：《吳郡丹青志》，《明代傳

　　先看沈貞。

　　世傳沈貞現存詞一闋，即〈鵲橋仙・題畫〉。此詞作者，或以爲沈恆，或以爲沈貞。〔清〕謝章鋌《賭棋山莊詞話》云：「沈啓南父恆吉……題畫云：『……』（詞略）調爲〈鵲橋仙〉。」〔註60〕以爲此詞作者乃沈恆。尤振中、尤以丁認爲謝章鋌「當是誤記」。〔註61〕考時代較早的〔明〕汪砢玉《珊瑚網》、〔清〕卞永譽《式古堂書畫彙考》，均明載此詞，作沈貞山水題詞。〔註62〕事實上，此詞乃是陸游所作，而非沈貞。〔註63〕沈貞只是援之題畫而已。

　　再看沈恆。

　　沈恆現存詞一闋，即〈一剪梅・題畫〉。此詞作者，或謂沈貞，或謂沈周，或謂沈恆。謝章鋌《賭棋山莊詞話》以爲此乃沈貞「自題小影」〔註64〕詞，一如誤記沈貞〈鵲橋仙・題畫〉，亦是誤記。汪砢玉《珊瑚網》、卞永譽《式古堂書畫彙考》，均載此詞，作沈恆山水題詞。〔註65〕崇禎十七年（1644），由錢謙益、程嘉燧編選、瞿式耜刊

記叢刊》本，冊72，頁503；〔明〕劉鳳：《續吳先賢讚》，《明代傳記叢刊》本，冊148，頁623～624。

〔註60〕〔清〕謝章鋌：《賭棋山莊詞話》，卷5，《詞話叢編》本，冊4，頁3383。

〔註61〕尤振中、尤以丁：《明詞紀事彙評》，頁95。案：謝章鋌不僅誤記此詞爲沈恆作，亦將沈恆詞誤記爲沈貞作。參沈恆部分。

〔註62〕參〔明〕汪砢玉：《珊瑚網》，《四庫藝術叢書》本（上海：上海古籍出版社，1991年8月第1版第1刷），卷36，頁26下；〔清〕卞永譽：《式古堂書畫彙考》，《四庫藝術叢書》本（上海：上海古籍出版社，1991年8月第1版第1刷），卷55，頁1上～2上；〔清〕梁章鉅：《浪迹叢談》，卷9。

〔註63〕唐圭璋編纂，王仲聞參訂，孔凡禮補輯：《全宋詞》（北京：中華書局，1999年1月新1版北京第1刷），冊3，頁2064。

〔註64〕〔清〕謝章鋌：《賭棋山莊詞話》，卷5，《詞話叢編》本，冊4，頁3383。

〔註65〕參〔明〕汪砢玉：《珊瑚網》，《四庫藝術叢書》本（上海：上海古籍出版社，1991年8月第1版第1刷），卷36，頁26下；〔清〕卞永譽：《式古堂書畫彙考》，《四庫藝術叢書》本（上海：上海古籍出版社，1991年8月第1版第1刷），卷55，頁1上～2上；〔清〕梁章

刻之《石田先生詩鈔》，收入此詞，以爲作者乃沈周，並有確切編年：
「癸卯」。〔註66〕考沈周《石田先生集》中，〈題釣圖和韵〉有句云：
「白髮今吾改故吾，此身滿地是江湖。只饒酒債從人舉，敢倚魚竿待
價沽。……」〔註67〕〈五十八自贊畫像〉有句云：「有何聰明？有何
才諝？儒巾兀兀，儒服楚楚。大識不過一個丁字，大讀曾無半部論
語。……」〔註68〕字句、意境均與〈一剪梅・題畫〉相近，錢謙益、
程嘉燧或據此將之收入，並加以編年。若依錢謙益、程嘉燧之編年，
癸卯可能指明成祖永樂二十一年（1423），也可能指明憲宗成化十九
年（1483）。永樂二十一年，沈恆十五歲，而沈周尚未出世，案此詞
「此老粗疎一釣徒」、「烟波染就白髭鬚」之語，有稱老之意，顯然不
合情理。至若成化十九年，沈恆已死，而沈周五十七歲，可以稱老。
以之爲由，似乎道理能通，可將此詞作歸沈周所有。然而，錢謙益、
程嘉燧根據〈題釣圖和韵〉、〈五十八自贊畫像〉判定〈一剪梅・題畫〉
爲沈周詞作，則〈一剪梅・題畫〉當作於沈周五十八歲時，非五十七
歲之時；編年當爲「甲辰」，而非「癸卯」。不知何故？且錢謙益、程
嘉燧之編年亦訛誤時見，〔註69〕實難遽信。持平而論，不如採納汪砢
玉《珊瑚網》、卞永譽《式古堂書畫彙考》之記載，較爲近實。《式古
堂書畫彙考》之記載乃沿襲《珊瑚網》而來，而《珊瑚網》編者汪砢

　　　鉅著：陳鐵民點校：《浪跡叢談》，收入《浪跡叢談續談三談》（北京：
　　　中華書局，1981年9月第1版北京第1刷），卷9，頁171。
〔註66〕〔明〕沈周：《石田先生詩鈔》，收入《石田先生集》，《明代藝術家集
　　　彙刊》本（台北：中央圖書館，民國57年7月初版），卷8，頁3下。
〔註67〕〔明〕沈周：《石田集》，收入《石田先生集》，《明代藝術家集彙刊》
　　　本，七言律三，頁24上。
〔註68〕〔明〕沈周：《石田文鈔》，收入《石田先生集》，《明代藝術家集彙
　　　刊》本，卷9，頁35上。
〔註69〕錢謙益、程嘉燧《石田先生詩鈔》編年訛誤時見。如沈周〈聞楊君
　　　謙致政，賦此以致健羨十五首〉，《石田先生詩鈔》將之繫於弘治四
　　　年（1491）。參究楊循吉生平行事，沈周詩當作於弘治元年（1488），
　　　《石田先生詩鈔》有誤。參陳正宏：《沈周年譜》（上海：復旦大學
　　　出版社，1993年12月初版第1刷），頁206。

－133－

玉爲明人，且輯錄自沈周畫之題款，相形之下，其可信度自爲較高。
在掌握更進一步資料之前，當據汪珂玉《珊瑚網》，將此詞認定爲沈
恆所作。

　　沈恆存詞〈一剪梅・題畫〉如下：

> 此老粗疎一釣徒。服也非儒。狀也非儒。生來多爲酒糊塗。
> 朝也邨沽。暮也邨沽。　　胸中文墨半些無。名也何圖。
> 利也何圖。烟波染就白髭鬚。生也江湖。死也江湖。

據汪珂玉《珊瑚網》記載沈恆題款云：「……（詞略）時雨方霽，
寤寐北窻。展玩古法名筆，聊爲作此，贈誠庵老友一笑。沈恆。」
〔註70〕誠庵，吳融之字，即吳寬之父。吳融和沈恆一樣，都是吳門
隱逸名士。此詞此畫乃贈吳融之作。此詞描寫一漁父形象，料想所
題山水之畫，亦是以漁父作爲關鍵材料之自抒懷抱。詞之上片，從漁
父之裝扮樣貌著手。此漁父所穿之服裝、散發出之氣質，都不是儒
學書生所有；其不修邊幅，正代表了心境上的超軼自得。其嗜好惟
有飲酒一項，無論朝暮，均可在村中酒肆找到他的身影。下片轉而申
說其心境。此漁父不僅不修邊幅，並且不識之無。不染文墨，象徵
他與科舉功名之絕緣，也是呼應上片之「非儒」。一般讀書人一旦科
舉成就，即可名利雙收，而這些看在漁父的眼裡，卻不值一顧。他
不圖名利，惟圖終老烟波。湖江之間的散烟微波，並非眞的可以染就
漁父的白髭鬚，而是漁父在其中悠遊一生，達到翛然塵外、物我相
忘的境界。

　　值得注意的尚有兩點：一是題畫詞，二是漁父形象。這兩點都與
文人畫傳統有相當大的關聯性。尤其是元代吳鎮的漁父詞畫，影響尤
大。題畫詞是在吳門詞派中經常出現的創作形式。至於漁父形象，則
是隱士的典型形象；出現在畫上，或者表現在詞中，均是作者形貌的
具現、心靈的獨白。淡泊名利之漁父、隱士形象，在吳門詞派之淵源

〔註70〕〔明〕汪珂玉：《珊瑚網》，《四庫藝術叢書》本，卷36，頁26下～
　　　　27上。

極深，不只是沈周詞可作如是觀，若以此欣賞吳門詞派其他詞人作品，相信能夠得到加一層的體貼與瞭解。

第二節　沈　周

　　沈周（1427～1509），字啓南，號石田、白石、白石翁，長洲人。沈恆之子，祝允明、唐寅、文徵明之師。沈周與徐有貞爲姻親，徐有貞之姪孫女嫁沈周之子沈雲鴻。自其祖沈澄以高節自持，不樂仕進，子孫以爲家法。故亦一生不仕，優游林下。雖然，關心國家大事與民生疾苦，不後他人。好友吳寬、王鏊等人皆朝廷顯宦，每與討論，徹夜忘寢。修謹謙下，與人無忤，而內蘊精明，介然不可犯。文章追摹《左傳》，其詩初學唐人，雅意白居易，又出入於杜甫、蘇軾、陳師道、陸游等，不拘一體，兼具情事，雅俗雜陳，「亦可謂教外別傳」。〔註71〕書法黃庭堅，遒勁奇倔。尤工繪事，乃吳門畫派之開創者，唐寅、文徵明都曾拜於門下，與仇英合稱明四家。不論興卓，來求輒應；市有僞作，毫無在意。其山水畫，上承董源、巨然，中年以黃公望爲宗，晚年醉心於吳鎮。其花鳥畫，遠接徐熙，開展水墨寫意風潮。經史子集，無所不讀，著述亦多，有《石田集》、《石田文鈔》、《石田詠史》、《備忘錄》、《沈氏交遊錄》、《客座新聞》、《石田雜誌》、《東原先生年譜》、《續千金方》。〔註72〕

　　沈周之存詞：趙尊嶽《明詞彙刊》本《石田詩餘》以錢謙益、程嘉燧《石田先生詩鈔》爲底本，錄二十八闋。〔註73〕《全明詞》據《沈

〔註71〕〔清〕永瑢等：《四庫全書總目》（北京：中華書局，1965 年 6 月第 1 版，1987 年 7 月北京第 4 刷），卷 170，頁 1489 下。

〔註72〕此處沈周生平簡述，參考陳正宏《沈周年譜》（上海：復旦大學出版社，1993 年 12 月初版第 1 刷）而成。

〔註73〕張仲謀《明詞史》云：「沈周的詞，《明詞彙刊·石田詩餘》共收二十七首，半爲題畫之作。每詞末大都有繫年。依先後順序排列。」見張仲謀：《明詞史》（北京：人民文學出版社，2002 年 2 月北京第 1 版第 1 刷），頁 163。關於存詞數量，《明詞彙刊》實存二十八闋，

石田畫集》、《雞窗叢話》、《文人畫粹編》、《式古堂書畫彙考》、《江南
春詞集》，輯出九闋，凡三十七闋。筆者另據沈周書跡、《清嘯閣藏帖》、
《類編箋釋國朝詩餘》、《草堂詩餘新集》、《精選古今詩餘醉》、《我川
寓賞編》、《吳越所見書畫錄》、《式古堂書畫彙考》、《六研齋筆記》，
輯出七闋，凡四十四闋。然而，〈一剪梅〉（此老粗疎一釣徒）一闋，
錢謙益、程嘉燧編選《石田先生詩鈔》時將之選入，並有編年「癸卯」；
實則此詞當歸於沈恆，上文已略加辨明。〔註74〕《明詞彙刊》本《石
田詩餘》、《全明詞》皆沿襲其誤。再者，《石田先生詩鈔》、《明詞彙
刊》本《石田詩餘》、《全明詞》中兩闋小詞，詞牌作「缺調名」，詞
題作「和東坡小詞二闋」。所謂「東坡」者，當指蘇軾。然蘇軾並無
類似之作，則沈周非和蘇軾。查馬致遠有〈天淨沙〉（枯藤老樹昏鴉），
句式、用韻與此相合，而其號爲東籬，則沈周所和者可知矣。今人已
知馬致遠〈天淨沙〉爲曲無疑，然而《康熙詞譜》猶收此調，清人尚
且不辨，何況明人之詞曲不分。頗疑《石田先生詩鈔》收錄之時，即
誤辨在先，自此而後，《明詞彙刊》本《石田詩餘》、《全明詞》俱沿
其訛，遂成懸案。今逕將改正，此二闋小詞即〈天淨沙〉，且爲曲體
也。故沈周現存詞當爲四十一闋。筆者重加考訂，並爲之校箋，其中
二十八闋詞可以編年。詳參本文附錄。

　　據現有資料顯示，沈周詞中可編年而最早者，係〈人月圓·采菱
圖〉，作於成化二年（1466），沈周四十歲之時。雖有相當一部份詞作
不可編年，但就其字面觀察，大多自言老邁。可以大膽推測，沈周現
存詞作大部分作於中晚年。

當爲張仲謀所誤識。又僅依某些繫年，逕謂前後順序排列，亦有待
商榷。如〈惜餘春慢〉（院沒餘桃），「正德改元」即正德元年（1506）
所作；〈蝶戀花〉（悶悶家中無意味），「癸亥」即弘治十六年（1503）
所作；〈蝶戀花〉（悶悶家中無意味）卻編排於〈惜餘春慢〉（院沒餘
桃）之後。何況二十八闋詞中，就有十三闋詞無繫年，更不足謂其
以前後順序排列。

〔註74〕參第五章第一節沈恆部分。

一、終未忘世之市隱

　　沈周在正統六年（1441）十五歲時，代替父親沈恆擔任糧長的職務，〔註75〕到南京面聽宣諭。曾作百韻詩上呈當時戶部主事崔恭，使之大爲驚異。於是面試〈鳳凰臺歌〉一首，而沈周援筆立就，詞采爛發。崔恭十分激賞，以爲有王勃之才，即日下檄蠲免其父糧長役。劉珏曾作一七律鼓勵其仕進，〔註76〕早年的沈周的確也熱衷於功名，直到景泰年間（1450～1456）二十餘歲，郡守汪滸欲以賢良舉薦，沈周卜筮《易經》，得「遯」之九五「嘉遯貞吉」，堅決辭退了舉薦，並從此確定了自己持守家法之志意，與以隱逸爲其生命基調的一生。象徵隱逸的菊花、陶淵明、漁父，便成爲其作品中的重要符號。沈周〈題先人畫菊〉云：「黃花的是先人筆，淡墨生香風露時。一紙千金屬隣舍，憑君保取不凡枝。」〔註77〕先人即是沈恆。其中不凡之處，在於所畫菊花氣度之清高，也在於畫者境界的與之相似。沈周〈陶庵〉云：

〔註75〕糧長非官吏，純爲地方職務。明代制度規定：以納糧數千至一萬石爲標準，將土地劃爲一區，設糧長一員，往往由政府直接指派區內田地最多者擔任。糧長之主要任務，在於主持區內田糧之徵收與解運。關於明代糧長制度之淵源、演變、目的、危害，可詳參梁方仲：《明代糧長制度》（上海：上海人民出版社，2001 年 7 月第 2 版，2001年 12 月第 3 刷）。

〔註76〕阮榮春《沈周》云：「這次上京，沈周在文學上初露才華，作爲前輩和老師的劉珏很是高興，賦詩予以鼓勵：『慷慨襟懷俊逸才，壯游初上鳳凰臺。王陵歌舞無心戀，一夜庭闈入夢來。木葉暗隨秋露下，江帆寒逐暮朝開。清時莫道功名晚，桃李功名次第栽。』」見阮榮春：《沈周》（長春：吉林美術出版社，1996 年 5 月第 1 版，1997 年 9 月第 2 刷），頁 26。案阮榮春所引之詩爲劉珏〈題沈石田秦淮別意〉。依阮榮春文意，此詩爲沈周上京歸來所作，不知何據？若依劉珏詩題，乃題沈周「秦淮別意」畫；據陳正宏《沈周年譜》，沈周少年從伯父沈貞、父親沈恆習畫，「初學畫山水，所作蒼松黃竹，流水青山，皆頗具意趣」。見陳正宏：《沈周年譜》，頁 40～41。然而，沈周十五歲是否即能作畫，並使父執劉珏爲之題詩，尚屬疑問。據各種記載，沈周極早熟或有可能作成熟之畫。

〔註77〕〔明〕沈周：《石田集》，收入《石田先生集》，《明代藝術家集彙刊》本（台北：中央圖書館，民國 57 年 7 月初版），七言絕，頁 33 下。

「東林却重紫桑菊，亦把庵居扁作陶。濁酒寒香同淡薄，南山秋色兩清高。黃生有意求居易，優孟于今似叔敖。果藉此花成隱逸，秦人堪笑錯栽桃。」〔註78〕將居室題以陶淵明之姓氏，即其伯父沈貞取號之由來。從詩中不僅可以發現對於「隱逸」家法之認同，與此一家法之承接的軌跡；末兩句，沈周說的雖然是沈貞，說的也是自己隱逸卻非避世的生命態度。文徵明〈沈先生行狀〉曾云：「先生（沈周）每聞時政得失，輒憂喜形於色。人以是知先生非終於忘世者。」〔註79〕故在其集中多有矜愍民生之詩篇，如〈水鄉孛子〉十首，即曾自言其詩「言鄙而淺，其意則深矣」，〔註80〕對於水災，寄寓了深意於其中。其〈六旬自咏〉云：「自是人間快活民，太平生長六經旬。不憂天下無今日，但願朝廷用好人。有萬卷書貧富貴，仗三杯酒老精神。山花笑我頭俱白，頭白簪花也當春。」〔註81〕說出了一個六十歲老人的生活情趣與政治願望。對於驚動朝野的土木之變，還曾賦〈己巳秋興〉詩以慨懷：「燈火郊居耿暮秋，北風迢遞入邊愁。三更珠斗隨天轉，萬里銀河接海流。籌筆簡書何日見？親亭冠蓋幾人遊？側身自信江湖遠，一夜哀吟欲白頭。」〔註82〕「親」字當為「新」字之誤刻，乃用《世說新語・言語二》新亭對泣故事，說明在此大變之下朝野的惶恐不安；深居野處的沈周，雖然遠離政治風暴中心的京城，其憂國之心卻不下於親臨北患的朝臣，而為之輾轉反側。

　　取號石田，亦有其用意。祝允明有〈石田記〉云：

〔註78〕〔明〕沈周：《石田集》，收入《石田先生集》，《明代藝術家集彙刊》本，七言律三，頁 5 上。

〔註79〕〔明〕文徵明著；周道振輯校：《文徵明集》（上海：上海古籍出版社，1987 年 10 月第 1 版第 1 刷），卷 25，頁 595。

〔註80〕〔明〕沈周：《石田集》，收入《石田先生集》，《明代藝術家集彙刊》本，七言絕，頁 21 上。

〔註81〕〔明〕沈周：《石田集》，收入《石田先生集》，《明代藝術家集彙刊》本，七言律二，頁 24 上～24 下。

〔註82〕〔明〕沈周：《石田集》，收入《石田先生集》，《明代藝術家集彙刊》本，七言律一，頁 6 上。

君子之心，望於世也廉，而自治也勤。其望之廉，故甘爲
未輯之瑞；治之勤，則不寧燿其生，燿無窮焉。蓋有不度
而試者，以杕爲楹，以撓人之堂殿。君子視人恆若餘，視
己恆若虛。每退一武，曰：「吾弗彼若，則弗可以試。非謙
也，其自期者退，而更覺其歉，而不知己度越餘子遠矣。」
伍員之喻石田，以弗稼猶無田也。沈先生則弗稼者，與其
以爲名，所謂君子之心也。先生者，巢許其居服，而禹稷
其腎腸，既自退，曰：「吾不敢豐望於世，爲是名巳。乃去，
以道自治，削蕭莠，抉沮洳，揭其堅白，以對日月，爽然
風塵之表。璆琳琅玕，從厥自生自潤，吾亦不強自鍵閉，
唯不爲太倉玉食之需，安於寬閒之野，壽於寂寞之濱焉耳。
吾何慁乎哉？」或曰：「審爾先生，亦獨潔者矣，而亦烏乎
燿，弦無窮與？」余曰：「先生之植志操節也不可闚，吾試
與若窺：其詩非孝忠節義也，無觸於脣，無寄於聲，油油
乎茁元化之嘉種，粒蒸民於終古。其不類杜少陵與？杜之
位不過一員郎，無片事自振當時，而自方稷契，人不笑之，
以詩史燿也。而先生又烏乎慁哉？」先生爲斯稱也在少，
而小子言之於其老。凡言諸先者當以期，今則定矣。敢以
垂賛無止。〔註83〕

祝允明對之推崇有加，而從中可以一窺沈周澹泊謙退的高閒志意。楊
循吉亦曾許諾，爲其號作一篇〈石田記〉，但久而食言、不了了之，
於是沈周作了一首五言古詩〈速楊君謙石田記〉，來催促他實踐約
定：「山中有田石，廣衍得數畝。堅瘠不可畊，無用實類某。朋從從
加稱，遂爲石田叟。稱者非譽辭，吾亦甘其受。」〔註84〕這一段話，
可視爲沈周之自述。其用典出於《左傳》哀公十一年（－484），伍員

〔註83〕〔明〕祝允明：《祝氏集略》，收入《祝氏詩文集》，《明代藝術家集
　　　彙刊續集》本（台北：國立中央圖書館，民國60年6月初版），卷
　　　28，頁17上～18上。
〔註84〕〔明〕沈周：《石田集》，收入《石田先生集》，《明代藝術家集彙刊》
　　　本，五言古一，頁12上～12下。《石田先生詩鈔》將此詩繫爲成化
　　　二十三年（1487）所作。

諫吳王云：「得志於齊，猶獲石田也，無所用之。」〔註85〕所謂「石田」，即多石而不可耕之地。沈周以之比喻自己安於隱逸、不羨飛黃騰達的生活態度。無用之用，謂之大用，有如莊子〈養生主〉中的不材之木、支離疏，〔註86〕靜謐適世而不捲入政治風暴。這也可以說明沈周由熱中功名而轉向決意隱逸，乃是除了祖父遺訓家法、筮易得嘉遯、侍奉堂上老母等三項可據以推辭仕宦的表面因素之外，還另有原因，亦即自明初朱元璋以來的恐怖統治，使其蒙上了巨大的政治陰影。〔註87〕其〈送友人以書禍流南方〉云：「知君似悔爲儒誤，及愛農桑學已遲。」〔註88〕殆亦夫子之自道，故其一直與政治保持距離。他對於歷史上的成敗興亡，亦深有見地，曾著有《石田詠史》一書，在其集中，也能看到爲數不少以詠史爲題材的詩作，如〈元佑黨人碑〉、〔註89〕〈留侯廟和韻〉、〔註90〕〈經宋故宮〉、〔註91〕〈讀吳越春秋〉〔註92〕等，均表現出獨到的史識。職是之故，沈周詞雖多隱逸情懷之發攄，然而提及民生、身世之處，都能見到沉著厚重的寓寄。如其〈南鄉子·遣興〉下片云：「無興最今年。浪拍茅堂水浸田。筆硯只宜收拾起，休言。但說移家上釣船。」似乎只是處之淡然地說

〔註85〕十三經注疏整理委員會：《春秋左傳注疏》（北京：北京大學出版社，2000 年 12 月第 1 版第 1 刷），卷 58，頁 1910。

〔註86〕參〔清〕郭慶藩：《莊子集釋》（台北縣：漢京文化事業有限公司，民國 72 年 9 月 28 日初版），卷 2 中，頁 170～180。

〔註87〕參阮榮春：《沈周》（長春：吉林美術出版社，1996 年 5 月第 1 版，1997 年 9 月第 2 刷），頁 82。

〔註88〕〔明〕沈周：《石田集》，收入《石田先生集》，《明代藝術家集彙刊》本，七言律一，頁 17 上。

〔註89〕〔明〕沈周：《石田集》，收入《石田先生集》，《明代藝術家集彙刊》本，五言古一，頁 18 上～19 上。

〔註90〕〔明〕沈周：《石田集》，收入《石田先生集》，《明代藝術家集彙刊》本，七言律二，頁 11 下。

〔註91〕〔明〕沈周：《石田集》，收入《石田先生集》，《明代藝術家集彙刊》本，七言律二，頁 14 下～15 上。

〔註92〕〔明〕沈周：《石田集》，收入《石田先生集》，《明代藝術家集彙刊》本，七言律二，頁 18 下～19 上。

要改行作漁父，但字裡行間都是關心著肆虐鄉里的水災。又如〈滿江紅・題徐武功自書詞後〉，因其對於成敗興亡的見識深刻，故能看出在徐有貞閑雅背後所深藏的不平之感；〔註93〕而在〈滿江紅・題宋高宗賜岳飛手敕〉中，不僅對於岳飛冤死一事，將主謀直指爲宋高宗，尚有以古喻今的意味，對於徐有貞暴起暴落的一生，發出了兔死狐悲的感慨。〔註94〕〔清〕蔡澄《雞窗叢話》云：「石田先生以詩文書畫重於世，而倚聲爲小詞，亦蘇辛之勁敵也。」〔註95〕即是就此類詞作而言。

其晚年自述頗多，大部份都是關於外在肉體上的衰老，以及內在心境上的生活信念。試看其〈蘇武慢・五十初度自述，時丙申年〉二闋：

細數流年，今年五十，華髮滿頭如縷。歲月崢嶸，吾生老矣，壽夭一從天與。可否朋儕，浮沉鄉里，亦不縈心于此。漫酣時、高臥高歌，管甚饑鳶腐鼠。　　況自有、數卷殘書，三間茅宇，門外竹陰無暑。牧子誰何，耕夫爾汝，此意渾然如古。谿山佳處，抹月批風，有手信憑多取。人休問、前頭往事，夢裏幾番風雨。

伯玉是非，買臣富貴，到我全然莫曉。苴褐芒鞋，藜羹糲飯，落得一生溫飽。鳳馭鸞驂，碧城瑤島，豈是滄洲吾道。數篇詩、乘壺之酒，亦可長生不老。　　鎭日地、小小巖扉，縈縈石徑，儘有松風來掃。午睡曾騰，餘醒尚在，可奈落花啼鳥。十分春色，知消多少，何暇爲他煩惱。且追隨、流水行雲，有箇自然之妙。

元代全眞教馮尊師作〈蘇武慢〉二十闋，虞集曾和十二闋，明代以後追和者更多，儼然成爲一種以特定詞調抒發個人處世心得的特殊現象。〔註96〕祝允明即曾追和十二闋，儒、釋、道各方義理雜糅其中。

〔註93〕參上一節徐有貞部份。
〔註94〕參第四章第二節〈滿江紅〉倡和部份。
〔註95〕〔清〕蔡澄：《雞窗叢話》，《筆記續編》本，頁28上。
〔註96〕參張仲謀：《明詞史》，頁94〜101。

〔註97〕沈周的這兩闋自述詞，可以看成同類之作，也能夠據以窺探其
詞整體要旨之所在。朱存理曾輯馮尊師以來十七家〈蘇武慢〉為一
集，不知沈周此二詞亦在收錄之列？據沈周詞題，此二闋詞為自壽，
作於五十歲之時，即成化十二年（1476）十一月二十一日。集中尚可
見數首自壽詩，自壽詞只有此二闋。先看第一闋。沈周的自述，由一
望可知的容貌開始說起。五十歲的他，已然滿頭斑斑白髮，確實是衰
老的徵象。沈周多次被畫肖像，都在晚年，據阮榮春《沈周》統計，
能考證出年代的有：五十八歲、六十歲、六十四歲、七十四歲、八十
歲、八十三歲。〔註 98〕沈周好自言衰老，晚年尤其多病，其詩以
「老」、「病」為題者不在少數，如〈齒搖〉〔註99〕、〈白髮〉〔註 100〕、
〈覺老〉〔註101〕、〈老年三病〉之〈眼花〉、〈耳聾〉、〈齒痛〉〔註102〕
等。在其詞中，則自云：「頭髮氃氃積漸彫」（〈鷓鴣天‧自遣〉）、「老
夫雙短髯」（〈賣花聲‧題畫〉）、「惟歎鏡中吾老矣。鬢霜髯雪今如
許。」（〈鳳棲梧‧立春〉）、「牖下困人今老矣，雙短鬢，怕頻搔。」
（〈唐多令‧題瀟橋詩思圖〉）、「頭腦已多烘。鬢亦霜蓬。只今年紀古
稀中。」（〈賣花聲‧與許國用〉）、「白頭癡老子」（〈小重山‧題臥游
冊其五〉）、「頭白老翁」（〈蝶戀花‧春日登金山望焦山有作〉），並且
多從衰老延伸及關於人事興亡的思考。歲月如同群山崢嶸相高，競
然流逝，軀體雖然衰老，但不怨天尤人，而「壽夭一從天與」。天命
是不可知的，「如此餘生知有幾。梅花報道春還未。」（〈鳳棲梧‧立
春〉）不如把握寸寸光陰，且與朋友們登山臨水，「但願年年康健，百

〔註97〕參第六章第一節祝允明部分。
〔註98〕參阮榮春：《沈周》，頁36～40。
〔註99〕〔明〕沈周：《石田集》，收入《石田先生集》，《明代藝術家集彙刊》
本，五言古二，頁8上。
〔註100〕〔明〕沈周：《石田集》，收入《石田先生集》，《明代藝術家集彙刊》
本，五言律，頁7下～8上。
〔註101〕〔明〕沈周：《石田集》，收入《石田先生集》，《明代藝術家集彙刊》
本，七言律二，頁24上。
〔註102〕〔明〕沈周：《石田集》，收入《石田先生集》，《明代藝術家集彙刊》
本，七言律二，頁21下。

年依舊，白首甘田野。」（〈念奴嬌・和楊君謙雨晴韻〉）或者雅集談
讌，「強把孤懷來事酒，暫借紅顏。」（〈賣花聲・送春〉）然而，眾樂
固然樂，獨樂更樂。莫大的快樂，便是自適自得。《莊子・秋水》載
莊子對惠施言：「南方有鳥，其名爲鵷鶵，子知之乎？夫鵷鶵，發於
南海而飛於北海，非梧桐不止，非練實不食，非醴泉不飲。於是鴟
得腐鼠，鵷鶵過之，仰而視之曰：『嚇！』今子欲以子之梁國嚇我
邪？」〔註103〕功名富貴有如鴟梟嘴中的腐鼠，詞人是不屑一顧的。
換頭承上片歇拍，言其獨樂之樂。所樂者何？則有讀書、園林可以爲
樂也。文徵明〈沈先生行狀〉云：「自羣經而下，若諸史、子、集，
若釋老，若稗官小說，莫不貫總淹浹，其所得悉以資於詩。」〔註104〕
自是爲讀書而讀書，得其三昧者。成化三年（1467），沈周在原居不
遠處修築了「有竹居」別業，〔註105〕爲其終日憂煩食指的生活另闢
一空間，而約自成化七年（1471）以後，其子沈雲鴻擔當起家務，
〔註106〕沈周「耕讀其間。佳時勝日，必具酒肴，合近局，從容談
笑。出所蓄古圖書器物，相與撫玩品題以爲樂。晚歲名益盛，客至
亦益多，戶屨常滿。」〔註107〕風流之勝有如元代吳鎮、黃公望、倪
瓚、王蒙等高士們的清逸閑雅。「牧子」用《莊子・徐无鬼》黃帝問
塗於牧馬童子故事。〔註108〕「誰何」，謂何人之意。「耕夫」用《論
語・微子》子路問津於長沮、桀溺故事。〔註109〕「爾汝」，尊長者對
卑幼者之稱呼，含有輕賤之意。牧馬童子在莊子寓言中是得道之人，

〔註103〕〔清〕郭慶藩：《莊子集釋》，卷6下，頁605。
〔註104〕〔明〕文徵明著；周道振輯校：《文徵明集》，卷25，頁594。
〔註105〕此處言沈周修築有竹居的時間，乃據阮榮春《沈周》一書而來。（頁
　　　　28）然陳正宏《沈周年譜》天順七年（1463）即有吳寬訪沈周，宿
　　　　於有竹居的記載。（頁71）則有竹居的修築時間當在天順七年以前。
　　　　其確切時間，俟考。
〔註106〕參陳正宏：《沈周年譜》，頁116。
〔註107〕〔明〕文徵明著；周道振輯校：〈沈先生行狀〉，《文徵明集》，卷25，
　　　　頁595～596。
〔註108〕〔清〕郭慶藩：《莊子集釋》，卷8中，頁830～833。
〔註109〕謝冰瑩等：《新譯四書讀本》，頁282。

長沮、桀溺二位則是楚國隱者。詞人用此二典故，意謂隱逸之處不必勞煩尋問，有竹居即是佳麗之地。「谿山佳處，抹月批風，有手信憑多取。」謂其書畫與詩文也。對沈周來說，正是「風月二字，在我發揮」〔註110〕，不是柳永詞那種「自批風抹月中來」〔註111〕的羈旅沉重，而更接近朱敦儒隱逸詞中的清曠高雅。如朱敦儒〈鷓鴣天〉云：「我是清都山水郎。天教嬾慢帶疏狂。曾批給露支風敕，累奏留雲借月章。　　詩萬首，酒千場。幾曾著眼向侯王。玉樓金闕慵歸去，且插梅花住洛陽。」朱敦儒一生雖兩度出仕，一爲國事艱難，一爲幼子前途，皆非素志；沈周與其隱逸而又終未忘世的政治態度是相似的，身在塵世而心先超逸的市隱作風亦爲類近。蘇軾〈赤壁賦〉云：「江上之清風，與山間之明月，耳得之而爲聲，目遇之而成色，取之無禁，用之不竭，是造物者之無盡藏也。」〔註112〕大自然既可資以創作書畫詩文，又供人遊憩暢意，亦足發人深省。沈周二十三歲時，北防發生土木之變，朝野震動；二十九歲時，充任糧長，因逢歲饑，竟致其妻盡脫簪珥以補償缺額；三十七歲時祖父沈澄卒；三十九歲時，吳門洪水氾濫；四十五歲時父沈恆患風痺，手足拘攣；四十五歲時，前輩劉珏、徐有貞，以及弟沈召相繼病故；四十七歲時，老師陳寬病故；四十九歲時，老友俞景明與前輩吳融病故；五十初度之時，回顧前塵，親友國家之事，歷歷在目。〔註113〕成化八年（1472）劉珏未卒之前，曾作〈青玉案·因劉完庵臥病，感舊而作〉：「去年春色西湖路。憶與美人尋去路。今日江南春又度。回頭人事，可憐堪歎，不及春如故。　　劉郎臥病無情緒。寂寞桃花落紅雨。看取浮生能幾許。及時須樂，得閒須醉，莫爲忙時誤。」對於人事變化已多有感觸。同一年

〔註110〕〔宋〕張炎：《詞源》，《詞話叢編》本（台北：新文豐出版公司，民國77年2月台1版），頁267。

〔註111〕〔宋〕張炎：《詞源》，《詞話叢編》本，頁267。

〔註112〕〔宋〕蘇軾著；孔凡禮點校：《蘇軾文集》（北京：中華書局，1986年3月第1版，1996年2月北京第4刷），卷1，頁6。

〔註113〕參陳正宏：《沈周年譜》，頁48～49、55、72、76、104～106、110、116、128～129、134。

作〈初度日歸自吳門〉自壽：「茲辰憶降我，攬鏡悲老蒼。兒女強進酒，不足悅我腸。有親抱風痹，有弟未卜藏。眾憂紛填委，憪恒不能忘。次聞虜騎突，西北警邊防。吳中鴻方割，饑民負官糧。朝廷多外顧，私家亦遑遑。……默坐對燈火，中夜慨以慷。」〔註114〕四十六歲的生日，心中的感慨更勝於欣喜之情。成化十年（1474）作〈送諸立夫歸錢塘〉：「別來人事等雲變，舊遊一夢驚三年。劉郎化鶴招不得，吾弟掩玉仍黃泉。感懷夙昔有零淚，掩卷怕看登臨篇。殷勤對話襍悲喜，買酒取醉愁無錢。……明朝何苦又分手，拂衣長路開風烟。朱顏白髮倏忽事，人生離合眞堪憐。」〔註115〕感慨愈轉深沉。然而，站在大自然的面前，人世不過一瞬，功名富貴皆是雲煙，是故沈周歇拍言：「人休問、前頭往事，夢裏幾番風雨。」五十年來跌跌撞撞所經歷過來的風雨往事，也就無須縈懷了。這是沈周的自我寬解，從另一面看，又是對於人事的參透與澈悟。

　　第二闋詞承接第一闋的意思，深入申說安適隱逸的要義。開頭兩句用兩個五十歲的典故來說明自己此時的懷抱，不僅切題而且妥貼。所謂「伯玉是非」，用《淮南子・原道訓》，云：「蘧伯玉年五十而有四十九年非。」所謂「買臣富貴」，則用《漢書・朱買臣傳》，云：「買臣笑曰：『我年五十當富貴，今已四十餘矣。女苦日久，待我富貴報女功。』」蘧伯玉即春秋衛國大夫蘧瑗，其立身善於改過而急於求進，孔子曾稱其賢能；至於朱買臣，早年貧苦以薪自給，後來富貴非常。蘧瑗和朱買臣仕宦發達的事蹟，一點也引不起詞人的興趣，因爲非其宿願；儘管身上穿的是子麻所織成的粗布，腳下踏的是芒草所做成的鞋子，飲的是藜苗所煮成的菜湯，食的是粗米所炊成的飯，只要衣食溫飽，便無他求。若不求飛黃騰達，那麼所求豈是修道成仙？亦不如此。鳳馭、鸞驂都是傳說中仙人所乘，碧

〔註114〕〔明〕沈周：《石田稿》，頁 63。轉引自陳正宏：《沈周年譜》，頁109～110。

〔註115〕〔明〕沈周：《石田集》，收入《石田先生集》，《明代藝術家集彙刊》本，七言古，頁 10 下～11 上。

城、瑤島均爲傳說中仙人所居，詞人所夢想者並非羽化飛去，而只是人間天涯的滄洲一角。乘壺，四壺也。有所感時，遣之以詩酒書畫；北窗落墨，便足以比擬神仙之境，即所謂「浮生所寓誰拘我，著處爲歡也自仙。」(〈鷓鴣天〉)從心處解放自我，「無入而不自得」，就是人間神仙。沈周曾作七言排律〈市隱〉，有句云：「莫言嘉遯獨終南，即此城中住亦甘。浩蕩開門心自靜，滑稽玩世估仍堪。」〔註116〕其意思略同陶淵明之〈飲酒〉詩云：「結廬在人境，而無車馬喧。問君何能爾？心遠地自偏。」〔註117〕陶淵明的隱逸，乃是從心靈上徹底跳脫人世，人世在陶淵明眼中絲毫不存在。沈周的崇拜對象確實是陶淵明，然其隱逸卻帶有更多世俗的色彩。〔註118〕陶淵明隱居在廬山下，而沈周隱居在吳門街巷之間，其心跳脫人世，其身則深入人世。

　　人世的功名富貴，不必羨慕；仙境的長生不老，亦無庸幻想，把握生命當下的自適自得就是至高的境界。在下片中，詞人繼續說明自己把握當下的自適之情。從字裏行間，能夠看到詞人幽居閑處之一斑，可與其〈奉和忠庵世父留題有竹別業韵〉四首所敘述的有竹居風物和生活情趣，互相參映。〔註119〕此詞下片極有層次：苑靜風生，

〔註116〕〔明〕沈周：《石田集》，收入《石田先生集》，《明代藝術家集彙刊》本，七言排，頁10下。

〔註117〕〔晉〕陶淵明著；袁行霈箋注：《陶淵明集箋注》(北京：中華書局，2003年4月第1版北京第1刷)，頁247。

〔註118〕張德建《明代山人文學研究》云：「晚期山人不再幻想隱居田園，杜絕人事，而是隱於市，既得世俗之樂，又享隱逸之福。同時他們還開始進行藝術經營活動。以陳繼儒爲例……」見張德建：《明代山人文學研究》(長沙：湖南人民出版社，2005年1月第1版第1刷)，緒論頁12。不只是明代晚期的隱逸之士如此，沈周即已有此想。

〔註119〕沈周〈奉和忠庵世父留題有竹別業韵〉其一：「舊宅西來無一里，別成農屋傍長川。眞堪習靜如方外，雖可爲家尚客邊。貸地旋添栽秫壟，鑿池新滀澆麻泉。北窗最愛虞山色，也似香爐生紫烟。」其二：「散髮休休依灌木，洗心默默對清川。一春富貴山花裏，終日笙歌野寺邊。聊可幽居除風雨，還勞長者訪林泉。留題尚在亭前

風生花落，花落春去，春去人悟，環環相扣。整日緊閉的苑扉，加上時有松風掃徑，點出了有竹居如在塵外的清靜。乘壺，四個酒壺也。詞人這時在屋內，正是午睡初醒，「數篇詩、乘壺之酒」的雅意尚殘。「可奈落花啼鳥」一句，活用孟浩然〈春曉〉詩意：「春眠不覺曉，處處聞啼鳥。夜來風雨聲，花落知多少。」說明了詞人因何而醒；而又有晏殊〈浣溪沙〉「無可奈何花落去，似曾相識燕歸來。」〔註120〕的涵義在其中，充滿感慨。春色自然美好，而春光一去則使人倍感傷悲，若耽溺於感傷之中而不可自拔，更為無益之舉。事實上，這一切是無須傷感的，煩惱皆自尋而來；欲去的春光並不會因為人的感傷而有所停駐，不如把握當下，且賞春光。唐代文人畫家王維晚年心境與詞人頗為相合。王維〈終南別業〉云：「中歲頗好道，晚家南山陲。興來每獨往，勝事空自知。行到水窮處，坐看雲起時。偶然值林叟，談笑無還期。」王維有輞川，沈周有有竹居，別業的意義是給予他們個人足以遊處冥思的小天地。追隨王維當年的思致，詞人如今也有同樣的感受。「水窮」象徵人事的不可逆挽，「雲起」則代表了對於其中妙理的悟解，故詞人云「有箇自然之妙」：人間悲喜，譬如春去春來，在冥冥之中自有定數，不可強求。

　　相對於其他詞作而言，詞人在五十歲初度所作的兩闋〈蘇武慢〉，屬於較早的作品，但已相當完整地表達了他潛心隱逸的人生態度。這樣的思想，也能印證在其他詞作中。

竹，淡墨淋漓帶碧烟。」其三：「人愛吾廬吾亦愛，秋原風物帶晴川。蘭甘幽約宜堦下，竹助清虛要水邊。只好陰荋同背郭，何須蓄石慕平泉。苦吟自覺多新病，華髮時籠煮藥烟。」其四：「比屋千竿見高竹，當門一曲抱清川。鷗羣浩蕩飛江表，鼠輩縱橫到枕邊。弱有添丁堪應戶，勤無河對苦知泉。春來又喜將于耜，自作朝雲與暮烟。」見〔明〕沈周：《石田集》，收入《石田先生集》，《明代藝術家集彙刊》本，七言律二，頁28上～29上。案：亦見《石田稿》，頁54。《石田稿》有六首，多出兩首，且字句略不同。

〔註120〕唐圭璋等：《全宋詞》，冊1，頁112。

二、題畫之詞

（一）漁隱形象

在沈周現存的四十三闋詞中，題畫詞佔了相當一部分，凡十七闋。在繪畫史上，沈周為吳門畫派創派領袖，其書畫在當時就已具有市場價值，是故人人來求墨寶；而沈周亦不以為意，往往答應，〔註121〕「年來索詩畫者坌集，疲於酬應。因戲作〈南鄉子〉一闋。」〔註122〕其詞上片云：「天地一癡仙。寫畫題詩不換錢。畫債詩逋忙到老，堪憐。白作人情白結緣。」既然不能換錢，又徒惹辛勞，沈周自苦為何？試看其〈鷓鴣天・自遣〉所云：

> 頭髮毿毿積漸彫。詩逋畫欠未句消。大都教我生勞碌，一
> 半因它解寂寥。　　山澹澹，水迢迢。門前秋色自天描。
> 清風儘許奚囊括，明月還憑拄杖挑。

雖然墨債惱人、白做人情，而箇中意趣卻足以令人迷醉，所以連僞作也不妨為之題款，沈周曾自云：「吾意亦有在耳。」〔註123〕作畫的目

〔註121〕〔明〕文徵明〈沈先生行狀〉云「下至輿皂賤夫，有求輒應。長縑斷素，流布充斥。內自京師，遠至閩、浙、川、廣，莫不知有沈周先生也。」見〔明〕文徵明著；周道振輯校：《文徵明集》，卷25，頁594～595。

〔註122〕〔清〕馮金伯：《詞苑粹編》，《詞話叢編》本，冊3，卷16，頁2101。

〔註123〕祝允明〈沈石田先生雜言〉云：「沈先生周當世之望，小子何能易易稱贊，特記作畫之事以備丹青家史。乞畫者堂寢常充牣，賢愚雜處，妄求褻請，或一乞累數紙，或不識其面，漫致一揖贄一巾，便累手筆踰時。不惟無益而更擾損，殊可厭惡。僕輩亦竊為先生不平，而先生處之泰然。其後贗幅益多，片縑朝出，午巳見副本，有不十日到處有之，凡十餘本者。時昧者惟辨私印，久之，印亦繁，作僞之家便有數枚印。既不可辨，則辨其詩，初有效其書逼真者，已而先生又遍自書之，凡所謂十餘本者，皆此一詩，皆先生筆也，遂珷玞滿眼。有目者雖自能識，而亦可重歎笑矣。或以問先生，勸少止。先生曰：『吾意亦有在耳。庸繪之人懇請者豈欲為玩適、為知者賞、為子孫之藏邪？不過賣錢用使，吾詩畫易事而有微助扵彼，吾何足靳邪？此不知古人曾爾否邪？可尚也哉！』」見〔明〕祝允明：《祝氏文集》，《祝氏詩文集》，明代藝術家集彙刊續集本，卷7，頁228～229。

的在於自適其適，表達一己；在紙上建構出理想，作爲心境之寫照。
此詞雖非題畫詞，但其下片即描繪出一幅典型的文人畫：背景是米
芾、米友仁父子的寫意蒼茫雲山，再把眼中的秋色、心上的清風都用
寥寥數筆點染而出，然後畫一個拄杖老者，在月下踽踽獨行，充滿了
悠然自得的意趣。這一位月下杖行老者，就是沈周本人的化身。畫紙
上所呈現的是經過畫家純化、移情作用之後的外在景物，攙入了畫家
自己的形象在其中。〔元〕袁桷〈輞川圖〉詩云：「詩中傳畫意，畫
裏見詩餘。」繪畫與文學是相輔相成的，而當作者同時具備了文人與
畫家的雙重身份之時，表現自我的方式就更爲靈活多樣化。人觀其
畫，有如身入畫中；讀其題詞，可見出畫家的心境；詞畫一體。其〈唐
多令・題灞橋詩思圖〉云：

> 聞道灞陵橋。山遙水更遙。六十年、蹤跡寥寥。牖下困人
> 今老矣，雙短鬢，怕頻搔。　　　行著要詩瓢。酒壺相伴
> 挑。望秦川、千里翹翹。再畫一驢馱我去，雖不到，也風
> 騷。

據〔明〕沈際飛《草堂詩餘新集》記載沈周題款云：「公親書：正
德己巳夏端午，八十三翁長洲沈周，書于有竹莊之平安亭西牕。」
〔註124〕則此詞作於沈周八十三歲時，即正德四年（1509）五月五
日。上片寫現實世界，下片寫詞人繪畫出理想以爲寄託。〔清〕顧璟
芳評云：「喜其不作老病臥游之態。」〔註125〕沈周詞中自言衰老之處
頗多，若篇末振起之力不足，讀之不免令人有句疊意沓之感。此詞雖
作老態，卻無自憐之勢，更有文人風流在焉。〔清〕李葵生評歇拍兩
句云：「老高興。」〔註126〕雖然無法身到其境，而藉助於繪畫，也能

〔註124〕〔明〕沈際飛選評：《草堂詩餘新集》，收入《古香岑草堂詩餘四
　　　　集》，明崇禎間太末翁少麓刊本，卷3。
〔註125〕〔清〕顧璟芳、李葵生、胡應宸編選：王兆鵬校點：《蘭皋明詞匯
　　　　選附蘭皋詩餘近選》（瀋陽：遼寧教育出版社，1998年3月第1版
　　　　第1刷），卷4，頁80。
〔註126〕〔清〕顧璟芳、李葵生、胡應宸編選：王兆鵬校點：《蘭皋明詞匯
　　　　選附蘭皋詩餘近選》，卷4，頁80。

夠心入環中了。沈際飛評此詞云：「興之所至成畫，畫之所至成文。」
〔註127〕可爲吳門詞派題畫詞之註腳。又云：「嶔岑嬋娟，豈其飛仙？」
〔註128〕說的是沈周題畫詞中所呈顯出來的高士氣象：其情志之脫嗒
超軼、詩意之令人企羨，迥非紅塵中人。正可呼應沈周所夫子自道的
「天地一癡仙」（〈南鄉子・遣興〉）語。癡在爲人作嫁，然亦因此得
以稱仙。再看其〈賣花聲・題賣花聲圖〉云：

> 斜日映江皋。波影迢迢。怪他疏樹葉蕭騷。似伴老夫雙短
> 鬢，物弊人凋。　　　放個小輕舠。順落秋潮。笛聲閑唱月
> 見高。料得無人來和我，且自消遙。

據〔明〕無名氏《我川寓賞編》云：「沈石田〈賣花聲圖〉：『……』
（詞略）後題『弘治壬子秋九月二十四日沈周』。」以及〔清〕陸時
化《吳越所見書畫錄》記載：「右調〈賣花聲〉一闋，以補圖之不足。
八十二翁沈周。」〔註129〕則先有此畫，作於弘治五年（1492）九月
二十四日，而後有此詞，作於沈周八十二歲時，即正德三年（1508）。
關於沈周「賣花聲圖」原畫之畫面，據陸時化《吳越所見書畫錄》記
載：「紙本，高三尺五寸三分，闊九寸九分。水墨平遠山水，中流一
舟，一老於船頭吹笛。」〔註130〕和其題畫詞所述，多有相應，而如
沈周所自言：「以補圖之不足」，題畫詞則替繪畫進一步點出作者的
意境。上片所寫黃昏、枯樹、老者，盡寫衰敗蕭條之人物，似乎低迷
極矣。然而，下片一轉生機，境隨心改。老者順流放舟，吹笛月下，
雖無人和，亦且逍遙自在。〈賣花聲・題賣花聲圖〉所寫與「賣花聲

〔註127〕〔明〕沈際飛選評：《草堂詩餘新集》，收入《古香岑草堂詩餘四
　　　　集》，明崇禎間太末翁少麓刊本，卷3。
〔註128〕〔明〕沈際飛選評：《草堂詩餘新集》，收入《古香岑草堂詩餘四
　　　　集》，明崇禎間太末翁少麓刊本，卷3。
〔註129〕〔清〕陸時化：《吳越所見書畫錄》，《中國歷代書畫藝術論著叢編》
　　　　本（影印宣統庚戌順德鄧氏風雨樓刊本，北京：中國大百科全書出
　　　　版社，1997年5月第1版第1刷），卷3，頁52上～52下。
〔註130〕〔清〕陸時化：《吳越所見書畫錄》，《中國歷代書畫藝術論著叢編》
　　　　本，卷3，頁52上。

圖」所畫，即一漁父形象；而漁父形象便是沈周詞中隱逸基調的典型：生活上的簡單、肉體上的衰老、心境上的闊達。前兩者襯托出後者的高遠。

　　唐代張志和作〈漁父〉詞以來，創作〈漁父〉詞便成膾炙。至元代吳鎮，不僅作〈漁父〉，還以之爲題畫詞，自此而後，漁隱題材更成爲文人畫家的創作大宗。沈周以漁父形象作爲隱逸基調之典型，亦有其家學淵源。謝章鋌《賭棋山莊詞話》將沈貞、沈恆詞彼此誤植之後，謂：「啓南風雅，淵源有自矣。此詞《明詞綜》失載。」〔註131〕其說法出於〔清〕梁章鉅《浪迹叢談》；梁章鉅說法，則改造於〔清〕張丑《清河書畫舫》。張丑《清河書畫舫》云：「按劉公完庵（劉珏）集中〈題月舟上人所藏沈緄庵同齋父子詩畫〉云：『……』（詩略）詳味此詩，可見啓南畫品入神，淵源蓋有自也。」〔註132〕梁章鉅《浪迹叢談》截取張丑評語，於沈貞、沈恆題畫詞後云：「觀此（沈貞〈鵲橋仙·題畫〉、沈恆〈一剪梅·題畫〉），知啓南以詞畫名家，淵源有自。」〔註133〕他同時從繪畫與詞風兩種角度上，指出沈周家學淵源；雖然略顯籠統，但可確定的是：梁章鉅已能隱約察覺到沈周題畫詞與沈貞、沈恆題畫詞之間的微妙關係。在文人畫發展成熟的清代，有人以論畫之法來論詞，如厲鶚〈論詞絕句〉云：「詞亦分南北。」以畫有南北二宗來論詞有南北二派；又如周濟《介存齋論詞雜著》云：「鉤勒之妙，無如清眞。他人一鉤勒便薄，清眞愈鉤勒愈渾厚。」〔註134〕以「鉤勒」來評述周邦彥詞風。厲鶚、周濟都是借用

〔註131〕〔清〕謝章鋌：《賭棋山莊詞話》，卷5，《詞話叢編》本，冊4，頁3383。案：謝章鋌所謂「《明詞綜》失載」一語雖爲事實，亦是強人所難。《明詞綜》所載原本有限，其中沈周詞亦僅不過〈鷓鴣天〉一闋而已，遑論沈恆、沈貞之詞。

〔註132〕〔清〕張丑：《清河書畫舫》（台北：學海出版社，民國64年5月初版），亥集，頁3下～4上。

〔註133〕〔清〕梁章鉅著：陳鐵民點校：《浪跡叢談》，收入《浪跡叢談續談三談》，卷9，頁171。

〔註134〕〔清〕周濟：《介存齋論詞雜著》，《詞話叢編》本，冊2，頁1632。

論畫之語來論詞，充其量不過以為比喻之效。梁章鉅則是從繪畫方面連帶地注意到詞風的類同，亦即文人畫隱逸精神同時在兩種不同藝術形式上的呈現。沈周不但從其伯沈貞、其父沈恆的身上一脈相承下來文人畫的傳統，〔註135〕而文人畫隱逸精神在其文學創作中，展現得更加鮮明而具體。從沈貞、沈恆題畫詞在作者上的爭議，亦可見出三人格調之相近。沈貞〈鵲橋仙‧題畫〉中的自給自足、隨潮浮游的世外漁父形象，自然是傳統中的隱逸典型，與沈周〈賣花聲‧題賣花聲圖〉若合符節；試比較沈恆〈一剪梅‧題畫〉與沈周〈題釣圖和韵〉、〈五十八自贊畫像〉二詩：

> 此老粗疎一釣徒。服也非儒。狀也非儒。生來多為酒糊塗。朝也邨沽。暮也邨沽。　胸中文墨半些無。名也何圖。利也何圖。烟波染就白髭鬚。生也江湖。死也江湖。（沈恆〈一剪梅‧題畫〉）

> 白髮今吾改故吾，此身滿地是江湖。只饒酒債從人舉，敢倚魚竿待價沽。流水之間心自浮，浮雲以外夢俱無。綠陰高樹成箕踞，此意憑誰作畫圖。（沈周〈題釣圖和韵〉）
>
> 〔註136〕

> 有何聰明？有何才藝？儒巾兀兀，儒服楚楚。大識不過一個丁字，大讀曾無半部論語。自視之乃草木之徒，自望之將金玉乎汝？紅樹青溪，白雲孤嶼。或坐而咏，或行而歌，聲隨意發，亦不能沮。聊樂我云，自得其所，不覺其年之五十有八，忽髩雪之如許。敢怠夫好修之心，必待盡而後已也。（沈周〈五十八自贊畫像〉）〔註137〕

〔註135〕阮榮春《沈周》云：「吳湖帆題『秋林觀瀑圖』曾指出『沈周傳其家學，從西莊（及沈貞）溯及仲圭』，由上述畫作確可窺見沈周畫風之淵源。」又云：「沈周早期山水畫風格亦可從其父恆吉作品中找到一些影子。」見阮榮春：《沈周》，頁10、11。

〔註136〕〔明〕沈周：《石田集》，收入《石田先生集》，《明代藝術家集彙刊》本，七言律三，頁24上。

〔註137〕〔明〕沈周：《石田文鈔》，收入《石田先生集》，《明代藝術家集彙刊》本，卷9，頁35上。

沈恆詞與沈周二詩在字句意境上，均有類似之處；〈五十八自贊畫像〉彷彿沈恆詞上片註腳，〈題釣圖和韵〉彷彿沈恆詞下片註腳，由此可見沈恆對沈周影響之重大。而沈周卻不只是繼承延續，並根據他個人的生命經驗，另闢蹊徑。若稱沈貞、沈恆詞爲野隱之詞，沈周詞則可稱爲市隱之詞。由於對社會現實有著更強烈的關懷與感受，是故沈周的詞比之沈貞、沈恆，不止是隱逸形象的描述，還增添入了沉重的人事歷史之感。如其〈柳梢青・圖而賦之，將以自況云〉云：

> 十丈枯槎。長身兀兀，一半敧斜。水洗孤根，風搖瘦影，月掛殘椏。　　烟江渡口渠家宿，幾度斜陽暮鴉。無意青黃，無意雨露，老大何耶。

此詞寫枯柳以自喻。枯柳在此詞中，事實上是漁父形象的一種變形。上片寫柳之外在形貌，層層敷染，輪廓漸明。起首一句逕指主題枯柳；底下二句續寫其姿態，兀幹衰枝，岸邊橫斜；歇拍三句極言其風標，分別就根柢、軀幹、枝椏三部份來描述，事實上說的是沈周心目中的理想形象：「水洗孤根」，說的是獨立不畏、不隨波逐流；「風搖瘦影」說的是貧賤不能移、富貴不能淫、威武不能屈；「月掛殘椏」，說的是理想之追求、信念之堅持。下片申說其志意。枯柳立盡江干，看慣「幾度斜陽暮鴉」，代表詞人對於古今歷史成敗興亡之悟解。詞人和枯柳一樣，無意於枝葉的嫩青鵝黃，亦即自身的顯達；也無意於一時雨露的滋潤，亦即朝廷的恩霑。歇拍「老大何耶」的疑問，既是詞人對枯柳之問，也是大哉自問。年歲老大，尚有何求？詞人無意於世俗之奔競，實乏所求。勉強追問之，所求亦不過「水洗孤根，風搖瘦影，月掛殘椏」遺世獨立之姿而已。人事歷史之感與漁父形象之結合在此詞中表現得較爲隱約，而在〈鵲橋仙・題釣圖〉中則較爲明顯：

> 脩然青竹，佳哉白叟。滿地斜陽疏柳。西風短髮不勝吹，剛剩得、紅顏殘酒。　　金塢雖深，冰山雖厚。不似破船能久。舉雙醉眼看時人，一轉瞬、英雄何有。

此幅所畫乃是漁父垂釣，題畫詞上片便圍繞著漁父垂釣的畫面來描

述。起首便以一青一白的鮮明相襯予人豐富的畫面感。青的是竹，白的是漁父。竹在文人畫傳統中，向來是重要題材，象徵著堅貞氣節，而江邊一叢幽篁，常保青綠，其翛然灑脫氣象正是白頭漁父的心境寫照。第三句承第一句，擴而大之，寫出背景，是黃昏日暮，遍地餘暉，而敗柳疏條，點綴其間。第四、五句承第二句，細寫漁父：蕭颯西風吹來，有意無意地撥弄頭上已然稀疏的華髮，然而白頭漁父不以為意，醺醉酡然，「強把孤懷來事酒，暫借紅顏。」（〈賣花聲・送春〉）其身雖老，其心仍少。上片運用許多顏色以為點染，與吳鎮「紅葉村西夕照餘。黃蘆灘畔月痕初。輕撥棹，且歸歟。掛起漁竿不釣魚。」（〈漁父〉）〔註138〕有異曲同工之妙。有朝陽便有斜陽，有嫩柳便有疏柳，有東風便有西風；上片的斜陽、疏柳、西風都有象徵人事興亡的意味。是故下片跳出畫面，深入漁父之內心。「金塢雖深，冰山雖厚」之涵義，同於辛棄疾「古今陵谷茫茫。市朝往往耕桑。此地居然形勝，似曾小小興亡。」（〈清平樂・題上盧橋〉）〔註139〕大自然都不免陵谷相移，何況是人事興亡之變化莫測。破船之所以能久，並非實指物質上的不朽存在，而是心靈層面的曠達超脫。紅塵中人，羈於名利，追逐成就，似乎再清醒不過，而江邊垂釣的漁父，則是醉眼矇矓。漁父「眾人皆醒我獨醉」，正是從「眾人皆醉我獨醒」〔註140〕的反面來立說。這一切在白頭漁父眼中看來，陵谷相移和人事興亡，「自其變者而觀之，則天地曾不能以一瞬。自其不變者而觀之，則物與我皆無盡也，而又何羨乎？」（蘇軾〈赤壁賦〉）〔註141〕沈周隱逸態度之堅定，實來自於對於人事興亡的看透。再看底下二詞：

霞容開雨，波痕弄晚。更著霜楓妝點。不應黃鶴斷磯頭，

〔註138〕唐圭璋：《全金元詞》（北京：中華書局，1979年10月第1版，2000年10月北京第4刷），頁937。

〔註139〕唐圭璋等：《全宋詞》，頁2459。

〔註140〕〔清〕王夫之：《楚辭通釋》，收入《清人楚辭注三種》（台北：長安出版社，民國67年9月再版），頁119。

〔註141〕〔宋〕蘇軾撰：孔凡禮點校：《蘇軾文集》，卷1，頁6。

恰坐定、功名都嬾。　　春暖陞階，雪寒邊棧。沒箇來推
去挽。枉勞榮辱總成空，不長似、江山在眼。（〈鵲橋仙・
題畫〉）

江盡正分吳。山多繞越都。一望中、還見重湖。昔日霸圖
何在者，空雲樹，□煙蕪。　　遙指廢臺孤。論興亡一訐。
迨如今、仍似姑蘇。剩與後人傳作畫，王孫曾，有傷無。（〈唐
多令・題畫〉）〔註142〕

這二闋題畫詞，畫亦不存，然從詞意來看，第一幅畫的是騷客登臨，
第二幅畫的則是吳門勝景，可能與姑蘇臺有關。兩詞皆具有濃厚的人
事興亡之感慨。前一闋題畫詞寫騷客登臨，起首三句用寫意的筆法，
精到地點出背景時空：上有黃昏雨霽，下有水波瀲灩，更有霜楓紛
紛，飄墮其間，可見畫家心眼。面對如此美景，一不需學騎黃鶴，登
然仙去；二不必功名成就，飛黃騰達，當下只有純粹的美感享受，以
及與大自然的契合無間。這也一再呼應著沈周詞中的人間市隱精
神。他面對大自然的態度，是有得賞時即賞之，從無執著勉強。如逢
春暖花開時候，便陞階登臨；至若雪寒花凍時候，也無妨閉室夜讀。
大自然對待人的態度，毫無機心，總是無私而完整地付出，永遠等待
著人們來親近領受。凡間人事則不然，儘管一世汲汲營營，到頭來仍
是一場春夢酒醒，虛幻無得。「枉勞榮辱總成空，不長似、江山在
眼。」這兩句可分為兩個層次來看：第一個層次是人事與大自然相
比，人事之興亡不過一瞬，無須掛心執著。第二個層次是顯達與隱逸
相比，儘管備極榮利，終有銷黯泯滅的一日，甚至還有危家敗身之
虞；惟有隱逸，既可保身家平安，又可在心靈上求得完全的寧靜。同

〔註142〕本詞輯自〔明〕李日華《六研齋筆記》卷二。此句原作「論興亡一
　　　　軌」，然此句當押韻，顯然不合律。疑「軌」字為「訐」字之誤刻。
　　　　考前人用「一軌」者，有；用「一訐」者，有。就字形而言，「軌」、
　　　　「訐」相近。就押韻而言，「軌」字出韻，「訐」字合韻。就詞意而
　　　　言，若依原「軌」字，則此句意指古今人事之興亡皆出一轍；若為
　　　　「訐」字，則此句意指古今人事之興亡不禁發人深深一嘆。綜合以
　　　　上諸方面，當以「訐」字為是，故逕改。

樣是在面對著江山勝景的時候，不免想起荒臺古蹟及其背後的人事興亡，而前一闋題畫詞側重點在江山大自然，後一闋傾向於人事興亡。第二闋題畫詞之立意，時有所本。〔宋〕范成大《吳郡志》云：「姑蘇臺，在姑蘇山。……《吳地記》云：『闔閭十一年，起臺於姑蘇山，因山為名，西南去國三十五里，夫差復高而飾之。越伐吳，焚之。』又云：『闔閭十年築，經五年始成。高三百丈，望見三百里，造曲路以登臨。吳王春夏游姑蘇臺，秋冬游館娃宮、興樂華池、南城之宮。又獵於長洲之苑。』太史公云：『余登姑蘇臺望五湖。』案：五湖去此臺尚二十餘里。」〔註143〕上片用古代吳越爭霸故事，下片以元末明初張士誠事跡作為對比。起首二句以景起，使用錯綜句法，意義互見。大江奔流，群山環視，是今日勝景，也是昔日吳越爭霸之地。野望遐思之間，詞人彷彿還能看到當年范蠡所退隱的五湖。當時吳越交攻，爾虞我詐，勝敗相出，只有范蠡功成身退，得以保全。隨著千年流逝，吳越所有的遠大鴻圖霸業，現下都化為一片煙雲、一派平蕪，徒供人憑弔了。換頭所謂「廢臺」，便是姑蘇臺的遺跡。吳王起之，而越王毀焉，人事的興亡有如姑蘇臺的興毀一般容易。「論興亡一訏」一句，此句意指古今人事之興亡不禁發人深深一嘆。結合上一句來看，「迤如今、仍似姑蘇」一句不僅實寫當前景物，也有追懷張士誠事跡的意味。元末群雄並起，張士誠佔據姑蘇江南一帶，稱王凡十餘年，然其最後亦為朱元璋所攻滅。殷鑑未遠，詞人對於人事之興亡，戚戚在心。結尾三句，呼應主題。用「王孫」一語，可推知此詞與畫乃是贈行之作；或許此人欲去吳，詞人遂畫吳門勝景，並題詞其上，以為旅途鄉愁之緩解。此人和詞人同樣富於人事興亡之感慨，去吳或有不得已之故耶？沈周一生安於隱逸，仕宦名利不能動其心，其〈讀漁父辭、飲酒詩，有感〉云：「展書聊就紙窗明，楚晉亡機出一衡。大廈壓頹何力起？厲階層沓幾時平？靈均耿耿獨醒死，陶令沉沉爛醉

〔註143〕〔宋〕范成大著；陸振岳校點：《吳郡志》（南京：江蘇古籍出版社，1999 年 8 月第 1 版第 1 刷），頁 100～101。

生。千載文章共肝胆，令人長嘆莫收聲。」〔註144〕楚國與東晉的敗
亡，「論興亡一軌」（〈唐多令・題畫〉），如同大廈之傾倒，並非一二
人力所能挽回，而造成敗亡的種種禍端，在楚國固然是悲劇，在東晉
亦是悲劇的重演。同樣面對鉅大時代變局的屈原和陶淵明，卻具有截
然不同的人生態度，於是造成了兩相逕庭的生命結局。「舉世皆濁我
獨清醒」〔註145〕的屈原與「覺悟當念還，鳥盡廢良弓」（陶淵明〈飲
酒〉其十七）〔註146〕的陶淵明，恰好是「一士長獨醉，一夫終年醒」
（陶淵明〈飲酒〉其十三）〔註147〕的明顯對比。由於屈原終年醒，
所以不見容於世，執著而死，眞是「枉勞榮辱總成空，不長似、江山
在眼。」（〈鵲橋仙・題畫〉）。至於陶淵明，則是與漁父同類的隱士。
《楚辭》中，漁父曾歌曰：「世人皆濁，何不淈其泥而揚其波？眾人
皆醉，何不餔其糟而歠其醨？」〔註148〕與陶淵明「一世皆尙同，願
君汩其泥」（〈飲酒〉其九）〔註149〕同意。與世共推移，故能常保其
身。「舉雙醉眼看時人」（〈鵲橋仙・題釣圖〉）反而是一種跳脫出凡間
人事興亡循環的處世態度；醉則醉矣，並非不食煙火、萬事不關心，
實則「酒中有深味」（陶淵明〈飲酒〉其十四）〔註150〕，內心充滿了
深沉的感慨。

（二）花卉雅題

　　在沈周題畫詞中，題在花卉畫上的詞作亦饒意趣。除了山水畫之
外，沈周亦是花鳥畫能手。他繼承發展了五代黃筌、徐熙以來的花鳥
畫，題材豐富，凡七十餘種，〔註151〕表達形式多樣不拘。其花鳥畫

〔註144〕〔明〕沈周：《石田集》，收入《石田先生集》，《明代藝術家集彙刊》
　　　　本，七言律二，頁18下。
〔註145〕〔清〕王夫之：《楚辭通釋》，收入《清人楚辭注三種》，頁119。
〔註146〕〔晉〕陶淵明著；袁行霈箋注：《陶淵明集箋注》，頁274。
〔註147〕〔晉〕陶淵明著；袁行霈箋注：《陶淵明集箋注》，頁266。
〔註148〕〔清〕王夫之：《楚辭通釋》，收入《清人楚辭注三種》，頁119～120。
〔註149〕〔晉〕陶淵明著；袁行霈箋注：《陶淵明集箋注》，頁256。
〔註150〕〔晉〕陶淵明著；袁行霈箋注：《陶淵明集箋注》，頁268。
〔註151〕阮榮春：《沈周》，頁155～156。

上的題畫詩詞亦復不少，文墨並茂，而在花卉畫上的題畫詞，則是本文關注的焦點之一。

在花卉畫上的題畫詞可考者，凡六闋：四闋題牡丹，一闋題梔子，一闋題蜀葵百合。除了題詞，亦有題詩者，顯然作者對牡丹有所偏愛。其中四闋所題之畫尚存，有一闋所題之畫已不可見。若依創作時間之順序，〈蝶戀花・題牡丹圖〉是其中較早的作品，即所題之畫今不可見者。其詞云：

> 悶悶家中無意味。笋紫茶青，便爾西山去。叵奈東園花一樹。新紅不語愁先露。　儘欲相留留不住。少倚扁舟，尚把西施顧。料理歸來春未暮。臨軒爛醉還非誤。

詞前有序云：

> 癸亥三月十八日，坐悶掩關，國用至，云：「雨日西山茶筍頗佳。」遂理舟而行。時東闌牡丹始放，行恐負花，不行又差茶筍。國用又云：「歸亦傾國未老。」舟中憶花，染此墨本，復填此詞，以寄孤興云。

據其詞序，可知此畫與詞作於弘治十六年（1503）三月十八日，時沈周七十七歲。國用，許朝相之字，曾得倪瓚存稿，邀請眾人倡和，為吳門詞派〈江南春〉倡和活動之關鍵人物。沈周與許朝相，交誼甚洽，時相過從。沈周另有〈賣花聲・與許國用〉一闋，詞云：「頭腦已多烘。鬢亦霜蓬。只今年紀古稀中。不敢參時一輩，情況難同。　茅屋少人蹤。滿地殘紅。君來方怪酒尊空。一味清談聊當飲，儘慰衰翁。」由上片前三句，可知此詞約作於弘治十四年（1501）七十五歲時，與〈蝶戀花・題牡丹圖〉創作時間相去不遠。由上片後兩句，可知許朝相年紀與沈周略有差距，不屬於同一輩分。雖然，兩人忘年而友，許朝相頻來問訊，沈周亦樂與飲談。味〈賣花聲・與許國用〉詞意，此詞便是許朝相來訪時，沈周所賦贈。而〈蝶戀花・題牡丹圖〉則是與許朝相同遊，旅途中作。其詞詞意與詞序重出，一一可循。「悶悶家中無意味」即「坐悶掩關」，「笋紫茶青，便爾西山去」即「國用至，云：『雨日西山茶筍頗佳。』遂理舟而行」，「叵奈東園

花一樹。新紅不語愁先露」即「時東闌牡丹始放，行恐負花」，「儘欲相留留不住」即「不行又差茶筍」，「少倚扁舟，尚把西施顧。料理歸來春未暮。臨軒爛醉還非誤」即「國用又云：『歸亦傾國未老。』舟中憶花」。惟一不同者，詞序重在敘事，語句平平，詞意重在抒情，中多曲折。此詞寄詞人之閒情逸致，未見志意深刻處，而其最大的特點便是在於善用轉折語，使得敘述流盪飛動，平淡之中自有回旋之姿。起首一句寫詞人悶坐家中，隨著「便爾」一轉，遊興陡然高揚，而「叵奈」再轉，牡丹含愁，氣勢漸低；下片換頭承上，「儘欲」三轉，牡丹留人人不留，氣勢又低；「尚把」四轉，詞人在舟中憶牡丹，氣勢最低；「料理」五轉，詞人強作釋懷語，聊慰牡丹，於焉氣勢稍稍振起，可惜強弩之末，力未入木，令人大失所望。詞人意在自適，故點到為止。烹茶食筍賞牡丹，若無牡丹則自寫，亦可見其平居生活閑雅之一斑。

　　另有四闋題畫詞所題之畫可考者，其中三闋都是題在同一幅畫之上，即〈惜餘春慢・題牡丹圖〉（院沒餘桃）、〈惜餘春慢・題牡丹圖〉（艷比姚楊）、〈臨江仙・題牡丹圖〉。沈周之詞乃與薛章憲相倡和，是故此幅牡丹畫上除了沈周的三闋詞之外，尚有薛章憲的三闋和詞。〔註152〕沈周之題款云：

> 正德改元三月二十八日，江陰薛君堯卿見過，適西軒玉樓牡丹已向衰落，餘香剩瓣，猶可把酒留戀。堯卿索賦〈惜餘春慢〉小詞，遂從而填緝一闋，以邀堯卿和篇。……（詞略）

> 念九日復引小酌，時花遽為風雨淨盡，感慨無已。仍倚韻一闋，以既余懷。堯卿寧無再答云？……（詞略）

> 二年二月念九日，與京口陶公輔復對殘花，以修昨者故事，填〈臨江仙〉詞，仍為澄江繆復端錄于紙尾。復端雖未及

〔註152〕薛章憲和詞三闋，未見於《全明詞》，亦未見於其他明詞輯逸論文，是為逸詞。

燕游，亦不敢孤其遠意。……（詞略）三月二十四日，八
十一翁長洲沈周。〔註153〕

薛章憲之題款云：

石翁既爲繆君復端圖此，仍書舊作。因語及賤名，故復要
余補空云。〔註154〕

綜合沈周及薛章憲所述，此件書畫之創作因由及先後順序，可以整理
如下：沈周先有詞，爾後有畫。正德元年（1506）三月二十八日，薛
章憲來訪沈周，適逢牡丹衰落，於是薛章憲索〈惜餘春慢〉詞一闋，
沈周應之。第二日，沈周獨飲有感，復造一闋。隔年，即正德二年（1507）
二月二十九日，陶公輔過訪，又見去年殘花，感動於內，乃塡〈臨江
仙〉一闋。薛章憲和詞三闋：〈惜餘春慢〉二闋，前闋詞題「和前篇」，
後闋詞題「和後篇」，〈臨江仙〉一闋，詞題爲「次年復和〈臨江僊〉
一闋」〔註155〕沈周前云「邀堯卿和篇」，後又云「寧無再答？」可見
沈周與薛章憲之間的倡和情形，是隨倡隨和，創作時間亦相近。沈周
三段題款，亦是其三闋題畫詞之詞序。從文意看，前兩段作於塡詞同
時，後一段則爲補作，作於作此牡丹畫和書此三闋題畫詞之時，即正
德二年三月二十四日。沈周作此牡丹畫和書此三闋題畫詞，乃用寄繆
復端，慰其二月二十九日無法來與共遊。沈周又邀薛章憲補書其三闋
和詞於畫上，確切時間不可考，亦當相近。接著再看其題畫詞，最早
的〈惜餘春慢・題牡丹圖〉云：

院沒餘桃，園無剩李。斷送青春在地。臨軒國豔，留取遲
開，香色信無雙美。何事香消色衰，不用虀冤，是他風雨。
苦厭厭、抱病佳人，支倦骨酸難起。　　儘滿眼、弱瓣殘
鬚，傾臺側當、嫣紅爛紫。令人可惜，十二闌干，更向黃
昏孤倚。只見東西亂飛，隨例忙忙，何曾因子。漫勞渠、

〔註153〕張萬夫等編：《沈周書畫集》（天津：天津人民美術出版社，1996年
　　　　12月第1版第1刷），圖版92。
〔註154〕張萬夫等編：《沈周書畫集》，圖版92。
〔註155〕張萬夫等編：《沈周書畫集》，圖版92。

弔蝶尋蜂，知得斷魂何許。

上片第二句「李」字，本不必押韻，但觀沈周與薛章憲倡和四詞，皆作韻腳。下片倒數第二、三句，《全明詞》作七字句和四字句，皆不押韻，〔註156〕然考沈周與薛章憲倡和四詞，作四字句和七字句，「子」字皆作韻腳。據沈周自云，此詞作於正德元年三月二十八日，正是暮春時節，眾花差不多都已開盡，沈周庭中的桃花、李花凋謝了滿地，「適西軒玉樓牡丹已向衰落，餘香剩瓣，猶可把酒留戀」，只有牡丹把握住最後的青春，仍然綻放著僅存的豔麗。已向衰落的牡丹是沈周的自喻；詞人傷牡丹，實則自傷其老。「不用薶冤，是他風雨」是詞人對於人事興亡一貫的悟解態度。雖然八十歲的詞人有此體認，在此詞中還是充滿著薶冤的氛圍。從上片第四句開始，至下片第五句為止，都是對於牡丹衰落外貌的描寫，流於表象，有僅得其皮毛之憾。下片第二句為八字句，《全明詞》斷為上三下五句法；〔註157〕案沈周另一闋〈惜餘春慢・題牡丹圖〉以及薛章憲和詞兩闋，都作四四句法；且依語意，亦當如是。臺，指盛載牡丹的花臺；當，讀作去聲，原指器物頂部，這裡指牡丹之頂端。下片第六句至第八句，所謂忙碌飛舞者，即指後文之蜂與蝶而言。下片第六句至第八句，與歇拍兩句之間，亦有重複之弊；儘管詞意略不相同，然而細較之下，兩處所說也不過蜂蝶不關情、牡丹自傷心而已。或許詞人先得歇拍兩句，方為補足前數句。而過了一天，即三月二十九日，沈周又作了〈惜餘春慢・題牡丹圖〉一闋，云：

> 艷比妃楊，仙疑白李。豈稱貧家賤地。東君顧恤，開及茅堂，依舊之才之美。應是書生分慳，故故先飄，絲然紅雨。悄西闌、墮者難拈，傾者亦難扶起。　　想昨日、羯皷豪門，山殽池酒、實朋金紫。今番今日，一體無聊，富貴悵何堪倚。打筭榮枯盛衰，了自有時，何消籌子。漫填愁、且賦新詞，命作惜春還許。

〔註156〕饒宗頤初纂；張璋總纂：《全明詞》，冊1，頁321。
〔註157〕饒宗頤初纂；張璋總纂：《全明詞》，冊1，頁321。

後出轉精，此詞擺脫前詞的表面描寫、一味自傷，而將對於人事興亡的感慨進一步發揮，但仍不免敘述平淡。開頭二句，極言牡丹外貌之艷麗、氣質之脫俗，故下云「豈稱貧家賤地」，應當開在富豪大院之中，如今卻開在貧洗蓬門之內，供詞人清賞。一切之功，均賴於春風顧恤。然而，詞人認爲富貴之花畢竟不適於隱逸之家，是故牡丹隨著暮春風雨，漸次凋謝殆盡。所謂「時花遽爲風雨淨盡，感慨無已。」詞人由牡丹之榮枯起興，思及人事之興亡亦復相似。下片第一、二句，言富貴之盛；第三、四、五句，言富貴不足恃；「昨日」、「今日」

沈周　牡丹圖（局部）

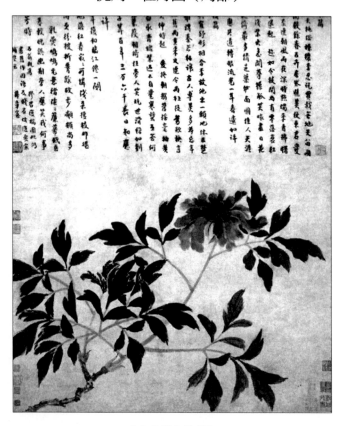

（南京博物院藏）

之語，極言時間消逝之速，盛衰猶如一日之隔，故云「了自有時」。
下片下半，與詞人另一詞〈鵲橋仙・題牡丹圖〉所云「枉勞榮辱總成
空，不長似、江山在眼。」同意。結尾兩句，有呼應題旨「惜餘春」
之意，也可看出詞人在心態上，從前詞較爲主觀而難以自拔的傷感，
轉爲此詞稍具距離的客觀感慨。大約過了一年，又是暮春，詞人面對
去年牡丹，填了〈臨江仙・題牡丹圖〉，云：

> 昨日把杯今日嬾，可堪殘酒殘枝。埋冤風當玉離披。雖無
> 嬌態度，全有病容姿。　　　惱得吾儂搔白髮，帶花落地垂
> 垂。此花雖落有開期。不教人不惜，人老少無時。

據沈周自云，此詞作於正德二年二月二十九日，寫作意旨在於「與京
口陶公輔復對殘花，以修昨者故事」，延續去年所作兩詞詞意，雖亦
自嘆衰老，則傷而有節，不致低迷不振，並且精簡冗贅，意到筆停。
此詞內容與第一闋〈惜餘春慢〉較近似。在結構上，時而說人，時而
說花，時而綰合花與人一併說之，似乎即花即人。若只是如此，此詞
便與第一闋〈惜餘春慢〉無甚相異。詞人畢竟體認到牡丹非人，人非
牡丹；「此花雖落有開期」，白髮人無再少年。比之第二闋〈惜餘春慢〉，
八十一歲詞人採取更具距離的客觀感慨：與其憂愁光陰不回，不如珍
惜眼前殘酒殘枝。「此花雖落有開期」，也頓時讓讀者了解到詞人心中
的那份期待。平心而論，這三闋詞記錄一時之感的意義，遠大於詞學
創作的藝術價值。畫爲水墨淡設色，極具藝術價值。阮榮春曾評析沈
周此幅牡丹畫：「表現將殘的牡丹，其造型與水墨應用上，與盛開牡
丹不盡相同，花瓣平舒向下做垂狀，花葉大而濃重，四面伸張，給人
以葉老花衰之感。在水墨表現上，畫花瓣，筆端蘸上濃淡之墨，由花
心向花邊處一氣呵成，由濃至淡，風神淡冶，水墨表現得乾淨利落，
情滿意足。垂老之葉，色較濃黑，其葉自然不如盛時豐富多韻。……
這幅牡丹老葉，沈周則有意俟墨葉稍乾時勾線，葉脈老硬而挺勁，其
枝莖的線條以淡墨爲之，運線輕鬆而富有彈性，與重葉硬脈形成對
比，始將殘牡丹頻添幾分嫵媚，作者將『餘香剩瓣，猶可把酒留戀』

的特徵表達了出來。」〔註158〕將沈周畫筆分析得十分精細，頗能引人入勝。牡丹作為貫串這三闋題畫詞的主題，沈周補畫一幅牡丹圖顯然有其用意。牡丹圖的實際目的在於用寄繆復端，因為他「雖未及燕游，亦不敢孤其遠意」，故在紙上為之現身說法，畫出沈周心眼之中的牡丹，以期同觀。既然是配詞之畫，畫中亦有詞意。此畫不只是表達出牡丹「餘香剩瓣，猶可把酒留戀」的「嬌態度」，亦有「玉離披」、「支倦骨酸難起」，「故故先飄，絲然紅雨」，「更向黃昏孤倚」的「病容姿」，彷彿還可想見一位持觴牡丹之側的年過八十老人，時飲時停，沉沉有思，細細自語。

另一闋可考見其畫的題畫詞是〈小重山・題臥游冊十七開之十〉：

> 花盡春歸厭日遲。玉葩撩興有新梔。淡香流韻與風宜。簾觸處、人在酒醒期。　　生怕隔墻知。白頭癡老子、折斜枝。還愁零落不堪持。招魂去、一闋小山詞。

由於沈周《臥游冊》之創作時間無法追知，這闋題畫詞創作於何時也無從確考。但整體詞意接近於題牡丹圖的兩闋〈惜餘春慢〉和〈臨江仙〉，以及「白頭癡老子」一句說老，還有此幅梔子畫畫風之老到純熟、寫神不寫貌，接近正德二年三月二十四日所畫之牡丹圖，各方面皆顯示此詞與畫之創作時間當在晚年。姑將此詞繫為正德二年至四年（1507～1509）之間所作。此詞所題之畫為梔子，蓋即詞中自云所折之斜枝。從首句看，此詞似乎作於暮春，是故下句云「玉葩撩興有新梔」。「玉葩」即有花中帝王之稱的牡丹，春綻春謝，而梔子為常綠灌木，夏日開花。暮春牡丹花凋去，固然使人神傷，而又有梔子緊接著開放，衰晚情懷因之紓解許多。此幅梔子畫為設色，枝葉青翠，主幹挺勁；一本二花，一朵含苞未放，一朵爛漫盛開，黃蕊白瓣，勃勃然有生氣，香氣暗送，可以領會詞人所謂的「淡香流韻與風宜」。隨著徐徐微風，梔子的香氣吹進

〔註158〕阮榮春：《沈周》，頁 161。

沈周　臥游冊十七開之十

（北京故宮博物院藏）

了房簾內，驚動了酒醒初醒厭日遲的詞人。換頭承上片，人老而痴於賞花，故云「生怕隔墻知」，於是詞人起身走到了庭院中，折下一枝梔子，且賞新花，然而，衰落之牡丹引起了詞人嘆老的情緒，新放的梔子則又增強了人事全非的新舊對比。結尾一句，「小山」，指淮南小山。宋玉曾爲屈原作〈招魂〉，王逸云：「欲以復其精神，延其年壽。」〔註159〕又，淮南小山曾著〈招隱士〉，王逸云：「小山之徒閔傷屈原，又怪其文昇天乘雲，役使百神，似若仙者，雖身沉沒，名德顯聞，與隱處山澤無異，故作〈招隱士〉之賦以章其志也。」〔註160〕沈周欲效宋玉、淮南小山，作此小詞以招與春俱歸之花魂。

三、詠物之〈鷓鴣天〉

　　尚值一提的是，在沈周的詞作中，可以發現一種特殊的現象：使

〔註159〕黃靈庚集校：《楚辭集校》（上海：上海古籍出版社，2009 年 11 月第 1 版第 1 刷），頁 1064。

〔註160〕黃靈庚集校：《楚辭集校》，頁 1039。

用特定詞調，亦即〈鷓鴣天〉，來吟詠春天事物。沈周有六闋〈鷓鴣天〉，四闋詠物：春水、春草、春柳、春鶯。張仲謀《明詞史》云：「後一首（〈鷓鴣天・詠春柳〉）因爲前後還有『詠春水』、『詠春草』、『詠春鶯』三首，疑亦爲題春景四條屏之作。」〔註161〕懷疑這四闋〈鷓鴣天〉是題畫詞。所言並無直接證據，仍有待商榷。沈周詞以〈鷓鴣天〉詠物的現象，同樣也出現在文徵明詞中。文徵明共有六闋〈鷓鴣天〉，皆用以詠物，分詠秋風、秋月、秋菊、秋雁、秋蟬、木芙蓉，題材全爲秋天事物。使用〈鷓鴣天〉來詠物的現象，是否與〈蘇武慢〉習於被用來表達個人處世心得的情形一樣，仍有待整合總體的詞史觀點來深入考察。

其〈鷓鴣天・詠春水〉云：

　　潑綠接藍好染衣。溶溶漾漾雪消時。劈魚翡翠頻晴浪，脫蛻蜻蜓且晚漪。　　桃葉渡，竹枝詞。爲郎江上費相思。相思比似深無底，郎若來量自得知。

上片四句，分別以四樣不同的角度來描寫春水之美好。第一句，乃就水邊的人們來說。綠指蒝草，藍指藍草，二種植物都能析採出顏色，以爲染衣的原料；此處潑綠、按藍皆借指水。水邊的人們利用春水，製作春衣，背後自有隱而未言的遊春之意。第二句，乃就春水本身來說。風暖雪消，春水漫流，水量漸豐，水波瀲灩，正是遊春好時節。此句補足了上句句意。第三、四句，再說明遊春之景，一句說白日，一句寫黃昏。第三句，乃就水中生物來說。在清徹如翡翠的水中，游魚穿浪前進，姿態閑如而流利。第四句，乃就水上生物來說。方始蛻化的蜻蜓，四處飛舞，不時輕點水面，顛起層層漣漪。游魚、蜻蜓皆爲靜觀自得之景，愜意之至。下片一變歡愉，轉入哀感，而以春水喻託分離之情。第一句，用王獻之典故。《古今樂錄》云：「王獻之愛妾名桃葉，其妹曰桃根。獻之嘗臨渡，歌以送之。後人因名渡曰桃葉。」歌曰：「桃葉復桃葉，桃根連桃根。相憐兩樂章，獨使我殷勤。」第

─────────────

〔註161〕張仲謀：《明詞史》，頁164。

二、三句，化用劉禹錫〈竹枝〉，云：「楊柳青青江水平。聞郎江上唱歌聲。東邊日出西邊雨，道是無晴還有晴。」〔註162〕第四、五句化用李白〈贈汪倫〉，云：「李白乘舟將欲行，忽聞岸上踏歌聲。桃花潭水深千尺，不及汪倫送我情。」詞人有所改造，將征人的話語，改由居人說出。由於上下片的巨大反差，女子心中亟欲遊春、卻無奈分離的嗔怨，也適度地被表達出來了。

其〈鷓鴣天·詠春草〉云：

> 往事何須慨六朝。王孫今已去人遙。踏遺更有新金策，闕墮空思舊玉翹。　青丹丹，綠迢迢。恨煙愁雨夢勞勞。忘歸不是當歸種，消恨天涯首重搔。

此詞全以思婦角度來寫。開頭第一句化用杜牧〈江南春絕句〉：「千里鶯啼綠映紅，水村山郭酒旗風。南朝四百八十寺，多少樓臺煙雨中。」第二句化用白居易〈賦得古原草送別〉：「離離原上草，一歲一枯榮。野火燒不盡，春風吹又生。遠芳侵古道，晴翠接荒城。又送王孫去，萋萋滿別情。」說明情郎早已去遠，惟有往事空記省。第三、四句交代時間，乃出遊踏青、鬥草的清明時候。第三句寫踏青。今年踏青，看見廢棄路旁的馬鞭，想起羈旅遠方的情郎，手中所執的馬鞭也不知更換了多少，說明了情郎的驛動不止。第四句寫鬥草。今年鬥草，想起了從前曾和情郎同遊嬉戲，就算弄丟了頭上玉翹，也絲毫不在意，現在要尋也無從尋起，只能徒然追憶了。上片寫思婦遊春，下片寫遊春歸來。青山迷離，綠水迢遙，相逢只有一夢中了。華胥之國畢竟非現實，第三句儼然有姜夔〈踏莎行〉「離魂暗逐郎行遠。淮南皓月冷千山，冥冥歸去無人管」〔註163〕之憾。第四句「當歸」語帶雙關。當歸為夏秋之間開花；在以清明為背景的此詞中用此，意指思婦暗自料想當歸之期又誤矣。離愁又添一層也。

〔註162〕曾昭岷等編：《全唐五代詞》（北京：中華書局，1999 年 12 月第 1 版北京第 1 刷），頁 59。

〔註163〕唐圭璋等：《全宋詞》，冊 3，頁 2798。

其〈鷓鴣天‧詠春柳〉云：

> 媚在輕柔嫋娜中。幾枝斜映驛亭紅。微煙啅雀金猶嫩，細雨藏鴉綠未濃。　　攀傍岸，折隨風。管人離別有何功。開花更是無聊賴，一朵西飛一朵東。

此詞寫水驛旁之柳。無人黃昏中，驛亭染上夕照的顏色，一派淺淡橘紅，而隨著春風的吹拂，掩映著驛亭的柳條，輕柔自如地飄動著。煙雨霏微，野雀飛來，啄食著金嫩初生的柳芽；烏鴉謀憩，藏身在尚未繁茂的柳葉裏。整個畫面綺麗而充滿色彩感。論其敘述，亦動靜交錯：第一句的柳條爲動，第二句的驛亭爲靜；第三句中的啅雀爲動，柳芽爲靜；第四句的藏鴉爲動，柳葉爲靜。這四句表面上都從春柳來寫，實則皆有比喻妙齡女子之意：第一句言其婀娜體態，第二句言其姣嫮朱顏，第三句言其頭上金釵，第四句言其烏溜長髮。隻身獨立，卻無人賞。上片極寫春柳之美好，下片則怨盡春柳。長在驛亭旁的柳樹，任人折枝以贈別，只有助人離別之過，而無盡人留別之功。至於隨風八方飄的柳花楊絮，更是讓相別之人備增心傷。此詞結構亦是運用上下片的巨大反差，以爲女子思念之情的襯托；下片更有兩處反語，增加了可讀性。怨柳，實則怨人。採取折柳贈別、柳絮紛飛兩種典型意象，而加以翻用，可以感覺到詞人的別出心裁。

其〈鷓鴣天‧詠春鶯〉云：

> 二月園林蟄已驚。一梭飛處曳新聲。衣隨雨澀愁金重，舌犯風寒覺玉生。　　花點出，柳妝成。傍花隨柳最分明。吝情最是崔家女，不借前身只借名。

比之前數作，此詞最惡。起首便平平。承第二句，第三句言其毛羽之濕，第四句言其啼聲之寒。下片第一句至第三句，言其飛處於新花繁柳之間最爲可賞。至此，仍只是平淡無味。歇拍兩句，更覺其油腔滑調。考元稹《鶯鶯傳》中，崔鶯鶯最爲多情堅貞，此詞卻言其吝嗇情感，只肯借與名字。純是小聰明矣。

這四闋詠物詞，皆言男女別離之情，可見出沈周筆下詞情亦能婉約纏綿，並帶有自然清新的民歌風味。雖然以文字遊戲的成分居多，

正由於寄意於無端，反而讓人領略到詞人細膩情感的另一面。

　　沈周詞以隱逸爲基調，表現出生活之閑雅和愜意，其中不乏自言衰老的傾向，不然便有關於人事興亡之感慨。一般而言，沈周的小令作得較好，長調易犯冗雜。其詞意較淺，大多是對於一事一景的直接感發，缺乏充足實事以爲內涵，又不屑於技巧修飾。故其長調如〈滿江紅・題徐武功自書詞後〉、〈蘇武慢・五十初度自述，時丙申年〉二闋、〈水龍吟慢・和武功先生韻〉、〈滿江紅・題宋高宗賜岳飛手敕〉，意有所本，情感淳厚，議論深刻，否則往往只見往復於窄徑，傷於重複，缺乏精思；而小令體製精短，譬如小品文，正適合其神會意適、點到爲止的尚趣作風。

第六章　吳門詞派之詞人與詞作（下）

第一節　祝允明

　　祝允明（1460～1526），字希哲，因生而右手枝指，故自號枝山，又號枝指生、枝指道人、枝山道人、枝山居士、枝山樵人、枝山老樵、夢餘禪客，別號異香仙掾、都花散吏、擲果郎君、鬥玉冶郎，〔註1〕長洲人。祝顥為其祖父，徐有貞為其外祖父，李應禎為其岳父。五歲能作徑尺大字，九歲因病居家，遍和古詩一編，名已隱起。稍長，愈加閎肆博洽，於經史子集之外，道經釋藏、稗官小說之類，無所不讀。其詩與文徵明、唐寅、徐禎卿，並稱吳中四才子。五應鄉舉，弘治五年（1492）中王鏊榜，七試禮部，終不第。〔註2〕正德九年（1514）秋，赴京謁選，授廣東興寧知縣，後兼攝南海縣令。正德十六年（1521），遷南京應天府通判，旋即棄官歸里。自後益事著述，或放浪山水，脩然自適。為人簡易佚蕩，不拘繩法，而時入沉靜，遊心於玄思，若出塵境。書法各體兼備，上軌晉唐，雄睨當世，與文徵明、王寵，並稱明三大家；而晚歲出入變化，豪縱放逸，其狂草為明

〔註1〕黃裳：《來燕榭書跋》（上海：上海古籍出版社，1999 年 5 月第 1 版第 1 刷），頁 180。
〔註2〕參陳麥青：《祝允明年譜》（上海：復旦大學出版社，1996 年 3 月初版第 1 刷），頁 27、28、33、41～42、51、52、59～60、68、74、80、94、106。

代之聖。略亦能畫，少爲人知。〔註3〕著述有《祝氏文集》、《祝氏集略》（即《懷星堂全集》）、《祝氏小集七種（金縷、醉紅、窺簾、暢哉、擲果、拂絃、玉期）》、《擬詩外傳》、《成化間蘇材小纂》、《祝子通》、《祝子微》、《祝子雜》、《蠶衣》、《祝子罪知錄》、《浮物》、《讀書筆記》、《書譜》、《野記》、《前聞記》、《志怪錄》、《語怪》、《語怪四編》、《金石契》、《江海殲渠記》、《興寧志》、《心影》、《吳材小纂》、《南游錄》、《太中遺事》、《武功佚事》、《太僕言行記》、《先公門人記》等多種。〔註4〕

　　《明詞彙刊》本《枝山先生詞》據《祝氏文集》收錄三十六闋詞。《全明詞》以《明詞彙刊》本《枝山先生詞》爲底本，又據《江南春詞集》，輯出〈江南春〉一闋，凡三十七闋詞。筆者另據〔明〕沈際飛《草堂詩餘新集》、〔明〕潘游龍《精選古今詩餘醉》、〔清〕顧璟芳、李葵生、胡應宸《蘭皋明詞匯選》、〔清〕卞永譽《式古堂書畫彙考》、徐柚子《詞範》，以及傳世書跡，輯出十三闋詞。是故祝允明現存之詞，凡五十闋。筆者重加考訂，並爲之校箋，其中二十八闋可以編年。詳參本文附錄。

　　〔明〕李日華《味水軒日記》云：「萬曆四十三年乙卯正月二十一日，方巢雲攜祝枝山行草樂詞十六段來求鑑。款云：『歐陽鳳林先生進賀萬壽表，承銓部鄔茂翁老先生索書奉贈，敬錄〈萬歲樂〉及〈感黃恩〉十六詞以應之。時丙戌元宵後二日也。南京應天府通判祝允明。』」〔註5〕「丙戌」，即嘉靖五年（1526）。祝允明此卷書跡，不見傳世，無從查考。備說於此。

一、多情浪漫

　　祝允明是一個集理性與感性兩種極端於一身的特殊人物。既是

〔註3〕參本節下文題畫詞部份。

〔註4〕關於祝允明之著述種類，參第三章第一節之整理。此處祝允明生平簡述，參考《祝允明年譜》而成。

〔註5〕〔明〕李日華：《味水軒日記》，卷9。

好爲深湛之思的學者，同時又是蘊藉多情的風流文人。

在祝允明詞中，展現得最多的是他性格上的蘊藉多情。考其集中，有多首關於妻妾之詩，充滿情愛綢繆。如〈憶內〉云：「書劍風簾別孟光，柔情無奈繞剛腸。遠山寂寞閑張敞，流水潺湲誤阮郎。白練砑裙憐舊月，青綾單被怯新霜。不堪注目馮山閣，鸂鶒雙飛下柳塘。」〔註6〕即寫宦遊他鄉之時，對於故里妻子的想念。祝允明於正室之外，尙有侍妾，人數、姓名、交結於何時，均不可考；對於侍妾之相思，如〈憶侍兒〉云：「當時容易下陽臺，仙夢蕭條喚不回。流水每將春眼對，媚霞曾送晚粧來。濃歡不曉鴛鴦苦，嫩約常教鸚鵡猜。總是音塵兩邊斷，不知清淚日千迴。」〔註7〕亦不在正室之下。即使病中，亦常相憶，如〈病貽小妾〉、〔註8〕〈憶新姬人歸與〉，〔註9〕都是此類之作。至若詞篇，其〈長相思‧多情〉云：

> 喚多情。說多情。誰把多情換我名。換名人可憎。　　　爲多情。轉多情。死向多情心也平。休教情放輕。

〔明〕沈際飛《草堂詩餘新集》云：「時有以多情呼枝山者，因賦。」〔註10〕所言不知何據？考以詞意，此詞確以「多情」之外號爲起興，並利用〈長相思〉一調上下片前兩句須疊韻之特色，嵌入「多情」二字。上片就被喚者即詞人一方面來寫。案詞意，喚者當爲一青樓女子。

〔註6〕〔明〕祝允明：《祝氏文集》，收入《祝氏詩文集》，《明代藝術家集彙刊續集》本（台北：國立中央圖書館，民國60年6月初版），卷4，頁13上。

〔註7〕〔明〕祝允明：《祝氏文集》，收入《祝氏詩文集》，《明代藝術家集彙刊續集》本，卷4，頁13上～13下。

〔註8〕〈病貽小妾〉云：「痒體轉難起，多緣是憶君。眩花搖夜月，靈夢逐朝雲。藥物誰調進，薰爐手自焚。休將遣君識，應復帶寬裙。」見〔明〕祝允明：《祝氏文集》，收入《祝氏詩文集》，《明代藝術家集彙刊續集》本，卷4，頁19上。

〔註9〕〈憶新姬人歸與〉云：「苦憶頻頻欲病休，病難留取再綢繆。小鬟若是論功賞，綠酒當封月下侯。」見〔明〕祝允明：《祝氏文集》，收入《祝氏詩文集》，《明代藝術家集彙刊續集》本，卷4，頁24上。

〔註10〕〔明〕沈際飛選評：《草堂詩餘新集》，收入《古香岑草堂詩餘四集》，明崇禎間太末翁少麓刊本，卷1。

喚者喚詞人以多情之號，並且對詞人說明詞人如何的多情，顯示出女子對詞人的情意綿柔。三四句，雖為詞人口氣，說的卻是喚者，以及詞人對喚者的喜歡。沈際飛評云：「倒說可憎。」〔註11〕說的是可憎，真正的詞意是可愛。下片喚者就一方面來寫。為了詞人的多情，女子的多情也愈轉為多。〔清〕李葵生評第三句云：「情痴語。」〔註12〕儘管因為多情而招致死亡之危害，也無法動搖女子心中的平靜，而其惟一害怕的是，詞人一旦薄倖離去，只留下空閨簾影。沈際飛評云「無古無今，一時遘會，急起追之，情流韻溢，不須點染。」〔註13〕篇製短小而流動暢快，是此詞的最大優點。從詞意中，也可看出詞人對於「多情」的外號，頗以為得其意，乃為之作一詞；並且認為此一描述，十分符合其性格。「死向多情心也平」的一往情深而直託生死，與〔金〕元好問〈摸魚兒〉：「恨人間、情是何物，直教生死相許。」〔註14〕以及後來的湯顯祖〈牡丹亭題詞〉：「情不知所起，一往而深。生者可以死，死者可以生。生而不可與死，死而不可復生，皆非情之至也。」同一格調，令人心折。其〈念奴嬌〉云：「對月深思，情是人間何物，恁般難滅。但教如人，若滅時有如此月。」儘管假借女子之口，同樣地說出了詞人自己的多情難拋。

　　〔明〕王世貞〈跋枝山豔詩〉云：「希哲詞多青閨中瘦語，令人絕倒。宜從褚河南瑤臺美女，不當作禿師屈彊老筆也。淳父乃以豐麗賞之，得非取駿於驪黃之外乎？」〔註15〕〔明〕董其昌〈祝枝山草書

〔註11〕〔明〕沈際飛選評：《草堂詩餘新集》，收入《古香岑草堂詩餘四集》，明崇禎間太末翁少麓刊本，卷1。

〔註12〕〔清〕顧璟芳、李葵生、胡應宸編選；王兆鵬校點：《蘭皋明詞匯選附蘭皋詩餘近選》（瀋陽：遼寧教育出版社，1998年3月第1版第1刷），卷1，頁11。

〔註13〕〔明〕沈際飛選評：《草堂詩餘新集》，收入《古香岑草堂詩餘四集》，明崇禎間太末翁少麓刊本，卷1。

〔註14〕唐圭璋：《全金元詞》（北京：中華書局，1979年10月第1版，2000年10月北京第4刷），冊上，頁75。

〔註15〕〔明〕王世貞：《弇州山人四部稿》，卷132。

豔詞題跋〉又云：「祝京兆作小豔詞，以懷素醉筆書之，自是雙美。」
自書其詞，頗得其外祖父徐有貞之風。不過，徐有貞所爲，乃優遊宴
飲之詞，而祝允明所爲，卻是冶遊豔詞。這些豔詞，應爲中後期所作。
檢其〈江城子·戊申重九〉云：

> 碧天黃日挂寒晴。桂花零。菊花明。點檢重陽，風物滿江
> 城。有約可人登眺去，人不至，念空生。　　且憑新酒潑
> 愁情。酒還醒。意還縈。作麼有條，良計可調停。思計未
> 成成獨坐，心萬里，月三更。

案詞題「戊申重九」，則此詞作於弘治元年（1488）九月九日，詞人
時年二十九。此詞作於早期，情感清淡有致，不似其他豔媚。上片
前五句，寫秋天風物之清明美好，適宜攜手出遊，故底下四句，言
其相約情人。然而約人人不至，面對爽朗江山，獨自登眺，則悵惘
之情，自在不言之中。悵惘何解？故下片第一句，言其欲借酒潑愁。
醇醪確實可以潑愁？故第二、三句，言愁之不可解也。愁既不可解，
第四、五句遂思其他消愁之計。苦思消愁之計不可得，故歇拍三句
言其愁上更愁，月夜難眠矣。前後一氣呵成，曲折而流暢，毫無停頓
之處，未躋上品，亦不失爲言情佳作。張仲謀《明詞史》評此詞云：
「『作麼有條良計』，『作麼』猶言『怎生』、『怎麼樣』。……然而前
人用口語，只是偶一爲之，又有前後語境包孕暈化，故不覺其俗，允
明這裏語既直白，又因遷合格律而分切，既俗而復率，顯示出允明
信口信手的創作態度。」〔註16〕其語頗值商榷。一者，單憑「作麼」
一語，逕謂祝允明詞之俗，而不見此詞亦不過此處用俗語而已，略
而不論他句之未至俗境。二者，「作麼有條，良計可調停」二句，因
格律而將一句意思分兩句說，此乃塡詞常例，不足爲庛。三者，祝
允明「信口信手的創作態度」，確實有之，卻非全然；用評此詞，亦
嫌武斷。

〔註16〕張仲謀：《明詞史》（北京：人民文學出版社，2002年2月北京第1
版第1刷），頁166～167。

二、妓遊生活

祝允明豔詞頗多，與其妓遊生活有相當大的關連。作者不可考的《花常閣叢談》曾載云：

> 祝允明爲人好酒色六博，不修行檢，長敷粉黛，從優伶，酒間度新聲。是時海内漸熟允明名，索其文及書者接踵。或輦金幣至門，允明輒以疾辭不見。然允明多醉妓館中，掩之，雖累紙可得。〔註17〕

〔明〕文震孟《姑蘇名賢小記》亦云：

> 性拓落，不問僮奴作業。又捐產蓄古法書名籍，售者故昂值欺之，弗算。至或留客飲，計無所出酒，窘甚，以所蓄易置，得初直一二耳。

> 歸，日張酒，召故所喜客，與劇飲歌呼，盡其彙中裝乃已。或分與持去，不遺一錢。……每出，追呼索逋者相隨於道路，更用爲忭笑資。其歿也，幾無以斂云。〔註18〕

酒色賭三者，對詞人來說，似乎是生活的重要部分，而醉臥妓館，自是家常便飯。晚年尚作詩〈憶昔〉云：「長憶當年樂未央，醉花眠柳度尋常。」〔註19〕敘述其從前快心生活之一斑。他更是一個恣肆任性之人，凡所適意，爲而不羈，視金錢爲無物，揮霍譬如糞土。是故時人慕其詩文書跡，重金求索，猶以疾辭，居然要乘醉襲掩之，方得；不善治生，卻好收藏法書名籍，甘爲奸商所欺；又好酬應冶遊，作東道主，不惜變產盡棄，落得債臺高築。其〈新春日〉云：「有花有酒有吟咏，便是書生富貴時。」〔註20〕詞人並無其祖祝顥、外祖徐有貞

〔註17〕轉引自王書奴：《中國娼妓史》（北京：團結出版社，2004 年 6 月第 1 版第 1 刷），頁 208。

〔註18〕〔明〕文震孟：《姑蘇名賢小記》，卷上。

〔註19〕〔明〕祝允明：《祝氏文集》，收入《祝氏詩文集》，《明代藝術家集彙刊續集》本（台北：國立中央圖書館，民國 60 年 6 月初版），卷 3。

〔註20〕〔明〕祝允明：《祝氏文集》，收入《祝氏詩文集》，《明代藝術家集彙刊續集》本（台北：國立中央圖書館，民國 60 年 6 月初版），卷 4，頁 17 上。

之鴻圖大志，若能快心適意於當下，即是其最大的人生追求。〔清〕
沈雄《古今詞話》云：

> 柳塘詞話曰：唐子畏……祝枝山嘗傅粉墨，從優伶入市度
> 新聲，多向挾邪游。所著有擲果、窺簾、醉紅、金縷諸曲，
> 皆言情之作。好負逋債，出則羣萃而呼責之者踵相接也。
> 兩人同濫筆墨，每多諧謔，而人爭重之。唐有〈踏莎行〉、
> 〈千秋歲引〉，祝有〈鳳棲梧〉、〈浪淘沙〉。不甚精警，故
> 逸其詞而敍其人。〔註21〕

唐寅與祝允明爲好友，生活方式相似，人生觀也相近，惟對於仕途的
看法不類。祝、唐相偕遊狹邪，創作與生活息息相關，故兩人多豔詞
之作。祝允明有《祝氏小集七種（金縷、醉紅、窺簾、暢哉、擲果、
拂絃、玉期）》，今已不可考見，觀其題目，顯然皆是言情。沈雄以爲
「不甚精警」的〈鳳棲梧〉、〈浪淘沙〉兩詞，便是屬於祝允明詞作中
的豔詞一類。況周頤《蕙風詞話》即云：「明詞專家少，粗淺，蕪率
之失多，誠不足當宋元之續。唯是纖靡傷格，若祝希哲、湯義仍、施
子野諸輩，僂指不過數家，何至爲全體詬病。」〔註22〕即是就此類詞
作而言。此二詞究竟如何「纖靡傷格」，先試看其〈鳳棲梧〉，云：

> 鬧蝶窺春花性淺。試重含輕，未放風流點。玉絮吹寒飛力
> 軟。深深繡戶珠簾捲。　　　厮放臨時仍泥戀。一把風情，
> 錯認徐娘減。略綽羃香紅半片。闌干回首東風遠。

此詞之詞牌與詞題，祝允明友人謝雍手鈔本《祝氏文集》即作〈鳳棲
梧〉，至於〔清〕顧璟芳、李葵生、胡應宸《蘭皋明詞匯選》、〔清〕
王昶《明詞綜》、〔清〕陳廷焯《詞則・閑情集》則作〈蝶戀花・贈
妓〉。《明詞綜》、《詞則》當承襲《蘭皋明詞匯選》而來，而《蘭皋明

〔註21〕〔清〕沈雄：《古今詞話》，《詞話叢編》本（台北：新文豐出版公司，
　　　　民國77年2月台1版），冊1，詞話下卷，頁804。此條記載，《歷
　　　　代詞話》、《詞苑萃編》均曾輯錄，然字句略異。見〔清〕王奕清等：
　　　　《歷代詞話》，《詞話叢編》本，冊2，卷10，頁1311；〔清〕馮金
　　　　伯：《詞苑萃編》，《詞話叢編》本，冊3，卷16，頁2101～2102。
〔註22〕況周頤：《蕙風詞話》，《詞話叢編》本，冊5，卷5，頁4510。

詞匯選》不知所據何本？就詞之內容而言，全詞寫春花，亦是寫女子之矜持，兩不可分；又用「徐娘」一詞，頗合「贈妓」之題。上片寫女子的矜持，乃就情人之挑動而言。第一至第三句，言情人之萬般挑動，而女子矜持分寸，不讓情人踰矩。蝶喻情人，花喻女子；「鬧蝶窺春」，春日初至，蝴蝶驚蟄，喻情人對女子萌生情意；「花性淺」，春日已至，花仍未全然開放，喻女子不接受情人的挑動。「試重含輕」，乃蝴蝶款款上下飛動之姿態，喻情人用盡各種方法，試圖打動女子內心。然而，花猶「未放風流點」，不肯讓到處拈花惹草的蝴蝶，稍稍停留在花瓣上；喻女子不放心情人的風流浪蕩，不輕易地將自己的感情全盤託付給情人。第四句言情人放棄挑動。「玉絮」，即雪之美稱。初春風雪頓起，萬蟲又各自藏匿，故云蝴蝶「飛力軟」，無心挑動矣。第五句一轉，引出房櫳中的女子來。風雪時應當深掩的繡戶珠簾，卻悄悄捲起，試推其緣故，乃可惜園中一段春情也。何人為之可惜？此一女子也。下片寫女子的矜持，乃就與情人分別而言。換頭一句，承上片歇拍女子之可惜不忍，胡應宸評此句云：「眷顧之極，反無意態。可言得『泥戀』二字，曲為寫照。」〔註23〕此句言花放蝶去之時，才表現出內心那一份勉強克制住的情意，喻女子對欲去情人之不捨。第二、三句，言情人對女子之誤會。第四、五句，則言情人去後，女子思憶不盡。儘管女子深情如此，情人還是不懂得女子的情意，故云「錯認徐娘減」，誤以為女子已經不再對他用情了。詞人用《南史・后妃傳下・梁元帝徐妃》典故：「帝眇一目，每出，輒畫半面妝。……徐娘雖老，猶尚多情。」以「娘」稱之，既切女子之青樓，又活用半面妝之典故，故云「略綽暈香紅半片」，言蝴蝶去後，花始飄馨香，略轉紅色，喻情人去後，女子才切實感覺到自身的孤寂，對於情人的情意與思念，漸趨漸濃。然而，情人一去，卻不可追回。與上片一樣，

〔註23〕〔清〕顧璟芳、李葵生、胡應宸編選；王兆鵬校點：《蘭皋明詞匯選附蘭皋詩餘近選》（瀋陽：遼寧教育出版社，1998年3月第1版第1刷），卷4，頁85。

在歇拍處一轉，引出女子真實形象來。「闌干回首東風遠」一句，「東風」借指那一段春情遇合；此句云女子憑欄凝首，懸想東風已遠，實則思念已去的情人，充滿了悔恨。以此作結，可收杳杳不絕之效。李葵生評此詞云：「京兆風流絕代，放浪狹斜間，情會所之，淋漓咳唾。今觀《擲果》、《窺簾》、《醉紅》、《金縷》諸集，大抵皆有所托而逃焉者也。世有以導淫呵之者，其亦不知京兆之深哉。」〔註24〕顧璟芳則評云：「情之所鍾，正在吾輩。淡遠如陶徵君，亦不以〈閑情〉一賦，遂指微瑕。若枝山即未敢擬陶，然亦不必代作莊語，請與李子參之。」〔註25〕李葵生之時，尚可見《祝氏小集》七種其中四種，其語可採。祝允明雖作豔詞，而情意曲折極深，頗有可觀之處，不可盡以「纖靡」一語傷之。

　　再看其〈浪淘沙‧春情〉，云：

　　　含笑倚朱門。脫盡羅裙。一團白玉碾腰身。剛把肚兒圍抹了，三尺紅雲。　　移步到花陰。做盡妖淫。抬身背面掩羞奔。愛煞進房三四步，絲不沾身。

比之上詞，此詞足當「纖靡」無愧。顧璟芳評此詞云：「妖豔極矣，然無填曲氣。」〔註26〕此詞筆法不似填曲之平白直下，而用語略有曲折，故云「無填曲氣」。至於內容，何啻「妖豔極矣」，其情色挑逗，簡直露骨大膽，不下《金瓶梅》西門慶與潘金蓮園中媾戲一段淫褻；詞中所寫，亦僅裸女與性愛場面，無他深意，想為詞人弄妓之實錄。儘管如此，詞人手筆猶未輕忽，敘述井然，不失才子風流。上片場景在門口。從「朱門」、「花陰」、「進房」的語序來看，可知「朱門」指女子之家門，而詞人乃前來尋妓也。開首一句，寫女子倚門巧笑，卻

〔註24〕〔清〕顧璟芳、李葵生、胡應宸編選；王兆鵬校點：《蘭皋明詞匯選附蘭皋詩餘近選》，卷4，頁85。

〔註25〕〔清〕顧璟芳、李葵生、胡應宸編選；王兆鵬校點：《蘭皋明詞匯選附蘭皋詩餘近選》，卷4，頁85。

〔註26〕〔清〕顧璟芳、李葵生、胡應宸編選；王兆鵬校點：《蘭皋明詞匯選附蘭皋詩餘近選》，卷3，頁55。

是對詞人的一種挑逗，是故下言「脫盡羅裙」，女子挑起了詞人生理
上的激情，詞人遂將女子衣裳一一盡褪。衣裳漸褪，女子漸裸，「白
玉」用喻女子肌膚之溫潤潔白也。最後將女子的肚兜也褪去，「三尺
紅雲」指的即是女子之肚兜。不再強調女子的體態，而逕言落在地上
的肚兜，有如紅雲，隱語迂迴，不言而喻人之姣好。又用紅與白的鮮
明對比，予人強烈的視覺刺激。下片將場景移至庭院。換頭一句，交
代場景轉換。門口激情未了，遂相偕至庭院之中。第二、三句，寫性
愛交媾，而不知何故，女子害羞地跑開了。歇拍兩句，寫詞人眼中，
女子裸身嬌羞地跑進房中的姿態。此女子讓詞人最喜愛之處，不是她
的巧笑，不是裸體，不是性愛，而是嬌羞的內心，故云「絲不沾身」，
並非女子真能裸身而不染塵，而是形容其心之純潔可愛。從這裏也可
看出：詞人在冶遊生活中，不是只有形而下的肉欲發洩，還有他「多
情」性格的情感需求。從巧笑到裸體，再到性愛，再到嬌羞內心，詞
人心中情意，隨之步步升高，結構井然，層次有序。則此詞豈止「纖
靡」而已？

　　在祝允明妓遊豔詞之中，尚有一闋內容相當特別的詞作，即其〈念
奴嬌·詠銀製鞋杯〉，云：

　　　玉奴三寸，慳受得、一點麴生風味。味盡春心深又淺，何
　　　用搵羅挼綺。緊緊幫兒，口兒小小，更愛尖兒細。風流無
　　　限，怎教人不歡喜。　　　遙想飛上吟肩，比掌中擎處，一
　　　般心醉。醉意薴騰頭上起，真見妖嬈腳底。半縷頑涎，要
　　　吞吞未下，吐尤難矣。笑他當日，郭華無量乾死。

中國纏足之風俗，大約開始於十一世紀的北宋，日後漸行發展，至明
代始大盛，至清代更為變本加厲。韻文史上第一首詠纏足的作品是蘇
軾的〈菩薩蠻·詠足〉（塗香莫惜蓮承步）。〔註27〕就詞而論，蘇軾以

〔註27〕參高洪興：《纏足史》（上海：上海文藝出版社，1995 年 7 月第 1 版
　　　　第 1 刷），頁 16～38。蘇軾〈菩薩蠻·詠足〉云：「塗香莫惜蓮承步。
　　　　長愁羅襪凌波去。只見舞回風。都無行處踪。　　偷穿宮樣穩。並
　　　　立雙趺困。纖妙說應難。須從掌上看。」見唐圭璋等：《全宋詞》（北

後，言及纏足的，亦復不少。據筆者所考，如宋代，即有張元幹〈春光好〉：「正是踏青天氣好，憶弓弓。」〔註28〕辛棄疾〈菩薩蠻〉：「淡黃弓樣鞋兒小。」〔註29〕劉過〈沁園春・詠美人足〉（洛浦凌波）、〔註30〕作者不可考之〈玉樓春〉：「夜深著兩小鞋兒」。〔註31〕又如明代，即有楊基〈望湘人・詠塵〉：「誰向花前行過。見金蓮踪跡，尚留些箇。」〔註32〕以及瞿佑〈沁園春・詠鞋杯〉（一掬嬌春）〔註33〕等

京：中華書局，1999 年 1 月新 1 版北京第 1 刷），冊 1，頁 414。

〔註28〕張元幹〈春光好〉：「吳綾窄，藕絲重。一鉤紅。翠被眠時要人暖，著懷中。　　六幅裙窣輕風。見人遮盡行踪。正是踏青天氣好，憶弓弓。」見唐圭璋等：《全宋詞》，冊 2，頁 1411。

〔註29〕辛棄疾〈菩薩蠻〉云：「淡黃弓樣鞋兒小。腰肢只怕風吹倒。驀地管絃催，一團紅雪飛。　　曲終嬌欲訴。定憶梨園譜。指日按新聲。主人朝玉京。」見唐圭璋等：《全宋詞》，冊 3，頁 2450。

〔註30〕劉過〈沁園春・詠美人足〉云：「洛浦凌波，爲誰微步，輕塵暗生。記踏花芳徑，亂紅不損，步苔幽砌，嫩綠無痕。襯玉羅慳，銷金樣窄，載不起、盈盈一段春。嬉游倦，笑教人款捻，微褪些跟。　　有時自度歌聲。悄不覺、微尖點拍頻。憶金蓮移換，文鴛得侶，繡茵催袞，舞鳳輕分。懊恨深遮，牽情半露，出沒風前煙縷裙。如何似，似一鉤新月，淺碧籠雲。」見唐圭璋等：《全宋詞》，冊 3，頁 2763。

〔註31〕〔清〕李良年《詞壇紀事》輯錄宋人事云：「有名妓侍燕開府，一士人訪之，相候良久，遂賦〈玉樓春〉一詞，投諸開府。詞曰：『東風捻就腰兒細。繫得粉幃兒不起。看來只管掌中行，怎教在燭花影裏。　　酒紅應是鉛華褪。暗蹙損眉峰雙翠。夜深著兩小鞋兒，靠那个屏風立地。』開府見此詞，喜其纖麗，呼士人，以妓與之。」見〔清〕李良年：《詞壇紀事》，《筆記續編》本（台北：廣文書局），卷中，頁 10 上～10 下。

〔註32〕楊基〈望湘人・詠塵〉云：「愛輕隨馬足，深輾繡輪，落花飛絮相和。紫陌春晴，東華風暖，拂拂嫩紅掀簸。羅襪微生，素衣曾染，閒愁無那。看補巢、燕子銜將，細雨香泥重做。　　誰向花前行過。見金蓮踪跡，尚留些箇。無處覓佳音，贏得兩眉低護。鎮茂宏何事，猶携紈扇，卻恐西風相污。且歸去、綠樹陰中，淨掃青苔高臥。」見饒宗頤、張璋：《全明詞》（北京：中華書局，2004 年 1 月第 1 版北京第 1 刷），冊 1，頁 120。

〔註33〕瞿佑〈沁園春・詠鞋杯〉云：「一掬嬌春，弓樣新裁，蓮步未移。笑書生量窄，愛渠儘小，主人情重，酌我休遲。醞釀朝雲，斟量暮雨，能使麴生風味奇。頻分付，慎莫教涴卻，酒暈淋漓。　　傳觀到手爭持。便豪吸狂吞不用辭。任凌波南浦，惟誇羅襪，賞花上苑，共

等。文人以纏足之鞋爲酒杯的作法，確實可考者，是元代的楊維禎。

〔元〕陶宗儀《輟耕錄》云：

> 楊鐵崖耽好聲色，每於筵間見歌兒舞女有纏足纖小者，則
> 脫其鞵，載盞以行酒，謂之金蓮盃。予竊恠其可厭。後讀
> 張邦基《墨莊鏝錄》，載王深輔道〈雙鳧詩〉云：「時時行
> 地羅裙掩，雙手更擎春激灩。傍人都道不須辭，儘作十分
> 能幾點。春柔淺蘸葡萄暖，和笑勸人教引滿。洛塵忽泛不
> 勝嬌，剗蹋金蓮行款款。」觀此詩，則老子之踈狂有自來
> 矣。〔註34〕

從《輟耕錄》轉載之王道詩來看，楊維禎以鞋杯行酒，的確是「用宋
人例」。〔註35〕由於楊維禎的文壇名氣，使得以鞋杯行酒的陋習，漸
漸轉變爲文人雅集的風流行爲之一。〔註36〕到了明代，這種陋習更爲
普遍。〔明〕何良俊《四友齋叢說》記載其親身事蹟云：

> 余嘗至閶門，偶遇王鳳洲在河下，是日携盤榼至友人家夜
> 集，強余入坐。余袖中適帶王賽玉鞋一隻，醉中出以行酒。
> 蓋王腳甚小，禮部諸公亦常以金蓮爲戲談。鳳洲樂甚，次
> 日即以扇書長歌來惠。中二句云：「手持此物行客酒，欲客
> 齒頰生蓮花。」蓋不但二句之妙，而鳳洲之才情，亦可謂

飲瑤卮。綾帕高擎，銀瓶低注，全勝翠裙深掩時。華筵散，奈此心
先醉，此恨誰知。」見饒宗頤、張璋：《全明詞》，冊1，頁166。

〔註34〕〔元〕陶宗儀：《輟耕錄》，《叢書集成初編》本（北京：中華書局，
1985年北京新1版），卷23，頁333。

〔註35〕〔明〕沈德符：《萬曆野獲編》（北京：中華書局，1959年2月第1
版，2004年4月北京第4刷），冊中，卷23，頁600。

〔註36〕楊維禎以鞋杯行酒的記載，楊慎《詞品》尚有一條：「楊廉夫嘗訪瞿
士衡，以鞋杯行酒，命其姪孫宗吉詠之。宗吉作〈沁園春〉以呈，
廉夫大喜，即命侍妓歌以侑觴。詞云：『一掬嬌春，弓樣新裁，蓮步
未移。笑書生量窄，愛渠儘小，主人情重，酌我休遲。醞釀朝雲，
斟量暮雨，能使麴生風味奇。何須去，向花塵留蹟，月地偷期。　風
流到處便宜。便豪吸雄吞不用辭。任凌波南浦，唯誇羅襪，賞花上
苑，祇勸金卮。羅帕高擎，銀瓶低注，絕勝翠裙深掩時。華筵散，
奈此心先醉，此恨誰知。』」見〔明〕楊慎：《詞品》，《詞話叢編》
本，冊1，卷6，頁530。其中瞿佑詞與《全明詞》字句略異。

冠絕一時矣。〔註37〕

除了何良俊以鞋杯觴客，王世貞爲之作詩之外，《金瓶梅》、〔註38〕徐渭詩〔註39〕等，所述行爲亦相近，可見當時風氣之一斑。〔註40〕至於祝允明這闋詞所詠的銀製鞋杯，則是踵事而增華，將鞋杯精緻工藝化，以迎合當時文人既繼承前代風流，又好奇趨新的扭曲偏頗趣味。祝允明此詞上片寫鞋杯之形制。開頭兩句，直說鞋杯大小。玉奴，指南朝齊東昏侯潘妃。纏足，又稱金蓮，一說得名於潘妃步步生蓮花故事。〔註41〕故詞人用此典故切題。高洪興《纏足史》云：「纏足言必

浙江衢州南宋史繩祖夫婦墓出土的翹頭小腳銀鞋

（轉引自高洪興《纏足史》目錄前圖版）

〔註37〕〔明〕何良俊：《四友齋叢說》（北京：中華書局，1959 年 4 月第 1
　　　　版，1997 年 11 月湖北第 3 刷），卷 26，頁 241。

〔註38〕《金瓶梅》：「西門慶又將她一隻繡花鞋兒，擎在手內，放一小杯酒
　　　　在內，吃鞋杯耍子。」

〔註39〕徐渭〈鞋盃嘉則令作〉：「南海玻璃直幾錢，羅鞋將捧不勝憐。凌波
　　　　痕淺塵猶在，踏草香殘酒併傳。神女罷行巫峽雨，西施自脫若耶蓮。
　　　　應知雙鳳留裙底，恨不雙雙入錦筵。」見〔明〕徐渭：《徐文長逸稿》，
　　　　收入《徐渭集》（北京：中華書局，1983 年 4 月第 1 版，1999 年 2
　　　　月北京第 2 刷），冊 3，卷 4，頁 802。

〔註40〕參高洪興：《纏足史》，頁 174；陳寶良：《明代社會生活史》（北京：
　　　　中國社會科學出版社，2004 年 3 月第 1 版），頁 281。

〔註41〕纏足之所以稱爲金蓮，高洪興以爲有四種說法：一是南朝潘妃步步
　　　　生蓮花故事，二是五代宮娘舞於蓮花臺故事，三是小腳形似蓮花，
　　　　四是佛教文化之影響。參高洪興：《纏足史》，頁 42～45。

三寸也是始於明代，王鴻漸《西樓樂府》『猩紅軟鞋三寸整』、朱有燉
〈元宮詞〉『廉前三寸弓鞋露』、《西遊記》『鳳嘴弓鞋三寸』，都是明
證。女子小腳不但要小，而且還要弓，要裹成角黍形狀等種種講究同
樣始於明代。」〔註42〕講究纏足之小而弓，可上推至南北宋之際，如
上文已引之張元幹〈春光好〉：「正是踏青天氣好，憶弓弓。」〔註43〕
以及辛棄疾〈菩薩蠻〉：「淡黃弓樣鞋兒小。」〔註44〕都提到了小與弓
的特徵。由於鞋杯爲三寸之小，故所裝之酒亦少。慳，慳吝也。麴生，
酒之代稱也。〔註45〕第三、四句，寫鞋杯之質地。此一銀製鞋杯，外
層以羅綺包覆之，華美甚矣，而以此華美之鞋杯行酒，「味盡春心深
又淺」，引發出來的種種姣好意象，卻又是意在形外的。第五至七句，
寫鞋杯之樣貌。歇拍兩句，總結以上關於鞋杯形制的描述，詞人認爲
鞋杯「風流無限」，同時也說出了當代的審美趣味。下片承上片歇拍
之「風流無限」，開始寫對於鞋杯的想像。以鞋杯之小，故詞人聯想
到了體態輕盈的美人。「掌中擎處」，化用杜牧「楚腰纖細掌中輕」句，
極言宮廷美人之輕盈，可舞於掌上；而所謂「飛上吟肩」，即指穿此
鞋杯的美人，歌舞於文人酒會之中，體態輕盈，猶如飛上吟詠詩客文
人的肩膀，比之宮廷美人，毫不遜色。第四、五句，呼應鞋杯行酒，
詞人醉矣。在矇矓醉眼裏，詞人手持口啜的鞋杯，彷彿眞的是剛從美
人腳底脫下來的。「眞到妖嬈腳底」一句，極淫褻，說明了鞋杯所給
予詞人的性刺激，以及纏足對詞人的性吸引力。是故下言口水吞吐兩
難。「笑他當日，郭華無量乾死。」用郭華尋妓暴斃故事。〔宋〕張
炎《詞源‧詠物》云：「詩難於詠物，詞爲尤難。體認稍眞，則拘而

〔註42〕高洪興：《纏足史》，頁22。
〔註43〕唐圭璋等：《全宋詞》，冊2，頁1411。
〔註44〕唐圭璋等：《全宋詞》，冊3，頁2450。
〔註45〕鄭棨《開天傳信記》云：「道士葉法善，居玄眞觀，有朝客數十人來
　　　訪，解帶淹留，滿座思酒。突有一人傲睨直入，自稱曲秀才，抗聲
　　　談論，一座皆驚，良久暫起，如風旋轉。法善以爲是妖魅，俟其復
　　　至，密以小劍擊之，隨手墮於階下，化爲瓶榼，釀醞盈瓶。座客大笑
　　　飲之，其味甚佳。座客醉而揖其瓶曰：『麴生風味，不可忘也。』」

不暢，模寫差遠，則晦而不明。要須收縱聯密，用事合題。一段意思，全在結句，斯爲絕妙。……至如劉改之〈沁園春〉詠指甲云：『銷薄春冰……』又詠小腳云：『洛浦凌波……』二詞亦自工麗，但不可與前作同日語耳。」〔註46〕就筆者所見，歷來關於纏足之詩文創作，不乏其人，然皆不如祝允明此詞敘述之直接。此詞幾乎說不上文學藝術價值，但從詞人的敘述裏，可以讓後人清楚而確實地看見一個時代的文化現象。

　　除了〈念奴嬌・詠銀製鞋杯〉一闋，可以考察當時社會生活之外，其〈謁金門・錦帕壽人〉亦能作如是觀，云：

> 吳女製。一片綠闌紅地。雲鶴靈芝爲四際。當中金壽字。
>
> 此法起於今世。我復爲君題識。還有祝詞從大例。一絲添一歲。

此詞上片譬如明代人親自現身說法當時織品之樣貌。吳門爲明代絲綢重要產地，故言「吳女製」。此錦帕以紅布爲底，四邊繡綠絲闌，四角分繡雲鶴與靈芝，中央則用金線繡出壽字。古代純以手工製作，依此所述花樣，則所費時間不少，爲極精緻之禮品。此詞爲酬應而作，藝術價值不高，但有文獻之功。

三、題畫之詞

　　祝允明詞有五闋用以題畫。其《祝氏文集》、《祝氏集略》中，即有多篇題畫詩文，「其中大多著明畫者姓名，或姓氏，間有不著人名者，頗疑爲祝氏題己作之畫。」〔註47〕如其祝允明〈雜畫小景〉四首、〔註48〕〈雜題畫景〉三十二首，〔註49〕以「雜」爲題，即疑爲自

〔註46〕〔宋〕張炎：《詞源》，《詞話叢編》本，冊1，卷下，頁261～262。

〔註47〕謝巍：《中國畫學著作考錄》（上海：上海古籍出版社，1998年7月第1版第1刷），頁311。

〔註48〕祝允明〈雜畫小景〉四首其一：「湖曲蒲芽四寸長，疎楊密杏兩三行。約他魚鴨成幽伴，飽受軒窓一味凉。」其二：「碧合桐陰逈早秋，六銖衣薄罷香韝。柔凉愜體清無限，只恨清邊帶到愁。」其三：「萬里雄風匹馬驕，千山柔綠快飛獒。黃雲落日長圍合，旋撥渾醪試嫩羔。」

題之作。祝允明之師友，如沈周、唐寅、文徵明、陳淳等，皆善作畫，乃吳門畫派中堅；而祝允明尤長於書法，然亦能畫，而爲書名所掩。〔清〕卞永譽《式古堂書畫彙考》即曾著錄「枝山義犬圖並記」；〔註50〕〔日〕山本悌二郎《澄懷堂書畫目錄》著錄「明十名家書畫便面冊」，其中即有「祝允明畫設色山水並題」；〔註51〕〔清〕陸時化《吳越所見書畫錄》載祝允明「書畫二絕」，「畫紙本，高八寸，長二尺七寸二分。淡設色，作米家山，款二字」，〔註52〕並書二首五言詩，祝允明於詩後題跋云：「余不能畫，而適於尙立處見米家山，戲爲作此卷。因書其後，祝允明。」〔註53〕好作宋代米氏雲山畫筆，正與吳門畫派同一路數。祝允明並著有《論畫十八則》。此書作於弘治七年（1494），時三十五歲，雜論畫事，多論畫法，間有評賞，如論米氏雲山，則云：「昔人論作米家雲山圖，當用淡墨、焦墨、積墨、破末、潑墨，非獨米家爲然。古名家作畫，無不如此。李營邱惜墨如金，亦當惜水。古人常以渴筆取妍，今人乃以爲雲林一家法，不然也。」〔註54〕深知畫理，辨明是非，而獨出機杼。〔註55〕可惜現存

其四：「桃花柳花覆春洲，燕兒魚兒逐客舟。青天白雲紫翠嶂，虛橋小浦回環流。」見〔明〕祝允明：《祝氏文集》，收入《祝氏詩文集》，《明代藝術家集彙刊續集》本（台北：國立中央圖書館，民國60年6月初版），卷9，頁10上～10下。茲選錄四詩，以見一斑。

〔註49〕〔明〕祝允明：《祝氏集略》，收入《祝氏詩文集》，《明代藝術家集彙刊續集》本（台北：國立中央圖書館，民國60年6月初版），卷8，頁19下～24上。

〔註50〕〔清〕卞永譽：《式古堂書畫彙考》，《四庫藝術叢書》本（上海：上海古籍出版社，1991年8月第1版第1刷），卷27。

〔註51〕〔日〕山本悌二郎：《澄懷堂書畫目錄》，卷11。

〔註52〕〔清〕陸時化：《吳越所見書畫錄》，《中國歷代書畫藝術論著叢編》本（影印宣統庚戌順德鄧氏風雨樓刊本，北京：中國大百科全書出版社，1997年5月第1版第1刷），卷2，頁32下。

〔註53〕〔清〕陸時化：《吳越所見書畫錄》，《中國歷代書畫藝術論著叢編》本，卷2，頁32下～33上。

〔註54〕〔清〕陳焯：《湘管齋寓賞編》，卷3。

〔註55〕參謝巍：《中國畫學著作考錄》，頁311；陳麥青：《祝允明年譜》，頁5。

題畫詞，畫皆不傳，不可考其爲自題或題人，否則亦可少收詞畫相映之趣。

　　祝允明的題畫詞，主要作風與上文討論的「蘊藉多情」一致，充滿了旖旎風采。五闋題畫詞中，惟一可考其時間者，爲〈南歌子・墨菊〉：

> 面背東皇斂，心從白帝傾。避炎趨冷久惺惺。誰識一般風味儘多情。　　索性抛金縷，渾身付墨卿。偎紅年少想應憎。又爲一生緣分近書生。

此詞所題之畫不傳，然而又與另外三詞〈眼兒媚〉（梯駕彤雲接青冥）、〈鳳凰閣〉（枉擔風負月）、〈鳳銜杯〉（石頭城裏少年遊）同見於祝允明另一段行草書跡中。據祝允明題款云：「余託交扵了庵，尊宿有所酬應詩文，常借其居。山亭助興，暇一獨坐亭中。了庵曰：『吾見子作字，甚愛之。雖煙雲過眼不必留滯，而子獨無意扵我邪？』予未答，而其諸孫西之已布紙筆案前矣。遂字字如右，蓋不直法眼一勘。所望者正在他日所作。所書可校今日之進退耳。了菴亮之。丙辰中秋，後學允明。」〔註56〕其時即弘治九年（1496）八月十五日，詞人三十七歲。詞人乃書其舊作，則此四詞當作於此前。此詞寫墨菊，乃用擬人法述之。開頭從菊的習性說起。菊花綻放於秋日，而東皇爲司春之神，白帝爲主西方之神，故云「面背東皇斂，心從白帝傾」，譬如一女子姿態之羞澀，背人斂首，似乎心有所屬。第三句承上，言女子之聰慧，知所抉擇。第四句又承第三句，言其儘管溫柔多情、知所抉擇，卻無人欣賞。下片承上，續言之，從菊的形貌來說。菊花本爲黃色，作水墨則爲黑色，而金縷有富貴之意，墨卿既是墨之戲稱，又是文人之代稱，故云「索性抛金縷，渾身付墨卿」，譬如此一堅貞女子，毫不貪圖富貴，既使心上人清貧徒壁，亦甘願嫁與一生休。偎紅倚翠的冶遊年少書生應該是女子最爲討厭的人，然而卻因爲莫名的

〔註56〕中國古代書畫鑑定組：《中國古代書畫圖目　十八》（北京：文物出版社，1998 年 8 月 1 版 1 刷），「行草書詩詞」，湘 3〜01。

愛戀，她愛上了書生，願意將所有的一切都託付出去。細讀之，有韋莊〈思帝鄉〉「春日遊。」風味。詞人在切題的同時，又用以寫一多情堅貞的女子，並創造了浪漫的情節；雖然詞意並非寄託家國，流於纖細，而匠心獨具，細中能深，足以動人。

再看其〈鷓鴣天・林生畫扇〉，云：

幾見和寧小曲身。吳綾蜀楮滿前陳。渾非薛媛圖中貌，也異崔徽鏡裏眞。　　山接屋，樹連雲。這回風景更清新。馮君莫訝丹青妙，元是丹青裏面人。

此詞乃題林生所畫之扇面。林生何人？考〔清〕徐士鑾《宋豔》云：「呼妓爲生，未知始於何時。徐虹亭《續本事詩》載袁宏道中郎〈傷周生〉詩，題下注：『吳人呼妓爲生，蓋亦沿宋舊耳。』」〔註57〕生，即妓女之稱呼；林生，爲一林姓之妓女也。於此詞首句之下，祝允明自注云：「和寧，秋香所居。」〔註58〕則林生爲何人可知矣，亦即林奴兒。〔明〕梅鼎祚《清泥蓮花記》云：「林奴兒，號秋香，成化間南京舊院妓，從良，有舊識欲相見，以扇畫柳，題詩拒之云：『昔日章臺舞細腰，任君攀折嫩枝條。如今寫入丹青裏，不許東君再動搖。』」〔註59〕又，〔明〕周暉《金陵瑣事》云：「林奴兒風流姿色，冠於一時。學畫於史廷直、王元父二人，筆最清潤。」〔註60〕林奴兒爲成化間（1465～1487）南京名妓，善詩畫；祝允明曾於成化十六年（1480）、十九年（1483）、二十二年（1486）赴應天府鄉舉，不知嘗相見否？案詞意，林奴兒此一扇面所畫，乃雲山與一屋，而屋中有一女子，則爲自畫肖像。此詞結構亦相似。上片第一二句寫屋內。詞人看著扇面中屋室，彷彿那裏就是林奴兒所居的和寧，以及其室內滿置可供書畫的吳綾蜀楮，而室中娉婷而立的，就是林奴兒。第三四句承上，言其

〔註57〕〔清〕徐士鑾：《宋豔》，卷6。
〔註58〕〔明〕祝允明：《祝氏文集》，收入《祝氏詩文集》，《明代藝術家集彙刊續集》本，卷10，頁5上。
〔註59〕〔明〕梅鼎祚：《清泥蓮花記》，卷8。
〔註60〕〔明〕周暉：《金陵瑣事》，卷3。

自畫肖像。薛媛，指薛濤，爲唐代女詩妓。詞人爲求合律，故改平聲
之「濤」用仄聲之「媛」。崔徽，則爲唐代善畫肖像之歌妓。薛濤、
崔徽，皆用以代指林奴兒。徐鈜《本事詩》「晃玉搖金小扇圖，五雲
樓閣女仙居。行間著過秋香字，知是成都薛校書。」所謂「渾非薛媛
圖中貌，也異崔徽鏡裏眞。」言林奴兒之自畫肖像，十分逼眞，乍看
之下，似非圖畫中人，而是現實之身；定睛再看，又與單純的寫實有
所分別，而帶有另一分脫俗的氣質。下片第一至第三句轉寫屋外。林
奴兒的山水，亦有可觀，畫出了清新的風味。第三四句承上，言其畫
筆之妙。馮，憑也。眾人觀此畫，紛紛驚訝其畫筆之妙，有如神來，
不禁令人疑問何以至此？然而，結尾一句，詞人卻不落實而言，反倒
以荒誕之筆，言林奴兒原來就是圖畫中人，故能爲此墨妙；翻出俗套，
並呼應上片，頗堪玩味。可以附帶一提的是，沈周亦有一闋〈臨江仙·
題妓林奴兒畫〉，云：

> 舞罷歌聲都摺起，丹青留箇芳名。崔徽楊妹省前生。筆愁
> 煙樹杳，屏恨晚山橫。　　　描得出風流意思，愛他紅粉兼
> 清。未曾相見儘關情。只憂相見日，花老怨鶯鶯。

據《石田先生詩鈔》詞末錢謙益、程嘉燧小註「丙午」，〔註61〕本詞
作於成化二十二年（1486）。不知錢謙益、程嘉燧據何以編年？但從
詞中「未曾相見儘關情」一句，則沈周與之未曾謀面。祝允明所題林
奴兒畫，是一扇面，而沈周的這一闋詞所題之畫，考詞中「摺起」、
「屏」等用詞，可知爲一屏風。上片即圍繞著林奴兒所畫屏風而寫。
林奴兒能歌善舞，已爲特出，但此一屏風卻展現出她擅長詩畫、非凡
脫俗的另一面，故開頭云「舞罷歌聲都摺起，丹青留箇芳名」，點出
題旨來。第三至第五句承上。崔徽，爲唐代善畫肖像之歌妓，而楊
妹，當指楊貴妃。爲求合律，故用仄聲之「妹」字。看了林奴兒的畫，

〔註61〕〔明〕沈周：《石田先生詩鈔》，收入《石田先生集》，《明代藝術家
　　　　集彙刊》本（台北：中央圖書館，民國 57 年 7 月初版），卷 8，頁 4
　　　　下。

令人猛然省悟林奴兒的前生，原來是崔徽、楊貴妃，難怪其善畫。屏風所畫究竟爲何？乃煙樹杳杳、晚山橫越；而畫中呈現出「愁」、「恨」閨中思人的氣氛。換頭承上片歇拍，「風流意思」指林奴兒能夠將其心中的「愁」、「恨」寫上畫紙；「清」，則是指林奴兒心中的這一份清純、純情；詞人最欣賞的是，雖然林奴兒是一妓女，但卻能擁有一份堅貞的志意。故云「未曾相見儘關情」，看了她的畫，不禁讓人有緣慳一面的遺憾。歇拍再一轉，詞人自言老大。鶯鶯，爲雙關語，既實指黃鶯，又引用崔鶯鶯故事，代指林奴兒。花，則爲詞人自指；花老，則自言年歲老大也。林奴兒爲成化間妓，則爲二三十歲左右，而沈周作此詞已六十。儘管有機會相見，詞人也是花甲老人，故云「花老怨鶯鶯」，用反語，非怨人，自怨也；亦可見詞人如何爲之傾倒。附帶一提：《三笑》故事敷演唐寅故事，本爲拼湊各方材料而成；林奴兒非《三笑》之秋香，況且年歲有所差距，孟森《心史叢刊》已辨之詳矣。

　　祝允明有兩闋〈瑞龍吟〉，分別題「夏景仕女」和「秋景仕女」，云：

　　炎光永。堪愛嫁日葵嬌，媚風荷淨。池臺夜色沉沉，有情月柳，分來淡影。　　好清景。人在水晶宮裏，態眞妝靚。風鬟雪骨蕭蕭，放嬌趁弱，闌干斜凭。　　無奈風流姊妹，妥肩垂袖，厭厭相竝。應是一般無言，心下自省。雙鬟何事，心相悆難定。相將去、撩花撥蝶，惱人情性。水閣鴛鴦冷。紅雲會與，深深隱映。天賜長交頸。銀漏轉、冥冥天堦人靜。恰安排睡，被風吹醒。（〈瑞龍吟・夏景仕女〉）

　　蓬萊境。誰把黃入桂屏，碧歸桐井。風高院落清寒，綺寮靈瑣，瓊瑤相映。　　漫思省。誰念星娥離別，月妃孤另。問天乞紙婚書，鎭成姻眷，天應也肯。　　何處青鸞飛過，玉樓雲凍，瑤臺風緊。吹墮蕊珠金盆，仙掌難穩。雲緘粉簡，空滿舊吟咏。爭如是、秦簫竝品，蜀琴雙聽。銀燭秋光冷。人間天上，嬋娟爭勝。且抱羅衾剩。行雨轉、芳心

　　悲歡共警。有人繾綣，有人薄倖。（〈瑞龍吟‧秋景仕女〉）
此兩詞，不僅所用詞牌相同、詞題與結構近似，而所押之韻，亦爲同
部；當作於同時。先看題「夏景仕女」一闋。此詞分三疊，從第一疊
的大筆渲染夜晚之景，到第二疊的掠筆淡畫詞作主旨，再到第三疊小
筆細描仕女意態與心情，層層逼進。第一疊先將作爲背景的夏夜寫
出。開頭第一句總言之，將夏夜之中，白日殘留的熱氣，簡潔地說出。
第二、三句承上，「堪愛」二字爲領字，領兩句四言對句。向日葵與
荷花，都是夏天的典型花卉意象。白天裏迎暑招展的向日葵與荷花，
入夜後，其嬌嬈與素淨的風情，則表現得更爲盡致。夜色深沉，月柳
分影，則此夏夜雖然可愛，卻又有些孤寂了。第二疊接著寫仕女。開
頭「好清景」一句，意在承接上疊，卻顯得有些蛇足。「水晶宮」，用
以誇飾所居之美。「態眞妝靚」，描述此一仕女之姣好。「態眞」，乃化
用杜甫〈麗人行〉「態濃意遠淑且眞」一句。而底下三句一轉，言其
姿態柔媚而落寞，憑闌而若有所思。第一、第二疊的筆法寫來不甚著
意，乃作鋪墊之用，預備第三疊的詳細敘述、深入心事。第三疊第一
至第五句所述，與第二疊有重複之嫌，略覺冗贅，且顯直白。「雙鬟
何事，心相恁難定」兩句，爲詞中轉折處，轉入仕女心事。詞人用兩
種外在景物來映襯仕女內心的相思之情。兩位仕女既無心賞涼，遂攜
手回房。回房的路上，無可聊賴地撩撥著路邊的花朵與在花間休憩的
蝴蝶。花朵與蝴蝶，本來即有情人相戲相尋的象徵意味，而其雙宿雙
飛的情景，又惹起了仕女對於情人遠別的惱恨之情。兩位仕女又經過
了水池旁，看見了相偎而眠的鴛鴦。鴛鴦更是情人成偶的象徵，而看
在仕女的眼中，水之闊，正代表與情人的遠別；鴛鴦冷，正是自云孤
寂。紅雲，既指天邊掩映著鴛鴦雙眠的紅色雲彩，又指房中大紅被褥，
則歸來後的獨眠，不言可喻。「天賜長交頸」一句，直接說出了仕女
的願望。結尾三句，言其由於心中的思念，一夜不得安睡。「被風吹
醒」，寫得婉轉可愛。再看「秋景仕女」一闋。此詞之結構與上詞相
似。上詞主要寫室外；此詞主要寫室內。第一疊寫其秋夜背景。開頭

以「蓬萊境」一句包總之，言此一涼爽之秋夜有如仙境。底下五句，
皆以此發端。第二、三句，「誰把」二字爲領字，領兩句四言對句。
結尾「瓊瑤相映」一句，又總結上文，言第二、五句室內之景與第三、
四句室外之景，彼此照映。詞人特別點出桂屏之黃、桐井之碧，予人
顯明的想像。綺寮是裝飾精美的窗戶；靈瑣原指仙人所居，此指仕女
房舍之華美。清明的庭院與精美的房舍，又予人晶瑩的對比。第二疊
直指題旨：房舍之中，有一相思仕女。第二、三句，星娥、月妃皆喻
仕女。「誰念」二字爲領字，領兩句四言對句。第四至第六句，言仕
女之心願，而出之以俗白直接之語，有柳永〈定風波〉（自春來）一
詞風味。然而，畢竟問天天不應，惟有仕女支頤獨愁，第三疊遂細寫
其心境。第一至第三句，乃仕女心中懸想室外之景。青鸞，即青鳥，
傳送訊息的使者。玉樓、瑤臺，原指仙人所居，此亦指仕女房舍。雲
凍、風緊，均極言其冷寂，製造了使人無限低回的氛圍。此處有一轉
折。仕女渴望情人信息，還是都無。「吹墮蕊珠金盆，仙掌難穩」二
句，將敘述角度拉回室內，說明了仕女心情的失望落寞。此處又有一
轉折。於是仕女拿起了情人從前寫給她的信箋，藉睹物聊慰思人之
感。雲紋、粉彩，皆言信箋之精緻。儘管信箋上面充滿濃厚的情意，
但還是不如情人在身邊。此處再有一轉折。「爭如是」三字爲領字，
領兩句四言對句。「秦蕭竝品」，用蕭史與秦穆公女弄玉之故事；「蜀
琴雙聽」，用司馬相如琴挑卓文君之故事。此處再又一轉折。「銀燭秋
光冷」一句，化用杜牧〈秋夕〉「銀燭秋光冷畫屏」句，借指仕女畢
竟孤單寂寞。「人間天上」以後，詞人有意宕開筆勢，轉用側寫。天
上之月與人間之仕女，均是嬋娟姽嫿，而不得成雙，只好抱衾獨眠。
突然一陣雨來，驚醒了仕女。雨水不止打落了院中的花朵，亦觸動了
仕女的思緒，自是難眠矣。結尾「有人繾綣，有人薄倖」二句，詞人
用以定調，卻有溫庭筠〈夢江南〉（梳洗罷）同樣的蛇足之憾。前一
闋寫夏夜思人之情，後一闋寫秋夜思人之情，都寫得十分細膩，情致
低回，用力頗深。

其〈憶王孫・春睡美人圖〉云：

> 梨花蒸透錦堂雲。堆下巫山一段春。化作遼西身外身。憶
> 王孫。枝上流鶯休要聞。

比之上述題畫詞，此詞較短，但也不乏情致。第一、二句，既言春光
之明媚，又隱涵閨中好夢之伏筆，引出下文。第三至第五句，化用無
名氏詩：「打起黃鶯兒，不教枝上啼。啼時驚妾夢，不得到遼西。」
詞人反用其詩意，言其閨夢正好，正與情人相會。「休要聞」，強調了
女子對情人的思念與好夢的留戀。此詞內容雖與前人無異，然可看出
詞人在筆調上，有意於變化新奇。

四、三教合一之〈蘇武慢〉

　　詞人不止多情浪漫，還好學深思。其〈上巡按陳公辭召修廣省通
志狀〉自述云：「竊自童弱，歸誠古賢。游夏祖宗，歷朝工匠，黃卷
日對，師友周旋。雖掛名黌籍，勉事時學，其寔醉心古典，期畢華顛。
既而摧頹場屋，時文益疎，好古益篤。雪簷燭牖，汩汩筆硯，或言心
紀事，或論政糾俗，妄有所述，頗就篇帙。」〔註62〕其天才騰踔，著
作等身，就中而論，除了如《興寧縣志》、《成化間蘇材小纂》一類的
方志實錄之外，早期的《讀書筆記》，記其讀書心得；〔註63〕後來的
《浮物》輯平日隨想之語爲一編，漸作新奇之論；〔註64〕《祝氏文集》

〔註62〕〔明〕祝允明：《祝氏集略》，收入《祝氏詩文集》，《明代藝術家集
　　　　彙刊續集》本（台北：國立中央圖書館，民國60年6月初版），卷
　　　　13，頁11上。
〔註63〕祝允明〈讀書筆記序〉云：「歲乙巳，允明居憂，弗能肆力讀書。於
　　　　事物之理，偶有所見，隨筆箋記，伺有道而正焉。」見〔明〕祝允
　　　　明：《讀書筆記》，《百部叢書集成》本（台北：藝文印書館，民國54
　　　　年，影印寶顏堂秘笈本），頁1上。紀曉嵐等《四庫全書總目提要・
　　　　讀書筆記》云：「凡三十四條，言頗近理，不似其它書之狂誕。……
　　　　蓋其少時所作，猶未蕩然禮法之外也。」
〔註64〕祝允明〈浮物自識〉云：「輯平日隨想之語三十則爲一編，成化丁未
　　　　長至日。」見〔明〕祝允明：《浮物》。紀曉嵐等《四庫全書總目提
　　　　要・浮物》云：「是編取韓愈『文氣，水也，言，浮物也』之義命名，
　　　　皆務爲新奇之論。甚至以《詩》三百篇、《春秋》二萬言爲聖人之煩，

與《祝氏集略》中，不乏對於儒、道、佛思想的多方深考；〔註65〕到晚年的《祝子罪知錄》，全面反思歷史、文學與文化，提出了足以驚世駭俗的個人看法。〔註66〕即其生命軌跡而言：因讀書益多，遂接觸益廣，乃思想益闊，故行為益放。

曾作〈蘇武慢〉十二闋，其詞前有序云：

> 初，元人馮尊師作二十篇，虞學士和十二篇。繼虞韻者，今凡三五家，朱性父集一冊。予閱之，復得此，亦用虞韻，以附朱冊之末，惜不稱前賞耳。

虞學士即虞集。元代全真教馮尊師作〈蘇武慢〉二十闋，虞集曾和十二闋，明代以後追和者更多，儼然成為一種以特定詞調抒發個人處世心得的特殊現象。〔註67〕朱存理所編〈蘇武慢〉總集，有繼和虞集者十五家，加上馮尊師、虞集所作，凡十七家詞。此書今不傳。相關可據資料，僅此一條，則朱存理編此書於何時，亦不可知。沈周亦曾作〈蘇武慢〉二闋以自壽，〔註68〕不知亦在收錄之列？朱存理卒於正德八年（1513）七月，其蒐集〈蘇武慢〉以成一集之時間，當在此之前。案祝允明詞序文意，其追和於朱存理編成之後。且察詞意，〈蘇武慢〉其十二云：「意到終篇，偶然成此，不是傚摹之作。真堪笑、仙也儒乎，奇特龜毛兔角。」不仿效前人而語帶自負，表達詞人一己之成熟志意，自非早年能作。其一云：「面外紅顏，心頭白髮，別有老翁年少。」顯然為晚年所作。又，其二云：「得失投瓊，榮枯射覆，為請

則放言無忌可知。蓋允明平生以晉人放誕自負，故持論矯激，未能悉軌於正云。」

〔註65〕如〈夢易記〉、〈動靜記〉、〈杳冥記〉……。

〔註66〕文徵明〈題《祝子罪知》二十二韻跋〉云：「壬午秋夜，同枝山宿石湖僧舍。漏二鼓，見先生手持一卷，晨起索閱，先生曰：『比余纂集前聞，品第昔人，名《罪知錄》，蓋三年於茲矣。』」見〔明〕祝允明：《祝子罪知錄》，《續修四庫全書》本（上海：上海古籍出版社，2002年3月第1版第1刷），冊1122，頁517。據文徵明所言，《祝子罪知錄》約作於嘉靖元年（1522），時祝允明六十三歲。

〔註67〕參張仲謀：《明詞史》，頁94～101。

〔註68〕參第五章第二節沈周部分。

先生姑歇。開眼投餘，放心射後，何不當初通徹。」其五云：「種子
休抛，前程早辦，只看兔烏朝晚。……此路原來不遠。……歸去來兮，
時將至矣，供事紫皇清燕。混茫中、曾露天機，自信福緣非淺。」其
九云：「看風塵、故國蒼茫，歷劫豈能重去。」由此觀之，似是詞人
棄官歸里前夕之思考。其七又云：「獨坐虛庭，秋高夜永，明月屋東
移過。」則爲秋天所作無疑。詞人於正德十六年（1521）棄官，則祝
允明之〈蘇武慢〉十二闋，約作於正德十六年秋天。此亦可證其棄官，
當在本年秋天以後。此十二詞，將儒、釋、道各方義理雜糅其中。其
〈會道觀修建記〉云：「域之教也三，曰儒、釋、道。道之紀也三，
曰希、夷、微。道也者，殊軌轍而同歸，貫有無而爲物。」〔註69〕〈跋
石勒問法圖〉又云：「予也亦不佞佛，亦不逃儒，因其教而陳其事云
爾矣。」〔註70〕三教思想的兼容並蓄，是當時的時代潮流。吳門文人
畢竟不是思想家，沒有嚴謹的思考系統，祝允明〈蘇武慢〉其三云：
「上究儒編，外觀佛說，也有道言仙語。或爲師、爲友爲朋，三者盡
堪吾侶。」其詩文取資於三教思想乃是出於一種「三教皆爲我註腳」
的態度，自我審美趣味的表現才是其目的所在。今從詞人十二闋〈蘇
武慢〉之中，選出一闋，以爲窺豹。其七云：

> 獨坐虛庭，秋高夜永，明月屋東移過。光入杯中，和光一
> 吸，不省杯微光大。恍惚須臾，墻頭影出，了了不同燈火。
> 有誰知道、這影分明，是月是墻是我。　　若說道、影自
> 形生，形爲影祖，見解恁般都左。影本無分，形非有也，
> 墻月更無□些。妙妙玄玄，玄玄妙妙，欲說難言將那。但
> 冥冥、相對嫦娥，或者許吾言可。

此詞敘述平平，不以情致取勝，但託之以隱語。其思想與作法，融匯
李白〈把酒問月〉、〈月下獨酌〉、陶淵明〈形影神〉於一體。陶淵明
〈形影神〉序云：「貴賤賢愚，莫不營營以惜生，斯甚惑焉。故極陳

〔註69〕〔明〕祝允明：《祝氏集略》，收入《祝氏詩文集》，《明代藝術家集
　　　　彙刊續集》本，卷30，頁8下。
〔註70〕〔明〕祝允明：《祝氏集略》，卷26，《祝氏詩文集》本，頁7上。

形影之苦言，神辨自然以釋之。好事君子，共取其心焉。」〔註71〕詞
人正是所謂「好事」者也。上片歇拍云：「有誰知道、這影分明，是
月是墻是我。」可見詞人之困惑。而詞人此時所惑者，不亦「貴賤賢
愚，莫不營營以惜生」的仕隱進退之掙扎矛盾？形指的是軀體，影指
的是功名，月光指的是理想抱負。「影自形生，形爲影祖」，意謂一般
的看法都認爲：只要憑著理想抱負而努力，功名便能自致。然而，這
卻與詞人的生命經驗相違舛。底下接著說：「影本無兮，形非有也，
墻月更無□些。」就詞人看來，軀體、功名、理想抱負，一切都是虛
幻，終將歸於消滅。故下片歇拍云：「但冥冥、相對嫦娥，或者許吾
言可。」詞人似乎已經找到了生命的答案。

五、從皆有所託到悟解遣興

綜觀祝允明之一生，對於仕途功名，幾乎縈懷不去。自二十一歲
起，曾經五應鄉舉，七試禮部，終不第。正德九年（1514）秋，赴京
謁選，方授一知縣。正德十六年（1521），遷南京應天府通判，然即
棄官歸里。不數年，病卒。近四十年的時間，都在仕途功名中，載浮
載沉。其中五分之四的時間，不得志於鄉里；五分之一的時間，又始
終沉於下僚。一首看來當是作於赴京趕考路途中的〈書生戲歌〉云：
「檞衣宿食宵興，長路弱腳曉行。歸來夢想富貴，困（案：疑爲『困』
字之誤）蠢嗟哉書生！」〔註72〕可看出詞人長年追求宦達之辛勞，以
及對於現實境況之自嘆。其〈鷓鴣天〉云：

燈火三更把算籌。風沙萬里覓封侯。蠶兒作繭生難罷，蛾
子親燈死卻休。　　身外苦，夢中忙，渾無些子爲吾謀。
世間富貴眞何物，賺得英雄白了頭。

此詞與〈書生戲歌〉同一思路。上片詞人描述自己的孜孜矻矻於功名

〔註71〕〔晉〕陶淵明著；袁行霈箋注：《陶淵明集箋注》（北京：中華書局，
　　　　2003 年 4 月第 1 版北京第 1 刷），卷 2，頁 59。
〔註72〕〔明〕祝允明：《祝氏文集》，收入《祝氏詩文集》，《明代藝術家集
　　　　彙刊續集》本，卷 4，頁 11 下～12 上。

顯達。爲了應付科舉，詞人焚膏繼晷地苦讀，不計千山萬水而跋涉，
一切看來都像作繭自縛，但尋困窘而已。若有幸金榜題名，恐怕青春
已去，而生命將終。是故下片言其感慨。萬般勞苦，都不過是爲了追
求身外夢中的虛幻名利而忙碌。而詞人之所以放浪形骸，除了性格上
的蕩佚不羈，「其中亦有疾俗玩世之因素」〔註73〕，「皆有所托而逃焉
者也」。〔註74〕其〈鳳銜杯〉云：

> 石頭城裏少年遊。莫愁歌、夜館晨樓。回首吳門烟月隔吟
> 眸。三百里，帝王州。　　詩似海，酒如油。有青山、處
> 處堪留。只怕秣陵今日不宜秋。風緊黑貂裘。

祝允明曾將此詞與另外三詞同書以贈人，案四詞順序爲：〈眼兒媚〉
（梯駕彤雲接青冥）、〈鳳凰閣〉（枉擔風負月）、〈鳳銜杯〉（石頭城裏
少年遊）、〈南歌子‧墨菊〉（面背東皇歛）。祝允明所書時，爲弘治九
年（1496）八月十五日，三十七歲。乃書其舊作，則此四詞當作於此
前。味其內涵，此詞當爲詞人早年應試於南京，落榜感作。且其中感
慨頗深，應非第一、二次落榜；又自稱「少年」，則不出三十歲，故
此詞可能作於成化二十二年（1986）秋日鄉試後不久。「不宜秋」三
字，亦可證其爲秋日。上片寫實，下片寫虛。上片前二句，寫留連。
石頭城，即南京之別稱。莫愁，此處指歌女。〔註75〕南京城中，秦樓
楚館，笙歌不歇，日夜繼作，好不熱鬧，與詞人相對，則詞人份外凄
清。第三至五句，寫登臨。第三句，詞人思歸；第四、五句，詞人思
舉；其間充斥著仕隱的躊躇矛盾。下片詳寫登臨之感慨。前三句，欲
作寬解語；後二句，難掩落寞之情。秣陵，即南京、金陵之別稱。「風
緊黑貂裘」，與馮延巳〈鵲踏枝〉「獨上小樓風滿袖」〔註76〕機杼同巧，

〔註73〕陳麥青：《祝允明年譜》，頁6。

〔註74〕〔清〕顧璟芳、李葵生、胡應宸編選；王兆鵬校點：《蘭皋明詞匯選
附蘭皋詩餘近選》，卷4，頁85。

〔註75〕《舊唐書‧音樂志》云：「莫愁樂出於石城樂。石城有女子名莫愁，
善歌謠。故歌云：『莫愁在何處？莫愁石城西。艇子打兩槳，催送莫
愁來。』」

〔註76〕曾昭岷等編：《全唐五代詞》（北京：中華書局，1999年12月第1版

寓其久久不能自言之隱慨。其〈祝英臺近・問月〉下片云：「別離處。曾照幾度歡娛，誰家不孤負。怕也有人，不似我知遇。見伊便愁歡娛，歡娛何在，知久後、怎分付。」詞人仰天問月，何嘗不是捫心自問？月是互古一月，照盡世間悲歡。月不知世間悲歡，惟有人知而愁之。從此詞中，可看見詞人逐漸擺脫了內心長久以來的掙扎矛盾，了知世間之名利無憑、遇合無定。也能夠理解詞人晚年突然棄官，不只是因為「悉力經總，民不擾而事集」，〔註77〕而不勝繁瑣，關鍵因素在於其徹底地認清自己四十年來的求宦生涯，盡是勉強不得已而為之，故能一朝揚長而去，終焉不顧。

　　棄官歸隱之後，詞人方才得以縱情山水，自適其適，故其晚年之詞多遣玩之逸興，以及塵俗之悟解。其晚年生活，曾作〈口號〉三首以自述，云：「枝山老子鬢蒼浪，萬事遣來剩得狂。從此日和先友對，十年漢晉十年唐。」「不裳不袵不梳頭，百遍迴廊獨步遊。步到中庭仰天臥，便如魚子轉瀛州。」「蓬頭赤足勘書忙，頂不籠巾腿不裳。日日飲醇聊弄婦，登牀步入大槐鄉。」〔註78〕讀書著述，飲酒優遊，甚至衣衫不檢，惟圖快意，真是「萬事把來拋掉了，喫酒看花而已。」（〈賀新郎〉）詞人登山臨水，曾以不同詞牌題詠「蘇臺八景」：虎阜晴嵐、蘄臺夕照、上方春色、包山秋月、越溪漁話、甫里帆歸、橫塘曉霽、寒山晚鐘。今選二詞，分別見其遣玩之逸興，以及塵俗之悟解。其三、其五云：

> 算吳門風景最佳時，都來是春天。看上方山下，行春橋畔，杜若洲邊。隨意萬聲千色，天錦雜神絃。都倚東君寵，恣媚爭妍。　　還看冶郎遊女，競紅粧素飾，竹轎花船。任高歌爛醉，醉倒錦窗前。幸吾儂、三生有分，浮生來、此

北京第1刷），正編卷3，頁650。

〔註77〕〔明〕王寵：〈明故承直郎應天府通判祝公行狀〉，《雅宜山人集》，《明代藝術家集彙刊》本（台北：中央圖書館，民國57年7月初版），卷10，頁2下。

〔註78〕〔明〕祝允明：《祝氏集略》，收入《祝氏詩文集》，《明代藝術家集彙刊續集》本，卷6，頁12上。

地作遊仙。而今後、願天從我，歡賞年年。（〈其三‧八聲
甘州‧上方春色〉）

並輕舟、与君商話，且收掌中鈎釣。天空水闊風光美，摸
得魚兒多少。卻堪咲。癡獸老、得魚又向波中倒。釣還有
道。在不淺非深，莫遲休急，更要收綸早。　　還聞説，
此處越兵來到。亡吳蹤跡堪弔。只今溪水清如玉，還是越
池吳沼。君且道。人間世、功名爭似安閑好。且開懷抱。
便鮮羹肥鱸，滿傾香酒，萬事醉都了。（〈其五‧摸魚兒‧
越溪漁話〉）

祝允明曾經兩度書此八詞。據上虞羅氏影印本「希哲書〈蘇臺八
咏〉」，祝允明題款云：「癸未春三月望後，允明鈔。」則第一次書於
嘉靖二年（1523）三月十七日。據現藏於瀋陽故宮博物院的「行草書
咏蘇臺八景詞」，祝允明題款云：「乙酉三月望日，酒次爲子朗漫書。
枝山。」〔註79〕則第二次書於嘉靖四年（1525）三月十五日。案此八

祝允明　行草書咏蘇臺八景詞（局部）

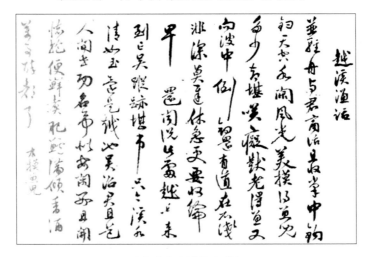

（瀋陽故宮博物院藏）

〔註79〕中國古代書畫鑑定組：《中國古代書畫圖目　十五》（北京：文物出
版社，1997年5月1版1刷），遼2－008。

詞之詞意，為登山臨水之作，且其中所表達出來的遣玩之逸興，以及
塵俗之悟解，均顯示此八詞當作於正德十六年（1521）歸隱之後，嘉
靖二年（1523）三月十六日之前。前一闋詞詠「上方春色」，實詠吳
門四季勝景之最，並寄託詞人晚年終於逃脫世間樊籠的自得懷抱。上
片寫景物，下片寫人情。上片開首兩句，泛述吳門春日勝景。都，彙
總也。吳門勝景最佳之時為春天，而春天勝景最佳者在上方山。故第
三至五句，將焦點漸次集中到上方山、行春橋。「上方山，在石湖之
西，吳山之東北，因有楞伽寺，又名楞伽山，又因有治平寺也名為治
平山。」〔註80〕行春橋，〔宋〕范成大《吳郡志》引《吳郡圖經續記》
云：「在橫山越來溪中。湖山滿目，亦為勝處。橋甚長，跨溪湖之口。
好事者或名小長橋。……勝概為吳中第一。」〔註81〕杜若，香草也。
勝景究竟如何？第六至九句，遂寫其勝景。有葳蕤盛放、千色斑斕如
仙女鋪錦的花草，又有體態輕靈、萬聲宛轉如仙樂飄動的啼鳥，趁
著春光，盡情地展現著各自的優為之處。上片寫景物已極，下片遂轉
寫嬉戲其間的男女遊人。〔清〕徐《百城烟水》云：「吳俗最重節
物。……二月始和，則虎丘、天平、觀音、上方諸山游人最盛，竹輿
輕窄，上下如飛。」〔註82〕第二、三句，寫「遊女」。「競」字為領字，
領兩句四言句。第四、五句，寫「冶郎」。下片從第一至五句，極言
游人之盛，都是就客觀他人的角度來寫的，而詞人自己又如何？從第
六句至歇拍，即轉寫詞人自己的感想。詞人自幸投生於吳門，勝景不
必遠求。歇拍「而今後、願天從我，歡賞年年」兩句，尤其充滿了一
生的感慨。所謂「今後」，即指棄官之後。詞人終於完全回歸了青年
時期即躊躇矛盾的「有青山、處處堪留」之「吳門烟月」（〈鳳銜杯〉），

〔註80〕王稼句：《蘇州山水》（蘇州：蘇州大學出版社，2000 年 8 月第 1 版
　　　　第 1 刷），頁 34。

〔註81〕〔宋〕范成大著：陸振岳校點：《吳郡志》（南京：江蘇古籍出版社，
　　　　1999 年 8 月第 1 版第 1 刷），卷 17，頁 245。

〔註82〕〔清〕徐崧、張大純纂輯；薛正興校點：《百城烟水》（南京：江蘇
　　　　古籍出版社，1999 年 8 月第 1 版第 1 刷），卷 1，頁 77～78。

然而，天不假年，未久即逝。至於後一闋詞詠「越溪漁話」，藉漁父之動作與話語，說出詞人對於世間名利的悟解。上片寫漁父之動作，下片寫漁父之話語。詞人移船相並，漁父收起了釣鉤，彼此閒談。背景風光怡人，正是漁父平常生活之所在。至於釣得的漁獲多少，則不是漁父所關心者。只要足以維持生計，多餘的漁獲都倒回溪中。詞人謂漁父為「癡獃老」，並非貶義。詞人亦曾自稱「老子真癡子」、「思量癡好真無比」（〈賀新郎〉），世俗眼中的癡獃，卻是真正的曠達超越。其中的魚與釣，都有借以比喻的意味在。魚，喻人的各種欲望。釣，喻人對欲望的追求。至於漁父，則是歷來一貫的高士象徵。故云「釣亦有道」，追求各種欲望，必須無過亦無不及。在不違背生存基本需求的前提之下，可以追求恰當的欲望；所謂「物無美惡，過則為災。」（辛棄疾〈賀新郎〉）欲望的不斷膨脹，則只會換來更多的煩惱勞苦。歇拍「更要收綸早」，是詞人棄官歸來以後的自嗟自悔，悔不及早放棄仕途。下片分別援用漁父的兩段話，辨明人事興亡之不可憑恃。第二、三句，是漁父的第一段話。此詞所詠的越溪，即越來溪。范成大《吳郡志》云：「越來溪，在橫山下，與石湖連。相傳越兵入吳時自此來，故名溪。上有越城，雉堞宛然。」〔註83〕春秋時代吳國國勢何等之強，終被越國所滅；當時越國國勢如日中天，但是在千百年後的詞人彼時，越國豈又安在哉？正如「蕕臺八詠」其二〈點絳唇・蕕臺夕照〉下片所云：「一抹微紅，閃閃帰鴉背。千年事。銷亡興癈。慘淡糢糊裏。」徒留下荒臺古蹟，供人憑弔而已。第七句，是漁父的第二段話，亦是詞人自道。詞人蠅營狗苟地追求功名四十年，晚年方才悟解看破。這一句看似說來容易，下筆實難，寄寓了極為深沉的人生感慨在其中。「蕕臺八詠」其八〈尾犯・寒山晚鐘〉云：「豪傑英雄，被銷磨過了。但隨時、流行坎止，且寬懷、眠遲起早。便無煩惱，此法不向忙人道。」姑且把握時光，鱠鱸飲醇吧。「鮮煮肥鱸」暗引《世

〔註83〕〔宋〕范成大著；陸振岳校點：《吳郡志》，卷18，頁259。

說新語‧識鑑》張翰故事。詞人不必像張翰見蒓鱸而思歸，而眞正已經回到家鄉，過自己想過的生活。「萬事都醉了」，寫出詞人的自適情致。此詞順勢娓娓寫來，節奏不疾不徐，正顯示出詞人晚年心境之平靜閑適。

祝允明詞中曲化的現象，觀其早年的〈鳳銜杯〉（石頭城裏少年遊）、〈江城子‧戊申重九〉（碧天黃日挂寒晴）等作，尚未出現，當在中年以後產生。曲化應與其妓遊生活有相當關聯。詞人常傅粉從優伶，登場唱戲作曲。散曲亦當多做於妓遊時。

第二節　唐　寅

唐寅（1470～1522），字伯虎，一字子畏，號六如、桃花庵主、魯國唐生、逃禪仙吏、江南第一風流才子。吳縣人。家中業商，而嗜書尚才情。其詩與祝允明、文徵明、徐禎卿，並稱吳中四才子。弘治十年（1497），因好古文辭，科考不利，幾失鄉舉資格。後經蘇州知府曹鳳保薦，始得隸名末。弘治十一年（1498），鄉舉直取解元。弘治十二年（1499），入京會試，遭徐經科場案牽連，同捕入獄，黜掾於浙藩，逕歸而不往。此後，益爲放浪。弘治十四年（1501），作汗漫遊，足跡遍及閩、浙、贛、湘。弘治十五年（1502），倦遊歸里。原擬再遊，尋嬰疾，遂不行。正德二年（1507），築桃花庵及夢墨亭。正德九年（1514），應寧王朱宸濠之聘，往江西南昌。漸察朱宸濠有謀反之意，遂佯狂溲穢。朱宸濠不堪，乃遣使送歸。正德十年（1515），歸里後，杜門月餘乃起。始絕意於功名，玩世而終。善書法，尤工畫，秀潤縝密，而極有韻度。與沈周、文徵明、仇英，並稱明畫四大家。其著作除後人所輯《唐伯虎全集》之外，尚有《作詩三法》、〔註84〕

〔註84〕唐寅〈作詩三法序〉云：「間讀詩，列章法于其題下；又摘其句，以句法字法標之。蓋畫虎之用心，而破碎滅裂之罪，不可免矣。觀者幸恕其無知，而諒其愚蒙也。」味其意，《作詩三法》一書爲其自著。見〔明〕唐寅著；周道振、張月尊輯校：《唐伯虎全集》，卷5，頁

《風流遁》、〔註85〕《唐伯虎畫譜》。今人周道振、張月尊，輯校散見之詩文，編成《唐伯虎全集》一冊，最有文獻之功。〔註86〕

　　唐寅之存詞，趙尊嶽《明詞彙刊》本《六如居士詞》收錄三十一闋；張璋、饒宗頤《全明詞》據《明詞彙刊》本《六如居士詞》爲底本，卻只有收錄二十三闋；周道振、張月尊《唐伯虎全集》參校各版本唐寅別集，得詞十六闋，又蒐羅書蹟題跋，補遺八闋。〔註87〕以上多種版本之間，互有出入。今筆者據以整理，又從明萬曆四十二年何大成刊《唐伯虎全集》之《唐伯虎外編》卷三「集伯虎遺事」，輯出一闋，凡三十六闋，其中六闋詞可以編年，並重加考訂校箋，詳參附錄。

一、感光陰之易逝，嘆境緣之無實

　　唐寅自縱天穎，故少年時，對「世勳時位、茂祿侈富」〔註88〕等等功名仕宦的態度，是「一不足爲我謀」，〔註89〕完全不措意於此。所措意者，在於效法古豪傑魯仲連、朱家之事，〔註90〕故其「殊不屑

229～230。

〔註85〕〔明〕陳繼儒：《太平清話》，《叢書集成初編》本（北京：中華書局，1985 年北京新 1 版），卷 4，頁 73。

〔註86〕此處唐寅生平簡述，參考楊靜盦：《唐寅年譜》（台北：台灣商務印書館，民國 36 年 8 月初版）而成。

〔註87〕周道振、張月尊《唐伯虎全集》將〈江南春・次倪元鎭韻〉（梅子墮花茨孕筍）、〈闕調名〉風花雪月四闋（風嫋嫋、花豔豔、雪飄飄、月娟娟），視爲詩。見周道振、張月尊：《唐伯虎全集》（杭州：中國美術學院出版社，2002 年 3 月第 1 版第 1 刷），頁 19～20、355。至於〈過秦樓・題鶯鶯小像〉（瀟灑才情）一闋，周道振、張月尊《唐伯虎全集》則重複收錄。見周道振、張月尊：《唐伯虎全集》，頁 165、476。

〔註88〕〔明〕祝允明：〈夢墨亭記〉，《祝氏集略》，收入《祝氏詩文集》，《明代藝術家集彙刊續集》本，卷 27，頁 13 下～14 上。

〔註89〕〔明〕祝允明：〈夢墨亭記〉，《祝氏集略》，收入《祝氏詩文集》，《明代藝術家集彙刊續集》本，卷 27，頁 14 上。

〔註90〕唐寅〈與文徵明書〉云：「司甚厚魯連先生與朱家二人，爲其言足以抗世，而惠足以庇人。」見周道振、張月尊：《唐伯虎全集》，卷 5，

事場屋」。〔註91〕後來應科舉，一是完成先父的遺願，二是接受祝允明的勸告。於是閉戶一年，一舉鄉試解元，自此「益信人間事無煩智慮者」，〔註92〕風光極矣。至弘治十二年（1499）科場案之前，可謂唐寅人生最為得意之時。不料無辜捲入風波之中，譬如始登高山，突然墮落深淵。其〈秦樓月・謝醫〉云：

> 業傳三世，學通四庫，志在濟人利物。刀圭信手就囊拈，
> 能事在醫人醫國。　　雷封薄宦，寄身逆旅，忽感阽危困
> 厄。過承恩惠賜餘生，祇撰箇新詞酬德。

詞人旅途中遭疾，幸逢良醫，方得痊癒，遂以此詞謝醫。案下片「雷封薄宦，寄身逆旅，忽感阽危困厄」語，知此為科場案後，罰黜浙藩，逕歸不往，路途中所作。詞人於，弘治十二年（1499）秋歸里，〔註93〕則此詞約作於此時。上片讚揚此良醫。看來此醫亦非一般：其不僅醫術方面家學淵源，對於經史子集亦是博學淹通，志向更是遠大，在於經世濟民。故云「刀圭信手就囊拈」，乃就其醫術言。刀圭，指中藥量器。「信手」的動作，正代表了此人醫術之純熟。又云「能事在醫人醫國」，乃就其志向言。《國語・晉語》云：「醫和對文子曰：『上醫醫國，其次醫人。』」詞人以上醫讚揚之。此人不僅能夠醫人，更志在醫國。以「能事」言之，則此良醫或有功名隨身。下片說明作詞事由。雷封，縣令的代稱。《白孔六帖・縣令》：「雷霆百里，縣令象之，分土百里。」由於詞人罰黜浙藩不往，故自稱「雷封薄宦」。旅途中遇惡疾，幸逢此人，「過承恩惠賜餘生」，故詞人「祇撰箇新詞酬德」。此詞藝術價值較低，而價值在於文獻紀實。上片的良醫與下片的詞人之間，恰是一個明顯對比。詞人何嘗不也是「學

頁 220。

〔註91〕〔明〕祝允明：〈唐子畏墓誌并銘〉，《祝氏集略》，收入《祝氏詩文集》，《明代藝術家集彙刊續集》本，卷17，頁8上。

〔註92〕〔明〕祝允明：〈夢墨亭記〉，《祝氏集略》，收入《祝氏詩文集》，《明代藝術家集彙刊續集》本，卷27，頁14上。

〔註93〕周道振、張月尊：《唐伯虎全集》（杭州：中國美術學院出版社，2002年3月第1版第1刷），附錄六，年表，頁642。

通四庫，志在濟人利物」？不同的是：良醫前途一片光明，而詞人捲入科場案，仕途黯淡。與忽然遭逢惡疾，不就是詞人境況的寫照？「過承恩惠賜餘生」，不就是詞人自述好不容易脫出生天，得以歸里？詞人在仕途失利、黯然歸里的清況下，寫此謝醫，相信自有其寄寓之深意。

　　上天恩賜餘生之後，歸里的詞人，祝允明雖云其「心益精，學益大，跡益放」，〔註94〕然生活與心情，均大受影響。據唐寅〈與文徵明書〉自述：「海內遂以寅爲不齒之士，握拳張膽，若赴仇敵；知與不知，畢指而唾，辱亦甚矣！……茲所經由，慘毒萬狀；眉目改觀，愧色滿面。衣焦不可伸，履缺不可納；僮奴據案，夫妻反目；舊有獰狗，當戶而噬。反顧室中，甌甊破缺；衣履之外，靡有長物。……餘者不迨，則寄口浮屠，日願一餐，蓋不謀其夕也！」〔註95〕爲了餬口圖飽，不惜混跡佛寺，或係誇張其言，然而，也可以知道詞人於此時開始較頻繁地接觸佛教。詞人「罹禍後，歸心佛氏，自號六如。」〔註96〕其號六如，取義於《金剛般若波羅密多經・應化非眞分第三十二》：「一切有爲法，如夢幻泡影，如露亦如電，應作如是觀。」〔註97〕可見他對於世事從罹禍之後的心灰意懶，漸漸轉爲悟解超脫，以佛教思想爲精神寄託。然而，佛教思想畢竟只是他避免全面崩潰的一時寄託，並非全然投入空門。〔宋〕晏幾道〈小山詞自序〉曾云：「……考其篇中所記悲歡離合之事，如幻如電，如昨夢前塵，但能掩卷憮然，感光陰之易逝，嘆境緣之無實也。」〔註98〕雖然晏幾道所感

〔註94〕〔明〕祝允明：〈夢墨亭記〉，《祝氏集略》，收入《祝氏詩文集》，《明代藝術家集彙刊續集》本，卷27，頁14下。

〔註95〕周道振、張月尊：《唐伯虎全集》，卷5，頁221。

〔註96〕〔明〕祝允明：〈唐子畏墓誌并銘〉，《祝氏集略》，收入《祝氏詩文集》，《明代藝術家集彙刊續集》本，卷17，頁10上。

〔註97〕〔姚秦〕鳩摩羅什：《金剛般若波羅密多經》，《釋氏十三經》本（北京：書目文獻出版社，1989年8月北京第1版，1993年10月北京第2刷），頁11。

〔註98〕《中國歷代詞學論著選》，頁41。

者乃往昔過從飲酒之人，與唐寅之爲自己平生遭際而感者不同，但若將「感光陰之易逝，嘆境緣之無實」迻評唐寅詞，亦稱允當。故其詞作中的時光流逝感特別強烈。如其〈一剪梅〉二闋云：

> 紅滿苔階綠滿枝。杜宇聲歸。杜宇聲悲。交歡未久又分離。彩鳳孤飛。彩鳳孤棲。　　別後相思是幾時。後會難知。後會難期。此情何以表相思。一首情詞。一首情詩。
>
> （其一）
>
> 雨打梨花深閉門。孤負青春。虛負青春。賞心樂事共誰論。花下銷魂。月下銷魂。　　愁聚眉峰盡日顰。千點啼痕。萬點啼痕。曉看天色暮看雲。行也思君。坐也思君。
>
> （其二）

詞人在寫作此二詞形式時，刻意將每一片分爲兩個段落，而每一個斷落的後面兩句，均採用類疊的修辭格。先看第一闋詞。上片寫別離之事。前三句爲第一段落，以景起。花紅葉綠，自是春意盎然，但又聞杜鵑「不如歸去」之聲，勾起心中悲涼。後三句爲第二段落，寫其何以聞杜鵑而同悲？「樂莫樂兮新相知，悲莫悲兮生別離」，原來是與情人相別離，只剩一人獨自遊憩。下片寫相思之情。前三句爲第三段落，承上片分離，寫別後惟有相思。以「幾時」的不可確定次數，委婉地道出相思的頻繁。惟有相見，可解相思之深重，然而，相見之日卻無從知悉；除了無從知悉之外，甚至連相見的卑微期望，都毫無憑藉，更使人悵惘了。後三句是第四段落，寫其相思無計可消除，最後就將所有相思寫入桃箋，用文字來發攄。寫成的詩詞，是否眞能送到情人的手上，傳達自己的相思？或者只能深鎖案前，聊供遙想？作者沒有回答，予人想像的空間。再看第二闋詞。上片將春景與孤寂融匯在一起，寫極樂與極悲。前三句爲第一段落。第一句用〔宋〕李重元〈憶王孫〉成句。梨花在春日綻放，本是春遊佳會，而春寒料峭，春雨霏霏，無法出遊，只能深閉門內。就綻放的梨花來說，是辜負了這一段春光；就人而言，人亦猶梨花，青春正好，卻無人來賞，留待光陰空過。後三句爲第二段落。雖然時序是春天，人正當青春年少，卻

無人相伴。花月之下，當是分享賞心樂事之時，但只能獨自銷魂了。下片開始確切點出分離的相思。前三句為第三段落，以靜態寫相思，蹙眉哭泣。後三句為第四段落，以動態寫相思，處處皆有感觸。〔清〕陳廷焯《詞則‧閑情集》評第二闋詞的第三段落云：「此詞頗工，但千點萬點一意分不出兩層，亦小疵也。」〔註99〕此二句確如其評，而其他使用類疊之部分，則尚守分際，不致重出。總體而言，此二詞情致細膩，以時光的流逝變換作為主要的表達技巧。第一闋詞的第一段落，寫彌滿春色重臨人間，卻引起情人未歸的相思情緒；第二段落，寫短暫歡會的往事，而造成長時間的孤寂；第三段落，寫相思之長久，而情人歸來遙遙無期；第四段落，寫長久以來的相思，或者是一時滿溢的相思，只能用最沒有時空限制的文字來表達或保存。第二闋詞的第一段落，寫風雨中盎然的春意，稍縱即逝，正如無人欣賞的青春妙齡；第二段落，寫其日夜為之銷魂傷心，「花」借指白天，「月」借指夜晚；第三段落，仍然寫其整天相思；第四段落，亦寫其整天相思。在相思的當下，其感覺是一日如三秋，苦不堪言；而在追憶過去之時，則其感覺是三秋如一日，強烈如初。至於其他同樣具有時光流逝感的詞句，如〈畫堂春〉云：「簾前兔走逐烏飛。又驚綠暗紅稀。」又如〈點絳脣‧題春圖〉云：「前度劉郎，去後成何濟。春過矣。」作用都在於襯托，並非如〈一剪梅〉二闋之普遍應用於全闋。

〔明〕閻秀卿《吳郡二科志》載唐寅事云：

　每謂所親曰：「枯木朽株，樹功名於時者，遭也。無不能自持，使所建立，置之可憐，是無枯朽之遭，而傳世之休烏有矣。譬諸梧枝旅霜，苟延奚為？」後復感激曰：「大丈夫雖不成名，要當慷慨，何乃效楚囚？」因圖其石曰「江南第一風流才子」。〔註100〕

〔註99〕〔清〕陳廷焯編選：《詞則》（上海：上海古籍出版社，1984 年 5 月第 1 版第 1 刷）。

〔註100〕轉引自周道振、張月尊：《唐伯虎全集》，附錄二，史傳銘贊，頁542。

既取號「六如」，又取號「江南第一風流才子」，正顯示出詞人心中不斷翻騰的掙扎與矛盾。「『江南第一風流才子』的名號，可以表徵他極端世俗化的入世傾向；『六如居士』可以表徵他極端幻滅化的出世思想。」〔註101〕前一刻才自傷自嘆，後一刻又慷慨笑傲；慷慨笑傲之中，卻仍懷抱著功成名就的期待。故其三十歲時，遭逢科場弊案，痛不欲生；而在三十八歲時，又築桃花庵及夢墨亭，放蕩自適，作〈四十自壽〉云：「田衣道衲擬終身，彈指流年了四旬；善亦嬾爲何況惡？富非所望不憂貧！山房一局金縢著，野店三梧石凍春；只此便爲吾事辦，半生落魄太平人。」〔註102〕彷彿已看破紅塵；至於四十五歲時，又應寧王朱宸濠之聘，以爲前程可期；不料，因寧王謀反，又返鄉歸隱，作〈五十自壽〉云：「笑舞狂歌五十年，花中行樂月中眠；漫勞海內傳名字，誰論腰間缺酒錢。詩賦自慚稱作者，眾人多道我神仙；些須做得功夫處，莫損心頭一寸天。」〔註103〕以酒中謫仙自居，似乎才確實看破塵世，誠實面對內在的眞心，不再曲意委從外界的行爲標準。詞人沉溺在前後反覆的漩渦之中，不可自拔。故表現在詞作上，成爲兩種極端：一是海闊天空的悟解，二是深沉無盡的哀嘆。關於前者，試看其〈望湘人・春日花前詠懷〉云：

> 想盤鈴傀儡，寒食裏蒸，曾嘗少年滋味。凍勒花遲，香供酒醒。又算一番春計。鏡裏光陰，尊前明月，眼中時事。有許多、閒是閒非，我説與君君記。　　道是榮華富貴。恁掀天氣概，霎時搬戲。看今古英雄，多少葬身無地。名高惹謗，功高相忌。我且花前沉醉。管甚箇、兔走烏飛，白髮蒙頭容易。

此詞詠懷，風格接近散曲之直白不隱。從「曾嘗少年滋味」、「白髮蒙頭容易」的年齡形容，以及對於「閒是閒非」的徹底看破來看，此

〔註101〕徐建融：〈唐寅研究〉，《元明清繪畫研究十論》（上海：復旦大學出版社，2004 年 12 月第 1 版第 1 刷），頁 99。

〔註102〕周道振、張月尊：《唐伯虎全集》，卷 2，頁 79。

〔註103〕周道振、張月尊：《唐伯虎全集》，卷 2，頁 80。

詞當作於正德十年（1515）佯狂歸里，與嘉靖元年（1522）病卒之間。上片寫春日起興，下片寫懷抱。上片第一至六句，寫寒食春遊。「盤鈴傀儡」，即以盤鈴爲伴奏的傀儡戲，當爲詞人出遊時，街道所見熱鬧之景；「寒食裏蒸」，或指蒸騰之春煙，當爲野外所見之景；看戲、踏青，都是詞人青春少年時歡樂之事，故云「曾嘗少年滋味」，老來春遊，復嘗少年滋味；而「又算一番春計」，有慣識春風之意。此次春遊也讓詞人回想起數十年來的諸般遭遇，正是「閒是閒非」也。至於是哪些閒是閒非呢？下片說的彷彿都是一些看破名利的泛泛之論；事實上，若結合詞人生平，可知皆意有所指。第一至三句，說的是詞人早年直取解元、風光赴京。「霎時搬戲」呼應上片「盤鈴傀儡」，這一切猶如演戲。第四、五句，說的是欲效魯仲連、朱家等豪傑的理想，以及後來應聘寧王。後來寧王謀反，故云「葬身無地」。第六、七句，說的是當年科場案，全因都穆嫉妒相謗，方落得悲慘境地。〔註 104〕詞人反思這些年來的風風雨雨，得出了「我且花

<hr>

〔註104〕記載都穆相謗之事者頗多，謹錄其中較詳者一則。秦酉巖《遊石湖紀事》云：「戊寅春初，看梅於吳中諸山，於楞伽山會雅宜先生子龍岡，龍岡固六如唐先生子婿，爲說唐先生事，漫識如左。子畏少英邁不羈，與南濠都君穆游，雅稱莫逆。江陰有徐生名經者，豪富而好事，結交吳中諸公，間與六如友善。經故太學生。弘治戊午，歲大比，徐通考官得關節；徐亦能文，念非唐先生莫可與同事者，遂以關節一事語唐。唐得之，更以語穆。是歲唐遂舉第一人，而徐與穆亦得同榜。徐德唐甚，相與偕計。徐更通考官程敏政家奴，先期得場中試目，復以語唐。唐爲人洞見底裏，無城府，如前語穆。未揭榜前，穆飲於馬侍郎邸寓，與給諫華昶俱會。有要宦謁馬，馬出接之，與談會試事，宦云：『唐寅又舉一第矣。』穆從隔壁耳之。宦去，馬入與穆語，喜盈於色。穆輒起嫉妒心，遂語馬以故，昶亦與聞之：一日而偏傳都下矣。（案：「偏」疑爲「徧」字之誤。）昶遂論程，并連唐徐。至廷鞫，兩人者俱獲罪，程亦落職。是歲，凡取前列者，皆褫名。都以名在後，反得雋；而唐先生遂終身落魄矣。唐後與穆終恨恨誓不相見，如此累年。有一友生游於兩君之門者，欲合其交。伺唐飲於友人樓居，亟聞於穆。乃語唐曰：『穆且至。』唐聞之，神色俱變。穆謂友已通情，疾入樓襲見之。唐瞥見，遂躍樓窗而下，亟趨歸。友人恐其傷也，縱跡之，（案：「縱」疑爲「蹤」

前沉醉」的結論。其〈畫堂春〉云：「簾前兔走逐烏飛。又驚綠暗紅稀。……倘教玉勒賞花期。拚踏香泥。」因為有著對於時光流逝的強烈惋惜，追求當下的適意就成為最合理的結論。接受過去的這些事實，面對當下所擁有的單純快樂，是詞人晚年才確實體認而且力行的生命態度。

唐寅　真書新燕詞扇面

（上海博物館藏）

不可否認的是：在晚年之前，詞人在說著「不見五陵豪傑墓，無花無酒鋤做田。」（〈桃花庵歌〉）〔註105〕「說甚麼乘龍臥龍。大寒來做一孔蟄蟲。」（〈水仙子‧題春圖〉）似乎看破豪傑夢想的同時，仍然流露出自怨自艾的哀嘆。如其〈如夢令‧新燕詞〉二闋云：

　　燕子歸來驀地。惟是窩兒解記。門裏主人公，依舊落花殘

字之誤。）已返家，口呼『咄咄賊子，欲相逼耶？』亦竟無恙。兩人者，遂終身不相見。穆後官至太僕，亦有文名。子畏鬱鬱不得志，以詩酒自娛。其繪事不減顧陸云。按此事絕無知者，少嘗聞之陸蕙田先生；先生、陸海觀南之子。性迂怪，好談吳中故實。云『此是得之衡山文先生，』衡翁長者，口不談人過，云『方語此時，詞色俱屬。』且云：『人但知穆為文人，不知媚嫉若此。』此事蓋實錄云。」轉引自周道振、張月尊：《唐伯虎全集》，附錄三軼事，頁558～559。

〔註105〕周道振、張月尊：《唐伯虎全集》，卷1，頁25。

醉。無異。無異。添卻一年憔悴。（其一）

王謝門牆狼藉。今是誰家食客。無限報恩心，憔悴烏衣猶
昔。贏得。贏得。一把風流窮骨。（其二）

燕子秋去春來，總是選擇最宜人的季節，飛到人家簷底結巢。詞人面
對著此番情景，不由得心中產生了無限感慨。其一就實景而寫。第一、
二句，寫燕子以為起興。在不留意間，燕子再次歸來了；並且還能夠
記得舊年經營的窩巢，安然回住。「驀地」，既用燕翼飛翔時的速度感
說明了時間的流逝，又點出詞人對於時間流逝的驚訝。「怔」，既是詞
人驚訝燕子猶記得舊巢之所在，又是感嘆自己的不順遂，毫無立身之
地。第三句以下寫人。燕子猶有舊巢可以安身，而詞人處於世間，飽
受白眼，向來擁有的自信，亦消磨殆盡。「無異」，指燕子歸來春景無
異去年，又指詞人自己百感交集的惆悵心情，亦無異去年；並且隨著
新春來到，在原來的惆悵之上，再增添了一層惆悵。其二化用劉禹錫
〈烏衣巷〉詩句，全闋寫燕子，同時亦寫詞人自己。就第一層寫燕子
而言：舊時王謝堂前的燕子，如今飛入了尋常百姓家，雖然，燕子還
是懷抱著從前王謝廳堂對其的恩惠，時時欲尋舊跡。然而，年年欲尋
卻遍尋不著，故云「憔悴猶昔」。由於燕子羽毛黑色，故以「烏衣」
稱之。既然遍尋不著舊時王謝廳堂，只好在尋常百姓家翩翩來去，徒
留動人風流姿態。就第二層寫詞人自己而言：「王謝門牆」，借指當初
風光得意、人人簇擁之時。「烏衣」，借指書生，即詞人自稱。「無限
報恩心」，則指詞人對於當初風光的千番萬種留戀。畢竟時光一去不
復返，詞人不斷留戀著過去，卻充滿了無力感，故云「憔悴猶昔」。
無法消解其中苦痛，只好另尋解脫。歇拍「贏得。贏得。一把風流窮
骨」，化用秦觀〈滿庭芳〉「漫贏得、青樓薄倖名存」，〔註106〕詞人在
秦樓楚館之間，縱情詩酒，始終未忘由於追求功名所帶來的莫大人生
打擊。晚年時猶作〈夢〉，以記驚恐：「二十餘年別帝鄉，夜來忽夢下

〔註106〕唐圭璋等：《全宋詞》（北京：中華書局，1999 年 1 月新 1 版北京第
　　　1 刷），冊 1，頁 589。

科場；雞蟲得失心猶悸，筆硯飄零業已荒。自分已無三品料，若爲空惹一番忙；鐘聲敲破邯鄲景，依舊殘燈照半牀。」〔註107〕當年的科場案，在二十年後的夢中重現，猶使其心驚膽跳，可見影響其一生之深刻。

二、風流跌宕

　　詞人始終不變的，是他放浪不羈的性格，「風流跌宕人也，蓋有才而不善用之者也」。〔註108〕走出科場案的一時陰霾之後，依然回到原來的縱樂的生活方式，並且變本加厲。是故詞人儘管家無餘資，仍然執意營建桃花庵，以作爲一己暢情詩文書畫、友人歌酒雅集之別業。〔註109〕曾作〈把酒對月歌〉云：「我也不登天子船，我也不上長安眠；姑蘇城外一茅屋，萬樹桃花月滿天。」〔註110〕此一茅屋，即指桃花庵。常與師友，如沈周、黃雲、祝允明、文徵明等，交遊其間。〔註111〕諸多師友之中，唐寅與同樣佻達不羈、自負才學的祝允明，訂交最早。〔註112〕兩人相偕浪遊，尋酒問妓，亦最爲莫逆。關於兩

〔註107〕周道振、張月尊：《唐伯虎全集》，卷2，頁90。

〔註108〕〔明〕何大成：〈唐伯虎集序〉，〔明〕唐寅：《唐伯虎全集》（台北：台灣學生書局，民國68年4月再版，影印明萬曆四十二年刊本），頁2上～2下。

〔註109〕參楊靜盦：《唐寅年譜》，頁62～70、72。

〔註110〕周道振、張月尊：《唐伯虎全集》，卷1，頁26。

〔註111〕桃花庵交遊所作之詩，如〈桃花庵與祝允明、黃雲、沈周同賦五首〉、〈桃花庵與希哲諸子同賦〉、〈桃花庵被襖〉、〈社中諸友攜酒園中送春〉等。見周道振、張月尊：《唐伯虎全集》，卷2，頁45～46、52～53。

〔註112〕祝允明〈唐子畏墓誌并銘〉敘述初識情形，云：「幼讀書不識門外街陌，其中屹屹，有一日千里氣。不或友一人。余訪之再，亦不答。一旦以二章投余，傑特之志錚然。余亦報以詩，勸其少加弘舒，言：萬物轉高轉細，未聞華峯可建都聚，惟天極峻且無外，故爲萬物宗。子畏始肯可，久乃大契。」見〔明〕祝允明：《祝氏集略》，收入《祝氏詩文集》，《明代藝術家集彙刊續集》本（台北：國立中央圖書館，民國60年6月初版），卷17，頁7下～8上。楊靜盦《唐寅年譜》將兩人訂交之事，繫於成化十八年（1482）十三歲，不知何據？見楊靜盦：《唐寅年譜》（台北：台灣商務印書館，民國36年8月初

人相與不事檢束的事蹟，在明清人筆記中記載轉引得相當多。茲引錄二則，以見一斑：

> 伯虎與張夢晉、祝允明皆任達放誕，嘗雨雪中作乞兒鼓節，唱蓮花落，得錢沽酒野寺中痛飲，曰：「此樂惜不令太白知之。」

> 唐子畏祝希哲浪遊維揚，貲用乏絕。謂鹽使者課稅甚饒，乃僞作道士玄妙觀募緣。鹽使者檄下長、吳二邑，資金五百爲葺觀費。唐、祝更修刺謁二尹，詐爲道士關說，得金如數。乃悉召諸妓及所與游者，暢飲數日而盡。〔註113〕

乞錢沽酒、訛詐召妓，簡直讓人瞠目咋舌。儘管如此，唐寅卻自有一套獨特的說法，支持其放蕩的行跡。其〈默坐自省歌〉云：「爲人能把口應心，孝悌忠信從此始。其餘小德或出入，焉能磨涅吾行止？頭插花枝手把盃，聽罷歌童看舞女；食色性也古人言，今人乃以之爲恥。」〔註114〕不拘小德，「臨事果事，多全大節」，〔註115〕故流連於聲色歌妓之間，不以爲意。還作有「《風流遁》數千言，皆青樓中遊戲語也。」〔註116〕入世與出世之間的矛盾平衡，就是風流跌宕；亦即藉由行爲上的放縱，在不違大節的標準之下，達到心靈上的解脫。〔清〕沈雄《古今詞話》云：

> 柳塘詞話曰：唐子畏素性不羈，及坐廢，益游于酒人以自娛。……祝枝山……兩人同濫筆墨，每多諧謔，而人爭重之。唐有〈踏莎行〉、〈千秋歲引〉，祝有〈鳳棲梧〉、〈浪淘沙〉。不甚精警，故逸其詞而敘其人。〔註117〕

〔註113〕版），頁14。
〔註113〕轉引自周道振、張月尊：《唐伯虎全集》，附錄三軼事，頁566。
〔註114〕周道振、張月尊：《唐伯虎全集》，卷1，頁27。
〔註115〕〔明〕祝允明：〈唐子畏墓誌并銘〉，《祝氏集略》，收入《祝氏詩文集》，《明代藝術家集彙刊續集》本，卷17，頁9上。
〔註116〕〔明〕陳繼儒：《太平清話》，《叢書集成初編》本（北京：中華書局，1985年北京新1版），卷4，頁73。
〔註117〕〔清〕沈雄：《古今詞話》，《詞話叢編》本（台北：新文豐出版公司，民國77年2月台1版），冊1，詞話下卷，頁804。

沈雄以爲唐寅與祝允明兩人詞「不甚精警」，胡應宸亦評云：「子畏吳下才人，而佳詞絕少。」〔註118〕主要因爲兩人故事之傳奇色彩較重，膾炙於婦人稚子之口，反而掩蓋了他們寄託於詞作中的人生感慨。純以情致求之，祝允明與唐寅詞當然比不上唐宋詞之精警，而且流於俚俗。若從詞人個性生命經驗的觀點切入，才能夠得到相對恰當的詮釋。唐寅曾畫紅拂女像，文徵明曾以「斷腸原不爲佳人」評之，看出了唐寅以風流場中豪傑自命的隱慨。〔註119〕祝允明〈唐子畏墓誌并銘〉亦云：「其於應世文字詩歌，不甚措意，謂：『後世知不在是見我一斑已矣。』奇趣時發，或寄于畫下筆，輒追唐宋名匠。……不必盡所至，大率興寄遶邈，不以一時毀譽重輕爲趣舍。」〔註120〕對詞人來說，文學創作和繪畫一樣，不過就是抒情寫意的手段之一，與其不拘小節的個性一致，故往往點到即止，興盡即返。《金剛般若波羅密多經・法身非相分第二十六》亦云：「若以色見我，以音聲求我，是人行邪道，不能見如來。」〔註121〕以唐寅縱情詩酒的表象，或以鄙俗的部份詞作，直接評其「如乞兒唱〈蓮花落〉」，〔註122〕似嫌片

〔註118〕〔清〕顧璟芳、李葵生、胡應宸編選；王兆鵬校點：《蘭皋明詞匯選附蘭皋詩餘近選》（瀋陽：遼寧教育出版社，1998 年 3 月第 1 版第 1 刷），卷 3，頁 69。

〔註119〕文徵明〈題唐六如畫紅拂妓〉二首：「把拂臨軒一笑通，宵奔曾不異桑中。卻憐擾擾風塵際，能識英姿李衛公。」「六如居士春風筆，寫得娥眉妙有神。展卷不禁雙淚落，斷腸原不爲佳人。」見〔明〕文徵明著；周道振輯校：《文徵明集》（上海：上海古籍出版社，1987 年 10 月第 1 版第 1 刷），補輯卷 14，頁 1152。

〔註120〕〔明〕祝允明：《祝氏集略》，收入《祝氏詩文集》，《明代藝術家集彙刊續集》本（台北：國立中央圖書館，民國 60 年 6 月初版），卷 17，頁 9 上。

〔註121〕〔姚秦〕鳩摩羅什：《金剛般若波羅密多經》，《釋氏十三經》本，頁 10。

〔註122〕〔明〕汪珂玉《珊瑚網》云：「子畏作風態以遠宸濠，未嘗不介然自守耳。致詞調率意縱橫，有如《卮言》『伯虎如乞兒唱〈蓮花落〉，少時亦復玉樓金埒。』故復不惡。」見〔明〕汪珂玉：《珊瑚網》，《四庫藝術叢書》本（上海：上海古籍出版社，1991 年 8 月第 1 版第 1 刷），卷 16。

面，而忽略了文句核心之所在，也錯失了其中應觀可觀之處。

比之祝允明詞的多情浪漫、直接大膽，唐寅詞顯得較爲保守，而著重於情致之發揮。其「風流跌宕」之詞作，往往流於打油，如：

> 床下銀瓶，夜來側倒流香膩。從頭到底。一湊生雙蒂。　　前
> 度劉郎，去後成何濟。春過矣。大家同醉。各一般滋味。
> （〈點絳脣・題春圖〉）

> 昨夜八紅沉醉。連我大家同睡。孤鳳入鸞羣，鬧殺不容成
> 配。歡會。歡會。竟做一場空退。（〈如夢令・題春圖〉）

所寫不過妓院中痛快飲酒，以及與妓女之間的露水之歡。歡會、沉醉，徒然表現其率性而已。較具情致者，爲〈踏莎行・閨情〉四闋。其〈踏莎行・閨情・其一・春〉云：

> 可怪春光，今年偏早。閨中冷落如何好。因他一去不歸來，
> 愁時只是吟芳草。　　奈爾雙姑，隨行隨到。其間況味予
> 知道。尋花趁蝶好光陰，何須步步回頭笑。

此詞寫惋惜春光。上片寫情事。第一、二句，以景起興，第三句以春閨承接，用以與春光相對比。和〈一剪梅〉二闋（紅滿苔階綠滿枝、雨打梨花深閉門）借春光以自比的手法相同：春光偏早，意味著情人歸遲；惋惜春光，意味著青春虛度。第四句指出憂愁之原因，第五句寫消愁之方法。「吟芳草」，指吟誦白居易〈草〉「又送王孫去，萋萋滿別情」；用「只是」，寫其別情蘊積五內，不欲人曉，則可知女子之委婉溫柔。下片愁光陰。第一、二句，言時光流逝之速。「雙姑」所指難以確知，頗疑「姑」即指金僕姑，箭名；由於日月流轉，有如雙箭飛逝，簡稱雙姑，故云「隨行隨到」，謂時光之緊迫也。第三句言其深知時光之不待。故結尾之第四、五句，言其把握當下春光，尋花逐蝶，不必留戀已然過去的種種。又，其〈踏莎行・閨情・其二・夏〉云：

> 日色初驕，何妨逃暑。綠陰庭院荷香渚。冰壺玉甃足追懽，
> 還應少箇文章侶。　　已是無聊，不如歸去。賞心樂事常
> 難濟。且將杯酒送愁魂，明朝再去尋佳處。

此詞寫盛夏逃暑。上片寫逃暑之樂事，下片寫爲樂而不拘。上片第一、
二句，言暑氣之盛。第三句言逃暑之地。第四、五句，暢飲涼杯、賦
詩作文，言其乘興樂事，而又言「足追懽」、「還應少箇」，則作樂之
中，尚有苦在。下片第一、二句，言其興盡苦猶在。第三句言其深知
人生不如意事十常八九。結尾之第四、五句，言其跳脫出苦之境地，
以樂心面對，大有興盡而返、乘興再遊之氣概，故沈際飛評云：「此
人大不俗。」〔註 123〕逃暑，卻不逃苦，而且從中提升出更高層次的
樂來。又，其〈踏莎行・閨情・其三・秋〉云：

> 八月中秋，涼颸微逗。芙蓉卻是花時候。誰家姊妹鬪新妝，
> 園林散步頻攜手。　　折得花枝，寶瓶隨後。歸來賞翫全
> 憑酒。三杯酩酊破愁城，醒時愁緒還應又。

此詞寫中秋賞玩。上片寫閑適秋遊，下片寫秋遊歸來。上片第一至三
句，寫秋景。此一芙蓉，非指荷花，乃是木芙蓉。木芙蓉秋季開花，
故云「是花時候」。第四、五句，寫秋遊，而人與秋景秋花爭美。沈
際飛評云：「俊爽。」〔註 124〕當指上片而言。下片第一、二句，言折
回木芙蓉以供賞玩。然而，第三句又言須憑酒，方得賞玩之趣，呼應
上片所言開在微涼天氣的木芙蓉，人與花有不得其時之感。藉酒解
愁，始有賞玩之情緒，醒時皆是愁時，又呼應上片女子秋遊，實爲愁
中之遊也。比之前二詞，此詞情緒較低沉不起。又，其〈踏莎行・閨
情・其四・冬〉云：

> 寒氣蕭條，剛風凜烈。薄情何事輕離別。經時不去看梅花，
> 窗前一樹通開徹。　　急喚雙鬟，爲儂攀折。南枝欲寄憑
> 誰達。對花無語不勝情，天邊雁叫添愁絕。

此詞寫寒冬惜梅，化用〈古詩十九首〉其九，〔註 125〕以及陸凱詩。

〔註 123〕〔明〕沈際飛選評：《草堂詩餘新集》，收入《古香岑草堂詩餘四
　　　　集》，明崇禎間太末翁少麓刊本，卷 2。

〔註 124〕〔明〕沈際飛選評：《草堂詩餘新集》，收入《古香岑草堂詩餘四
　　　　集》，明崇禎間太末翁少麓刊本，卷 2。

〔註 125〕〈古詩十九首〉其九云：「庭中有奇樹，綠葉發華滋。攀條折其榮，
　　　　將以遺所思。馨香盈懷袖，路遠莫致之。此物何足貢，但感別經時。」

〔註126〕上片寫寒梅盛放，下片寫欲寄寒梅。上片第一、二句，寫天氣之惡劣。第三句寫分離。第四、五句，寫無情人相伴，遂無情緒賞梅；未賞既久，梅已盛開。梅花滿樹，譬猶相思之充滿；而梅花不畏惡劣天氣，譬猶情感之堅貞。女子對梅花同病相憐，下片第一、二句，遂言其喚婢女折來相賞。梅花尚有女子賞，而女子卻無情人伴。第三句言情人遠別，相思欲寄無從寄。結尾又聽雁聲遠過；雁本有爲人傳信之象徵，於今卻只能隨任飛雁遙去，而全無情人之信息，則使相思之苦更加一層矣。此詞比之前一詞，更加低回，故沈際飛評云：「不從做得做，不能得。」〔註127〕意謂一味耽溺在痛苦之中，而不向開闊曠達處走，只會得到更多的痛苦，不會得到解脫。

　　〔清〕沈雄《古今詞話》云：「柳塘詞話曰：唐子畏〈春閨〉，若不經意出之者。……此與巨源、簡齋同一眞趣，而有妙理。」〔註128〕綜觀此四闋詞，不僅第一闋「若不經意出之者」，皆有深意。〔明〕沈際飛頗看重此四詞，〔註129〕在其《草堂詩餘新集》中，將此四闋聯章，全部收入，並評云：「四詞想有所指。一時爲之殉情，俚耳。罔避俳文，未至也，收之以塞耳食之望。枝山云：『其于應世文字詩歌，不甚措意。謂：後世知不在是見我一斑已矣。』則觀子畏者，別當著眼。」〔註130〕〔明〕徐士俊所評，略同沈際飛。〔註131〕均認爲

見〔清〕沈德潛：《古詩源》（不著出版項），卷4，頁56。

〔註126〕《太平御覽》引《荊州記》云：「陸凱與路曄爲友，在江南寄梅花一枝詣長安與曄，並贈詩云：『折花逢秦使，寄與隴頭人。江南無所有，聊寄一枝春。』」

〔註127〕〔明〕沈際飛選評：《草堂詩餘新集》，收入《古香岑草堂詩餘四集》，明崇禎間太末翁少麓刊本，卷2。

〔註128〕〔清〕沈雄：《古今詞話》，《詞話叢編》本（台北：新文豐出版公司，民國77年2月台1版），冊1，詞辨上卷，頁922。

〔註129〕胡應宸評云：「四時閨詞，沈天羽并登之，今只存二調者，以是選概嚴，不獨阿此公耳。」見〔清〕顧璟芳、李葵生、胡應宸編選；王兆鵬校點：《蘭皋明詞匯選附蘭皋詩餘近選》（瀋陽：遼寧教育出版社，1998年3月第1版第1刷），卷3，頁69。

〔註130〕〔明〕沈際飛選評：《草堂詩餘新集》，收入《古香岑草堂詩餘四

不能以單純的閨情來詮釋唐寅的這四闋詞。大致而言，春、夏二詞，以樂結尾；秋、冬二詞，以苦結尾。而在四詞中，由春至冬，苦的成分漸次升高，理智的作用漸次降低。寫四種層次不同的感受，可見詞人之敏感細膩。在理智上，「賞心樂事常難濟」的互古不變真理，對詞人來說，是「其間況味予知道」的，然而在感情上，「南枝欲寄憑誰達。對花無語不勝情」的內心鬱悶難言，同樣也不可掩。春光、木芙蓉、梅花，詞人用以喻閨中美人，亦用以自喻；由於不得其時，無人來賞，只好孤芳自賞。面對心中的苦，詞人在四闋詞中，分別敘述了四種選擇：在第一闋詞中，放開了愁苦，而盡情歡樂；在第二闋詞中，愁苦可用放縱來排遣，醒時便無；在第三闋詞中，放縱只能排遣暫時的愁苦，醒時仍苦；在第四闋詞中，完全沉溺在愁苦之中，不可自拔。詞人作了這樣的結構安排，卻不言其選擇。然而，不管選擇哪一種方式來面對，而心中的那一份苦，仍是不可移易的。

三、題畫之詞

唐寅三十六闋詞中，有十二闋為題畫之詞。十二闋中，六闋為「題春圖」，較無足觀；三闋為「題鶯鶯小像」；二闋「題山水」以贈壽；一闋為「戲題二女踏鞦韆」。

鶯鶯形象對唐寅來說，似乎有特別意義。檢其集中，亦有相關題畫詩，其〈鶯鶯圖〉云：「扶頭酒醒寶香焚，戲寫蒲東一片雲；昨夜隔牆花影動，猛聞人語喚雙文。」〔註132〕又，其〈題崔娘像〉云：「□□□□□□身，□□□□□□辰；琵琶寫語番成恨，栲栳量金買斷春。一捻腰肢底是瘦，九迴腸斷向誰陳？西廂待月人何在？秋水茫茫愁煞

<hr>

集》，明崇禎間太末翁少麓刊本，卷2。

〔註131〕徐士俊評云：「子畏于應世文字詩歌，不甚措意，謂後世知不在是，見我一斑已矣。」見〔明〕卓人月匯選；〔明〕徐士俊參評；谷輝之校點：《古今詞統》（瀋陽：遼寧教育出版社，2000年1月第1版第1刷），卷9，頁322。

〔註132〕周道振、張月尊：《唐伯虎全集》，補輯卷4，頁461。

人。」〔註133〕加上題畫詞，唐寅就畫有多幅鶯鶯像。不止如此，唐寅還曾爲《西廂記》作插圖。王利器〈小說戲曲在明代文學史上的地位〉云：「文徵明精抄《西廂記》，已影印行世；又抄《忠義水滸傳》二十卷，見張丑《日記》。《水滸傳》二十卷，即百回本，每五回爲一卷也。《花草粹編》所據本亦爲二十卷本。」「上條所舉之文抄《西廂記》，即由唐寅繪圖，世人稱爲珠聯璧合。至陳洪綬之繪《水滸葉子》及崔鶯鶯像，尤爲人所共知也。」〔註134〕書法家傳抄小說戲曲，而畫家則爲小說戲曲繪製圖像，顯示小說戲曲的地位自明代開始提升，爲當代特殊的社會文化現象之一。〔註135〕文徵明手抄、唐寅繪圖之《西廂記》，〔註136〕已不可考見，而唐寅所繪之鶯鶯像，則於明清刊本《西廂記》版畫中，尚可考見其形貌。因唐寅所繪之鶯鶯像，已爲後代重要摹取對象；明清刊本《西廂記》版畫中之鶯鶯像，往往以唐寅所繪爲底本，不論神情、姿態，均相去不遠。唐寅三闋題畫詞所題之鶯鶯像，雖不能見其原貌，而版畫傳寫，亦足想見其風神。純就其詞而論，其〈過秦樓·題鶯鶯小像〉云：

〔註133〕 周道振、張月尊：《唐伯虎全集》，補輯卷 2，頁 388～389。

〔註134〕 王利器：《當代學者自選文庫：王利器卷》（合肥：安徽教育出版社，1999 年 7 月第 1 版第 1 刷），頁 275。

〔註135〕 沈周〈鷓鴣天·詠春鶯〉：「二月園林蟄已驚。一梭飛處曳新聲。衣隨雨溼愁金重，舌犯風寒覺玉生。　花點出，柳妝成。傍花隨柳最分明。杏情最是崔家女，不借前身只借名。」亦曾用崔鶯鶯典故，以爲點染。

〔註136〕 文徵明手抄《西廂記》不止一本。除唐寅繪圖一本外，尚有仇英繪圖一本。文徵明〈小楷西廂記〉云：「余曾見內府所藏宋張萱畫唐麗人崔鶯圖像，精神妍媚，臨風欲語，信爲絕筆。後又勝國錢舜舉繪『會眞圖』十二幀，至『草橋鶯夢』而止。半神少遜於萱，而規格過之。今仇生此冊全圖，描寫如生。雖未能列張萱，視舜舉乃可雁行，而布墨設色，深得宋人遺意，殆可稱入室矣。九疇翰撰屬余書詞，以附不朽云。嘉靖甲辰七月二十又二日。」見〔明〕文徵明著；周道振輯校：《文徵明集》（上海：上海古籍出版社，1987 年 10 月第 1 版第 1 刷），補輯卷 25，頁 1405。仇英所繪之圖，亦隨某些《西廂記》明清刊本流傳於世，尚可考見。

瀟灑才情，風流標格，脈脈滿身春倦。修薦齋場，禁煙簾箔，坐見梨花如霰。乘斜月，赴佳期，燭爐墻陰，釵敲門扇。想伉儷鸞鳳，萬千顛倒，可禁嬌顫。　　塵世上、昨日朱顏，今朝青塚，頃刻時移事變。秋孃命薄，杜牧緣慳，天不與人方便。休負良宵，大都好景無多，光陰如箭。聞道河東普救，剩得數間荒殿。

據〔清〕吳升《大觀錄》錄唐寅題款云：「宋陳居中模唐人畫，正德辛未，唐寅再模。」可知此詞作於正德六年（1511）。此詞上片擇要敘述〈鶯鶯傳〉，特別著重於浪漫之情節，極言人間之樂。上片全就〈鶯鶯傳〉中張生角度立言。第一至三句，寫張生之才貌雙全；在〈鶯鶯傳〉中，張生自言：「登徒子非好色者，是有兇行。余眞好色者，而適不我值。何以言之？大凡物之尤者，未嘗不留連於心，是知其非忘情者也。」〔註137〕不輕近女色，而有所抉擇，故云「脈脈滿身春倦」，眞好色也，有待於尤物。第四至六句，寫張生於普救寺中，初見鶯鶯，而驚爲天人。第七、八句，寫張生西廂赴約。第九、十句，寫鶯鶯來會。第十一至十三句，寫兩人激情綢繆，隱然有性描寫的意味在。詞人對張生與鶯鶯愛情故事的描述，寫到極樂時爲止，此時此刻一切的浪漫美妙都被保持住，深深令詞人嚮往不禁。然而，回到現實層面，卻有許許多多的殘酷事實，待人面對。下片遂言詞人之感想，極言人間之苦。第一至三句，郎才女貌、浪漫美妙，都會隨著時移事變，而人物全非。第四至六句，世事往往不如人意，相愛不見得可以廝守。第七至九句，既然天意不可把握、人意不可憑恃，不如就不再期望廝守，而好好地珍惜相愛的每一分每一秒，呼應了上片寫到極樂即止的結構設計。第十、十一結尾兩句，縮合上片張生與鶯鶯的愛情故事，以及下片關於時光人情的思考；止此二句，便可道盡全篇意思，全篇亦因此二句而波瀾鎮定，爲壓軸佳句。

〔註137〕〔唐〕元稹：〈鶯鶯傳〉，收入汪國垣編；朱沛蓮校訂：《唐人小說》（台北：遠東圖書公司，民國85年元月修訂2版），頁110。

唐寅　鶯鶯像

（〔明〕楊慎點定；〔明〕黃嘉惠校閱《董解元西廂記》版畫，
轉引自吳希賢《所見中國古代小說戲曲版本圖錄》，冊四，頁 170）

其〈二犯水仙花・題鶯鶯小像〉二闋云：

鈴璧風流是阿家。滿腔情緒絮如麻。西廂赴約月斜斜。
將珮捧，趁牆遮。半踏裙襠半踏花。（其一）

今日蒲東只暮鴉。祇留名字沁人牙。千金一刻儅容賒。
殘蠟燭，且琵琶。休把光陰去了些。（其二）

這兩闋詞大致是同題一幅鶯鶯像，故其間之關係，乃一體無二，不可
分開看待。在第一闋詞中，詞人選擇〈鶯鶯傳〉中最浪漫動人的兩次
幽會，作爲敘述的主題。上片寫張生赴約，下片寫鶯鶯來會。上片第
一句，描述張生心目中的鶯鶯。鈴璧，意同玲瓏，形容其容貌之姣好。

阿家，本為古代公主、郡主、縣主等貴族女子之稱呼，此指鶯鶯。鶯
鶯之鈴璧風流，正是張生所謂「尤物」也。第二、三句，寫張生赴約
之緊張情景。然鶯鶯嚴辭以對，張生悵然而回。下片寫紅年捧鶯鶯來
會。第一句的「珮」字，以鶯鶯所佩之玉環，借代「鈴璧風流」之鶯
鶯。第二句，言隔牆正好為其掩護，切合其偷偷摸摸、不欲人知的心
情。第三句，寫其登杏花樹以踰牆的動作，或者亦有性描寫的意味在。
第一闋詞寫張生與鶯鶯美妙之幽會，第二闋詞寫詞人之感想。上片寫
詞人對張生與鶯鶯美妙幽會的歆羨，下片寫詞人當下心境。張生和鶯
鶯當初相遇的普救寺，在蒲州之東，故云「今日蒲東只暮鴉」，歲月
驅馳，只留下他們的愛情故事，流傳人口。張生與鶯鶯故事之中，最
為人所津津樂道的情節，便是那兩次幽會，可謂「千金一刻」。「賒」，
消逝。上片第三句為問句。張生與鶯鶯，都已作古，而其愛情故事，
卻永繫人心。用一反問句，正強調出對此浪漫愛情的嚮往。下片回到
當下，化用〈鶯鶯傳〉中鶯鶯獨自夜半悽惻操琴的情節，提醒自己應
該時光以行樂，切莫虛度。

　　此三闋題鶯鶯像的題畫詞，就寫作角度言，主要從張生以及詞人
自己兩種角度發言，詞人或有以張生自比的意思。其思想內涵與詞人
其他詞作相去不遠，都是因為惋惜時光，從而把握時光；都是假借才
子佳人之閨情，以說詞人一己之鬱悶。何大成《伯虎遺事》引王世懋
〈跋陳玉叔倦繡圖〉云：「唐伯虎解元於畫，無所不佳，而尤工於美
人，在錢舜舉、杜檉居之上。蓋其平生風韻多也。此倦繡圖，從趙文
敏公摹來，故設色之豔、位置之工，迴勝他日作。至其雅韻風流，意
在筆外，則伯虎自有伯虎在，覽者當自得之。」〔註 138〕愚齋藏抄本
《唐六如集》上硃批，亦云：「子畏之詩，有佳句，亦有累句。妙在
不沾沾以此為事，遂加人數等。小詞直入畫境。人謂子畏畫筆之妙，

〔註138〕〔明〕唐寅：《唐伯虎全集》（台北：台灣學生書局，民國 68 年 4
　　　月再版，影印明萬曆四十二年刊本），《唐伯虎外編》，卷 3，頁 32
　　　上。

余謂子畏詩詞中有幾十軸也。」〔註139〕可惜這三闋詞所題之畫，均不可考見，否則或能找出其他關聯，以供進一步賞玩。如今尚稱可以一窺唐寅所畫鶯鶯像者，是明刊《西廂記》的版畫。儘管明刊《西廂記》眾多，其中數種所刊鶯鶯像，均題爲唐寅畫。細微處或有不同，而其構圖大體相似，信是唐寅原有畫作，後來書商又輾轉鈔摹之故。

四、酬應與遊戲之詞

　　唐寅爲《西廂記》畫鶯鶯像版畫，除了對於《西廂記》故事的浪漫幻想之外，經由商業出版的途徑，或多或少也是爲了現實金錢利益。文人書畫作爲商品流通，在其時已爲普遍。祝允明〈唐子畏墓誌并銘〉云：「其於應世文字詩歌，不甚措意……既復爲人請乞，煩雜不休，遂亦不及精諦。且已四方慕之，無貴賤貧富，日詣門徵索文辭詩畫，子畏隨應之，而不必盡所至，大率興寄遐邈，不以一時毀譽重輕爲趣舍。」〔註140〕所求者適情適性，兼濟生活所需。唐寅〈言志〉云：「不煉金丹不坐禪，不爲商賈不耕田。閑來寫幅青山賣，不使人間造業錢。」金錢的目的，在於維持基本生存；藝術的意義，在於表現自己的生命。〈自笑〉云：「四海資身筆一隻。」其汗漫遊之盤纏，亦由此而來。〔明〕李詡《戒庵老人漫筆》又載：「正德丙寅年，唐六如爲一狎客作水墨桃杏二枝在一扇頭，將伺暇作新詞題之，其人持去，爲狂生大書詩句於前，六如見之，怒甚，取筆泚墨，淋漓一抹，詩畫盡墨。」〔註141〕所謂「丙寅」，指正德元年（1506）。唐寅爲狎客作詞畫，可能是有所取資的商業行爲，而狂生妄題，勃然大怒，不

〔註139〕轉引自周道振、張月尊：《唐伯虎全集》（杭州：中國美術學院出版社，2002 年 3 月第 1 版第 1 刷），附錄四，評論詩話，頁 606。

〔註140〕〔明〕祝允明：《祝氏集略》，收入《祝氏詩文集》，《明代藝術家集彙刊續集》本（台北：國立中央圖書館，民國 60 年 6 月初版），卷 17，頁 9 上。

〔註141〕〔明〕李詡：《戒庵老人漫筆》（北京：中華書局，1982 年 2 月第 1 版，1997 年 12 月湖北第 2 刷），卷 6，頁 259。

惜盡加毀壞，固然可見文人之自負脾性，其中以詞體作爲酬應之具的
意味，隱然可知。

唐寅詞中較顯而易見的酬應之詞，有壽詞與旗帳詞兩種。其壽詞
如〈憶秦娥・王守谷壽詞〉云：

> 解纓投散，抽簪辭鬧。此意誰知至妙。其間樂地，吾儒自
> 有名教。春臺玉燭，霽月光風，翹首堪長嘯。　　世間名
> 利，境苦勞勞，爭似清風一枕高。孔北海，沈東老。祝長
> 生，梁上歌聲繞。黃粱夢先覺。

此詞格律與〈憶秦娥〉頗不同，疑非此調。所壽者王守谷爲何人，不
可考。由詞意可知，此人當爲致仕隱野之老儒者。上片寫王守谷致
仕。首二句，以解除纓帶與髮簪來敘述其自請辭官之事。第三句則寫
旁人之不解其何以辭官，埋下下片之伏筆。第四句至上片歇拍，宕
開詞意，不直接回答旁人之疑惑，只言自有道理在焉，並以「春臺玉
燭，霽月光風」可以翹首長嘯的外物，說明其自適其樂。下片接著申
說急流勇退之要理。換頭三句，直言名利惟有勞苦，毫不足恃。於是
底下分舉兩位人物以爲對比。孔北海即孔融。孔融於漢獻帝時任北海
相，因直言觸怒曹操被殺。沈東老爲北宋一貧樂自如之老者。〔註 142〕
一經比較，兩者下場孰勝，優劣立判。第六、七句，點出祝壽題旨。
「祝長生」爲祝壽之語，繞梁歌聲則言壽宴之盛大。結尾一句，可
謂全詞總結。引黃粱夢故事，強調富貴如夢，而辭官退隱，正是悟脫
先覺，也是詞人對王守谷的讚揚。此詞祝壽之意，對於隱者頗多讚
揚，與詞人正德十年（1515）後絕意功名之心態頗合，亦當作於此
晚年之際。然而，畢竟爲壽人之詞，不外乎牽合祝壽題旨，內容難於
深刻。

〔註 142〕　〔宋〕趙令畤：《侯鯖錄》卷四：「熙寧中，有道人過沈東老飲酒，
用石榴皮寫絕句於壁，自稱回山人。東老送出門，至石橋上，先渡
橋，數十步不知所在。或曰：『此呂先生也。』詩云：『西鄰已富憂
不足，東老雖貧樂有餘。白酒釀來緣好客，黃金散盡爲收書。』七
年，坡過晉陵，見東老之子，能道其事。時東老巳歿三年矣。坡爲
和其詩。」

　　較其他人爲特殊少見的是其旗帳詞。凡有三闋。所謂旗帳，即旌旗與帷帳，此指官員出行所用。此三闋旗帳詞，均爲政府官員上京考滿或考察時所以贈行者。文徵明有〈謁金門·送歐令〉（刑務恤），亦爲同類之作。不管唐寅或是文徵明，他們和這些政府官員的交情深切與否，是值得質疑的，而此類詞作乃出於酬應，確實具有較大的可能性。

　　其〈鷓鴣天·吳縣旗帳詞〉云：
　　　君王意在恤黎民。妙選英賢令要津。金字榜中題姓氏，玉
　　　琴堂上布陽春。　　歌梓道，上楓宸。青驄一騎派黃塵。
　　　九重半夜虛前席，定把疲癃子細陳。

此詞作法以聖君賢臣爲主旨。上片第一、二句，言君主愛民，遂選賢臣來治。第三、四句言新任縣令，爲新科高榜進士，而被選任至此，治下縣民如沐春風。下片則寫縣令秋日赴京考察。換頭三句，即寫出發之情景。「歌梓道」，則極言人民之夾道歡送。結尾兩句，回頭呼應開頭。引李商隱〈賈生〉詩句：「宣室求賢訪逐臣，賈生才調更無倫。可憐夜半虛前席，不問蒼生問鬼神。」既言君主之開明，又言吳縣令之賢能。

　　其〈謁金門·吳縣旗帳詞〉云：
　　　天子睿聖。保障必須賢令。賦稅今推吳下盛。誰知民已
　　　病。　　一自公臨邑政。明照奸豪如鏡。敕旨休將親待聘。
　　　少留安百姓。

從結尾兩句看來，此詞當是送吳縣令赴京考滿之作。與上詞相同，此詞雖亦以聖君賢臣爲主旨，但更強調賢臣爲治理人民之基礎。上片首二句便直呼君主聖明，逕言賢能縣令對於人民之重要性。遂有上片第三、四句，以及下片換頭兩句，言之不煩地說明此縣令之功績。在財政、治安方面，都有所建樹。結尾兩句，期期希冀，款款不捨，代百姓向君主說明了對此位縣令之愛戴。

　　〔明〕顧璘《國寶新編》載唐寅事云：
　　　著〈廣志賦〉曁連珠數十首，跌蕩融暢，傾動群類。清谿

倪公見之，亟稱才子。以故翰苑先輩，爭相引援。……棄
落之餘，益任放誕。邪思過念，絕而不萌。託興歌謠，殉
情體物，務諧里耳，罔避俳文。雖作者不尚其辭，君子可
以觀其度矣。〔註143〕

寫作賦體跟連珠體，或有高尚的志意或理想存焉，而在體裁形式上的
逞弄，則有意凸顯其天才。唐寅於文學既不甚措意，流而下者，酬應
之詞作已為典型，而尤有甚者，亦將詞體視為文字遊戲之一種。其〈惜
奴嬌〉云：

春從天上來，春霽和風扇淑。沁園春景巧安排，花柳分春，
有流鶯宿。單衣初試探春令，喜的是畫堂春滿，錦堂春足。
那更慶春澤畔，正雪消春水來，有魚遊春水分萍綠。　　玉
樓春盍日初長，忽看海棠春放，春光好看無拘束。又何如
登帝春臺，賞漢宮春，謾醉春風中，齊唱徹、宜春令曲。
休輕放，絳都春光，武陵春去，春雲怨惹愁眉靨。

此詞中凡「春」字出現之處，幾乎都鑲嵌入有「春」字之詞牌名。上
片第一句用「春從天上來」，第二句用「春霽」，第三句用「沁園春」，
第六句用「探春令」，第七句用「畫堂春」，第八句用「錦堂春」，第
九句用「慶春澤」，第十一句用「魚遊春水」；下片第一句用「玉樓春」，
第二句用「海棠春」，第三句用「春光好」，第四句用「帝春臺」，第
五句用「漢宮春」，第六句用「醉春風」，第七句用「宜春令」，第九
句用「降都春」，第十句用「武陵春」，第十一句用「春雲怨」。運用
諸多詞牌名之外，結構亦具巧思，敘述井然有序。格律則頗有不合之
處。上片寫春景，下片寫春遊。雖時有重複處，然就文字遊戲觀之，
此尚且不失趣味。

第三節　文徵明

文徵明（1470～1559），初名壁，字徵明，四十二歲後以字行，

〔註143〕轉引自周道振、張月尊：《唐伯虎全集》，附錄二，史傳銘贊，頁
542。

更字徵仲；〔註144〕以先世籍衡山，故號衡山，長洲人。古貌古心，個性端方，嚴於義利之辨，纖毫不涉女色。〔註145〕讀書精博，惟不喜陰陽、方技之書。自弘治八年（1495）起，凡九試鄉舉而不售，〔註146〕至嘉靖二年（1523），始以貢生薦於朝廷，授翰林院待詔。嘉靖五年（1526），因不願阿諛當道，未考滿而歸；隔年返里，絕意仕途。好古文，曾學文於吳寬。與祝允明、唐寅、徐禎卿等遊，詩與祝允明、唐寅、徐禎卿，並稱吳中四才子。學書於祝允明岳父李應禎，與祝允明、王寵，並稱吳中三子。弘治十九年（1488），即從沈周學畫。畫與沈周、唐寅、仇英，並稱明四家。繼沈周之後，主領吳門文壇風騷，達數十年。有《甫田集》。今人周道振，輯校散見之詩文，成一《文徵明集》，最有文獻之功。〔註147〕

　　趙尊嶽《明詞彙刊》無收錄文徵明詞。周道振《文徵明集》據文

〔註144〕周道振、張月尊《文徵明年譜》案云：「徵明初名壁，字徵明。自各家著錄及今所見存書畫墨跡題作徵明者自本年始。然亦有仍署文壁者。四十四歲而後，不復更題舊名。」見周道振、張月尊：《文徵明年譜》（上海：百家出版社，1998年8月第1版第1刷），頁210。

〔註145〕〔清〕陸時化《吳越所見書畫錄》載文徵明嘉靖二十一年（1542）夏五月十日自書格言，云：「樂易以使人之親我。虛己以聽人之教我。恭己以取人之信我。自檢以杜人之議我。自反以息人之罪我。容忍以受人之欺我。警悟以脫人之陷我。奮發以破人之量我。遜言以免人之詈我。靜定以處人之擾我。從容以待人之迫我。游藝以備人之棄我。直道以申人之屈我。洞徹以解人之疑我。量力以濟人之求我。弊端切須勿始於我。凡事無但知私於我。聖賢每存心於無我。」見〔清〕陸時化：《吳越所見書畫錄》，《中國歷代書畫藝術論著叢編》本（北京：中國大百科全書出版社，1997年5月第1版第1刷，影印宣統庚成順德鄧氏風雨樓刊本），卷3，頁37上～37下。以上格言，不僅見其晚年心境，亦可見其一生所操持。

〔註146〕文徵明〈謝李宮保書〉：「自弘治乙卯抵今嘉靖壬午，凡十試有司，每試輒斥。」見〔明〕文徵明著；周道振輯校：《文徵明集》（上海：上海古籍出版社，1987年10月第1版第1刷），卷25，頁588。雖云十試有司，而弘治十四年因父喪守制，並未應試，故實為九試。參周道振、張月尊：《文徵明年譜》，頁68～69、89～90、121～122、143～144、171、202、240、268～269、298、328。

〔註147〕此處文徵明生平簡述，參考周道振、張月尊《文徵明年譜》而成。

徵明別集之明清刊本，以及其他書畫筆記、墨跡等，凡彙集五十二闋
詞。其中〈風入松‧夏日漫興〉（近來無奈病淹愁）一闋，重複收錄；
〈滿江紅〉（漠漠輕陰）一闋，亦重出，而兩處下片之文字略有出入；
和倪瓚〈江南春〉三闋，則歸入詩中。〔註148〕嚴格而論，周道振《文
徵明集》所輯，凡五十三闋。至於饒宗頤、張璋《全明詞》，則根據
《類編箋釋國朝詩餘》、《明詞綜》、《式古堂書畫彙考》、《江南春詞
集》、《古今詞統》，輯出四十六闋。周道振《文徵明集》與饒宗頤、
張璋《全明詞》所輯，已爲完備，然互有出入。再者，〈柳梢青〉四
闋（寒盡尋春、正擬論量、竹撩松搭、竹外斜枝），據〔明〕郁逢慶
《郁氏書畫題跋記》、墨跡，當爲文嘉詞。今筆者重加整理，並作校
箋，得詞六十九闋。其中二十五闋，可以編年。詳參附錄。

一、欲仕而隱

　　自文徵明之曾祖父文惠開始，以儒爲業；祖父以下，皆有功名。
祖父文洪，鄉試舉人，後中會試副榜，授淶水教諭；父文林，與文洪
同赴會試，而起進士，授永嘉縣令，遷博平縣令、南京太僕寺丞、溫
州知府；叔父文森，亦爲進士；叔父文彬，則以縣學生貢於禮部。加
以文林之身教，勤於民政而務於改革，遂使文徵明以科舉爲晉身之
途。其〈謝李宮保書〉云：「某家世服儒，薄有蔭祚。少之時，不自
量度，亦嘗有志於當世，讀書綴文，粗修士業。」〔註149〕然而，天
不從人意，九試鄉舉，皆落榜。弘治十一年（1998），文徵明與唐寅
同赴鄉試；好友唐寅直取解元，風光而歸，而文徵明二次應考，則失
意以返。返鄉旅途中，曾作〈客夜〉云：「……功名無據頻占夢，風
土難便苦憶歸。……男兒莫恃方年少，觸事攖愁念已非。」〔註150〕

〔註148〕〔明〕文徵明著；周道振輯校：《文徵明集》，頁60、826～827。
〔註149〕〔明〕文徵明著；周道振輯校：《文徵明集》，卷25，頁588。
〔註150〕〈客夜〉云：「旅館沉沉睡思遲，新寒自擁木棉衣。功名無據頻占
　　　　夢，風土難便苦憶歸。弄月誰家雙笛細？伴人遙夜一燈微。男兒莫
　　　　恃方年少，觸事攖愁念已非。」見〔明〕文徵明著；周道振輯校：

歸家之後，又作〈前年〉云：「前年伴嫁南鄰妹，今歲仍陪北舍姨。老大無媒心獨苦，閉門好畫入時眉。」〔註151〕可見其心之落寞無訴。其父文林，時在溫州任上，尚還書誡慰云：「子畏之才宜發解，然其人輕浮，恐終無成，吾兒他日遠到，非所及也。」〔註152〕以後來科場案證之，果不出其言，唐寅樹大招風，幾死而還。儘管父親勸慰有加，嗣後詞人第三次應試，仍造不利。其〈鵲橋仙·送人秋試〉云：

> 璧水浮秋，天香汎夜，銀河三星徐度。玉洞仙郎自有期，誰說道蟾宮無路。　　月殿虛明，雲梯迢遞，剛得姮娥回顧。看取金莖入手，不枉了袖中柯斧。

從詞中略有自傷功名未成的內涵看，此詞當作於弘治十四年（1501）秋。詞人十逢鄉舉而九試，惟有此年因父喪守制，而未應試。此年有詩〈懷錢孔周、徐昌國〉，題下注云：「時應試南京。」其詩云：「停雲寂寞病中身，旅夢秦淮夜夜新。見說踏槐隨舉子，終期鳴鹿薦嘉賓。人言漫澶真無據，吾道逶迤合有伸。想見馬蹄輕疾處，薄羅微染帝京塵。」〔註153〕詩意亦與詞相近。此闋〈鵲橋仙〉或即送錢同愛、徐禎卿應試之作。上片前三句泛寫秋夜，清新有致。自上片第四句以下，皆言友人此去應試，必能一舉成功，不負眾望。「仙郎」指友人，「玉洞」、「蟾宮」借指功名。下片前三句，承上片第五句，言必得考官之賞識。後二句，承上片第四句，言友人身懷真才實學，功名得意自在意料之中。此詞主旨雖在祝福友人應試順利，然亦有自傷之成分。上片前三句泛寫秋夜，也隱含用意。暗用吳文英「天外一鉤明月、帶三星」句；一月三星，即從「心」離析而來。秋夜之下，有對友人的祝福，亦有詞人自己的心事。詞人何嘗不也是身懷真才實學、雄心壯志，

《文徵明集》，卷7，頁138。

〔註151〕〔明〕文徵明著；周道振輯校：《文徵明集》，卷14，頁386。

〔註152〕〔明〕文嘉：〈先君行略〉，轉引自〔明〕文徵明著；周道振輯校：《文徵明集》，附錄，頁1620。

〔註153〕〔明〕文徵明著；周道振輯校：《文徵明集》，卷7，頁147。

有心於大展鴻圖，然卻兩度鎩羽而歸。弘治十七年（1504），詞人第
三次應試，作〈酹江月·甲子中秋，出試場對月〉，云：

> 桂花浮玉，正月滿天街，夜涼如洗。風泛顰眉病骨寒，人
> 在水晶宮裏。蛟龍偃蹇，觀闕嵯峨，縹緲笙歌沸。霜華滿
> 地，欲跨彩雲飛起。　　記得去年今夕，釃酒溪亭，淡月
> 雲來去。千里江山昨夢非，轉眼秋光如許。青雀西來，姮
> 娥報我，道佳期近矣。寄言儔侶，莫負廣寒沉醉。

據詞題，此詞作於弘治十七年（1504）秋第三次應鄉試，詞人時年三
十五。上片寫金陵中秋夜，下片寫出試場心情。第一至三句，寫中秋
夜。起句便美；言溪邊桂花倒影，有如浮玉，即予人秋夜溫潤良和之
感。「正」字爲領字，領兩句四言句；然此兩句，並非對句。第二、
三句，承上直寫，顯得平平。第四、五句，續寫人；由病體之虛弱畏
寒，想像及一身猶在廣寒宮。轉接自然。以上所寫，一派晶瑩素淨，
與此下之霞彩紛呈，形成對比強烈。既寫夜、人，第六至八句，又寫
街景。「蛟龍偃蹇」，言金陵之地勢，如龍蟠虎踞；「觀闕嵯峨」，言金
陵之街樓，皆高聳壯觀；「縹緲笙歌沸」，言金陵之歌舞，極熱鬧不歇。
歇拍兩句，呼應上文「水晶宮」，既言詞人置身於繁華之中，又言此
時考後之心情，「欲跨彩雲飛起」，勢在必得也。下片換頭三句，言去
年在家賞月情景，充滿在野恬淡之趣。第四、五句，言一年光陰流逝
之速，又報金秋。而如今應試答題順手，心情與前二次鄉試大不相同，
故第六句至歇拍，皆言其得意。青雀，即西王母之青鳥，報佳音之使
者也。姮娥，廣寒宮之主人，欲援引以同住，謂金榜題名也。「莫負
廣寒沉醉」，呼應上片金陵之熱鬧繁華，謂得意須盡歡也。〔明〕沈
際飛《草堂詩餘新集》評此詞云：「志士急功名。」〔註154〕出試場之
時，詞人頗具信心，舉人彷彿唾手可得，不料又是無功而返。放榜之
後，詞人作〈金陵客樓與陳淳夜話〉詩云：「卷書零亂筆縱橫，對坐

〔註154〕〔明〕沈際飛選評：《草堂詩餘新集》，收入《古香岑草堂詩餘四
　　　　集》，明崇禎間太末翁少麓刊本，卷4。

寒窗夜二更。奕世通家叨父行，十年知己愧門生。高樓酒醒燈前雨，旅榻秋深病裏情。最是世心忘不得，滿頭塵土說功名。」〔註 155〕三試不售，對詞人之打擊甚大，滿口灰心；寒夜深談，足見詞人對科舉失利之掛意。

　　後來六試，詞人仍不售，檢其集中，亦皆有詩寄懷。詞人應舉，前後三十年，對科舉的態度之轉變，可從諸首應試詩之中，細味而出。正德二年（1507），第四次應試，云：「回首壯游心未已，西風策馬看吳鉤。」〔註 156〕正德五年（1510），第五次應試，云：「壯懷萬里同游在，滿目風烟引劍看。」〔註 157〕仍舊空抱壯志，而撫劍自傷。由於鄉試都在秋天舉行，秋月、秋風等秋物，便都成為詞人筆下功名得意或失意的象徵。尤其是月，其相關典故如姮娥、廣寒宮等，都帶有鄉舉成功之象徵。除上引〈鵲橋仙・送人秋試〉、〈酹江月・甲子中秋，出試場對月〉之外，其〈酹江月・中秋無月〉云：

> 商飇微度，算九十秋光，今宵參半。已辦虛庭吸桂華，剛被晚雲灕漫。人何負月，月負佳期，不與人相見。懸望眼，安得破雲絃管。　　莫道姮娥無意，意為仙郎，留取清光滿。十里輕風送馬蹄，屈指明年非遠。兩袖天香，滿身金粟，直抵瑤華館。眼前羣彥，總是看花仙伴。

據其中「屈指明年非遠」句意，此詞當作於應試之前一年；又從「人何負月，月負佳期，不與人相見。懸望眼，安得破雲絃管。」等句看，頗有自傷不得意於科舉之意。則此詞可能作於正德元年（1506）、正

〔註 155〕〔明〕文徵明著；周道振輯校：《文徵明集》，卷 14，頁 386。

〔註 156〕〈金陵詠懷〉：「鍾山日上紫烟收，金闕參差萬瓦流。帝業千年浮王氣，都城百雉隱高秋。聲華誰覓烏衣巷？形勝空吟白鷺洲。回首壯游心未已，西風策馬看吳鉤。」見〔明〕文徵明著；周道振輯校：《文徵明集》，卷 8，頁 186。

〔註 157〕〈金陵秋夜與彭寅之湯子重步月〉：「雙闕深沉夜向闌，碧天露下葛衣單。風吹急析嚴城閉，月照行人古道寒。往事悠悠歌鳳去，青山靡靡識龍蟠。壯懷萬里同游在，滿目風烟引劍看。」見〔明〕文徵明著；周道振輯校：《文徵明集》，卷 8，頁 164。

德四年（1509）、正德七年（1512）、正德十年（1515）、正德十三年（1518）、正德十六年（1521）之中秋。檢其集中，正德四年（1509）、正德七年（1512）已分別作有中秋詩以寄懷；〔註158〕換言之，此詞可能作於正德元年（1506）、正德十年（1515）、正德十三年（1518）、正德十六年（1521）之中秋，不可確考。上片前三句切題，所言不過「中秋」二字。第四、五句，言「無月」。第六至八句，責備月不相見。第九、十句，言詞人苦望月來。深一層次言之，月不相見，猶言天不使詞人鄉舉成功；苦望月來，猶言詞人苦讀以期一朝金榜題名。〔明〕沈際飛評此詞云：「責月妙。……無意生意以自期。」〔註159〕上片責備月，下片又回護月，引出詞人對於明年鄉舉日近之緊迫感，以及對鄉舉既期待又怕傷害的心情。下片換頭三句，言功名不來，並非無緣，實有所待。所待者何？明年之中秋也，即鄉試也。第六至八句，遙想明年之鄉試必得成功。結尾兩句，則寄語當下同遊友伴，亦當科舉順利。

　　正德七年（1512），寧王朱宸濠來聘，詞人辭病不納。詞人云：「豈有所為如是，而能久安藩服者耶？」〔註160〕所以不往聘，一者，或許因為詞人早已察覺寧王有謀反之意；二者，或許因為詞人仍然想藉由正常的科舉方式，進入仕途，並非參加藩王幕僚，以為附庸。然而，正德八年（1513），詞人第六次應試，云：「已應吾道屬滄洲……疲馬尚憐銜橛在，冥鴻翻困稻粱謀。倦遊更憶相如遠，落日蒼茫立渡頭。」〔註161〕對於科舉之志，漸生疑慮。正德十一年（1516），第七次應試，

〔註158〕　正德四年作〈中秋夜坐〉見〔明〕文徵明著；周道振輯校：《文徵明集》，卷9，頁208。正德七年作〈中秋日同諸友月洲亭看雨有作〉見〔明〕文徵明著；周道振輯校：《文徵明集》，卷10，頁240。

〔註159〕　〔明〕沈際飛選評：《草堂詩餘新集》，收入《古香岑草堂詩餘四集》，明崇禎間太末翁少麓刊本，卷4。

〔註160〕　〔明〕文嘉：〈先君行略〉，轉引自〔明〕文徵明著；周道振輯校：《文徵明集》，附錄，頁1620。

〔註161〕　〈失解無聊用履仁韻寫懷兼簡蔡九逵〉：「夜半休驚負壑舟，已應吾道屬滄洲。夢中桂樹青天月，江上芙蓉玉露秋。疲馬尚憐銜橛在，

云：「道路何如故鄉好，琴書能待主人還。已過壯歲悲華髮，敢負明時問碧山。」〔註162〕正德十四年（1519），第八次應試，云：「樽前壯志說登科……滿目西風撫劍歌。」「老大未忘餘業在，追隨剛爲後生憐……壯志鄉心兩無著……」〔註163〕年華老大，詞人科舉之志浸消，隱逸之想轉深。友朋接連中舉，惟獨詞人憔悴。不喜陰陽方技的詞人，亦曾自歎云：「吾豈不能時文哉？得不得固有命耳。然使吾匍匐求合時好，吾不能也。」〔註164〕竟然不由得不歸咎於命。至於嘉靖元年（1522），第九次應試，則云：「見說清光天下共，不圖今夜客中看！……吹斷碧簫丹桂發，玉人何處倚闌干？」〔註165〕不再言功名壯志，取代的是人生出處究竟如何的思考。作於九試鄉舉這一年的〈漁父詞〉，對詞人來說，似乎具有特殊的內涵。凡十二闋，分寫四

冥鴻翻困稻粱謀。倦遊更憶相如遠，落日蒼茫立渡頭。」見〔明〕文徵明著；周道振輯校：《文徵明集》，卷10，頁258。

〔註162〕〈初歸檢理停雲館有感〉：「京塵兩月暗征衫，此日停雲一解顏。道路何如故鄉好，琴書能待主人還。已過壯歲悲華髮，敢負明時問碧山。百事不營惟美睡，黃花時節雨斑斑。」見〔明〕文徵明著；周道振輯校：《文徵明集》，卷10，頁268。

〔註163〕〈金陵客懷〉二首：「當戶寒螿泣露莎，盆池疏雨戰衰荷。飄零魂夢驚初定，羈旅秋光得最多。江上時情傳警報，樽前壯志說登科。帝京爛熳江山在，滿目西風撫劍歌。」「青衫潦倒鬢垂肩，一舉明經二十年。老大未忘餘業在，追隨剛爲後生憐。槐花十日金陵雨，桂子三秋玉露天。壯志鄉心兩無著，夜呼兒子話燈前。」見〔明〕文徵明著；周道振輯校：《文徵明集》，卷11，頁277～278。

〔註164〕〔明〕文嘉：〈先君行略〉，轉引自〔明〕文徵明著；周道振輯校：《文徵明集》，附錄，頁1620。詞人歸里後，其〈送陸君世明教諭青田敘〉亦云：「以君之才之敏如此，而其進之難如彼，豈不有命哉？」見〔明〕文徵明著；周道振輯校：《文徵明集》，卷17，頁461。詞人此位同遊學宮之友，凡九試鄉舉、三赴會試，方中副榜。其遭際與詞人相比，有過之而無不及。敘中所言，亦不無夫子自道之意味。

〔註165〕〈金陵中秋〉：「雨晴秋色滿長安，月貫黃雲百寶團。見說清光天下共，不圖今夜客中看！天垂紫禁星河淡，江繞金城風露寒。吹斷碧簫丹桂發，玉人何處倚闌干？」見〔明〕文徵明著；周道振輯校：《文徵明集》，卷11，頁286。

季，每季三闋。此十二詞，表現出濃郁的隱逸之思：

> 白鷺群飛水映空。河豚吹絮日融融。溪柳綠，野桃紅。閒弄扁舟錦浪中。（其一）

> 笠澤魚肥水氣腥。飛花千片下寒汀。歌欸乃，扣笭箵。醉臥春風晚自醒。（其二）

> 湖上楊花捲雪濤。湖魚出水擲銀刀。春浪急，晚風高。前山欲雨且迴橈。（其三）

> 五月新波拂鏡平。青天白日映波明。風不動，雨初晴。水底閒雲自在行。（其四）

> 江魚欲上雨蕭蕭。楝子風生水漸高。停短棹，住輕橈。楊柳灣頭避晚潮。（其五）

> 白藕花開占碧波。榆塘柳隩綠陰多。拋釣餌，枕漁簑。臥吹蘆管調吳歌。（其六）

> 霜落吳淞江水平。荻花洲上晚風生。新壓酒，旋炊粳。網得鱸魚不入城。（其七）

> 月照蒹葭露有光。木蘭輕檝篾頭航。烟漠漠，水蒼蒼。一片蘋花十里香。（其八）

文徵明　隸書漁父詞十首

（四川省博物館藏）

黃葉磯頭雨一蓑。平頭舴艋去如梭。桑落酒，竹枝歌。橫塘西下少風波。（其九）

敗葦蕭蕭斷渚長。烟消水面日蒼涼。魚尾赤，蟹膏黃。自釀邨醪備雪霜。（其十）

雪晴溪岸水流漸。閒罩冰鱗掠岸歸。收晚釣，傍寒磯。滿篷斜日晒蓑衣。（其十一）

陂塘夜靜白烟凝。十里河流瀉斷冰。風颭笠，月涵燈。水冷魚沉不下罾。（其十二）

此十二詞亦爲題畫詞，畫面感極強。元代吳鎮作漁父圖而配以〈漁父〉詞，此十二詞作法受其影響甚深，以寫景爲主，而情在景中；但寫漁父之動作，不言心情，而意態自現；將主旨放在歇拍一句，猶如畫龍，然後點睛。詞境自得而閒適，於仙境與人境之間，別有天地；隱約透露出詞人對於科舉之倦怠。同樣作於此年的〈不寐〉，道盡懷抱：「……病眼苦不眠，循牀發退歎。人世百年短，吾生已強半。……一臥五經旬，形消髮垂燦。神情日以摧，志業交凌亂。豈不懷明時？流光榻中換！平生二三友，雅志在霄漢，下壽曾不滿，半逐浮雲散。感此念微名，悠悠何足羨！明月度孤音，霜華滿庭院。」〔註166〕自末二句看，此詩當作於秋試之後。科舉不利，而又應試不斷，詞人心中長久以來的矛盾，可以想見。

二、隱而不仕

嘉靖二年（1523），由於李充嗣的推薦，詞人得以貢生的身分，薦入朝廷，授翰林待制。或說因端方不阿，得罪當道，乃以不考滿而歸。至於辭官的詳細原因，蕭燕翼曾據文徵明在京的兩通書札加以說明。此兩通書札，一爲上海圖書館藏《吳中名賢詩牘冊・致長兄札》，乃是寫給長兄文奎的；一爲北京故宮博物院藏《十札冊・寓都下札》，乃是寫給外舅無愆的。文徵明之所以辭官，原因有三：「其

〔註166〕〔明〕文徵明著；周道振輯校：《文徵明集》，卷3，頁47。

一，文氏出身官宦家庭，雖必然會去應科舉之考，且『十試有司，輒為見斥』，終是生活較為富裕、安定，故不耐一個小官吏的艱辛宦遊生活。其二，文氏生性謹慎、清介，即如其子文嘉所撰〈先君事略〉中言：『謹言潔行，未嘗一置身於有過之地。』故其不善交際，更不會趨炎附勢，很難在宦途上有什麼大的發展。其三，『禮議事件』中他採取了回避的態度，但朝廷的的腐敗、嚴酷，與護禮派人物的下場，不能不讓他感到失望與心悸，終於成為其辭官的最直接的原因。……其實，文徵明根本就不適宜出來做官，這在文氏甫到京城赴任初的家書中，就已經很深刻地表現出來了。這就使他歸里後，很快地就能穩定情緒，一心一意地從事詩文書畫的創作，過著穩定的文人的閑適生活。這也使得他的藝術作品，不會有大起大落的表現，總保持一種工穩平和的風格，誠為當時從習者甚重的文人書畫的典型。」〔註167〕詞人在朝，即有多首思歸之詩，如〈內直有感〉：「野人不識瀛洲樂，清夢依然在故鄉。」〔註168〕〈感懷〉：「五十年來麋鹿蹤，若為老去入樊籠！」〔註169〕〈思歸〉：「終日思歸不得歸，強驅羸馬著朝衣。歲寒空負梅花約，客舍頻看社燕飛。兒子遙憐更事少，故人久訝得書稀。何當便買扁舟去，笠澤東頭有釣磯。」〔註170〕歸隱之志，至此已非常確定。

　　還家後，於屋舍之東，築玉磬山房，「樹兩桐於庭，日徘徊嘯咏其間，人望之若神仙焉」。〔註171〕其〈青玉案・寫懷〉亦云：「小館停雲，山房玉磬，自與幽人稱。」純然的歸隱，頗為愜意。詞人九十歲的壽命，前半生都在科舉功名的不得意與追求中度過，後半生拋開

〔註167〕蕭燕翼：〈有關文徵明辭官的兩通書札〉，《古書畫史論鑑定文集》（北京：紫禁城出版社，2005年9月第1版第1刷），頁258。
〔註168〕〔明〕文徵明著；周道振輯校：《文徵明集》，卷11，頁298。
〔註169〕〔明〕文徵明著；周道振輯校：《文徵明集》，卷11，頁312。
〔註170〕〔明〕文徵明著；周道振輯校：《文徵明集》，卷11，頁313。
〔註171〕〔明〕文嘉：〈先君行略〉，轉引自〔明〕文徵明著；周道振輯校：《文徵明集》，附錄，頁1621。

了束縛，展開了新生活。比之早年即無意於功名的老師沈周，彷彿多繞了一大圈；比之一輩子幾乎都爲功名所苦的好友祝允明與唐寅，則又幸運不少。其〈南鄉子·詠懷〉云：

> 水木淡清暉。憶著□身便拂衣。見說官閒無箇事，歸兮。本不離家底用歸。　尊酒日追隨。屋後垂楊十畝池。不用遠尋山共水，相期。傳樂亭東舊釣磯。

從上片「見說官閒無箇事，歸兮。本不離家底用歸。」、「不用遠尋山共水，相期。待樂亭東舊釣磯。」等句看，此詞當作於辭官返里途中。嘉靖五年（1526）冬，詞人以河冰阻留於潞河，隔年春，冰雪解凍，方得起行。參以首句「水木淡清暉」，姑將此詞繫於嘉靖六年（1527）春。此詞上片就眼前實景寫，下片就想像中景寫。其作法，上下片皆同：前二句寫閒遊，後三句寫閒情。「本不離家底用歸」，意謂心存故鄉，並未因身在朝廷而有所改易。下片遙想返家後情景。「不用遠尋山共水，相期」，表現出詞人返鄉的期待。「傳樂亭東舊釣磯」，說出了詞人厭倦於官宦、畢竟適合在野的隱逸心情。傳樂亭，即好友陳鑰家中亭名。陳鑰於正德十一年（1516）九月已卒，則此處言「相期」，並非與陳鑰相期，而是詞人自期。詞人所期待者，乃是從前與好友一同優遊林下的賞心樂事。正所謂「爲問玉堂金馬，何如短棹輕簑。」（〈風入松·石湖閒泛〉）、「爲問著朱走馬，何如我白髮山林。」（〈慶清朝〉）、「較他玉帶高懸處，恩波浩、滄海無稽。一段江湖眞樂，只應我與魚知。」（〈風入松·詠盆中金魚〉）拘束於廟堂之上，不如相忘於江湖之中。同樣作於辭官後不久的〈風入松·夏日漫興〉云：

> 近來無奈病淹愁。十日廢梳頭。避風簾幙何曾捲，悠然處、古鼎香浮。興至閒書棐几，困來時覆茶甌。　新涼如洗簟紋流。六月類清秋。手拋團扇拈書冊，無情緒、欲展還休。最是詩成酒醒，月明徐度南樓。

據〔明〕李日華《味水軒日記》載文徵明題款云：「病中有懷王君祿之，塡此奉寄，時戊子歲六月八日也。越今七年，君歸自選曹，檢篋

得之。持來相示，而予忘之矣。且以舊作小圖，俾錄其上。而余日益衰老，無復當時情致，書罷爲之慨然。嘉靖甲午四月十四日。」〔註172〕此詞初作於嘉靖七年（1528）六月八日，後來嘉靖十三年（1534）四月十四日，又以之配於舊圖。此詞充分表現出詞人歸隱生活的簡單閒適。上片以寫生活爲主，下片以寫心情爲主。上片第一、二句，言詞人因病而身倦，懶於梳頭；杜詩：「一月不梳頭。」披頭散髮，不只是病貌的描述，亦是暗示其心情之完全放鬆。雖處病中，而自有閒情逸致。第三至六句，即寫其悠然煮茶、縱情詩文書畫的生活。不捲避風簾幙，正是因爲戶外景色怡人，不必捲起也。此時室內煮茶飄香，煙雲裊裊，若動雅興，則取毫吮墨，或爲詩文，或作書畫；若筆到困倦處，則率性而憩，飲茶可以提神促醒，亦能助興而靜觀萬物。此中生活，節奏極紓緩而優雅，悠然而自得。上片泛寫，下片則特寫。由於六月已爲夏末，日焰稍戢，故下片第一、二句言新涼類清秋，呼應上片「避風簾幙何曾捲」一句。既然新涼，則烈夏團扇可拋；團扇既拋，則更有興致讀書；然而，讀書卻又無情緒，則無端之閒愁自生；而閒愁最極，係「詩成酒醒，月明徐度南樓」之時。詞人未明言此閒愁爲何，實亦不必確指。寄懷之詩既成，澆愁之酒又醒，悄然獨立以看月；詞人所念，可以是凋零聚散的友朋之思，〔註173〕可以是追求功名仕宦的數十年歲月，……凡此種種，皆是歸隱後思考人生所產生的無端閒愁。沈際飛評此詞云：「色頗淡而意逸。」〔註174〕色淡，指的是此詞敘述起伏之平緩、詞人生活之恬靜；意逸，指的是在此平緩與恬靜之中，令讀者感受到飛動的情思、深沉的懷想。

　　若以嘉靖元年至五年（1522～1526）九試鄉舉、貢於朝廷爲分

〔註172〕〔明〕李日華：《味水軒日記》，《續修四庫全書》本。

〔註173〕譬如徐禎卿卒於正德六年（1511）、唐寅卒於嘉靖二年（1523）、祝允明卒於嘉靖五年（1526）。

〔註174〕〔明〕沈際飛選評：《草堂詩餘新集》，收入《古香岑草堂詩餘四集》，明崇禎間太末翁少麓刊本，卷3。

水嶺，文徵明的壽命大致走到一半，生活與心情都產生了極大的轉變，亦可據之將其詞分爲前後兩期。前後兩期所佔時間，約莫均等。造成前後兩期差異的關鍵，在於科舉功名對於詞人生活的羈縻牽絆。科舉功名的確深重地影響了詞人，然而其詞卻也非以之爲惟一內涵。

三、性端方，曉情致

　　詞人一生最嚴於義利之辨。弘治十二年（1499）六月，其父文林，卒於溫州知府任上。詞人偕醫而往，至則已卒三日。縣人賻儀千金，而詞人以其父生前爲廉官、死後亦不受贈，故盡卻之。縣人稱之，以爲文氏父子皆能廉。正德七年（1512），寧王朱宸濠來聘，堅辭不受。晚年辭官居里，凡撫按諸公餽贈，雖有違眾意，亦拒之不納。〔明〕謝肇淛《五雜組》載：「文徵明作書畫有三戒：一不爲閹官作，二不爲諸侯王作，三不爲外夷作。故當時處劉瑾、宸濠之際，而超然遠引。」〔註175〕〔明〕王世貞《藝苑巵言》亦云：「生平不近女色，不干謁公府，不通宰執書，誠吾吳傑出者也。」〔註176〕儘管如此，詞人所交遊，如祝允明、唐寅、徐禎卿等，率皆跅弛不羈之士，然而不以爲忤，相安無事。何大成《伯虎遺事》曾載二則祝允明、唐寅戲弄詞人之故事：

> 伯虎與文徵仲交誼甚厚，乃其情尚固自殊絕。伯虎、希哲兩公每欲戲之。一日，偕微仲同遊竹堂寺。伯虎先囑近寺妓者，云：「此來文君，青樓中素稱豪俠，第其性猝難狎，若輩宜善事之。」妓首肯已，密伺所謂文君者。兩公乃故與微仲道經狎邪。伯虎目挑之，妓即固邀微仲，苦不相釋。微仲悵然曰：「兩公調我耳。」遂相與大咲而別。〔註177〕

〔註175〕謝肇淛：《五雜組》，卷15。
〔註176〕〔明〕王世貞：《藝苑巵言》，卷6。
〔註177〕〔明〕何大成：《唐伯虎外編》，收入〔明〕唐寅：《唐伯虎全集》（台北：台灣學生書局，民國68年4月再版，影印明萬曆四十二年刊本），卷3唐伯虎遺事，頁10上～10下。

文徵仲素號端方，生平未嘗一遊俠邪。伯虎與諸狎客，縱
飲石湖上，先攜妓藏舟中，乃邀徵仲同遊。徵仲初不覺
也，酒半酣，岸幘高歌，呼妓進酒。徵仲大詫，辭別。伯
虎命諸妓固留之，徵仲益大叫，幾赴水，遂於湖上買舴艋
逸去。〔註178〕

〔清〕沈雄《古今詞話》亦曾引以上二則故事，然將二則匯爲一則。
唐寅爲人輕浮，以戲弄詞人爲笑話之資，而詞人自有風度，無傷於深
厚友誼。唐寅於科場黜廢之後，意志消沉，曾有三信予詞人，訴苦甚
多，而詞人之待人接物，堪爲其師。〔註179〕詞人家學淵源，受儒學
薰陶甚深；行爲處世，不逾法度；雖不近女色，並不代表不解風情。
〔清〕沈雄《古今詞話》云：

曹爾堪曰：余性不喜豔詞，亦爲筆性之所近而已。曾聞衡
山先輩端方之至，不受污褻。而〈水龍吟〉、〈風入松〉、〈南
鄉子〉諸調，復詠吳閶麗人及閨情之作，想亦詞用情景有
必然者。乃知歐、晏雖有綺靡之語，而亦無關正色立朝之
大節也。〔註180〕

一如穩重立朝的歐陽修、晏殊，作小詞而綺靡多麗，文徵明亦有不少
以閨情見長的詞作。與其端方嚴謹性格相一致，這些詞情感之表現，
內斂而細膩。〔清〕陸時化《吳越所見書畫錄》載王稚登〈跋文衡山
行書詩餘卷〉云：「衡山太史手書詞一卷，音調清麗，風韻俊逸，正
堪十八雙鬟，執紅牙歌之；可與『曉風殘月』齊響耳，不謂此翁乃多

〔註178〕〔明〕何大成：《唐伯虎外編》，收入〔明〕唐寅：《唐伯虎全集》，
　　　　卷3唐伯虎遺事，頁10下。
〔註179〕唐寅〈又與文徵仲書〉：「寅每以口過忤貴介，每以好飲遭鳩罰，每
　　　　以聲色花鳥觸罪戾；微仲遇貴介也，飲酒也，聲色也，花鳥也，泊
　　　　乎其無心，而有斷在其中，雖萬變于前，而有不可動者。昔項橐七
　　　　歲而爲孔子師，顏路長孔子十歲，寅長徵仲十閏月，原例孔子以微
　　　　仲爲師。非詞伏也，心伏也。詩與畫，寅得與微仲爭衡；至其學行，
　　　　寅將捧面而走矣。」見周道振、張月尊：《唐伯虎全集》，卷5，頁
　　　　224。
〔註180〕〔清〕沈雄：《古今詞話》，《詞話叢編》本，冊1，詞話下卷，頁
　　　　804。

嫵媚也。」〔註181〕指的正是這些閨情詞而言。今將曹爾堪提及的〈水龍吟〉、〈風入松〉、〈南鄉子〉閨情諸作，各選一闋，以爲落實。

沈雄《古今詞話》曾評爲「亦甚婉麗」〔註182〕的〈水龍吟・秋閨〉云：

> 依依落日平西，正池上晚涼初足。看太湖石畔，疏雨過，芭蕉簇簇。院落深沉，簾櫳靜悄，畫欄環曲。猛然間何處，玉簫聲起，滿地月明人獨。　　風約輕紗透肉。掩凝酥、盈盈新浴。一段風情，滿身嬌怯，怳然寒玉。青圓扇子，欲舉還垂，幾番虛撲。夜闌獨笑，還又悽涼，自打滅銀屏燭。

此詞詞題，一作「題情」。上片寫景，下片寫人。上片第一、二句，泛寫日暮，點出地點，而「初足」之秋意，於焉暗伏，待後呼應。第三至五句，縮小視點，寫池邊之芭蕉。風雨芭蕉，自是憂愁之象徵。第六至八句，順勢將視點轉至房舍。深沉、靜悄、環曲，看似描述屋舍之語，實則心境之寫照。詞人著力鋪陳外景，直到歇拍數句，才引出主角來。〔清〕李葵生評「滿地月明人獨」句云：「人獨，更哪堪明月也。」〔註183〕人獨固然不堪明月，而一片寂靜之中，突然

〔註181〕〔清〕陸時化：《吳越所見書畫錄》，《中國歷代書畫藝術論著叢編》本（北京：中國大百科全書出版社，影印宣統庚戌順德鄧氏風雨樓刊本，1997年5月第1版第1刷），卷3，頁26上。

〔註182〕〔清〕沈雄《古今詞話》：「沈雄曰：衡山待詔性本方正，不與妓接。吳門六月二十四，荷花洲渚，畫舫絃歌咸集。祝枝山、唐子畏，匿二妓人於舟尾邀之，衡山又面訂不與妓席。唐、祝私約酒闌，歌聲相接，出以侑觴。衡山憤極欲投水，唐、祝急呼小艇送之。其〈水龍吟〉題情亦甚婉麗，但其聲調錯落，句讀參差，稍爲正之。詞云：『……（詞略）』」見〔清〕沈雄：《古今詞話》，《詞話叢編》本，冊1，詞話下卷，頁803。〔清〕王奕清等：《歷代詞話》、〔清〕馮金伯：《詞苑萃編》引《古今詞話》與文徵明詞，字句略異。見〔清〕王奕清等：《歷代詞話》，《詞話叢編》本，冊2，卷10，頁1311；〔清〕馮金伯：《詞苑萃編》，《詞話叢編》本，冊3，卷16，頁2102。

〔註183〕〔清〕顧璟芳、李葵生、胡應宸編選；王兆鵬校點：《蘭皋明詞匯選附蘭皋詩餘近選》（瀋陽：遼寧教育出版社，1998年3月第1版

傳來低迴不已的簫聲，更增添整體的淒清思怨感。簫起月明人獨，正呼應開頭之「晚涼初足」。〔明〕茅暎評此詞云：「寫得韶秀。」「清冷。」〔註184〕大約即就上片而評。下片承接上片歇拍所云月下獨立之女子，一一細寫其姿態。下片第一至五句，寫新浴之女子，全就姣好嬌羞之外表取意，恍然之間，直令人誤識其為祝允明或唐寅手筆。第六至八句，由於時為新秋，女子仍手持夏日之團扇，不忍棄去。團扇用以比喻女子；女子猶不忍棄團扇，而情人竟忍棄女子？虛撲之團扇，暗示了女子的心事。隨著詞人之敘述，時間由開頭的黃昏日暮，漸漸已至夜闌將眠。結尾三句，女子獨笑，或許是因為想起了從前與情人的歡遇，沈際飛云：「當其戚，強之笑，不懂。」〔註185〕回憶畢竟不勝哀戚，〔清〕胡應宸評結尾三句云：「燈暗後，得無迢迢遺恨耶？」〔註186〕終究還是滅燭獨眠。沈際飛又云：「實事。實事。」〔註187〕滅燭乃日常小事，而詞人以之說出別情，可謂匠心獨運，體會深刻。

其〈風入松·夜坐〉云：

> 空庭人散語音稀。獨坐漏遲遲。風吹團扇無聊賴，桐陰亂、露下沾衣。斗轉銀河東瀉，月斜烏鵲南飛。　　無端心事集雙眉。睡思轉迷離。牆西突兀高樓靜，流螢度、疑是星移。何處一聲長笛，等閒喚起相思。

此詞詞題，一作「夏日漫興」，又作「夏夜露坐」，實則非寫詞人自己，乃擬作閨情。詞境、作法，均頗似〈水龍吟·秋閨〉：上片寫景，下

第1刷），卷7，頁164。

〔註184〕〔明〕茅暎：《詞的》，《四庫未收書輯刊捌輯》本，卷4。

〔註185〕〔明〕沈際飛選評：《草堂詩餘新集》，收入《古香岑草堂詩餘四集》，明崇禎間太末翁少麓刊本，卷5。

〔註186〕〔清〕顧璟芳、李葵生、胡應宸編選；王兆鵬校點：《蘭皋明詞匯選附蘭皋詩餘近選》（瀋陽：遼寧教育出版社，1998年3月第1版第1刷），卷7，頁164。

〔註187〕〔明〕沈際飛選評：《草堂詩餘新集》，收入《古香岑草堂詩餘四集》，明崇禎間太末翁少麓刊本，卷5。

片寫人，而以靜極之景，襯出愁極之人。上片第一、二句，直接點出主旨，言人散後獨坐；由於沉思，故感覺時間過得格外緩慢。第三句以下，宕開筆勢，不寫人，用力寫景，而人在景中。第三、四句，寫團扇、桐陰。就表面語意而言，由於衷有所思，故晚風頻吹擾團扇，而女子無心多顧；露下而霑衣，婉轉說出女子獨坐之久。深一層而言，棄置一旁的團扇，是女子處境的比喻；深院寂寞的梧桐，是女子心境的寫照，而桐陰散亂，更進一步加強描寫其不安。承上久坐之意，第五、六句轉寫天上星月，彷彿女子亦同時仰望，詞境由窄轉寬。這兩句極寫時間飛逝之快，與前面節奏之緩慢，形成強烈對比；不止寫當下之景，還將時間的流轉、長久的思憶，一併寫入。下片詞人又將敘述重心放回女子身上。第一、二句，將上片由側面敘述之女子愁怨，在此處直說出來；「無端心事集雙眉」一句，似嫌重複冗贅，欠安排。第三、四句，又跳出寫景，結構顯得凌亂。味詞人之意，第三句乃暗引〈鶯鶯傳〉西廂待月情節，反用其意，寫女子等待情人，而情人不來；第四句乃暗引杜牧〈秋夕〉詩，反用其意，寫女子撲流螢而望牛郎織女星，期盼與情人再會。整闋詞皆寫靜境，惟結尾處用趙嘏詩「長笛一聲人倚樓」，打破寂靜。沈際飛云：「長笛漸成套語，賴相思句生味。」〔註188〕笛聲打破寂靜，反而觸發出更深的相思。以笛聲作結，可收杳杳不絕之效。

其〈南鄉子〉云：

> 雨過綠陰稠。燕子飛來特地愁。日晏重重簾幕閉，悠悠。殘夢關心懶下樓。　　芳草弄春柔。欲下晴絲不自由。青粉牆西人獨自，休休。花自紛紛水自流。

詞題一作「春閨」。上片寫樓上女子晏起，下片寫女子苑中獨遊。上片第一、二句，從春景寫起：樹上枝葉漸茂、燕子垂返舊巢，都是典型的春景；然而，春意愈濃，愈反襯出春愁之深。第三至五句，寫室

內，重簾春夢正悠悠；胡應宸評「殘夢關心懶下樓」句云：「上翠樓不知愁也，懶下樓卻愁深矣，妙各難言。」〔註189〕室外春天可愛可賞，而女子卻懶於下樓，乃因留戀春夢之故。下片續寫起床之後，乃知女子之懶於下樓，尚有它故：害怕觸景傷情也。下片第一、二句，寫苑中眼前春物。「弄」字，顯出春光之普照，以及花草之葳蕤，充滿生氣。蛛絲勾懸於花草之間，隨著春風撫拂而飛動。晴絲，乃「情思」之雙關語。第三、四句，寫人。春意盎然，而女子獨遊苑中，亦是反襯其愁。「休休」，指女子強自停止相思。結尾一句，言女子轉眼向春景，而春景皆染上女子之幽怨色彩。花瓣紛紛落下，流水無情自逝，不僅表示當下春天的消失、女子青春妙齡的自憐，心中的相思亦無柢據，隨之而往。下片四用「自」字，傷於重複，而詞人以之分別修飾晴絲、人、花、水，或別具用意，欲造極孤獨之境。沈際飛云：「傷憫氣不露。」〔註190〕謂此詞寫春愁，卻不流於直言顯露，而從各種方面旁敲側擊，情景融會於一體。此種手法，正是詞人之所優為。不僅可以評此詞，用評其他類似詞作亦為適洽。〔清〕丁紹儀《聽秋聲館詞話》以「風情正是不薄」評詞人，而評此詞云：「此豈規行矩步人所能為耶？」〔註191〕詞人的確是規行矩步之人，但非獸

〔註189〕 〔清〕顧璟芳、李葵生、胡應宸編選：王兆鵬校點：《蘭皋明詞匯選附蘭皋詩餘近選》，卷3，頁64。

〔註190〕 〔明〕沈際飛選評：《草堂詩餘新集》，收入《古香岑草堂詩餘四集》，明崇禎間太末翁少麓刊本，卷2。

〔註191〕 丁紹儀《聽秋聲館詞話》云：「《古今詞話》言：待詔素性不喜聲妓。祝枝山、唐子畏邀登畫舫，預匿二姬，出以侑觴。待照憤欲投水，乃別呼小艇送歸。此與吾鄉倪雲林高士傳有潔癖，偶眷一妓，慮其不潔，令之浴。浴至再三，而天明矣。同一言過其實。抑知二老風情，正是不薄。雲林〈江城子〉云：『窗前翠影涅芭蕉。雨瀟瀟。思無聊。夢入鄉園，山水碧迢迢。依舊當年行樂地，香徑香，綠苔饒。　　沉香火底坐吹簫。憶妖嬈。想風標。同步芙蓉，花畔赤闌橋。漁唱一聲驚夢斷，無處覓，不堪招。』待詔〈南鄉子〉云：『……（詞略）』此豈規行矩步人所能為耶？」見〔清〕丁紹儀：《聽秋聲館詞話》，《詞話叢編》本，冊3，卷9，頁2690。

板不知變通之假道學腐儒。詞人自弘治五年〔1492〕與夫人吳氏結
褵，〔註192〕相敬相莊，以至白首，生平無二色，非當時留連青樓之
人所能比。詞人與吳氏，深情相守，宜其有情致細膩之詞。

四、雅意清賞

　　詞人善體外在景物、細察生活小節，故其閨情詞，極富意致；以
之抒寫自身生活心境，則表現爲雅意清賞。文嘉〈先君行略〉云：

> 公平生雅慕元趙文敏公，每事多師之。論者以公博學，
> 詩、詞、文章、書、畫，雖與趙同，而出處純正，若或過
> 之。〔註193〕

趙孟頫早年失節仕元，晚年不免自悔；詞人仕途雖不得意，然始終如
一，不輕爲名利所動。趙孟頫爲元代全能集大成之文人，詞人似之；
趙孟頫個性持重，詞人似之；以詞品論之，黃兆漢《金元詞史》云：
「孟頫之胸襟，清高拔俗，故寫出來的詞亦雅逸可喜。人如是，其詞
亦如是。」〔註194〕詞人亦與相似。〔清〕鄒祗謨《遠志齋詞衷》以
爲文徵明詞屬於「閒澹秀脫」〔註195〕一宗，即指此類詞而言。

〔註192〕文徵明娶吳氏之年，乃據周道振、張月尊《文徵明年譜》之説。周
　　　　道振、張月尊《文徵明年譜》按云：「徵明娶于何年，尚不可考。
　　　　然二十五歲十月，子重生。二十六歲〈乙卯除夕〉詩中有『幼女
　　　　仍夸學語嬌』句，是徵明先育一女，後生重金。祝允明於本年〔1492〕
　　　　三月撰〈送敍州太守吳公詩敍〉有云：『文君之子壁其婿也。』窺
　　　　其辭意，似已成婚，而非夫定。則成婚必在本年三月前。」參周道
　　　　振、張月尊《文徵明年譜》，頁50～52。

〔註193〕〔明〕文嘉：〈先君行略〉，轉引自〔明〕文徵明著；周道振輯校：
　　　　《文徵明集》，附錄，頁1623。

〔註194〕黃兆漢：《金元詞史》（台北：台灣學生書局，民國81年12月初版），
　　　　頁209。

〔註195〕鄒祗謨《遠志齋詞衷》云「詩家有王、孟、儲、韋一派，詞流惟務
　　　　觀、仙倫、次山、少魯諸家近似，與辛、劉徒作壯語者有別。近惟
　　　　顧庵學士情景相生，縱筆便合，酷似渭南老人。言遠方伯，洮洮清
　　　　迥，與葛理問震父瑜亮。更如岸初、文夏、耕鷗、昆侖諸公，俱以
　　　　閒澹秀脫爲宗，不作濃情致語。求之近代，其文待詔、陳徵君之間
　　　　乎。」見〔清〕鄒祗謨：《遠志齋詞衷》，《詞話叢編》本（台北：

　　詞人清遊賞物之作，佔有相當之數。其中並有多闋，乃寄贈友人，敘其同遊之樂。所寄贈之友人，姓名可知者，有湯珍、錢同愛、徐霖、陳鑰。前三人，各曾寄贈一闋；寄贈陳鑰者，其數雖無法確定，至少亦有二闋。〔註 196〕其〈江神子・陳氏牡丹盛開而不速客，戲作此詞〉云：

> 東風已到牡丹花。錦蒸霞。玉籠紗。應事春韶，妝點貴人家。去歲花時人在病，深負卻，好鉛華。　　而今準擬醉琵琶。鼓須撾。酒須賒。莫待風吹，委地作泥沙。卻笑東君殺風景，剛辦得，一杯茶。

所謂陳氏，即陳鑰（1464～1516），字以可，爲陳淳之父。詞人與陳鑰友誼甚深。陳鑰家中盛植牡丹，每至節令，詞人往往同賞，集中亦不乏有關詞人赴約賞花之詩作。上片首句點出題旨，謂正是春天牡丹節令。第二、三句，則承首句，描寫牡丹之霞容玉貌。而牡丹如此盛放，何處可賞？故第四、五句，詞人料想陳鑰家中牡丹，必也綻放爛漫，將園林妝點得更爲多嬌。思緒至此，詞人遂想起去年因病不得清賞之遺憾。沈際飛評云：「惜去歲爲今日地。」〔註 197〕下片換頭以下五句，由上片歇拍遺憾之感向上翻轉而來，有意一償宿願。胡應宸評云：「（『而今』句）『去歲』正跌出，『而今』有筆勢。」〔註 198〕準備花前迷樂醉酒一場，不再辜負春風與牡丹。這裡尚可看出詞人個性並非總是拘謹，亦有浪漫的一面。結尾三句，「東君」指陳鑰，筆勢從此一轉，說陳鑰面對勝景，不去酤酒買樂，卻只有備茶以爲待客之道，吝嗇之至，尤具遊戲調笑的滋味。沈際飛評云：「笑倒俗人、吝人。」〔註 199〕對花品茗，若有情致，本非俗人、吝人可比。然而，詞人卻

新文豐出版公司，民國 77 年 2 月台 1 版），冊 1，頁 655。

〔註 196〕〈風入松・寄徐子仁〉（春風晴日蔦花枝）一闋，其詞題一作「戲東陳以可」，則寄贈陳鑰之詞，凡三闋。另外，〈滿庭芳・初夏賞牡丹〉（紅雨麞花）一闋，頗疑所賞即陳鑰家之牡丹。

〔註 197〕〔明〕沈際飛：《草堂詩餘新集》，卷 3。

〔註 198〕〔清〕顧璟芳、李葵生、胡應宸：《蘭皋明詞匯選》，卷 5，頁 106。

〔註 199〕〔明〕沈際飛：《草堂詩餘新集》，卷 3。

故意引李商隱《雜纂》云：「殺風景，謂清泉濯足、花上曬褌、背山起樓、燒琴煮鶴、對花啜茶、松下喝道。」說自己是俗人，說陳鑰是雅人。顧璟芳評云：「徵仲舌尖，以可心硬。」〔註200〕不直說賞牡丹之情致，而情致自見。整闋詞均爲詞人設想到陳鑰家賞牡丹之事，純屬虛構。陳鑰既未來召，而詞人已期待不及。

其〈倦尋芳‧陳以可招賞花，不赴〉云：

> 暄風汎午，遲日酣春，萬錦新濯。傳樂亭東，記得向來曾約。正是春明堪醉也，等閒愁病剛蹉卻。漫多情，憶舊倚闌干，此時蕭索。　　空自有憐春思致，賦玉才情，無處堪著。怎及東君，時自對花吟酌。檀板風流在念，錦佳麗還留諾。待遲遲，卻又怕，雨狂風惡。

上一闋詞寫陳鑰家有牡丹盛開，卻不來邀約，此詞則寫已來邀賞，而詞人卻因病無法前去赴會。案上詞詞意，所謂「去歲花時人在病，深負卻，好鉛華」，此詞或爲上詞前一年所作。然仍缺事證，聊備一說於此。上片開頭三句，寫春日之美，清朗舒暢。春日乃牡丹花開之時，遂思及陳鑰家中賞花之事。傳樂亭，爲陳鑰家中亭名。「向來曾約」，可見陳鑰與詞人相約賞花，乃年年常約。然而今年卻無法赴約，原因正是第七句所言：詞人家中養病。既然無法前去賞花，只好倚闌追憶往年勝遊了。承上片歇拍處之追念懷想，下片寫其心中思致。換頭三句，就自己這一方面來說，儘管有愛春憐花之心、宋玉作賦之才，無從遊賞，也是枉然。第四、五句，就陳鑰一方面來說。「東君」指陳鑰。詞人有心有才，都比不上陳鑰有福，可以時自醉吟賞花。第六、七句，就牡丹一方面來說。檀板、佳麗，都是借指牡丹而言。詞人不近歌妓，可以旁證。「風流在念」是對牡丹的留念；「還留諾」是記掛著年年賞花的常約。不管是就陳鑰、牡丹哪一方面來說，中間都存有著詞人的遺憾。結尾三句，總結以上三方面的思致，情緒又低沉一層。詞人念念不忘賞花事，但仍是抱病不赴，若待病

〔註200〕〔清〕顧璟芳、李葵生、胡應宸：《蘭皋明詞匯選》，卷5，頁106。

癒，則風雨將是掃盡青春，為時已晚，而又無力挽回。沈際飛評云：「花有獨賞，有共賞。以茗賞，上也，以談賞，次也，以酒賞，下也。徵仲未嘗賞，而追往念今，結契肝膈，花之為徵仲賞者多矣。」〔註201〕詞人無從賞花，則憑闌追賞，其情致細膩而緜渺。雖因病不赴牡丹之約，僅能作詞自遣，亦不負賞花之雅意。

五、題畫之詞

在文徵明現存六十九闋詞中，有二十二闋為題畫詞。除了上引〈漁父詞〉十二闋、〈風入松‧夏日漫興〉之外，尚有四闋追和楊無咎的〈柳梢青〉、三闋追和倪瓚的〈江南春〉、一闋為〈風入松‧行春橋看月〉、一闋為〈鵲橋仙‧寄祝夢窗封君老先生〉。現今可考見所題之畫者，惟〈江南春〉與〈鵲橋仙〉。詞人曾作有多幅「江南春圖」，參見本文〈江南春〉倡和部份。

其〈鵲橋仙‧寄祝夢窗封君老先生〉，乃一闋壽詞：

沈周　為祝淇作山水圖

（浙江省博物館藏）

〔註201〕〔明〕沈際飛：《草堂詩餘新集》，卷4。

　　鬢雪髯霜，碧瞳丹臉，剛道啓期年及。經書口自授諸孫，
　　不愧濟南人物。　　　德慶無涯，壽星方照，只假十年成百。
　　地行若是比神仙，更有兒孫繞膝。

此詞所題之畫，即沈周所繪「爲祝淇作山水圖」。沈周並題詩一首。
文徵明所書之詞，裝於沈周書畫之上，頗疑文徵明詞原非用題沈周畫
者，抑或沈周書畫、文徵明詞本各有作，同壽祝淇，而後人乃取二者
連裝於一軸。上片述其面貌與身份。首句謂其鬢髯星星，雖然，精神
猶健，第二句即謂其眼神清明、臉色渥然。第四、五句，謂其乃濟南
之老儒者。下片祝壽。換頭三句，點出九十大壽題旨。結尾兩句，以
神仙相擬，而勝於神仙。地行仙，爲佛教經典中所記載的一種長壽神
仙。祝老先生勝於神仙者，乃在於更有天倫之樂也。此爲純粹的酬應
之詞，比之其他，略無可觀。

六、詠物之〈鷓鴣天〉

　　無獨有偶，沈周以〈鷓鴣天〉一調詠春物，文徵明則以此調詠秋
物。文徵明所詠者有秋風、秋月、秋菊、木芙蓉、秋雁、秋蟬。此數
首或爲同時所作，或與沈周同時而作，或有意與沈周相倡和，皆不可
得而知了。
　　其〈鷓鴣天・秋風〉云：
　　拂草揚波復振條。白雲千里雁行高。時飄墜葉驚秋雨，還
　　入長松捲夜濤。　　　情漠漠，意蕭蕭。總幃紈扇總無聊。
　　潘郎愁鬢添新恨，滿鏡西風怕見搔。

此詞寫秋風，作法是上片寫景，下片寫情。上片揀選了四個典型場景，
來用力描繪秋風。第一句寫的是離別津渡。秋風拂過絲絲青草，揚起
行舟水波，又吹動送行之人折別的柳條。第二句寫的是長空雁陣。秋
風起時，雁行南來，望之而思遠方。第三句寫的是寒雨落葉。一葉落
而驚秋，況且風雨俱來，備添寒意。第四句寫的是夤夜松濤。夜半無
語時，松濤自林表如潮襲來，秋聲直入內心。沈際飛評云：「颼颼颯

颯之聲刮耳。」〔註202〕上片純寫景物,不見有人,而人情喻焉。下片雖明寫人情,亦復隱約。漠漠,瀰漫貌。蕭蕭,肅寂貌。情意思致若有似無,欲說還休。第三句引班倢伃〈團扇詩〉。沈際飛評云:「以無聊代棄捐字,妙。」〔註203〕其妙處則在於含蓄。結尾兩句,自是傷老。所謂傷老,又非普通之傷老而已,而是因為人生的種種不得之苦,而漸加添老。徐士俊評此詞云:「繪風第一手。」〔註204〕欲以秋風表達何種愁恨,並未明說,而閒愁暗恨充滿,實為能手。就文學傳統而言,紈扇有仕途不順之意,潘郎則自喻青春,搔髮用以表示年華不再;詞人或有自傷之意,難以定言。

其〈鷓鴣天・秋月〉云:

> 灩灩溶溶缺又盈。秋清寒重轉分明。玉關羈雁年年度,桂殿寒潮夜夜生。　　橫玉氣,溢金精。照人離別更多情。長風不斷吹秋色,何處江樓有笛聲。

此詞以秋月寫離別之情。上片寫法乃由人及物,下片寫法由物及人。起首二句直寫秋月。陰晴圓缺,表示人之離別。秋月格外明亮,乃是反襯,表示此時離別之情尤其深重。第三、四句,用年年來往之雁行與夜夜消長之潮水,來說明年年夜夜的思念。下片換頭三句,又再次強調秋月之皎潔與離人之別愁,但與上片起首兩句用離人望月角度不同,而是以秋月照離人觀點,並以離人之移情作用說秋月多情,沈際飛評云:「不是尋常月。」〔註205〕實則多情者乃離人也。結尾兩句,擴大時空意境。第四句,寫視覺,呼應上片第三句;第五句,寫聽覺,呼應上片第四句。最後用趙嘏「長笛一聲人倚樓」詩意,有餘音嫋嫋之感。

其〈鷓鴣天・秋菊〉云:

> 捲翠鎔金別樣妝。寒英剪剪弄輕黃。郊原慘淡風吹日,籬

〔註202〕〔明〕沈際飛:《草堂詩餘新集》,卷2。
〔註203〕〔明〕沈際飛:《草堂詩餘新集》,卷2。
〔註204〕〔明〕卓人月匯選;徐士俊參評:《古今詞統》,卷7,頁269。
〔註205〕〔明〕沈際飛:《草堂詩餘新集》,卷2。

落蕭條夜有霜。　　霜下傑，雨餘芳。已應佳節近重陽。
年年輸與陶元亮，獨對南山把一觴。

開頭兩句對所詠之物作外觀上的描述。第一句是整體描述。翠，指葉；金，指花；用翠和金來描述，自有珍潔之感。第二句著重於菊花花瓣之描述。花瓣複疊而細長，故言「剪剪」；顏色爲鮮明之黃色，故言「輕黃」。第三、四句，對秋菊之處境作描寫，是爲錯綜句法。不管是生長在慘淡的郊原之上，或在蕭條的離落之旁，白日有西風來吹襲，夜晚則有冰霜來凍傷。詞人意在強調秋菊之清高脫俗，故下片換頭兩句極力稱讚其不畏風雨冰霜。第三句，應承上兩句的向上氣勢，言及重陽佳節。重陽佳節，秋菊自是隱者良伴。末兩句，引陶淵明〈飲酒〉其五：「採菊東籬下，悠然見南山。」〔註206〕輸，致送也。以秋菊與隱者之相得作結，別出心裁，亦在言外之境表示了秋菊的象徵地位。

　　文徵明善體外物，情景融會，是爲其優點。而優點適足成爲其缺點，所運用之意象，如酒醒、夜涼、雨過、簾閉、流螢、欲睡、倚闌、月斜、桐陰等，往往重複出現多次；雖所造之詞境，靜穆清絕，然使人讀之，時不免創意特少之感。至其〈滿江紅‧題宋思陵與岳武穆手敕墨本〉詠史，慷慨激昂，直指中心，迴然不同於其他。此詞歷來爲人所稱道，詳參後文倡和之章。

〔註206〕〔晉〕陶淵明著；袁行霈箋注：《陶淵明集箋注》（北京：中華書局，
　　2003 年 4 月第 1 版北京第 1 刷），頁 247。